名家谈诗词

叶嘉莹 主编
陈斐 执行主编

一代宗师、方家泰斗
讲给大家的诗词课

诗可以歌

任中敏 著
张之为 戴伟华 编选 导读

生活·讀書·新知 三联书店 生活書店出版有限公司

图书在版编目（CIP）数据

诗可以歌 / 任中敏著 ; 张之为, 戴伟华编选、导读 . —
北京 : 生活书店出版有限公司, 2022.9
（名家谈诗词. 任中敏卷）
ISBN 978-7-80768-386-5

Ⅰ . ①诗… Ⅱ . ①任… ②张… ③戴… Ⅲ . ①古典诗
歌－诗歌研究－中国 Ⅳ . ①I207.22

中国版本图书馆 CIP 数据核字 (2022) 第 163043 号

责任编辑 廉 勇
装帧设计 罗 洪
责任印制 孙 明
出版发行 生活书店出版有限公司
（北京市东城区美术馆东街22号）
邮 编 100010
印 刷 三河市腾飞印务有限公司
版 次 2022年10月北京第1版
2022年10月北京第1次印刷
开 本 880毫米 × 1230毫米 1/32 印张 13.5
字 数 289千字
印 数 0,001—3,000册
定 价 65.00元
（印装查询：010-64052612；邮购查询：010-84010542）

总序

叶嘉莹

我从小喜欢读诗、背诗，1945年大学毕业后就开始登上讲台教授古典诗词。我所以一生以诗词为伴，不是出于对学问的追求，而是古典诗词生发的精神力量对我的感动和召唤，这一生命感发蓄积着古代伟大诗人的心灵、智慧、品格、襟抱和修养。我一生经历很多苦难和挫折，在外人看来，我一直保持乐观、平静的态度，这与我热爱古典诗词实在有很大关系。

诗歌价值在于滋养精神和文化。中国古代伟大诗人往往是用生命谱写诗篇、用生活实践诗篇，他们把自己内心的感动写了出来，千百年后的我们依然能够体会到同样的感动，这就是中国古典诗词的生命力。古典诗词凝聚了中华文化的理念、志趣、气度、神韵，是我们民族的血脉、中华儿女的精神家园。

读诗、讲诗有三个层次。第一个层次是直觉的、感性的。比如李商隐“无题诗”到底说些什么，你可能不懂，可是你一读，觉得它意象很美，声音也很美，这就是你对一首诗的直觉感受。第二个层次是知性的、理性的，即考察一首诗的历史、背景、思想。第三个层次则完全从读者接受角度来读，我们对一首诗的诠释不一定是作者原来的意思。意大利学者墨尔加利就曾经提出来一个术语“创造性背离”，即我们对一个作品的阐释有自己的创造，这个创造很可能不同于作者原意。像王国维在《人间词话》中以古人写爱情的小词说明“成大事业大学问”的三种境界，就是这样一个例子。也就是说，当你在读诗或词时，不仅探讨作者原意，更读出一种真正属于你自己的、从你内心兴发出来的东西。

其实这就是中国古老的、孔子说诗的方法。孔子说诗可以“兴”，是说诗可以给读者兴发感动，引起读者更多感发和联想——这样的感发正是诗歌强大的生命力所在，这样讲诗词才是真正的诗教传承。

我一向认为，“兴”是中国诗歌精华所在，使你内心涌动生生不已的活泼的生命。几千年来，中国有这么多伟大诗人留下这么多诗篇，让千古之下的我们读过之后内心震动，从而豁然兴起，这是一件多么美好的事情！

今天我们诵读诗词，如果只为能背会写，无异于买椟还珠。诵诗读诗，重要的是体会一颗颗诗心，与古人生命情感发生碰撞，进而提升自己当下修为。我的老师顾随先生也曾经讲过“中国说‘诗教’，不是教作诗，是使做好人”。今天我们提倡中华诗教，就是要透过诗词，用今人的生命体悟和古人交流，用诗人的生命品格滋养今人的生命质地，这个过程本身将产生强大的感发作用，使作者、讲者与听者都得到生生不已的力量。在这种以生命相融会、相感发的活动中，自有极大的乐趣。

这些年有关部门和机构推进《中国诗词大会》、“中华经典诵读工程”，2019年开始举办“迦陵杯·诗教中国”诗词讲解大赛。比赛以我的别号命名，专门面向全国中小学语文教师，鼓励古典诗词的读诵与讲解。去年暑期，虽然我还在病中，但仍然和决赛选手们在南开大学见面，与大家一同齐声高诵我的小诗：“中华诗教播瀛寰，李杜高峰许再攀。喜见旧邦新气象，要挥彩笔写江山。”我衷心希望这个大赛能选拔出一批优秀语文教师，大家一起把古典诗词薪火传续下去。如闻一多先生指出的“诗人对诗的贡献是次要问题，重要的是使人精神有所寄托”，我们这些诗教传薪者的使命，就在于发掘古典诗词中的感发力量，让中国古典诗词成为更多人生命中的指路明灯。每一代人有每一代人的责任，学人文科学的人更应该担当起传承民族精神命脉的责任。

此时此刻全球抗疫，不知道有多少人可以从中华诗词中获得慰藉和勇气。作为一位96岁的老人，我一生经历过很多苦难。记得2007年冬季我因肺炎住院，病愈后曾写过一首和友人的小诗：“雪冷不妨春意到，病痊欣见好诗来。但使生机斫未尽，红蕖还向月中开。”数千年来，中华优秀传统文化代有承传，千百年来传诵的古典诗词也必将滋养一代代中华儿女的精神世界。

（本文由南开大学文学院教授张静整理，原题为《红蕖还向月中开》，初刊于2020年3月20日《人民日报》。经叶老授意，作为本丛书总序。）

附记：

余初学诗，读叶嘉莹先生以兴发感动解说诗词的论著，甚为心契。后来读顾随、俞陛云等先生的说诗文字，读《唐诗解》

《山满楼笺注唐诗七言律》等明清诗解、诗说，才慢慢明白，由叶嘉莹先生发扬光大并注入新质的说诗理路，在我国由来已久。当我自己也走上诗词研究之路、对学界状况有所了解后，又恍然觉得：这种真正能够接续中华诗词命脉的说诗理路，在当下面临着严峻的传承危机。盖说诗和引诗不同，引诗可以断章取义、各取所求，说诗则必须符合诗词自身的表意规则及互文语境。诗词表意具有含蓄性、暗示性和跳跃性，“语码”系统更为独特，不像散文语言那样直白、连贯、易解，更与日常生活中使用的社会话语相去甚远。《文心雕龙·知音》云：“夫缀文者情动而辞发，观文者披文以入情。”作诗是抒志摛文、将情志外化为文字的“编码”过程，而说诗则是沿波讨源、通过文字探求情志的“解码”过程。现代学术将“研究”与“创作”断为二事，部分学者的国学功底相对比较浅狭，且缺乏创作体验，对诗词这套独特的“语码”系统不甚了解，难以还原互文语境，故其说诗，难免隔靴搔痒、支离破碎。而一切研究，不管选题、理论、方法如何，都应该奠基于对文本的准确解读之上，否则无异于空中楼阁。欲提高对诗词文本的感悟力和解读力，除了学习写诗丰富创作体验外，揣摩擅于说诗的名家的理路、方法，亦必不可少。

我把自己的这个“杞忧”说给叶嘉莹先生和三联书店的郑勇先生，并提议编选一套“名家谈诗词”丛书，对近代以来国学功底深厚且研究与创作兼擅的名家的诗词研究成果进行梳理、总结，得到了他们的鼎力支持。具体来说，“名家谈诗词”丛书拟分辑陆续推出，每辑十家，每家一本。每一名家，均邀请对其治学比较熟悉的门生弟子或与其研究领域相近的领军学者进行编选：从该名家的所有说诗文字中撷取精华篇章都为一集，以普及性为主，兼顾学术性和代表性。每本卷首，由编选者撰写一篇“导读”，介绍该名家的生平和说诗理念、方法、特点、成就、影响等。整体而言，“名家谈诗词”丛书既由点成线，串联起了近代以来诗词研究的学术史，同时也撷英采华，凝聚了近代以来诗词研究的成果精华，非但普通读者可藉此走近、了解中华诗词的“正脉”，专家学者也能由此揣摩路数，提高感悟力和解读力。

“名家谈诗词”丛书从动议到编选都受到叶嘉莹先生的关心、指导。王兆鹏、刘跃进、陈水云、蒋寅四位先生欣然出任丛书编委并进行把关。葛晓音、罗时进、张伯伟、彭玉平、戴伟华、曹辛华、缪元朗等先生愉快地接受编选邀请，他们不仅在选目上精心斟酌，而且撰写了精彩的“导读”。这些“导读”，既通俗扼要，亦不乏学术洞见，有些已先期在《文学遗产》《清华大学学报》等重要学术期刊上发表，颇受好评。丛书策划动议与三联·生活书店一拍即合，郑勇、廉勇等先生为丛书的出版费心费力，他们不放过任何细节、精益求精的精神令人感动。对于以上诸位先生的支持与付出，谨致以诚挚的谢意！

好诗凝聚了人生最美好的心志和情感，读诗可以变化气质、涵养灵魂。中华诗教也就在这“好峰随处改”的快意阅读中传承、光大，社会风气也就在这“润物细无声”的陶冶煦育中好转、净化。希望大家喜欢这套多方殊胜因缘共同襄赞而成的“名家谈诗词”丛书，一起欣赏好诗，共同创造美好的人生和世界！

陈 斐

2020年8月

20世纪30年代，任中敏先生（左）与母亲顾竹筠、兄长任诚合影

1968年，任先生夫妇在成都

20世纪80年代，任先生在扬州师范学院作报告

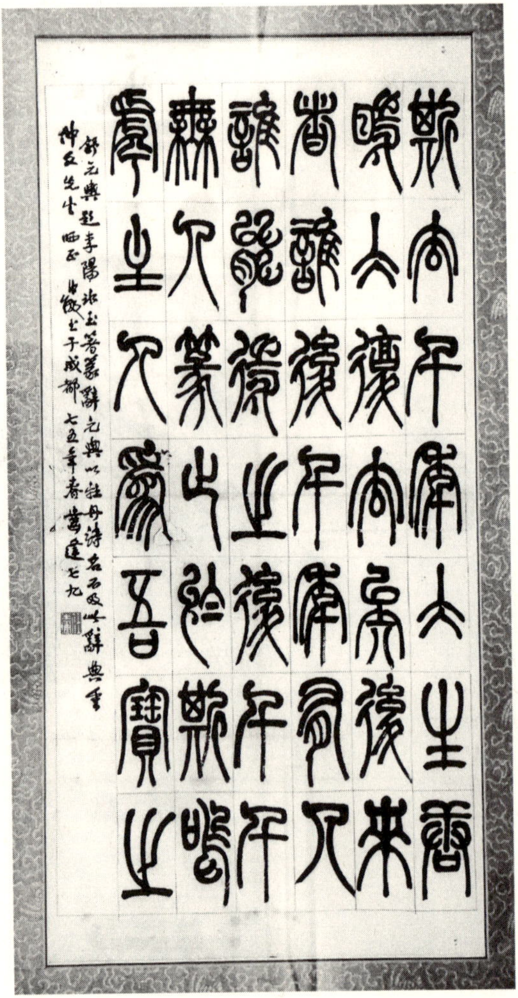

任先生手迹

［斯去千年，冰生唐时。冰复去矣，后来者谁？后千年有人，谁能待之。后千年（千）无人，篆止于斯。呜呼主人，为吾宝之。　舒元舆题李阳冰玉箸篆辞。元舆以牡丹诗名，不及此辞典重。仲丘先生哂正。中敏书于成都。七五年春，齿逢七九］

目　录

声诗研究

词学研究

散曲、敦煌曲研究

唐艺综论

导读

张之为　戴伟华

任中敏先生是一位学者，也是一位诗人，他的著述总是高昂着诗情。八十六岁为《唐声诗》写跋，其慷慨激亢之词依然令人震撼："校事既毕，自我欣赏曰：善哉《唐声诗》！严限主题，穷原尽委，洵至'涣然冰释，怡然理顺，而自会于沦肌浃髓'！诚无愧于其好伴侣《唐戏弄》，并无怍于其大家庭《唐艺发微》！堪为'声诗学'作人梯之初阶，仰而攀登，何患不跻！后之来者，其有意乎？"[1]任先生的学术是独特的，他的卓著之处在于极强的开拓性与前沿性，广阔的学术视野、强烈的学术个性超越了时代和潮流。

一

任先生名讷，字中敏，以字行。1897年出生于扬州，1918年，

[1] 任中敏著，张之为、戴伟华校理：《唐声诗（下）》，王小盾、陈文和主编《任中敏文集》，凤凰出版社，2013年，第462—463页。

二十二岁的任中敏考入北京大学国文系，遇词曲大师吴梅。吴梅被誉为“曲学之能辨章得失，明示条例，成一家之言，导后来先路”[1]的一代宗师。他对任中敏分外赏识，任先生亦专意于词曲，后遂寓居苏州吴梅家，尽读奢摩他室词曲珍本。这是任中敏学术生涯的积累和起步期，由此他开始了九十五年岁月中的第一个学术阶段：建立“任氏散曲学”。其主要学术成果有：

1924年，以奢摩他室录得的大量资料，并学习心得，整理成《读曲概录》。1926年，出版《元名家散曲六种》。1927年，出版《元曲三百首》。1931年，出版《荡气回肠曲》，署名王悠然（夫人王志渊笔名）；出版《散曲丛刊》十五种，正式提出“散曲学”的概念；又出版《词曲通义》，将词曲合并，做比较研究。1935年，出版《词学研究法》，反驳了孤立地以文学为中心的词学发生史的传统认识，提出建立全面的、立体的文化研究模式。1940年，出版《新曲苑》三十四种。《散曲丛刊》与《新曲苑》广搜前人曲学研究资料，资料整理与理论创建并行，被誉为近代散曲学奠基之作。

这些论著出手不凡，显示了任先生雄健的学术魄力。它们全面整理了古代散曲文献，系统总结了历史理论，传统散曲学的研究模式由此转换，最终促成了散曲研究的现代转向，具有里程碑式的意义。

任先生有两个别号，一曰二北，二曰半塘，可谓其研究范

[1] 段天炯：《吴霜崖先生在现代中国文学界》，王卫民编《吴梅和他的世界》，河北教育出版社，2002年，第163页。

围与学术发展轨迹的凝练反映。“二北”指北宋词与北曲。“半塘”则是1958年出版之《唐戏弄》的署名。当时任先生被划为右派，著作本无望付梓，但出版社意识到这本书巨大的学术价值，便与任先生商议，以笔名付印。任先生说：“曹寅在扬州搞《全唐诗》，我不敢同他比并，且这本书只论戏剧，不论俳优、百戏，只是一个‘半边体’，就署‘半唐’吧！”[1]出版社排印时又以“塘”代“唐”，遂定“半塘”之号。如果说“二北”指代的是任先生作为散曲研究家的学术阶段，“半塘”则意味着他又迈向了一个全新的领域：唐代音乐文艺学。

唐代文学研究是一个历史悠久、积淀深厚的学科，近代以来，已经形成了相当稳定的研究范式，学者的工作，很多时候只是在既有的研究框架内深耕细作。任先生的唐艺学研究则完全是颠覆性的。

1956年，年届花甲的任先生写下了一篇《唐代“音乐文艺”研究发凡》（后附于《教坊记笺订》出版），展示了大气包举、架构宏备的唐代音乐文艺研究总规划，提出包括敦煌文学研究、唐代戏剧研究、唐代燕乐歌辞研究三个部分共十六稿的研究计划。到80年代为止，虽然社会风云变幻，历经动荡，任先生的计划最终完成的部分如下：

敦煌文学研究：《敦煌曲校录》《敦煌曲初探》。

唐代戏剧研究：《优语集》《唐戏弄》。

[1] 黄俶成：《任中敏传》，陈文和、邓杰编《从二北到半塘——文史学家任中敏》，南京大学出版社，2000年，第12—13页。

唐代燕乐歌辞研究:《教坊记笺订》《唐声诗》。

除此之外，任先生还曾编著数百万字的《唐宋音乐集成》，惜毁于“文革”，但他以耄耋之龄，又发奋编著了皇皇巨著《敦煌歌辞总编》。此书共收录敦煌歌辞一千三百余首，比《敦煌曲校录》多一倍有余。至于《发凡》未竟之业，则由任先生弟子王小盾先生接踵前行，贡献了《隋唐五代燕乐杂言歌辞集》《隋唐五代燕乐杂言歌辞研究》《唐代酒令艺术：关于敦煌舞谱、早期文人词及其文化背景的研究》三部著作。另有论文《唐大曲及其基本结构类型》，专述唐大曲。由此，《发凡》中唐代音乐文艺的研究计划全部实现，学科规模初具。

散曲学与唐艺学共同建构了任先生的学术体系，两者彼此继承、逐步深化的轨迹清晰可辨。前后两个阶段的联系，首先是在历时维度上对事物起源的追踪。当任先生进行散曲研究，探究“散曲起源”这一问题时，沿着“曲乃词变”的传统观点，自然上溯到词；而沿着“词乃诗余”的经典论述，则递而导向诗歌，形成“曲—词—诗”的研究路径。其次是共时性的横向扩展。由北曲、北宋词追踪到唐代，随之而来的问题就转变成了——唐代音乐以及音乐活动，与文学如何产生联系？这构成了“唐代音乐文艺学”的核心问题，研究框架亦由此展开。

二

中国古代文学中，诗、词、曲这三个品类都与音乐有密切联系。近代以来，相关研究已经形成了成熟的范式，基本不超出作家、作品内容、体式、风格这几个模块，这也构成了文学史书写的经典模式。任先生的超卓之处在于研究视野与思路的整体转换，具体而言，体现于两点："主艺不主文"与"歌辞总体观念"。

首先谈一下"主艺不主文"。"艺"指伎艺，"文"指文本。任先生试图扭转文学研究以文本为中心的路径，把文学看作一种社会活动，联系其功能及艺术表演的背景来研究其内容和形式。在他看来，只有这种研究，才能揭示各种文学形式得以形成的原理，以及某些文学样式得以繁荣的原因。[1]说到底，就是从音乐文艺的角度认识作品：文学作品的样式受到其表演音乐与伎艺的制约，音乐的体裁和伎艺的表演形式最终会反映到辞章的文体样式上，影响其辞样；其应用功能，如用于娱乐或娱神或其他，会影响到文辞的内容，进一步会影响文辞的风格。文学研究常区分"外部研究"与"内部研究"，认为从文本出发的内部研究才能深入解决问题。但是，对于根植于音乐文艺活动的"词"或者"曲子"，其文体的外部特征是音乐表演形式的反映，决定文体形态的本质因素在于伎艺。若坚持所谓研究分内部外部，无异于缘木求鱼。这也是贯穿于任先生整个唐代音乐文艺研究的最重要的学术思路。

其次是"歌辞总体观念"。此点在任先生的著作中被反复提及，但表述得最周至的还是《唐声诗》中的一段话："两宋接近唐、五代，文化启承繁密，诗、词虽因乐分，而总体关系难

[1] 王小盾：《任中敏先生的〈全宋词〉批注》，《扬州大学学报（人文社会科学版）》，1997年第1期。

割……（《全宋词》）全集之中，不但诗、词、曲三体同见，仍然丛脞不纯，其虽取唐代诗调以为准则者，亦或明或昧，自相刺谬，显然便是问题。倘于诗、词、曲三体之个性外，不忘其尚有公性在——同是歌辞，同为声、容而用，不当相排……《全宋词》所失，在诗、词、曲三体之间；刘大杰《中国文学发展史》'词的兴起'章内所失，则在乐府、诗、词三体之间，亦正因缺乏'歌辞'总体观念故。"[1]这段话清晰阐述了"歌辞总体观念"提出的学术背景与问题指向。文体起源是中国古典诗学的核心问题，经典观点可以简要表述为：词乃诗余，曲乃词变。这体现出在发生学的视角下追索诗、词、曲之间联系的尝试。显而易见，在文本中心的研究里，焦点会自然汇聚于一端，即文体形态上的差异。以诗、词之别为例，传统上，齐言为诗、杂言为词。但这个判定标准显然是不妥当的。比如唐圭璋先生主编的《全宋词》中，林逋存目词部分收入了《瑞鹧鸪》（众芳摇落独鲜妍），此作又被黄大舆《梅苑》收录，显然宋人亦目之为词，但从体式上看，它却是一首典型的七律。类似的例子还有很多。这时仅从文本入手并不能有效解决问题。任先生非常善于寻找复杂事物间的联系，进而揭示其本质与规律。他拈出诗、词、曲三体的共同属性：皆为歌辞。在"歌辞"概念的统摄下，文本间个别字词增减造成的体式差异不再具有本质分判意义，研究的中心转向探索音乐体裁、伎艺表演形式与辞章文体样式之间的联系，进而梳理、建构整个"歌辞系统"发生、演进之过程。

[1]《唐声诗（上）·弁言》，《任中敏文集》，第3页。

三

任先生是一位个性很强的学者，刚正而坚毅。这同时体现在生活和学术两个方面。

任先生曾担任过国民党元老胡汉民的秘书，因为这个原因，经历过很艰难的时候。1949年，任先生入川，先驻重庆，后定居成都。由于长期没有工作，他便请夫人王志渊女士料理扬州口味的五香豆，亲自挑着上街去卖，这样才暂时解决了生活上的问题。困窘之中，任先生仍坚持著述。每日放下扁担，便提起笔杆，“唐代音乐文艺学”的构想就形成于这个时候。当时他已年过半百，这份体力、精力、意志力，真是非常不易。

1981年，任先生被批准为首批博士生导师，1983年招收了第一届博士王小盾先生。入学之初，任老就对王先生提出要求：每年至少工作三百六十天，每天至少工作十二小时。王先生后来回忆说：“我理解并接受了这些要求。因为他本人就是用小跑的步伐度过一生的，我必须适应他的生活节奏。另外，他已经八十七岁了，生命留给他的时间并不确定，所以他有强烈的紧迫感……他的本意是：每天给我一次鞭策，使我不至于成为宰予。”[1]王先生没有辜负任老的厚望，两年时间就完成了高质量的博士论文。

答辩时还发生了一件事，很能反映任老的个性。据陈文和先生《回忆任老》，1985年12月1日，任半塘先生的首届博士生王小盾先生参加论文答辩，答辩委员有王季思、唐圭璋、孙

---

［1］ 王小盾：《任半塘先生指导我读书（上）》，《古典文学知识》，2017年第4期。

望、金启华、王运熙、龙晦等国内知名教授。在答辩会前，任老用毛笔恭抄了八页纸的“大字报”，内容包括“坚决反对‘唐词’意识”、“‘唐词’的说法就等于‘宋帽唐头’，‘明版《康熙字典》’”、“对待博士生答辩要严格要求，严格审查”等，并要求张贴在答辩会场。工作人员做了变通，将标语贴在会场旁边的临时办公室墙上，任老生怕别人看不到，在答辩会的发言中再次提出这些问题。[1]

任先生说过：“要敢于争鸣——枪对枪，刀对刀，两刀相撞，铿然有声。”在这个意义上，他是一位真正的战士。

中国现代词学史上，曾产生过一场激烈论争：“唐词”与“唐曲子”之争。了解这段历史，有助于我们更深入地理解任先生的学术观点、路径，故在此略作陈说。

论争的起点是任半塘先生1980年在《文学遗产》上发表《关于唐曲子问题商榷》，明确反对“唐词意识”，提倡“唐曲子”：“这里（敦煌卷子）的‘曲子’不但名目和‘词’不同，连性质上二者也迥别；曲子含义的主导部分是音乐性、艺术性、民间性、历史性，都较词所有为强；若改为‘唐词’，只仅表示一端，词章性较曲子为强而已，远远赶不上‘曲子’的内在条件丰富，一一吻合历史——这是敢于建议为‘唐曲子’定案的最坚强的依据！”[2]实际上，“词”作为一种文学样式的名称已存在近千年，已经约定俗成地成为一种成熟文学体裁的正式称谓，有其

[1] 陈文和：《回忆任老》，《从二北到半塘——文史学家任中敏》，第133—134页。
[2] 任中敏著，樊昕、王立增辑校：《唐艺研究》，《任中敏文集》，第196页。

固定的内涵。用“词”这一称谓来涵盖唐五代的燕乐歌辞（“曲子”），客观而言，并没有偏离研究对象的本质。任先生当然意识到了这一点，他之所以反对“唐词”之名，坚持使用“唐曲子”的概念，有其自足的学理。“唐曲子”是统摄于任氏“唐艺学”研究系统之下的概念。在“唐艺学”的研究视域中，“曲子”是“唐代音乐文艺”的一种，与大曲、讲唱、谣歌等并立，而与之结合的“歌辞”，其体式、内容、风格都受到音乐层面的影响。并且“曲子”带有强烈的民间性，与文人创作的“词”性质有别。此外，任先生认为，“曲子”之称，也更符合唐人的习惯。上述种种，实已关涉到音乐文学史当中的一系列重要问题。归结而言，“唐艺学”研究路径的本质，是试图结合文学之存在背景，来观照文学存在的方式，也就是“主艺不主文”的思路，这正是任先生所说的“若改为‘唐词’，只仅表示一端，词章性较曲子为强而已，远远赶不上‘曲子’的内在条件丰富，一一吻合历史”。只有“曲子”这一名称，才能契合任氏“唐艺学”的学术视野与研究路径。可以说，“唐词”与“唐曲子”之争，反映的实质上是两种学术视野、研究路径之间的争鸣。

四

任氏学术以极强的开拓性，突破了传统的研究视域与路径，在某种程度上，可以说重塑了诗歌研究的观念，影响重大，流泽深远。

任老的研究使得学界重新审视“诗”所依存的社会环境，以及“诗”作为综合音乐活动之构件（即歌辞）这一性质。此点在唐诗研究中尤其突出。《诗经》能诵、能歌、能弦、能舞，这就形成了诗与歌、乐、舞相联系的传统。从《诗经》《楚辞》到两汉魏晋六朝的乐府，都具有很强的音乐性，但传统唐诗研究却将诗歌作为孤立的文本进行观照。郑振铎《词的启源》曾言及唐宋两代能歌的诗体，据他统计，"只有《怨回纥》《纥那》《南柯子》《三台令》《清平调》《欸乃曲》《小秦王》《瑞鹧鸪》《阿那》《竹枝》《柳枝》《八拍蛮》诸曲而已"。[1] 这代表了当时学界的主流观点：唐五代是诗乐的衰落时期。任先生颠覆了这一论断，根据《通典》《新唐书·礼乐志》《唐会要》《乐书》等记载，指出盛唐宫廷有司乐的独立机构大乐署、梨园、教坊三个，乐工、梨园弟子、乐伎人数众多，创作、表演活动异常繁盛，并且据两唐书《音乐志》《艺文志》及《国秀集》的著录，证明"此时无论法曲、胡乐，其所用之歌辞，十之六七皆为声诗"[2]，为唐诗研究打开了视野。

研究视野的拓宽带来资料的扩展。任先生总是把文献整理当作研究工作的前提，资料辑整与理论阐发并行，如《敦煌曲校录》与《敦煌曲初探》，《唐声诗》的《格调》与《理论》，都是这种工作方法的体现。王小盾先生曾以"大禹治水"概括任老的文献工作特色：为建立自己的理论体系，研究往往穷尽一切相关资料的同时，也穷尽一切传统课题。[3] 任老重视研究资料的完备性，与偏重正史乐志的传统不同，任老的资料汇编往往囊括文人

[1] 郑振铎：《词的启源》，郑振铎主编《小说月报》第二十卷第四号，书目文献出版社，1984年，第620页。

[2] 《唐声诗（上）》，《任中敏文集》，第31页。

[3] 王小盾：《任半塘、王云熙先生的音乐文献工作》，《中国音乐学》，1990年第1期。

诗文、民间谣谚、佛道语录、金石刻辞、稗史小说乃至域外文献中的一切材料，力图做到一网打尽，无所遗漏。

五

本书择选任先生论诗著述，分为四个板块：声诗研究，词学研究，散曲、敦煌曲研究，唐艺综论。

声诗研究包括《唐声诗总说》《唐声诗之范围与定义》《唐声诗之歌唱》《唐声诗与长短句辞关系》。[1]此部分涵盖唐声诗研究意义、工作方法、核心论点。唐声诗研究的意义，在于对音乐文学史上承汉魏六朝、下启宋元的贯通作用："欲求通于我国古典文艺内之歌辞专体者，于唐代声诗之学，终不容不治也。"[2]具体工作方法是，先辑录唐诗及唐代民间齐言中确曾歌唱或有歌唱可能者约两千首，从中提出曲调百余名；次以相关记载排比沟通，建立理论；再根据理论重审各曲，著录一百五十余调、一百九十余体；最后从以上三者之间抉剔矛盾，互相改正，最终成稿。燕乐曲调是把握音乐与文学关系的枢纽，以之为纲领，考察歌辞体式与音乐因素、表演伎艺间的关联，得出的核心结论是，杂言与齐言两种歌辞实为兄弟关系，二体同时产生，同时并存。这不但对词起于诗的经典观点提出了质疑和挑战，更将词体形成这一学术争议问题提升为对中古音乐文学的全面探讨。

词学研究包括《南宋词之音谱拍眼考》《研究词乐之意见》

[1] 节选自《唐声诗》。

[2]《唐声诗（上）·唐声诗总说》，《任中敏文集》，第1页。

《研究词集之方法》《词学研究法·作法与词律》。[1] 此部分是词学基本知识的介绍。《南宋词之音谱拍眼考》依照南宋词的体制——令、引近、慢曲、三台、序子缠令、法曲大曲、诸宫调，按由短而长的次序，论列其音谱、拍眼。《研究词乐之意见》在"词曲同为合乐之艺，本来乐与文并重，乐且先于文，而为文之所附"[2] 的精神下，对宫调、律、腔、韵、谱等要素逐一论列，并概述词乐之源流。《研究词集之方法》乃对于词集之考据、整理、阅读、批评等事，以专集、选集、总集三端发之，阐述词集研究之基本方法。《词学研究法·作法与词律》指示词的作法与词律。词之作法有二,一是"揣摩前人之作"，二是"归纳前人之说"，在阅读与思考中，切实做到通解文字、确定比兴、体会意境、认真词法。词律盖分为"谐于吟讽之律"与"谐于歌唱之律"两种，本篇所叙主要为定韵、填词，其研求之法，先考订倡和，次校雠文字，次比勘异同，次斟酌主从，然后逐调逐体标注句读、平仄、叶韵，再加以必要说明。本部分以音谱拍眼、词乐、词集、作法、词律，总概成文，指示词学研究之路径。

散曲、敦煌曲研究包括《散曲概论》《敦煌曲起源》《敦煌曲内容》《敦煌曲体裁》。[3]《散曲概论》考订散曲之名称、体段、作法、内容，展示散曲之形体与精神。《敦煌曲起源》《敦煌曲内

[1]《南宋词之音谱拍眼考》《研究词乐之意见》《研究词集之方法》为单篇论文，《作法与词律》节选自《词学研究法》。

[2] 任中敏著，李飞跃辑校：《词学研究》，《任中敏文集》，第33—34页。

[3]《散曲概论》节选自《散曲丛刊》十五种之《散曲概论》。《敦煌曲起源》《敦煌曲内容》《敦煌曲体裁》节选自《敦煌曲初探》。

容》《敦煌曲体裁》以20世纪初新发见之敦煌曲辞为研究对象。《起源》在词发生史视角下对敦煌曲进行总览；《内容》在与后世词曲之比较下，呈现敦煌曲凡百涵容的主题，指出其已兼词、曲之内涵而有之，直指诗、词、曲研究中三体割裂之病；《体裁》则以音乐文艺总体视野，展示敦煌曲与唐代各体伎艺之关系。

唐艺综论包括《唐代“音乐文艺”研究发凡》《关于唐曲子问题商榷》《坚决废除“唐词”名称》[1]。《唐代“音乐文艺”研究发凡》是任先生唐代音乐文艺研究的总规划，可由此一窥任氏唐艺学之全貌。《关于唐曲子问题商榷》与《坚决废除“唐词”名称》皆围绕“唐词”与“唐曲子”问题展开，标举“唐曲子”，反对“唐词意识”，这是两篇反映任先生学术视野、研究路径的重要论文。

任半塘先生学术的系统性、整体性很强，具有独特的视野与路径，他在观念和原理上给予我们的最大启示，不妨归纳为：将文学视为一种社会活动的“运动过程”而存在，与立体的、具体的社会活动紧密相连。这也就是任先生所言“凡治百学，必先鸟瞰其时代，而灼知其环境”之深意所在。

2021年5月

[1]《唐代“音乐文艺”研究发凡》原载《教坊记笺订》，《关于唐曲子问题商榷》《坚决废除“唐词”名称》为单篇论文。

声诗研究

唐声诗总说

一

“唐声诗”名称，从未有人提及，所具理论与格调，亦从未有人草创，文学史内对此大都三言两句而已。此番草创，原分理论、格调及总集三稿。今删去总集而存二稿，订为上下编。全书有一共同目标，乃探明唐人歌诗之真象如何，及与歌诗同时或其前后最为接近之真实环境如何。其意义首在对于文学史或文艺史能起下列两种贯通作用——

（一）汉、魏、六朝之乐府歌辞曾如何联结乐、歌、舞、戏？其续体——唐诗，曾如何继承，以联结乐、歌、舞、戏？

（二）宋词、元曲曾如何联结乐、歌、舞、戏？其先声——唐诗，曾如何创始，以联结乐、歌、舞、戏？

倘于此一中间阶段——唐诗——寄声寄艺之实况不明，对前者六朝，后者宋、元之声伎体用所在，势必有隔阂或误解。质言之，一般文艺家自来即陷在此项隔阂与误解中，特大都茫然不自察耳。一切治学原则，若不能笼括对象之整体，以贯通脉胳，纵使分段攻坚，逐部深入，仍不免昧惑源流，潜孳蔽障；从任何通史之要求言，类此乖违尤所不许。下编弁言内曾略见实例。质言之，欲求通于我国古典文艺内之歌辞专体者，于唐代声诗之学，终不容不治也。

上述贯通与联结所在，初不止乐、歌、舞、戏、伎艺方面而已，他若歌辞之思想内容及其文学风格等，亦皆有同等或超过之贯通与联结者在，文学史或文艺史并当研求。此稿二编所治，仅限于体用一面而已，仍远非“声诗学”之全部，自不待言。特体用之求解，必其基本资料与基本认识之所丛集，若先奠基层，更谋进展，则精神实质庶可无往而不准耳。

二编构成之程序大致如下：始据唐诗及唐代民间齐言中确曾歌唱或有歌唱之可能者约二千首，提出其中所用之曲调百余名。同时联系有关之记载千余条，排比沟通，在理解上获得许多小结，乃酝酿为“理论”之初稿。据此初步“理论”，重审各曲，一再增删，著录一百五十余调、一百九十余体，是为谱式之稿，曰“格调”。据此“格调”，还审歌辞，合并多方待订之资料，一再增删，著定约千五百首，是为第三种内部自用之资料，曰“声诗集”。进一步更从三稿之间，抉剔矛盾，相互改正，反覆修订，终得理论与实际之基本统一而彼此制约、不可或缺之二稿，曰“上、下编”，用以问世。

不仅此也，唐代歌辞与历代歌辞同，皆大别为齐言、杂言二体，同时并举，无所后先，各倚其声，不相主从，特彼此关系极为密切耳。凡此在朝、野声辞皆然，初不限于文人之业。故凡订齐言诗调者，必同时兼验杂言调之实况如何；若订杂言调，亦当考诗调之成规何在。今所以表声诗者，具于此上下二编矣。顾所以治唐五代之杂言调者将如何？曰：别有《唐杂言》及《隋唐五代杂言格调》二稿，与诗之上下编对等存在。“诗上下编”立说虽晚，其有裨于杂言二稿核实之处殊夥，非去今二百五十年前《词律》《词谱》等书所及计，已各从所宜，分系于调，斑斑在册，——此又齐杂言学并举，相互为用，不可或缺者也。

诸稿既备，学者倘翱翔于南北朝乐府与唐曲、宋词、元曲之间，有欲穷源尽委、折中析疑者，将譬若六辔之在手，可以纵作侦骑，恣其诇察，于声、于辞，皆能有获，甚至沉翳顿销，症结全豁，都出宿虑以外，当又非偏守声诗一体者所能赅。故诸稿之营，必须“严”与“博”兼至。此较高之标准，初步不逮，终步必至。凡立一说，订一格，例一辞，务不厌寻根索蒂，左宜右有，既著启承之由，复安名实之分，踌躇满志，然后有定。如此义理浃洽，征信无亏，固非任何片面所能专辄，更非任何点线所得一诣孤行者矣。自声诗失学，千载于兹，董理唐歌辞者，失在不得大体；阐发乐府者，又憾在未明远用。使声诗既彰，而齐杂言双方诸稿果当，则上发诸义，岂空论欤！实例略见下编弁言五。他如萧梁《上云乐》固远启元剧之“神仙道化”，实先容于唐孟郊之《列仙文》等篇；斯亦推乐府之用远，而亦赖声诗居于其间之例。

或曰：理论部分于声诗本体之外，推衍源流太远，参考邻艺太泛，将为病！毋乃多稿交流所致之不良倾向。曰：上文已揭“真实环境”之说矣，不可忽。凡百治学，必先鸟瞰其时代，而灼知其环境。宋唱词、元唱曲之环境如何，人皆习知，然后无惑乎宋词元曲之盛。声诗学，史学也，疏浚源流，势居重点。声诗，新树之体也，其布根远近，取候寒燠，均赖征实，则体察时代与环境，正其当务之急，岂厌求详？虽上下四方，穷其变幻，易流于剽荡，要坚信声诗，固向居唐代歌辞正宗之地位，则如此亦何憾！千年岑寂，于兹已破，其延虽远，曾何泛乎？从知此步若不伸，斯为病；伸，非病。下编《格调》于辞、乐、歌、舞之沿流，已限于北宋，不泛。每调之“杂考”中，遇后世或邻国有标新立异处，始兼及之。至上编内有数章，详后世杂歌、杂吟关系，极为重要，正恐其尚有不足耳。

二

唐、五代，封建时代也。其文学艺术之造诣，较之历史上其他封建王朝，觉诗歌与乐艺之根底特厚，华实兼荣。以声诗一端言，若穷其究竟，除在文学史与文艺史上起相当作用，有如上述外，于后世文艺家一般所业，亦多可借鉴处，兹略举之——

屈原在沅湘，留意民间歌舞，采其声容，广其情志，作《九歌》，影响后世文学者颇著。唐刘禹锡在建平，追踪屈原，亦留意民间歌舞，采其声容，广其情志，作《竹枝》九篇，远近传唱。当时之功，已特昭显。若就影响后世之歌诗作业言，较诸屈原《九歌》所有，则文献足征，领域尤广！后世《竹枝词》之拟作，名目繁多，都循描写地方风土人情一端发展，垂清末不衰。南迄僮佷，北届蒙古，均有《竹枝词》。并由《竹枝词》推出《橘枝词》《松枝词》《桃枝词》《桂枝词》《樱枝词》种种，详下编《格调竹枝》(二)。因此，黄庭坚重其“风声气俗”，而尊为“齐梁乐府之将帅”。语虽有病，识固超人。从知刘氏之作《竹枝》，实声诗中一件彪炳之业！自后凡较进步之作家，咸知联系民间，模拟民间，已相率形成历史传统。其义之可贵，过去晦而不彰，今已人所共晓；惟于此项优良传统之启迪者，应知不仅《楚辞》之屈，犹有声诗之刘也。黄氏意：《竹枝》出齐梁乐府，刘作为唐人所拟齐梁乐府之最，说未妥，亦详《竹枝》(二)。

刘氏《竹枝》引言中曾称：辞成以后，“俾善歌者飏之”，史书则谓“武陵裔俚悉歌之”。足见其写此歌，乃取自民间，复还于民间。而九章之内容，或状山农辛勤，或喻人心险薄，或写水边情调，或申羁旅乡愁，都不离民间生活。唐代其他作家，凡拟民歌而还供民间采用者，亦尚有之，自与刘氏《竹枝》同效；但若白居易、元稹、李绅等集内，除不歌之“新乐府”外，别有“奉敕撰进”与“翰林应制”诸作，纯为封建统治者服务，则与刘氏《竹枝》供“裔俚悉歌”者，大异其趣。又如元结之《欸乃曲》，虽用民间棹歌之声，却写自己之宦情雅兴；辞成后，犹勉强舟人习唱，当然格格难入。彼此虽同是歌诗，而薰莸迥别，凿枘不投，无从融洽。后人于此，正好明辨是非，坚定从违，体会凡百文艺究为谁用之义。

白居易取初盛唐之《柳枝》旧声，翻为《杨柳枝》新调，而创制舞容，播于远近。薛能则于辞、容两面，均不甘保守，欲别有创新，造成一种“洋洋乎唐风”，因改白氏所制之软舞为健舞，并于辞章“搜难抉新，誓脱常态”。薛氏虽功力尚有未至，然其趋向则卓然可归。此曰“唐风”，但涉文化而已，与李世民创《破阵乐》，扬其声威，近胁臣民，远震邻国，含喜功耀武之意味者大不同。后之论者，但见有人翘薛氏才情之短，却无人赏其胸襟开远，手眼特高，何欤？正当肯定薛能敢为之精神，振奋进取，以适应时代需要，在歌曲乐舞中，建树更宏伟、更现实之风格，唐人前绩，亦可以镜也。

“山歌”名目，唐已盛行，其内容颇广，如田歌、樵歌、渔歌、棹歌、采莲歌等皆是。有游春踏歌者，有祠神巫歌者，有月下设“歌场”、男女赓和竞赛者。详上编五章三节踏歌，及八章一节歌谣。当时原辞之流传虽极少，但凭白居易、刘禹锡、皮日休、陆龟蒙、郑谷等诗中所描绘，知当时民间山歌甚普遍，且极动人。虽封建士大夫中生活感情与民间已远隔者，闻其声辞，尚为神往不置，无论原在阡陌街衢之基层社会矣。杜甫《陪柏中丞观宴将士》诗，有“一夫先舞剑，百戏后歌樵”语，知樵歌且已编入戏弄之列，余可概见。尤其街陌歌谣而外，尚有军中歌谣，出于行伍士卒之自发者，如《叹疆场》《下兵词》等，固汉魏乐府所未传，宋词元曲中更罕睹。此事自来治唐诗者未措意，宜作新课题，供有采诗任务者参考：既录工农之歌，犹念兵士所唱；勿专向山边求山歌，而遗水边之山歌、营垒之山歌等，致失全面。“山歌”者，乃一类名而已，发展极广，当不能以人以地以山为限。

唐代之民歌，一部分缘于当时之民俗，先有某种风俗，乃有某种歌唱。例如《拜新月》曲起于妇孺拜月之俗，《乌夜啼》曲盛于赛乌求福之迷信，《鹊踏枝》曲起于鹊声报喜之迷信，《祓禊曲》《上巳乐》等起于古代上巳临流，涤除不洁之俗，《吴楚歌》起于江南社日休假之俗。他若《采莲子》《于阗采花》《踏歌辞》

等，亦分别附于采莲、采花、踏月、踏青诸俗而来。即白居易之所以创“《莫走》柳条词”，亦因当时尚守汉代临歧送别、折柳相遗之古风。盛唐风俗，如张说《请八月五日为千秋节表》所言：“曲水禊亭，重阳射圃，五日彩线，七夕粉筵”等，已无不有曲艺表现，可见一斑。此中意义，亦足为后世用：凡采诗者，欲其事美备，宜同时兼访民俗。俗之所在，往往有歌。俗既足以兴歌，可知歌亦必能易俗。欲民间遗弃封建迷信等旧俗，而易以勤劳健康等新俗，宜莫善于用新歌曲为之推进。唐代佛徒惯用俗歌曲，以加深民间之迷信；统治者亦曾用声诗推行《孝经》《千字文》等，以麻醉人民，皆其事之反者，因反可以喻正。民歌与民俗互为因果，历代无殊，于唐尤著，后世亦正可取则。

唐声诗大半入乐。民歌之入乐者，主要入民间之乐，非若汉、魏“街陌歌谣”今所流传者，多入“乐府”之乐。民歌既由统治者官署乐工为之声，其民间原声存亡乃不可知。近人选汉、魏、六朝乐府诗者，认民歌须有官乐，而不虑其原在民间能否有乐，因之放弃部分之辞不录，以为无乐，毋乃视官乐太重，视民乐太轻，岂不偏颇！唐代未设乐府采诗，是其缺憾；但太常广罗“胡夷”之乐曲，多加整改；教坊广罗里巷之乐曲，且及边塞之声，不遗在远，存真较多，是其优点。后世采诗，于民间乐谱所在，须充分重视，着意追求；其与原辞相结者尤可贵！务网罗无遗，勿陷于一意主文、不兼主声之弊。既曰“民歌”，当备歌声，名实斯副。清俞正燮论“诗入乐”，曾曰：“诗不可歌，则不采矣。”语殊可味。民歌失原声，而由“乐府”补谱，乃不获已事，不足为常，正贵其有原声耳。采诗者惟有用对民间歌辞或对民间文学之同等重视，来重视民间曲调或民间音乐，一反上述承认古官乐、否认古民乐之误，斯无憾。下编罗声诗格调所以异于《词律》《词谱》等书者，正在《律》《谱》之内容专论文字，不涉乐、歌、舞诸艺，而格调则文占其一，艺占其三。虽限于资料与认识，所诣尚嫌空疏，若方向端正，乃根本之计，不许忽也。

舞容方面亦应有同样重视：我国民间舞蹈有优点，形式虽简朴，感染力并不弱。如唐《竹枝》始在民间，不过“扬袂睢舞”，或手执竹枝，踏地为节而已；后经女伎称“竹枝娘”者，专精其艺，甚至逞才竞赛，乃由民间大辂，进于椎轮。刘禹锡《纥那曲》曰：“踏曲兴无穷！调同辞不同。”民间所以致此“无穷”之兴会者，诚然基于声辞，要亦赖有容动。倘废其容动，而只取徒歌，必大扫兴！如顾况指民间唱《山鹧鸪》曰“踏歌接天晓”，路德延指儿歌曰“齐声踏《采莲》”，白居易指小妓唱曰“新声踏《柳枝》”，边民唱《轮台》曲曰“相抱聚蹈《轮台》”，……皆是。集体歌唱，多有舞蹈，乃唐代之习尚，亦我民族文艺之又一优良传统，未可中断。采诗者并宜用对民间歌唱之同等重视，以重视民间舞蹈，于纪录歌谱时，遇有舞姿，悉心传写。如此，使民间艺事本来于辞、义、声、容四端具备者，经采诗者手，仍因全神贯注故，既获完整之纪录，复得巩固之流传，斯臻理想。

总之：五、七言句法，自汉以来，即已在民间歌唱中普遍流行；唐代民间七言歌辞益盛；迄于今日，民间之歌七言依然。就数量言，千年以来，为长短句调所不敌。故唐诗之文艺，倘整理得当，必尚有许多作用，可供后世征采，初不止上述数端而已。唐艺之表现，每每乐舞先行，然后有歌辞要求，故常语曰“唱将来”，或曰“舞着词”。惜唐代文人溺于封建，一般藐视民艺，搜采不勤，至当时虽备，今日犹传者则更少，亟有待于追踪发掘。尤其重视敦煌写本资料，作彻底清查，乃急不容缓之务也。

近来公私撰著文学史之风方盛，并皆刻意求进，不以一般现状为足。但于唐代声诗之体用、思想、艺术等，均尚无专论，大都囫囵带过，羌无内容。同时对彼传辞不满百首、音乐性十分薄弱之唐代民谣，诸史转相率论列，有义、有例，颇为可观，则又何欤？果传辞十倍于民谣之声诗并无文学价值可言？抑声诗之文学，于正、反两面，概可作徒诗看，不烦别论欤？曰：否。史家未尝不欲就歌诗作专论也，其心或且甚切，特苦无深厚之资料基础可凭，难于开展，以为与其挂漏，不如暂已耳。详余个人文存《甘泉集》“资料的作用”篇。今后凡属意于此者，不妨试诸上下编稿。此稿虽草草多缺憾，若较诸民谣一科之所备，目前固尚难云不足；初步承乏，用资启发，以收触类旁通之效，当不至于偾事也。然则上下编二稿所陈，虽远属千二百年前之旧绩，既对当前文学史家之需要尚能适应，甚至可补文学史上长期未补之罅隙，固不得谓其稿全无时代意义矣。

唐声诗之范围与定义

“声诗”之名，或“声”与“诗”相关之说，自古有之，其含义大概有二：始也，二字分指声与诗，为两事；既也，合指有声之诗，为一事。曰“唐声诗”，当然用后起之义；而论其范围，则又必基于前一义。兹先别名质，考声乐，推时代，计曲调，然后揭出初步之定义，加以详析。

一、声诗名目由来

《礼·乐记》曰：“乐师辨乎声、诗，故北面而弦。”谓乐师仅执技艺之末，非施乐教之本，故所能辨者仅声与辞，所操者弦，而所处者，乃封建时代臣工北面之地位而已。其曰“声、诗”，乃指两事——乐歌与辞也。《乐记》又曰：“诗，言其志也；歌，咏其声也；舞，动其容也。——三者本于心，然后乐器从之。”盖乐从于心而发于器，乃用以兼统诗、歌、舞三事。所谓声者，以歌声为主，以乐声为准；而其所歌之诗，必有内容，曰志。以上《乐记》中所见之“声”“诗”二文，及声与诗为二事之说，义实相贯。且于心志、声乐、诗言、歌咏、舞容之间，已明定其本末源流之系统。吾人体认唐代声诗之范围与定义，应倚为根本。

《文心雕龙·乐府篇》曰："乐辞曰诗，诗声曰歌。"又曰："诗为乐心，声为乐体。"其说乃从乐出发。乐之体在声，体内之心乃诗。欲剖此心，须发为歌声，则必有辞，仅乐声犹不足以表达其微。晋王僧虔《启》曰："当时先诗而后声。诗叙事，声成文。必使志尽于诗，音尽于曲。"于此乃提出声与诗发生先后之程序问题。"声成文"，乃乐曲旋律之成文，即所谓"音尽于曲"，非歌辞之文章。盖先民之达其心志也，始则于劳动以后，信口而谣，或循宇宙自然之象，弄器有声而已。若使二者相结合，规律谣之语言为辞，使表里声乐，发而为歌，以明其志，实已为后来进化之绩。在事之发展中，若先诗，则由辞以定乐；若先乐，则由乐以定辞。此二者已辟后世乐府歌辞之两大成因，即唐代声诗之繁衍，亦不外此二途。顾在生活之进化中，心志之动也频繁，谣辞之发也轻杂，声乐不能遍逐。积而久之，分别发展，诗遂有离声而独立者，是谓"徒诗"，或无声之诗。诗既有无声者，然后其有声者乃益突出。故"声诗"概念之立，正为同时已有无声之诗存在耳。宋张耒《倚声制曲三首》序曰："夫诗，曲类也。善为诗，不能制曲，岂谋野蔽耶？"谓当时诗乐已在野，不在文人之手；善诗而无声，乃蔽于向民间学习之故。说甚精，详末章平议。清冯定远《钝吟杂录》曰："古诗，皆乐也。文士为之辞曰诗，乐工协之于钟吕为乐。自后世文士或不闲乐律，言志之文，乃有不可施于乐者，故诗与乐画境。"吴乔《答万季野诗问》

曰："《三百篇》莫不入于歌喉。汉人穷经，声歌、意义，分为二途。"谢章铤《赌棋山庄词话》卷一二曰："上古诗与乐合……中古诗与乐渐分。尼山删定，便须弦歌，以求其合。然文字与声音，犹未尝显判为二也。其后文人不审音，不能不别立乐府，于是有合乐之诗，有不合乐之诗。"近人范文澜《文心雕龙注》二曰："'诗为乐心，声为乐体'。诗与歌本不可分，故《三百篇》皆歌诗也。自汉代有《在邹》《讽谏》等不歌之诗，诗歌遂画然两途。……《别录》诗、歌有别，班《志》独录歌诗，具有精义。"诸说虽晚，意均甚切。近人丁仪《诗学渊源》二，曾举"古诗有歌有不歌之三原因：一、如《风》《雅》《颂》，积久而音渐失；二、如汉诗之寓讽刺者，为时所忌而不收；三、如唐人近体，则调平、声和、律谐、旧谱易于合拍，故歌。"此说不切。讽刺遭忌，在辞不在声，一声可以施诸多辞，此非不歌之原因。唐代新乐不穷，声诗大抵合有新乐，并不求合于旧谱，亦不足为可歌之原因。

《史记·佞幸传》曰："延年善歌，为变新声。而上方兴天地祠，欲造乐诗歌弦之。延年善承意，弦次初诗。"《索隐》："初诗即新造乐章。"此曰"乐诗"，犹曰"乐府诗"也；曰"初诗"，谓彼即将有声、尚未有声之诗，非不可有声者，与后世不可歌之徒诗应有别。《尔雅》谓"徒吹谓之和，徒歌谓之谣"，或谓"声比于琴瑟曰'歌'，徒歌曰'谣'，亦谓之'咢'"。后世乃以未被管弦之歌为"徒歌"。详下文。吾人倘缘此"徒歌"之名，更比以"初诗"之义，对于汉以来不歌或不可歌之诗，不妨谓之"徒诗"或"哑诗"；对于宋以来不歌或不可歌之词，不妨谓之"徒词”或“哑词”；对于金、元以来不歌或不可歌之散曲、剧曲，不妨谓之“徒曲辞”或“哑曲辞”。

“徒诗”与“声诗”，乃相对立者。二者消长之因、是非之辨，前人论之者众矣。以宋郑樵《通志·乐略第一》之说为最要——

> 乐以诗为本，诗以声为用。古之诗曰“歌行”，后之诗曰“古、近二体”。歌行主声，二体主文。诗，为声也，不为文也。……凡律其辞则谓之诗，声其诗则谓之歌。作诗，未有不歌者也。

郑氏大呼“诗为声，不为文”，突出其本质，坚定其本位，对后世诗家已逐渐忘诗之本者，立说极有力！以声为用，乃以用定体也。凡失用之体，可有可无。曰“诗为声”，乃谓诗之存，仅为其用也。用于众，斯谓之用，用于少数人欣赏而已，非用。诗所以求用之道，固莫要于有声，故郑氏之说不刊！曰“作诗未有不歌者”，乃初期诗歌之原则耳。历史事实为自汉以来，已别有无声之诗在，以文为用，遂别立天地，“主文”而不“主声”。诗既如此创例于前，后之词曲诸体，乃继承其偏不息，徒诗之外，徒词、徒曲均不免，诚无足怪。

惟郑氏又曰：“诗在于声，不在于义。”以为“义理之说日胜，声歌之学日微”，则显误。盖声诗乃在正义之先决条件下发展，并非在是非邪正漫无选择下发展也。清程廷祚《诗论》一五已辨之。作诗者苟不为声，义虽正而行不能远，有体无用，其作必滥，反伤于义。故“诗为声”，正所以为义之行远耳。以舟载物，所载必其有用、足以济世者，必非朽败而徒滋毒害者。

至于舟与物之间，曾何所忤乎？程氏曰：“三代以下，儒者留心于声律者鲜，而独传于伶工贱技，有心者追而复之。”既追而复，声诗必增，徒诗必减。所减者乃泛泛之篇，必非铮铮之作，有诗之义，无不醇美！——斯又程氏所未尝虑，而实为声诗之极诣也。

朱熹说诗《大全集》二五：“得其志而不得其声者，有矣，未有不得其志而能通其声者也。”朱氏乃追求如何通解古诗之声，并非主张诗之声不必求通。又谓“三百五篇”之声已逸，推而得之固有助，不得而强推之，犹以为本，乃不免“画饼”之讥。此指学者对于古诗之声，明知不得，而仍强推，斯为过。若对一般之诗，信其以声为用，而予推求，则惟恐不力，未有过者。清潘德舆《养一斋诗话》四：“诗与乐相为表里，是一、是二。李西涯以诗为六艺之乐，是专于声韵求诗，而使诗与乐混者也。夫诗为乐心，而诗实非乐。若于作诗时便求乐声，则以末汩本而心不一，必至字字句句，平侧清浊，亦相依仿，而诗化为词矣！”潘氏此说虽不纯，其潜心于诗与声之关系则甚切。按原则诗与乐必相表里，大处互准，而小处则声可就辞。不能谓歌辞之凡由声定辞者，便是“以末汩本”。声，非末也；相表里，非相汩没也。心之求一，在于求诗与声之体用相宜，而不在于一心主文，求体不求用也。至于以为依声将成填词，齐言必不能依声，仍属一般误解，下文四章之各节已辟之。

宋曾三异《因话录》曰：“声之感通者甚神！故诗能动天地，感鬼神，乐能冶神人，和上下，皆主其有声也。”王灼《碧鸡漫志》亦曰：“诗至于动天地，感鬼神，移风俗，何也？正谓播诸乐歌，有此效耳。”清宋长白《柳亭诗话》二，先引朱熹语，“声气之和，有不可得闻者，此读书之所以难也”，既曰：“夫乐之义理，诗词是也；声歌，犹后世之腔调也。两者俱诣，乃为大成！”曾、王之说依倚古训，虽涉唯心迷信，若于诗之有声，则体会颇深，与宋氏说同属于上述郑樵说之一系。

明郎瑛《七修续稿》三，引冯少洲《汉魏诗纪》序曰：

> ……其发而为声诗，能使人甘听忘倦，如饮醇酒。一唱而三叹，能使人酸心出涕，使人长相思，使人起舞，使人泠然敛衽，正色而坐，其味不同然。又有淡如勺水，玄如太羹，如苦根涩节，使人吞之，不得下咽！……

冯说虽多抽象之辞，却已剖明声诗感发之烈，作用之大！显不必以汉、魏之声诗为限，唐之声诗何独不然？可杂举唐、宋数事以申之：陆龟蒙《丁隐君歌》序有曰：“好古文，乐闻歌诗。”“乐闻”者，冯氏所谓“甘听”也。听闻在耳，有异于阅读，乃有吟唱之声以愉人。夫声诗之妙，使果如冯氏所言，又焉得不使人“乐闻”！虽苦根涩节，亦自有其甘听，丁之所乐者宜在此。陈陶曾作颂圣诗四十韵，而称为“圣帝击壤歌四十声”。其诗并无声，却以“声”为辞之单位，说明诗声为唐人之所重如此，不必因远古之“击壤”有声而始“声”也。慧皎、道宣两《高僧传》，原有“唱导”篇，至赵宋赞宁续传唐僧，乃改“唱导”为“声德”，论曰：“声之用大矣哉！”从知声之宣，乃德之所在，奚逊乎“文以载道”之训？诗家不“主文”而“主声”，又何卑之有？

近世渊实有文题为《中国诗乐之迁变与戏曲发展之关系》，

载《新民丛报》四年五号。曰："夫杂剧、传奇及诗余、乐府者，非如司马相如以下李、杜、韩、白之辈所作之诗、赋、文章，非文字之诗也，非目之诗也，非美文也，或删此句。乃声之诗，耳之诗，与音乐相待为一，或于此增"乃美声也"句。以传于天下。……彼则主于目，主于文字；此则主于耳，主于声音，精神殆全相异也。"梁启超称"目之诗"为"目的诗"，"耳之诗"为"耳的诗"。即下节所引李东阳之"具耳"说。此"主声"说中之最强者。"全相异"所以矫枉，始如此云。从有诗之大体言：其始也，必备声者始称"乐府"或"曲辞"；其末也，虽一切徒辞、哑辞，亦虚戴"乐府"或"曲辞"之名，无人能夺而正之。环境中既有声其诗者，有不声其诗者，名称又有离乐之乐府与无曲之曲辞种种，混乱极矣！至是，乃不得不特标名目曰"声诗"，以有别于无声之诗或初诗，或徒诗，或哑诗。其机之发也远，而流之变亦远。唐代诗乐按时代以言，正是居间之枢纽，地位重要，故特赋其歌诗以"声诗"之名，非无故也。——用借渊实"耳之诗"说，以总结诸义。

二、声诗与歌诗、乐诗、诵诗、吟诗

先言"声诗"。唐协律郎徐景安撰《历代乐仪》三十卷。据宋王应麟《玉海》一〇五，谓其第十卷题"乐章文谱"，有说曰："乐章者，声诗也。"中唐灵隐寺僧道标于经行之外，尤练诗章。据赞宁《高僧传》一五，谓当时"辞林乐府常采其声诗"。——此唐人以"声诗"一辞称乐曲歌辞之最著者。道标作品不传。权德舆《薛公先庙碑铭》曰："为政事，吏师于文章；为声诗，所施在乐易。”皮日休《松陵集序》曰：“才之备者，于圣为六艺，于贤为声诗。”皮氏之诗曰：“所以吾唐风，直将三代甄。被此文物盛，由乎声诗宣。”——皆指唐代合乐之诗也。详“《声诗集》编余札记”。徐铉《纳后夕侍宴》诗曰：“华封倾祝意，觞酒与声诗。”乃指南唐帝后婚礼时付诸声乐之诗。欧阳修《昼锦堂记》曰：“播之声诗，以耀后世。”郭茂倩叙隋、唐“近代曲辞”《乐府诗集》七九，却从“两汉声诗著于史者”叙起，显然认隋、唐曲辞之齐言者，亦声诗也。胡翰序《古乐府诗类编》曰：“若声诗者，古乐章也。……不幸不见先王之礼乐，考其声诗，盖有足言者。”——皆指后世合乐之诗也。李清照谓：“乐府、声诗并著，最盛于唐开元、天宝间。”据《能改斋漫录》引。揣原意：“乐府”指长短句词，“声诗”指唐代歌诗，二者同时并行。近人黄墨谷对此别有解释，谓“词源流于乐府，词的性质是声、诗并著”。(《文学遗产增刊》一二）如此，将声与诗分作两事，恐非李氏原意。至于此处“乐府”指词，抑指古乐府，抑指唐大曲，非主要问题。张炎谓：“粤自隋、唐以来，声诗间为长短句。”《词源》——凡此，亦皆指唐代合乐之诗。李曰“乐府”，即张曰“长短句”，盖在齐言范围之外者。宋赵与时《宾退录》二云：“古今咏史之作多矣，以经、子被之声诗者盖鲜。”按咏史诗在唐甚多，都吟而不唱，详下文。乃声诗之流变也。《武林旧事》一载宋臣祝寿致语曰：“辄采声诗，恭陈口号。”乃指其致语后之七律一首。此等律诗，在当时殆作简单之吟唱，不然，不至于曰“声诗”。清初《梅花梦》弹词第一回曰：“以记叙行文，用声诗作曲。”乃指弹词开篇之用七字句者，所谓“唐诗开篇”也。见李家瑞《说弹词》。日本儿岛献吉郎《支那文学考》之“韵文考”曰：“宋词之起源，固发于五代长短句，而五代之长短句，又源于唐之声诗。”正合本编“声诗”之所以命名。

以上凡用“声诗”二字以立名时，其意识中必已承认当时另有不声之诗存在，不然，曰“诗”足矣，何必曰“声诗”？按诸眼前实际，唐诗之一部分确系徒诗或哑诗，另部分又确系声诗，应早为人人所洞见，有不待辨。然而不然：近代文学史家仍有认六朝乐府是声诗，五代小词是歌辞，皆可歌，惟彼介于中间之唐人五、七绝句却无声，不能歌。如郑振铎《词的启源》所见，详下文七章三节末。坚决既尔，不应漠视。今后在研究中，理论方面对历朝诗体之声与不声，固当贯通详明，至事实体现，对同为齐言、又同时同作者之篇章，究竟歌乎？否乎？直有逐首核实之必要。事纵繁琐，并非不切之务也。上编末所附“《声诗集》凡例”九，规定每首皆须交代“声乐依据”，正为此。

彼与声诗全异而对立者，有曰“初诗”“徒诗”“哑诗”；彼包于声诗以内，而仅指其初步者，有曰“歌诗”；仅指其第二步者，有曰“乐诗”；“乐歌”“弄诗”二名附。彼与声诗类似而实在声诗之外者，有曰“诵诗”；彼或在其内或在其外者，有曰“吟诗”。——兹就其实质所在，逐一辨之，以明声诗之范围。

“歌诗”仅用肉声，不包含乐器之声，其义较狭；“声诗”云云，则兼赅乐与容二者之声。——此其大别也。“歌诗”之名，于汉为著。《汉书·艺文志》“诗赋”五类之末一类乃“歌诗”。从高祖起，迄民间，凡歌辞皆曰“歌诗”，于歌谱则称“声曲折”。如《河南周歌诗》七篇、《河南周歌声曲折》七篇；《周谣歌诗》七十五篇,《周谣歌诗声曲折》七十五篇:两两对称,最有意义。曰“诗”,等于曰“辞”;“声曲折”之“声”,乃指其歌声而著之于谱者。王先谦谓“声曲折即歌声之谱,唐曰乐句,今曰板眼”。实际乃指声谱之全部所有,不止板眼,“曲折”含义,明示旋律也。自后表歌诗与声之关系者,乃不复如《汉书》志及周诗者之明析。晋宋舞辞犹有此称。如《宋书·乐志》曰:“《白纻舞》歌诗。”此一名内,兼表容、声、辞三事,且表辞乃齐言,极堪注意。王僧虔《启》曰:“诸调曲皆有声有辞。辞者歌诗,声者若‘羊吾伊’‘伊那何’之类。”是以“声”字专指和声。和声仅曲调中之次要部分,不足以代表全部之声曲折。《乐府诗集》九〇曰:“凡乐府歌辞,有因声而作歌者,……有因歌而造声者。……有有声有辞者,若郊庙、相和、铙歌、横吹等曲是也;有有辞无声者,若后人之所述作,未必尽被于金石是也。”是以“声”字专指乐声。“有辞无声”,谓无乐声,不被于金石而已,至于歌声则仍有,不然,尚何得谓之“歌辞”?

唐人之诗,或唐、宋人所编选之唐诗,每仍以“歌诗”或“诗歌”为名,其事不胜举。独孤及《崔中丞城南池送徐侍郎遗京序》曰:“登而无赋,谓樽酒何?宜歌而诗之,且以见追攀者之志。”正此谓也。赋诗不足,乃用歌诗,尤见唐人于生活中重视歌诗之心理。实例如李白、李贺、罗隐、牛峤、吴融等,有集皆曰“歌诗”。宋赵孟奎所编唐诗总集一百卷,题曰“分类唐歌诗”,其尤著者。虽沿汉风,而实质已变,为其内容丛杂,诗不尽被声也。凡此所谓“歌诗”者,殆视“歌”与“诗”为二事,分指乐府歌行与普通无声之诗。但乐府歌行中,仍混杂许多拟古之作，当时已不歌，未能剔除，不若曰“唐声诗”者名实相副也。

“歌诗”之义，既不若“声诗”该洽，凡以上有关歌诗之诸说，仅用作声诗之部分解释与证明，可；若径以“歌诗”二字代“声诗”，同指结合乐、舞之唐诗，当不可。顾因徒歌之事简而易举，普遍于一般社会之日常生活中；一般作者又不必字字皆求甚解，于“歌诗”“唱诗”“讴诗”等语，往往随意引用，初无严格判别，结果遂难免造成混乱。今后若在学说上定作专门名词，以利研究，势必择其涵义精确而又完备者用之，固舍“声诗”二字莫属，不惟“歌诗”不如，即“乐诗”亦有不及。本编中每曰“唐人歌诗”，乃谓“唐人唱诗”之事，并非“声诗”一名之代辞。惟混乱愈少愈好。

朱谦之《中国音乐文学史》曾列“唐代歌诗”一章，文内并专用“歌诗”一名。其言有曰：

> 因唐代是新音乐全盛的时代，故才有新的歌诗发现。这种新歌诗即所谓绝句。……唐代燕乐，都是可歌可舞，所以这时代诗人的作品通叫做“歌诗”。

既从音乐出发，则其事不仅在歌，而且在乐，明甚。兹名之曰“歌诗”，于义能毋挂漏？唐人之作名“歌诗”者，并不皆合乐，已如上所云。兹指“通叫做歌诗”者“都是可歌可舞”，则亦未悉符事实。试查本书下编声诗《格调》中，每每说明某调无舞，即可见一斑。例如极著名之《清平调》三章，纪载但云歌，未云舞。

“乐诗”之义，犹当详析。上文引《史记》之称“乐诗”，其原意固在兼指歌、弦二事，但乐成于器，而不发于喉，以“乐”字别诗，于歌、弦二事究竟难兼，何况歌、弦之外，尚有第三事——舞容，全在乐外乎？事固有具乐舞不歌者，具乐歌不舞者，具歌舞不乐者，惟备容而无声、但作哑舞者却极少。故就含义宽广，能于曲包歌、乐、舞三事而论，“乐诗”之名，尚不若“声诗”为当。声诗能包舞容，说详下。王国维《乐诗考略》之“乐诗”，指三代之雅乐与其歌诗，不指隋、唐燕乐及辞。王氏所列以金奏始，以金奏终，中间七节，节节有乐，宜其曰“乐诗”。唐声诗以谣或徒歌始，故不能曰“乐诗”。若用“乐诗”以代“声诗”，名既未安，义遂乖忤。

主要用“乐诗”名目者，如罗庸《歌谣的衬字与泛声》一文《歌谣周刊》二卷七期。曰：

> 一切歌谣和乐诗的发展，都是跟了乐器走的。乐器的发明和应用，决定了诗歌型式的变迁。

既曰“乐诗”，乃不得不兼举“歌谣”一名以相成。因原始之时或社会基层生活中，徒歌为多，尚未合乐，“乐诗”不能包含歌谣在内。但若曰“声诗”，则完全不然。且罗氏所言，只限于原始乐器与原始歌辞为确然。罗氏下文所举之事例乃自“投足拍手”，到“击石拊石”，到“考钟伐鼓”。详末章平议“由歌谣到乐诗的四步”条。器之制作一经进步，在“大合乐”或“大合奏”中，乐曲之艺术化益提高，则乐章“型式”早已兼随曲艺而定，随文艺而定，不能谓都随乐器而定，更不能曰“一切歌谣和乐诗的发展”皆然。罗氏此说所以未曾把握歌辞发展之真象者，正缘其用“乐诗”代“声诗”故，从发展过程之中段下手，截义以定辞，而仍欲兼该其首尾两端不缺，无怪乎难哉！若改从“声诗”一名以包声之始终，当无此失。详下文“声有三级”一节。

又如顾颉刚《史林杂志》初编有“徒诗与乐诗之转化”一节，乃将“乐诗”与“徒诗”相对待。因指《宋书·乐志》三所见《苦寒行》云：“此篇当歌唱之时，凡分六章，每章四句；其首二句皆有回环重沓之辞，是为乐诗。”又指《乐府诗集》三七之《西门行》云：“此句法长短不齐之乐诗也。”按从实际以求，此说亦殊可议。盖所谓“回环重沓”者，不外由于有和声、叠句等，而此二者，实徒歌先有，乐歌后有。又广义之“诗”，诚包含杂言，但“句法长短不齐”，并非一般成为“乐诗”之条件；何况齐言之为“乐诗”，历史上又先于杂言。顾氏意中之所谓“乐诗”，何其狭隘？在此种对比下，“乐诗”名义，终不若“声诗”兼包徒歌者为宜，又不俟言。顾氏直接以“徒诗”对“乐诗”立言，中间废却“徒歌”之为重要基层，其事其说，乃均不稳固。

于此附见“乐歌”之说与“弄诗”之意，因二者皆从“乐诗”一义推演而来也。唐元结有《补乐歌十首》，乃拟补上古之乐章。序谓“乐声自太古始，百世之后，尽亡古音；……乐歌自太古始，百世之后，遂亡古辞，……故探其名义以补之”。元氏所谓“乐歌”，相当于“乐诗”，惟仅曰“歌”，不辨齐言、杂言，乃不如“乐诗”。清傅燮调《词觏》序曰：

> 及于唐，而乐府又失其声，别为乐歌。如《清平》《阳关》《柳枝》《竹枝》《西河》《水调》《小秦王》《阿鹊盐》之类，大都绝句为多，是亦即唐人之词也。

其旨仅在指明唐代合乐之歌辞何在，并无意于彰著其为诗体，故不曰“歌诗”“乐诗”或“声诗”，而独曰“乐歌”。

明胡震亨《唐音癸签》一列举唐诗各体之名称，曾曰：

> 曰“唱”者，曰“弄”者。……唱则吐于喉吻，弄则被诸丝管。——此皆以其声为名者也。

谓“以其声为名”，适符曰“声诗”之旨。惟“唱”声偏在喉吻，“弄”声偏在丝管，亦皆各得一面而已，未该全体。于此足征以上所举诸名中，曰“歌诗”，或曰“唱诗”，曰“乐诗”，或曰“乐歌”，甚至曰“弄诗”，均不若曰“声诗”者负义周匝。

诵诗之事最早，今之所谓古诗，其有声也，诵先于歌。清俞正燮《癸巳类稿》一“诗入乐”条引班固云：“不歌而诵谓之赋。”引郑康成云：“背文曰讽，以声节之曰诵。”俞氏曰：“说各不同，然‘赋诗’‘诵诗’，本对‘歌诗’言之。诗不可歌，则不采矣。”其分判甚明。日本铃木虎雄《论骚赋底生成》、俞平伯《诗的歌与诵》等文，考之已详。惟“诵”之声无定调，为朗读，为时言；歌之声有定调，为音曲，为永言。诵欲有所讽谏，故吐辞必近语言，以便当面晓悟；歌之用在感发，故衍声必符乐曲，以利远扬而激众。既不能指诵声为歌声，混诵诗为歌诗，即无从以“诵诗”二字代“声诗”。“诵”犹戏曲中之干念，其辞用诗体者极多。

诗与文之朗诵，在唐、宋均颇考究。善诵者可以发明诗文之精义，使人开悟，而得其余味；可以显示诗文中之结构、作用，使人得谋篇修辞之法。白居易《与元九书》：“再来长安，又闻有军使高霞寓者，欲聘倡妓，妓大夸曰：‘我诵得白学士《长恨歌》！’”此妓之诵，仅背诵而已欤？抑且有韵节之诵？传说未详。此种诵之音乐性比较最淡，固不如歌，且不如吟。但有一端宜辨者：彼与歌甚接近之吟，有时亦称为“诵”。《新唐书·元稹传》：“往往宫中乐色皆诵之。”出于乐色之口，明明是“皆歌之”，亦混称曰“诵”。如杜甫《偪仄行赠毕曜》，谓“忆君诵诗神凛然”，又《夜听许十诵诗爱而有作》，皆是。后诗云：

诵诗浑游衍，四座皆辟易！应手看捶钩，清心听鸣镝。精微穿溟涬，飞动摧霹雳。陶、谢不枝梧，《风》《骚》共推激。紫燕自超诣，翠駮谁翦剔？君意人莫知，人间夜寥阒。

此与《高僧传》之赞美转读经音曰：“起掷荡举，平折放杀，游飞却转，反叠娇哢”诸语，实无二致。若能凭辞之四声语法，如五言上二下三、七言上四下三等。起结转合，细腻讽咏，亦无异于所谓“三位四声，次而无乱，五言四句，契而莫爽”也。

宋人解释杜诗“精微”“飞动”等辞，谓皆指诗思之超妙，故以此诗入其集之文章类，不入音乐类。按诗题明明曰“听诵诗”，起句明明曰“诵诗浑游衍，四座皆辟易”，诗思纵然神奇，何至使人辟易？则“游衍”“辟易”“精微”“飞动”“超诣”“翦剔”，实皆以指吟声之妙造为近。其所吟者既为《风》《骚》与陶、谢之范围，足见并非盛唐之近体，与燕乐歌唱不相涉，与佛门转读中“五言四句，契而莫爽”为一事，则益明显。乃朱氏《中国音乐文学史》五“论乐府之歌唱”，指此为五言诗之唱法所在；甚至谓“由这首诗，可见陶、谢的诗在唐代尚有人能歌唱”，恐非少陵本旨。此与宋人认为发明诗思，不及吟声者，过犹不及，均失之。花蕊《宫词》：“等候大家来院里，看教鹦鹉念宫词。”明明是诵念，而非歌唱。浦江清《花蕊夫人宫词考证》指为歌唱之证，其失与朱氏同，详末章平议。

与诵诗同义而异其名目者，曰“讽”，曰“口号”。上文已见郑康成说曰：“背文曰讽，以声节之曰诵。”齐、梁乐府有《采莲讽》，必已有声以节之，而近于歌，不止背文而已。至唐，“讽”义又退为背文。如《新唐书》一〇〇《杨师道传》：“师道善草隶，工诗，每与有名士燕集，歌咏自适；帝见其诗，为摘讽嗟赏。”《南部新书》丁集载大和中文宗赏慈恩寺壁上牡丹诗，“令宫嫔讽念；及暮，归大内，即此诗满六宫矣”。又壬集述柳公权诗“从此看山不向南”曰：“此句为众歌咏。”凡此所谓“歌咏”之“歌”，正同“乐府歌行”之“歌”，有其名，无其事，不过同“摘讽”或“讽念”之“讽”耳。

于此附见“口号”与“号”之义，因其事乃“诵诗”之发展也。“口号”犹“口占”，本谓作诗之际，不近笔札，心得而口吐之。故梁简文之口号在巡城，张说之口号在御前，杜甫之口号在退朝途中，白居易《刘白唱和集解》内所谓“乘兴扶醉，率然口号”是也。口号之声，讽诵而已，无曲度。元稹《酬李六见寄》：“顿愈头风疾，因吟口号诗。”曰“吟”，乃就他人之来诗读之，非作者如何表现其诗，与此无关。宋吴曾《能改斋漫录》二引郭思诗话，指杜甫《承闻河北诸道节度入朝欢喜口号绝句十二首》曰：“观其辞语，殆似今通俗凯歌，军人所道之辞。”实则此项绝句口占如话而已，不但未歌，亦且未吟。以与沈括《凯歌》七绝五首详八章三节。相较，便知同异。而吴氏乃以与张说《踏歌辞》“口号”云云者并论，于孰为声诗、孰非声诗之体认，显尚暧昧。宋严羽《沧浪诗话》谓口号为四句或八句。疑包括宋舞队致语后所备之口号在内，乃简单吟唱而已。上文已见，下文八章三节另详。惟有一端当例外者：唐代优人作“戏词”，用七言四句，亦曰“口号”。或叙称“扬声引词”，其实质可能已超过吟诵。详下文八节及十一章七、八节。

不曰“口号”，而单字曰“号”，唐、五代犹训为歌唱。如《南部新书》载卢钰作七律“桑扈交飞”云云，命营妓丹霞改酒令，罚曹生，“霞乃号为《怨胡天》”。《怨胡天》是曲名，列在《教坊记》，创于开、天之间。曰“号”，绝非一般口号之无曲度者比矣。详下编《格调·怨胡天》。

吟诗之问题比较复杂，有时直与歌诗难别。正因难别，其求别乃愈切。唐人于诗于文皆有吟，即上述杜诗之所谓“诵”。唐诗中普通所谓“吟”，或指歌，或指诵。宋《高僧传》一七谓开元初，西域婆罗门利涉，辨胜韦玎后，复“将‘韦’字为韵，揭调长吟”。既曰“揭调”，所吟当无别于高唱。但若中唐徐希仁《招玉川子咏新文》云：“清气宿我心，结为清泠音。一夜吟不足，君来相和吟。”乃吟讽也，非歌唱。

他如杜甫“新诗改罢自长吟”，白居易《吟元郎中白须诗兼饮雪水茶因题壁上》《同韩侍郎游郑家池吟诗小饮》中云：“劝君饮浊醪，听我吟清调”“诗成长作独吟人”“醉听清吟胜管弦。”元稹《送东川马逢侍御使回十韵》：“旋吟新乐府，便续古《离骚》。”李涉《听邻女吟》：“含情遥夜几人知！闲咏风流小谢诗。还似霓旌下烟露，月边吹落上清词。”施肩吾《听范玄长吟》：“声声扣出碧琅玕，能使秋猿欲叫难。诗兴未穷心更远，手垂青拂向云看。”——凡此之“吟”，皆诵也。尤以白居易另首《山中独吟》所写者为具体：“人各有一癖，我癖在章句。……每逢美风景，或对好亲故。高声咏一篇，恍若与神遇。……狂吟惊林壑，猿鸟皆窥觑。恐为世所嗤，故就无人处。”白氏谓“吟”曰“咏”。如《重到江州感旧游题郡楼十一韵》亦云：“郡民犹认得，司马咏诗声。”

至若寒山“独吟歌曲绝无忧”，又“吟此一曲歌”；李白“昨夜谁为吴、会吟？”详下文。又“重吟真曲和清吹”，又“齐瑟弹东吟”；高适《听张立本女吟》：“自把玉钗敲砌竹，清歌一曲月如霜。”颜真卿《魏夫人仙坛碑铭》：“于是四真吟唱，各命玉女弹琴、击鼓、吹箫，合节而发歌。”《大日本史·乐志》每称歌辞曰“咏词”，比我之曰“吟咏”者，声乐性强。——凡此之“吟”，皆歌也，当定声于《教坊记》之曲名曰《吴吟子》。因既已曰“歌曲”，或“一曲歌”，或“歌一曲”，或先奏乐，然后“合节发歌”，虽千载下未尝接其声容，当不能仍认其事仅仅诵读或背念而已。齐己有《喻吟》诗：“日用是何专？吟疲即坐禅。”此“吟”字虽亦包含吟诵，但主要乃指诗之写作。

敦煌写本中有不同之变文近百篇，皆“讲吟”体，约分俗讲与转变两类。俗讲宣佛教，由僧侣在寺观之道场中为之；转变演历史或社会故事，由男女伎艺人在街市之变场中为之。其韵文部分，大都为五、六、七言近体诗及五、七言长篇，但从未见有著明曲牌者，只注曰“吟”，曰“吟上下”，曰“古吟上下”等。虽时曰“唱将来”，曰“谈唱”，详九章三节。终于是吟而已。又中唐胡曾与唐末周昙，各有咏史诗百余篇。其诗亦曾配合说白，讲吟于市廛或宫廷间。详九章五节。吟声既无曲牌，又不能兴舞容，乃其与声诗大别之处。故只认为声诗之流变而已，非其本体也。

在唐人宴乐生活中，尚有吟与唱同场表现，各从所好，两不相妨者。如白居易《清明日观妓舞听客诗》云：“看舞颜如玉，听诗韵似金。绮罗从许笑，弦管不妨吟。”不曰“听歌”，而曰“听诗”，其非歌可知。弦管不逐吟声，并不妨碍席间同时之吟，足见弦管自属于舞。客吟诗，非歌诗，“韵”乃辞之叶韵，非歌声之美韵也。白氏《对酒吟》云：“履舄从相近，讴吟任所须。”应解为吟居讴外，而同时在场，听人选择。——吟与唱之行踪接近如此。又《六年寒食洛下宴游赠冯李二少尹》云“听吟歌暂辍”，又《宿湖中》云“纵有笙歌不废吟”，此中情况：吟与歌一地并举，或有后先，吟发于作家，歌精于艺人，益为明朗。

于此附见“吟”与“啸”“咏”之联系。刘禹锡《秋日过鸿举法师寺院便送归江陵》诗有小引，谓：“沙门，……词妙而深者，必依于声律。（鸿举索诗）乃叩商而吟，成一章，章八句。郡守以坐啸余咏，激清徵而应之。”诗乃五律，颇精整，即所谓“妙而深者”，遂协声律。刘诗由沙门叩商而吟，由郡守激徵而应，“郡守坐啸”乃用后汉南阳太守事。具见唐代士大夫吟诗实况之一斑。一般云“啸”，有声无辞；若抒写郁陶，每每与吟同用，如汉、晋以还，“吟”“啸”并举，其中是否不涉辞，仍俟考。《宋高僧传》载刘宋释智一，居灵隐寺，“善长啸，啸终，乃牵曳其声，杳入云际。如吹笳叶，若揭游丝，徐举徐扬，载哀载咽。飕飗凄切，听者悲凉，谓之‘哀松之梵’”。然则上接于诵或啸，而下近于歌，乃吟咏应有之地欤？近体诗本尚声律，已合于吟，兹既更求深妙，当益合于吟。若刘氏所谓“依于声律”，正“长庆体”之所擅场，其诗乃易入歌咏，惟尚非已入歌咏耳。元氏《夜绩判》，谓“使妇人相从夜绩，……听其歌咏”，义同。

他如白蘋洲碧衣女子吟诗，新林驿女子吟诗，其诗之声律皆妙。郑还古《博异记》谓“吟诗者吟声切切，如含酸和泪之词，幽咽良久，亦不可辨其文”，正此类也。宋陈元靓《岁时广记》二七引《提要录》，载元丰间吕洞宾诗句：“父子生来只两口，多好歌坐不好拍。”余中释曰：“歌而不拍，乃吟诗也。”舞与不舞，或拍与不拍，乃判明吟诗与歌诗之又一标准，殊得要领！此虽晚说，可证前事。宋人好伪造吕洞宾歌辞，本书完全摈斥，乃另一事。吟诗无一定节拍，属一般情况。唐僧唱经，实质是吟，但亦有凭拍板以唱者，详九章首节举《金刚经颂》例后。其事殆与曲艺中干念之用拍板者为近。

综上所云，知唐人于歌诗而外，确有“诵诗”“吟诗”种种。今以声诗为准而通校之，则诵诗不如吟诗，吟诗不如歌诗，歌诗不如乐诗，乐诗不如声诗。于事然，于名亦然。明人跋唐沈亚之《歌者叶记》，于唐人歌诗甚推崇，但误解其歌可以随意高唱，不须一定音节，不受宫商之限，且认如此是接近自然，斯为盛世之音，反鄙后来南北曲受宫商之限者如在刑狱，则完全未得唐人歌诗之实。详末章平议“诗必高唱始极其致”条。唐人吟诗，尚求商、徵之应，何况合乐、合舞、有宫调、有曲牌之歌诗，岂能降赴节为呼啸，贬合奏为吟哦乎？固知后世于唐之诗乐隔膜殊甚，宋、明已然，无论近代。“唱”“诵”诸义，前代尚别有习用，因在伎乐范围以外，难于强同。如佛经内每有“唱令”之说，“令”指官家告谕，“唱”则有司者对众宣达而已，并非歌唱令曲。详《唐著词》稿。《洛阳伽蓝记》二：“胡杀猪，猪忽唱乞命，声及四邻。”“唱”谓引声长鸣而已。……然如曾慥《类说》八载《集异记》“旗亭赌唱”事，文内“唱”“讴”杂用，而标目又曰“伶伎诵诗”，是“讴”与“诵”皆可指唱也。文人率意下笔，漫无准绳，淆乱史实，则与上二例有别，为不可恕。本编附存“编余札记”末曾辨“唱”义，可参阅。

三、声有三级

既肯定唐人合乐之近体诗当称“声诗”，则于其所谓“声”者，宜有进一步体会——不仅诵声，且有歌声；不仅歌声，且有乐声；不仅乐声，且有舞声。《古今诗话》曰：“诗之所以能尽人情物态者，非笔端有口，未易到也。诗家以书为‘无声诗’，诚哉是言！”夫画之妙者，诗家以为无声之诗，可知诗之妙者，乐家将以为无腔之乐，皆重之，亦皆憾之也。诗之憾于画者，在其默然有平面之形象而已。诗之所自得者：始也，在能表达形象、感情于有声之语言及有韵之吟诵；以较图画，诗之表达程度遂尔提高。由此前进：而诵声，而歌声，而合乐之声，而合舞之声，而合表演之声，其表达程度乃继长增高不已。假使诗之为声，滞于吟讽阶段而止，则其优于画者，诚有几何？《乐府诗集》八三曾引《法言》以释歌曰：“言者，心之声也；歌者，声之文也。”“心声”之说，即此所谓“有声之语言”；“声文”之说，即此所指之歌声，乃较吟讽阶段更有进者。明王世贞《艺苑卮言》

一曾引李东阳语曰："诗必有具眼，亦必有具耳。眼主格，耳主声。"此"声"虽仅在平仄之四声，但与诵声、歌声等亦未尝无关。兹截去两端所谓吟讽与表演之声不论，专论唐诗所具备之歌声、乐声、舞声三级。

上文见《尔雅》"徒歌曰谣"说，兹当广之曰：歌而合乐者曰"声"，曰"乐"，曰"曲"；未合乐者，曰"但歌"，曰"徒歌"，曰"散歌"。《晋书·乐志》云："但歌四曲，出自汉世，无弦节。"又云："《子夜》……诸曲，始皆徒歌，既而被之弦管。"《宋书·乐志》云："至其协声律，播金石，而总谓之'曲'。"杜佑《通典》一四五叙吴歌杂曲云："凡此诸曲，始皆徒歌，既而被之弦管。"《通志》四九云："主于人之声者，则有行，有曲。散歌谓之行，入乐谓之曲。"宋程大昌《演繁露》一四云："其曰'但歌'者，但，徒也。徒歌者，不以被之丝弦，而专以人声，故曰'无弦节'也。"程书三"诞马"条谓"诞马"即"但马"，散马也。并曰："但者，徒也。……迹其义类，则古谓徒歌曰谣，是其比也。"刘熙《释名》曰："人声曰歌。"杨慎《诗话》曰："唐人谓徒歌曰肉声，即所谓人之声也。"俱见徒歌、但歌、散歌，均开始之歌，仅具基础而已，声之初步也；及被弦管，播金石，乃进一步之声矣。《通典》一四五又曰："夫乐之在耳者曰声，在目者曰容。……声容选和，则大乐备矣！"竟以容属乐，而以目属耳；声与容，耳与目，且未尝许其同阶并立。盖乐、舞、歌、辞四事中，以声为之主，由声之节拍以制容；容，未有离曲度而独立者。容既为在目之乐，舞当可以为在目之声。然则制容之声，乃声之更进一步者矣。于此可续朱熹之语，以成说曰："方其诗也，未有歌也；及其歌也，未有乐也；以上朱语。及其乐也，未有舞也；及其舞也，歌、乐之声，体、用咸备，而诗之志乃大成，深入人心！"

"舞声"之说，前人早具，要以后秦佛念译《长阿含经》所见为最著。《经》一三曰："作众声——贝声、鼙声、歌声、舞声。"又一九曰："彼……细腰鼓声、妓鼓声、舞声、歌声。"就所谓"众声"之内容以析之，正是乐、歌、舞三声。唐承前代声诗之制，诗乐多与舞俱，其盛况为赵宋以后所不及，——此点诚不可忽。敦煌写本中有《舞谱》，其较长者一卷，载《凤归云》《双燕子》《浣溪沙》《南歌子》《南乡子》《遐方怨》六调之舞。六调中《南歌子》《浣溪沙》《凤归云》均有齐言声诗。五代情形不详，大体去唐不远。两宋词乐，间有舞者，其制已大减。至顾炎武《日知录》谓："至唐而舞亡矣，至宋而声亡矣。"盖指雅乐、雅舞言，非谓燕乐中之俗舞、杂舞亡于唐也。《墨子·公孟篇》曰："诵诗三百，弦诗三百，歌诗三百，舞诗三百。"——此四事，唐代声诗犹一一具备；五代以后，始渐零落，非复古制。此中正有一线之界存在，治我国文艺史者宜加审谛。

用此尺度以区别唐诗，可举一具体之例以明之：白居易集内有《悲哉行》《生别离》等，皆拟齐、梁乐府也，齐、梁有声，至唐，只能朗诵、吟讽或口号而已，已无歌声，不啻哑诗，一也。白氏又有《浪淘沙》曲，就南方水边民歌之调以广其辞意，歌矣，尚未闻有弦管相应之说，二也。白氏又有《桂花曲》，声情怨切，而歌法精妙，其谱至今大略犹传，当时合乐，不仅徒歌，已无待言，三也。白氏又有《杨柳枝》《急乐世》等曲，不但繁弦急管，各遍不同，其声且表达于软舞或健舞中，竭尽容态，四也。声诗之范围，断自如白氏之《浪淘沙》一类徒歌之辞始，进而达于《桂华曲》合乐、《杨柳枝》合舞之两级，——其象甚明。

声诗之声，约为三级。有其狭处，乃拒绝雅乐之声，划出吟讽之声，又暂不及戏曲表演之声；但亦有其宽处，乃自徒歌始，而不自乐歌始。是对声之范围所以如此划定者，正为保全声诗原具之特征，使始终完整。此义颇有关系，凡研究历代乐府者，对于始之徒歌及终之舞声，倘或迎或拒，立意无准，则"三级"之说尤妙！可具决定作用。如清卢秉钧论声诗源流，颇中肯綮，惟知有乐，不知有舞，显有所蔽。详末章"平议"。近代余冠英《乐府诗选》登《鼓吹曲》《相和歌》《杂曲》《清商曲》《横吹曲》等，独不取徒歌及舞曲歌辞，与乐府性能未合。详本编所附"编余札记"四。王运熙《论六朝乐府与民歌》，只及歌与乐，未尝及舞，亦留有缺陷。后二家之业虽在乐府，不在声诗，但二艺倘属"歌辞"观念之主导下，彼此无别，其得失所在固相通，正好借鉴也。本章于前节指明"乐诗"一名不如"声诗"适用，此节复定"三级"之说，意固一贯，均非偶发。

以上就声之外延与内含，以说明声诗为主，并附见历代诗乐之概况，以下乃专论唐代声诗。声诗所托，端在燕乐，其极盛时期，要推盛唐。宜先揣其与燕乐之特殊关系，及在盛唐之特殊发展，然后再求确切之定义究竟如何，庶可包举。

四、声诗与燕乐

唐以后纂辑唐声诗之第一人，为南宋早期之郭茂倩。其《乐府诗集》有“近代曲辞”四卷，十之九为唐声诗。明董逢元《唐词纪》内亦颇载声诗。此处所谓“词”者，即郭氏集内之“辞”也。“词”即“辞”之省文。二字意义如此沟通、如此明朗之例，尚不可多得。郭氏于“近代曲辞”前，论唐燕乐曰：

唐武德（高祖）初，因隋旧制，用九部乐。太宗……著令者十部：一曰讌乐，二曰清商，三曰西凉，四曰天竺，五曰高丽，六曰龟兹，七曰安国，八曰疏勒，九曰高昌，十曰康国，而总谓之燕乐。声辞繁杂，不可胜纪！凡燕乐诸曲，始于武德、贞观，盛于开元、天宝。其著录者十四调二百二十二曲；又有梨园别教院《法曲乐章》十一曲，《云韶乐》二十曲。肃、代以降，亦有因造；僖、昭之乱，典章亡缺；其所存者，概可见矣。

所言诚要。惟燕乐实始于隋，而此曰“凡燕乐诸曲始于武德、贞观”，只可认为就唐代言之乃如此，非通论。

唐乐在名称上有四：雅乐、凯乐、燕乐、散乐，其歌辞大半皆声诗也。内以燕乐歌辞之体制最复杂，除声诗外，尚有长短句曲子与大曲二种。沈括《梦溪笔谈》曰：“先王之乐为雅乐，前世新声为清乐，合胡部者为燕乐。”因凯乐用于献俘，散乐用于百戏、戏剧，应用有别而已，其本质仍不外清乐与胡乐，故沈氏略而不举。沈氏所谓“合胡部者为燕乐”，指合清乐与胡乐二者而兼用之，遂汇为燕乐。十部中，首二部乃清乐范围，第三西凉乐乃基本清乐而杂有边声或裔乐者，余七部均胡部范围，十部总称曰燕乐。故清乐、胡乐、凯乐、散乐四者，皆在燕乐范围内；其剩居燕乐外、与之并列或对立者，惟雅乐耳。就原则言：雅乐歌辞虽亦为有声之诗，但属三、四、五、六言之古体诗，燕乐歌辞之声诗，则五、六、七言之近体诗。"唐声诗"或简称"声诗"一辞，基本指唐代五、六、七言之近体诗而结合燕乐之乐、歌、舞诸艺者，实际已排除同时之雅乐歌辞于其涵义以外。故曰：声诗所托，端在燕乐。参看下文定义后之说明。

燕乐十部之首二部"讌乐"与"清商"中，包含吴声、楚调、西曲及江南弄等，为当时中国所自有之乐，余皆外乐。开元以前，中外之声犹相抗；开元后，胡部新乐益张，华夏旧声已绌，惟民间情况必仍有不同。故论唐代之清乐，不过较诸齐、梁极盛时有所不及而已，实无法满足彼蓄意夸张隋、唐外乐者之愿望。乃人多因杜佑《通典》曾谓"开元中歌工李郎子亡后，清乐之歌阙焉"，遂认清乐亡于盛唐，未省李郎子仅官中乐工善歌清乐者之一员而已。此人逃亡，最多影响官中纯粹清乐之一时演唱，何至并杂有胡乐成分为统治者所特好、数量甚大且不可一日或阙之清乐，概从之阙，永以为阙耶？更何至沦及当时广大民间所世守之清乐，因此一工之亡，亦并荡然无存，略不足顾耶？例如唐代最典重之乐舞《破阵乐》《霓裳羽衣曲》等，皆属法曲，皆以清乐为本。虽至晚唐，犹声容不辍于朝野，何况盛唐？后世《霓裳》之歌辞虽佚，若《破阵乐》之辞犹存，明明声诗也。段安节晚临昭宗乾宁间，写《乐府杂录》，于清乐部犹有专条，不但著明其全部乐器，且有戏弄名目，曰"贾大猎儿"者在，更何从云盛唐已阙乎？《碧鸡漫志》一谓"隋氏取汉以来乐器、歌章、古调，并入清乐，余波至李唐始绝”。此文“李唐”下，宜有“之后”二字。孙楷第《傀儡戏考原》内，以“讌乐”代“燕乐”，而谓“讌乐自讌乐，清乐自清乐，二者本无关系”，非。详下文论讌乐五调歌词。又谓“史称开元中清乐歌阙者，盖举其大略而已，非谓音全亡也”。似已承认清乐于唐未亡。惟孙氏曾混南宋之“清音”为六朝、隋、唐之清商乐，若因此而谓清乐至唐尚未全亡，则仍有未可。语详《唐戏弄》五。

清乐既占燕乐主要成分之半，亦即声诗所具声乐之半，其事不得谓之不切要。而时代上自盛唐起，清乐是否存在，竟尚有人作根本怀疑，则问题又不得谓之不严重。因之，积极查明清乐在唐代发展之实况，及与声诗之确切关系如何，实觉刻不容缓。按与唐声诗有密切联系者，乃后期六朝之清商乐，并非早期汉、魏之清商乐。其中楚调盛于汉，曾充房中乐，晋以后已寖衰，唐声诗内犹可考见者乃更微。下编《格调》所载仅《吴楚歌》一调涉及。六朝清商曲辞在《乐府诗集》内，有八卷之多，吴声占其半，西曲与江南弄合占其半。清王士祯《万首唐人绝句选序》：“降及江左，古意寖微，而清商继作。于是楚调、吴声、西曲、南弄，杂然兴焉。”顷已收入下编《格调》者，西曲仅《乌夜啼》，江南弄仅《南歌子》与《江南春》而已；惟吴声较多，约十二调。兹姑以吴声作代表，考其始末，以说明清乐曾如何为声诗用，而声诗又曾如何充实燕乐之内容。

吴声一称“吴吟”、李白《夜泊黄山闻殷十四吴吟》诗：“昨夜诸为吴、会吟？”分指“吴吟”与“会吟”，“会”乃会稽。白居易《戏和贾常州醉中二绝句》云：“越调管吹留客曲，吴吟诗送暖寒杯。”指明所吟者是诗，当非长短句，尤明朗。“吴咏”、杜甫《夜宴左氏庄》：“诗罢闻吴咏，扁舟意不忘。”应谓诗成以后，“用吴声歌之；非谓另有所咏，而与诗无干也”。“吴音”、刘长卿《戏赠干越尼子歌》：“云房寂寂夜钟后，吴音清切令人听。人听吴音歌一曲，杳然如在诸天宿。”“吴乐”、《北史》六一《窦荣定传》已见“吴乐”。“吴歌”。《北堂书钞》一〇六引徐野民《晋记》：“王恭尝宴司马道子室，尚书令谢石为吴歌。恭曰：‘居端右之重，集宰相之座，为妖俗之音乎？’”《晋书·乐志》谓吴歌杂曲并出于南。《南史》六〇《徐勉传》谓梁武帝于普通末，曾择后宫吴声、西曲女妓各一部赐勉。《通志》谓古辞中之《白纻歌》，由梁武帝改为《子夜吴声四时歌》。《通考》云：“《吴声四时歌》亦曰《子夜吴歌》。”下编《格调》已列五言四句、六句、八句之《子夜四时歌》三调。唐薛奇童等亦有《吴声子夜歌》之作，乃拟梁曲，当时是否能歌，未详。凡用齐、梁体，而入唐以后是否有声可歌，一时无考者，均暂不入声诗。

清乐遭梁、陈亡乱，官中所存渐少，是事实。据《旧唐书·音乐志》：武后时官中尚存六十三曲，后余三十七曲，其一即曰《吴声》，余有《明君》《白纻》《乌夜啼》《采桑》《玉树后庭花》《堂堂》《泛龙舟》，计七曲，今知皆声诗也。除《乌夜啼》《采桑》外，余皆吴声也。尤以《明君》与《堂堂》，尚合管弦，号为“中朝旧曲”。但因当时赖北人传授，日久讹失，去原声渐远。此皆就官乐言者，若广大民间所存，向无明确记载，实际当不止三数十曲。《乐府诗集》谓东晋以后，下及梁、陈，咸都建业，吴声歌曲遂起于此，此吴声根底端在民间之证。又谓其始皆徒歌，徒歌亦分明先出民间。既乃被之管弦，原用篪、箜篌、琵琶，后复增用笙、筝。又谓唐都长安后，胡乐大行，吴音始替。开元中，刘贶曾建议取吴人，使传习。又谓隋曲《黄竹子》《江陵女》等歌皆吴声，入唐后依然传唱。据唐李康成语。按此二曲，目前仅有隋辞，故声诗不收。应得其唐辞，列入下编《格调》，方为美满。

《教坊记》曲名见《吴吟子》《南歌子》二调，显为南音，而《吴吟子》之辞复不传。张籍集内见《吴楚歌》七绝体，为声诗最著。至于其如何界于吴、楚之间，或如何兼有吴、楚之妙，惜不详。他如刘禹锡之《三阁辞》、温庭筠之《西洲词》《堂堂》，调名下均曾明注"吴声"，犹可考见。《西洲词》所注，已见蜀韦縠辑《才调集》二及温氏《金荃集》内，虽不必出于温氏之手，料必另有唐代之依据。盛唐时张旭在吴中唱《竹枝》，刘禹锡叙《竹枝词》，谓"聆其音，……卒章激讦如吴声"。可知当时民间吴声确盛，并非臆度。——此唐代吴声直接用于声诗，现存资料已初步罗入本书上、下编之概略也。因《子夜歌》分三调，《堂堂》分二调，《竹枝》究以巴歈为主，不算吴声，故下编《格调》内暂列吴声十一调。若加《西洲词》、西曲及南弄之三调，并《采桑子》及《水调》等，共十七调，乃《格调》内已收之清商限于确有明据者。

于此略辨唐人所谓"吴体"，实近于文字修辞，不属于声乐歌唱。杜甫《愁》诗注："强效为吴体。"陆龟蒙与皮日休集中，倡和为"吴体"者多首，概作七律拗格，鲜有分别。其辞究具音乐性否，抑属徒诗，向无论及者。近人夏承焘《杜诗札记》谓杜诗“吴体”乃“仿效南方民歌声调”。按当时南方民歌之辞无传，是否用七言八句拗格为声调，不可知；古民歌长至八句者亦少见，此说殆想像耳。夏氏又谓皮、陆“吴体”虽作于吴中，却与“民间歌谣”无关。既然无关，则曰“吴体”之原因如何，尚须另求。清许昂霄《词综偶评》曾指牛希济《生查子·新月》首云：“借物寓意，诗家谓之‘风人体’，又名‘吴歌格’，以下句释上句，古乐府类然。”此于杜、皮、陆诗中亦无所见，惟由此可推唐诗吴体殆属文字修辞，与声乐无关，仍俟详讨。顾颉刚《吴歌小史》，《歌谣周刊》二卷廿三期，内容未论及唐。

吴越王钱镠在乡里唱《还乡歌》，父老不解，钱乃高揭吴音，见《湘山野录》，近人改称“吴喉”。唱山歌以见意云云。此正“南方民歌声调”所在，而辞仅七言三句。至于唐人称吴中方言，亦每曰“吴音”“吴吟”“吴调”，甚至曰“吴歈”，其混乱如此。元和间，宋若华嘲陆畅：“双成走报监门卫，莫使吴歈入汉宫。”乃因畅操吴中方音故。元稹《病醉》诗：“醉伴见侬因病酒，道侬无酒不相窥。”注云：“戏作吴吟。”白居易《忆吴中旧游五首》云：“蜀笺写出篇篇好，吴调吟诗句句愁。”亦指苏州音。《寄明州于驸马》诗：“平阳音乐随都尉，留滞三年在浙东。吴越声邪无法用，莫教偷入管弦中。”疑亦指浙语之不能入歌。次首云“海味腥咸损声气”，于意益著。

至于唐代胡乐之盛，可因《通典》一四二所载后魏宣武以来胡声发展之大势及一四六所载周、隋以来管弦曲与鼓舞曲分用西凉、龟兹诸乐之事实推之，众所习知，毋俟乐覙缕。在上列胡乐之七部中，又以龟兹乐为最著。日本林谦三《隋唐燕乐调研究》

谓唐代胡乐虽不限于龟兹乐一种，而其他胡乐之在中国者，大抵为龟兹乐所掩，龟兹乐予中国音乐之感化最深。中国人对于音调之传统观念，向以宫声为调首者，竟因此而有所变更，于是音界大展云云。龟兹乐之主要乐器为琵琶，唐人之精此伎与赏此伎者均特盛，唐诗中咏琵琶者亦特多。仅从敦煌石窟“伎乐天”之大量壁画中，已可验得当时琵琶地位如何重要，在唐人音乐生活中实多不离琵琶。因此相当部分之声诗必托于胡乐，托于龟兹乐，托于琵琶。胡乐曲调不拒齐言。详七章十一节论“交叉律”。近人探词之源者，或倾向于胡乐专合杂言，齐言且不可歌，于胡乐自无分，甚误。略见下节论法曲，及三章首节论“误解”。

惟琵琶之传入中国，早在汉代，向来广泛使用，初不以奏胡乐为限；久之，琵琶遂有胡制、汉制及二者兼制之分。《通典》一四四。无论纯粹胡乐或半胡化之西凉乐，或参杂若干胡乐成分之法曲，甚至全无胡乐成分之清商乐内，皆可用琵琶伴奏。琵琶如此，他器亦然。故顾况《李供奉弹箜篌》歌曰：“胡曲汉曲声皆好，弹着曲髓曲肝脑。”箜篌如此，琵琶何独不然？“箜篌”一名二器：汉制二十五弦，乃瑟类；隋自西域传入，乃竖箜篌，二十五弦，抱弹。顾况诗又云：“起坐可怜能抱撮，大指调弦中指拨。”为西域器可知。近人以为琵琶所到，必为胡声，殊非事实，不可不辨。声诗之在清乐者，既每用琵琶伴奏，若因此而否定其为清乐，则尤不可。《通典》一四六载清商舞曲，用钟、盘、琴、瑟、箜篌、筑、筝、箫、笛等外，亦用秦琵琶。又载初唐所造《庆善乐》《破阵乐》等，并用大小琵琶、大小五弦琵琶以伴奏，而二曲之辞，实皆声诗。

五、声诗极盛时期

乐分十部，乃太宗所定，唐代燕乐之开始也；其极盛，当在玄宗时。此时十部之分，已不切实际，除民间所有外，公家执掌之乐曲可区划为三：（一）道教奉行之道调，（二）法部之法曲，（三）胡部之新声，事较显著。《新唐书·礼乐志》综合《通典》等书之说曰：

> 高宗自以李氏老子之后也，于是命乐工制道调。……帝（玄宗）方寖喜神仙之事，诏道士司马承祯，……太常卿韦縚制……曲。……初，隋有法曲，其音清而近雅，……其声金石丝竹以次作。隋炀帝厌其声淡，曲终复加解音。玄宗既知音律，又酷爱法曲，选坐部伎子弟三百，教于梨园，声有误者，帝必觉而正之，号"皇帝梨园弟子"。宫女数百，亦为梨园弟子，居宜春北院。梨园法部更置"小部音声"三十余人。……开元二十四年，升胡部于堂上。而天宝乐曲皆以边地名，若《凉州》《伊州》《甘州》之类。后又诏道调、法曲与胡部新声合作。

由此以推，大概玄宗所好之法曲，乃以清商为主，而参杂胡乐者，殆因其颇得中外调和之美，故酷好之，——一也。当时仍以此与纯粹之胡乐相对立，——二也。大乐署、属太常寺。梨园、教坊，乃当时分掌乐曲之三机构，所掌各有其法曲与胡乐，而道调似多属于大乐署，——三也。教坊分内外，皆女伎，由中官主之。宜春北院之梨园女弟子，谓之"内人"，属内教坊；男弟子及"小部音声"属梨园，必亦中官所领，均在大乐署乐工之外，——四也。大曲之有，由来已久。天宝新声，不断献自边地，边声裔乐，因益随之而泛滥，——五也。综此五端，斯臻极盛！大乐署之乐工最多时，至于万数，仅散乐即有千人。《唐会要》三三。益以男女梨园弟子及外教坊之粗伎，总约二千三百员，陈旸《乐书》一八八。其数已可观。方之汉代之乐府员，不过八百二十九人者，见《汉书·礼乐志》。超迈已多。花蕊夫人所辑宫词追写开、天情形，谓“太常奏备三千曲”，益以梨园与教坊所备曲之不同者，纵嫌夸饰，折半计之，为曲亦必在千至二千之间。宫廷如此，民间可推；有史以来，可谓空前，宜其称极盛耳。乃此时无论法曲、胡乐，其所用之歌辞，十之六七皆为声诗，此一史实，诚不可忽，由下文一一证之。

《旧唐书·音乐志》三据《通典》一四七语，论初唐至盛唐之乐章，于采用诗体一事，有显著之记载——

> 贞观二年，太常少卿祖孝孙既定雅乐，至六年……制乐章。……开元初，……杂用贞观旧词。……二十五年，太常卿韦縚，……时太常旧相传有宫、商、角、徵、羽，讌乐五调歌语各一卷，或云贞观中侍中杨仁恭妾赵方等所铨集，词多郑、卫，皆近代词人杂诗。至縚，又令太乐令孙玄成更加整比，为七卷。又自开元已来，歌者杂用胡夷里巷之曲。其孙玄成所集者，工人多不能通，相传谓为“法曲”。今依前史旧例，录雅乐歌词前后常行用者，附于此志。其五调法曲，词多不经，不复载之。

此因《音乐志》在著录雅乐歌辞之际，附带说明燕乐中尚有五调法曲之辞，较之雅乐，认为“不经”，故不予著录。既然与雅乐对称，又在“胡夷”之外，且包含法曲在内，应称“燕乐”，其本质则为清乐可知；而曰“讌乐”，仍重在指其用途于燕享之间耳。由此节以推，可得下列五点——

一、贞观中早有燕乐歌词五卷，——“皆近代指唐代。词人杂诗”。

二、开元中所谓燕乐之极盛时期，有燕乐歌词七卷，——亦“皆近代词人杂诗”。

三、法曲仍按五调分其歌词——十之六七为“近代词人杂诗”，余当为长短句词。

四、胡部新声据所传凉、伊、渭、氐、甘、熙、陆……诸州大曲及杂曲，乃至《婆罗门》《苏摩遮》《达摩支》等杂曲以观，多五、七言近体诗，亦即“近代词人杂诗”；其小部分可能为长短句词。

五、所余者只道调歌词一项，有曲名二十余，其辞今皆不传，为齐言、杂言不可知，料亦齐言多而杂言少。《全唐诗》辑吕岩仙笔长短句词四十余首，皆北宋词调，全部伪作，杨慎已纠之，不能算唐代道调歌词。至于音乐、道调诸曲专用林钟宫，见《唐会要》，本于杜佑《理道要诀》。然则最早纂辑历代声诗之第一人，固不必为郭茂倩；即专辑唐代声诗之第一人，实亦非郭氏，当为唐贞观间之赵方女士，其次则开元间孙玄成。惜二人所辑之五卷、七卷，今皆不传。朱氏《中国音乐文学史》六引《旧唐书·音乐志》五调歌辞说，曰：“可见绝句在唐代，还有歌录流传，不过现在不可考罢了。”按赵氏之辑既在贞观中，内容必有隋辞，则隋代情形于此亦应查明。《隋书》一五《音乐志》曰：

> 大业元年，……雅、郑莫分，然总付太常，详令删定。议修一百四曲，其五曲在宫调，黄钟也；一曲应调，大吕也；二十五曲商调，太簇也；一十四曲角调，姑洗也；一十三曲变徵调，蕤宾也；八曲徵调，林钟也；二十五曲羽调，南吕也；一十三曲变宫调，应钟也。其曲大抵以诗为本，参以古调。……

隋代既已雅、郑莫分，显为后来唐初燕乐歌辞“词多郑、卫”之先河。其一百四曲系于八调，又分明为唐代五调之前身。而最可注意者，乃“其曲大抵以诗为本”一语。凭此，知唐代声诗乃“专体直接继承”于隋，清清楚楚，由此为证，拈来即是，不烦另求矣。《通典》一四七“隋太常旧相传有燕乐五调歌词各一卷”，未提以诗为本。

文献中说明声诗以盛唐为极盛者，尚有一更重要、更生动之表现在，则天宝间芮挺章辑《国秀集》前楼颖之序是——

> ……仲尼定礼乐，正《雅》《颂》，采古诗三千余什，得三百五篇，皆舞而蹈之，弦而歌之，亦取其顺泽者也。……自开元以来，继天宝三载，谴谪芜秽，登纳菁英可被管弦者，都为一集。……凡九十人，诗二百二十首。……

按开、天间之诗家绝不止九十人，诗绝不止二百二十首，可断言；而《国秀》所登，仅仅如此，盖取则于孔丘删《诗》，采其什一耳。“芜秽”与“菁英”，乃辞之分判；“可被管弦”与否，乃声之分判；则又取法于三百五篇之曾舞蹈与弦歌也。三百五篇皆可声之诗，二百二十首何独非可声之诗欤？以盛唐人选“近代词人杂诗”，竟突出“可被管弦”之标准如此，足见对于声音之要求，盛唐诗坛已甚普遍；选家从严，声、辞并重，始登二百余首耳。类此鲜明之表示，其他唐选所无，唐顾陶《唐诗类选序》有曰：“或声流乐府，……或音涉巴歈，……”（按指民间）略近楼说。他如殷璠《河岳英灵集》序论所举宫商音律等，皆指四声平仄而已。而与《旧唐书》述孙玄成之业则相应合。然则谓声诗极盛于开、天之间，理论事实，两俱充物，宁独为过欤？循前史之旧例看，此二百二十首亦即“不经”之词耳，而芮氏身处民间，竟尊为“国秀”所在，此名涵义，尤足供作深长思！集内古体甚多，竟同在可被管弦之列，可知吾人初步审订声诗，以近体为主，犹嫌保守，未必悉符唐人之概。特启蒙拓宇，不嫌谨慎，绳墨稍严，无伤于滥为是；他日论证较充，再事修订扩展，事不难也。参看下文“以近体为主，不以近体为限”说。

又查《新唐书·艺文志》“乐类”，列郑译《乐府歌辞》八卷，翟子《乐府歌诗》十卷，又《三调相和歌辞》五卷。翟子何时人，未详。其有“歌诗”“歌辞”，或与郑译八卷同为前代文艺，非唐所有。但《艺文志》末之“文史类”内，又列《翰林歌辞》一卷，则性质有别，当是唐代翰林应制合乐，用于燕享之辞，其中料必以声诗为多。唐声诗总集之可考者，大致如此。清初《律吕正义》后集一〇八曰：“按五调法曲，即所谓䜩乐也，正史不载，故不传。今亦不敢旁摭杂说，附会为燕飨歌辞，盖宁从其阙，恐违登录雅乐之例云。”不知有关此事，究尚有何“杂说”可以摭取附会。昔时过重雅乐，封建意识太浓，致埋没许多燕乐资料，大是憾事。刘昫修《旧书·乐志》，不能突破藩篱，重视民间，识别资料；于五调法曲，竟以其“词多不经，不复载之”，实铸大错！就声诗言，尤空前之损失，无可弥补也。

从上文所引两《唐书》语，知在当时胡乐盛行之中，歌者杂用“胡夷里巷之曲”与其辞，实较法曲所用之辞为易通晓，必多为民间创行之长短句词，正与法曲之用“近代词人杂诗”为齐言者相对立，势所必然。郑振铎《词的启源》：“他们——指韦絛、孙玄成等——所集的，工人多不能通；工人所通的，却是另外的一种新的曲调，崭新的曲调！这种崭新的曲调便是词，便是代替六朝乐府而起的新歌曲的词。”正是此意。例如边地所进《凉州》《伊州》《甘州》诸曲，皆多遍之大曲，其辞之传者，亦皆“近代词人”之五、七言杂诗，宜在声诗范围之内矣。顾有不然者：自敦煌曲出世以后，知唐大曲辞并不限于杂诗，亦有用长短句者。大乐之曲既多遍，大曲各遍之节拍缓急有异，其曲之长短亦必有异。辞既与曲结合，当亦随之长短间出，而须五、七言联章杂进。如此，显然自为体制，非普通作诗合乐、单辞零章者比矣。例如敦煌曲之《剑器词》三首，各为五言八句，既已订为大曲，其调便不入声诗。故若严声诗之范围，长短句之辞与大曲体制之辞，应同在划除之列。特声诗与彼二者，皆有密切关系，本歌辞总体之旨，当共讨其原，而互见其义。本编于此，各有专章，次第明之。王士祯《唐人万首绝句选序》：“开元、天宝以来，宫掖所传，梨园弟子所歌，旗亭所唱，边将所进，率当时名士所为绝句耳。”视边将所进诸大曲亦为绝句而已，正是于大曲之音乐体制认识太疏，转而影响声诗范围之例。惟声诗学说，乃今日所创，不能奢望于清初诗人同意也。

六、二百三十调

上文谓盛唐乐曲达一二千数，乃凭司乐机构之情势以估计；若文献可征者，仅十之二三而已。郭氏谓开、天盛时，燕乐诸曲有十四调，二百二十二曲，又法曲乐章十一曲，云韶乐二十曲，共二百五十三曲。此乃本于宋王溥之《唐会要》，源于杜佑之《理道要诀》。均未提及民间情况，显非实际之全面。《会要》载天宝十三载七月十日大乐署供奉之曲名及其改名，所列调数与曲数大致如上。惟谓太常梨园别教院教法曲乐章等共十二章，则与郭氏说异。但此明明以大乐署及梨园别教院所掌者为限而已；若当时设在宫外之左右教坊及在宫内之宜春北院二者，共同习用之歌舞曲调，载在崔令钦《教坊记》者，杂曲名二百八十五，《记》中曲名，列二百七十八。又另见五。又补二。大曲名五十九，《记》中大曲名列四十六，又另见十三。则皆在大乐署等所掌系统之外，郭氏未尝顾及也。太常掌雅乐及近于雅乐者，教坊掌俗乐及近于俗乐者——乃常例。马端临《通考》谓“前代有讌乐、清乐、散乐，隶太常，后稍归入教坊”。此两面所有曲名，各具特点，十九不重复。复者仅《春莺啭》等十五调名。吾人必须综合大乐署供奉曲名、别教院法曲名、教坊杂曲名，旁及《羯鼓录》《乐府杂录》、新旧《唐书》，乃至唐人说部杂书多方所纪之曲名，而汰其复者，为数约在五六百之间，庶得唐代燕乐曲数之概。从此数内，再除当时已有之长短句调名及大曲名，而加入属于凯乐之少数曲名，庶得唐代声诗曲数之概，所谓“二百三十调”是也。

顾于综合各方调名后，欲汰其复，已觉困难；因曲调之名虽复，而所属之音调如不同，即未便悉汰。如《唐会要》所载，因音调不同而一名屡见者，有五十余组。若更从燕乐曲名内汰其长短句调名，以求得纯粹声诗之曲名，据今日仅有之资料为之，则益难如愿。盖燕乐之曲，十之九乃诗、词异腔，详七章各节。从调名求之，十之三先为声诗，后有长短句，而名并未改；详七章八节。今若依据现有长短句词之调名，从燕乐曲名内漫加剔除，则所汰者，往往恰为声诗之调名，不但无济，反而偾事。故目前对唐声诗所用之调，只可就臆说，暂求一假数而已。如郭集“近代曲辞”四卷内，载八十八调名，八十八调内，去隋曲调二，误收五律题一、七绝题六，唐曲有七十九。此七十九调内，再去大曲调五，长短句调八，所余声诗之调六十六。此中又有四调名，其辞并非直接歌辞，故本编后附“札记”内列六十二调。龙沐勋《中国韵文史》下谓《乐府诗集》共收“近代曲”八十四种之多，欠核。其中声诗之调六十六，非声诗之调十二，约五与一之比。若就此推，则郭氏所称二百五十三曲内，声诗可能占二百曲；崔氏《教坊记》所见二百八十四曲内，声诗可能占二百三十曲。此数较之隋、唐长短句调今日所传仅约百数者，已二倍之矣。明董逢元所编《词原》卷下曰：“词多杂言；其涉律、绝体，《竹枝》《杨柳》《鹧鸪》《玉楼》，百一而已。”百一之比，对声诗曲调数量之估计太低，绝非事实。作如是想者，初不仅董氏一人，举之以概其余。

开、天而后，所传乐曲与歌辞情况均有不同：辞之兴替，随乐而行。此时杂言逐渐增多，长短句词调渐与声诗之数相埒。从大体瞰之，上文引郭氏论唐燕乐之语，竟可移此以专论唐声诗，曰："始于武德、贞观，盛于开元、天宝；肃、代以降，亦有因造，僖、昭而后，渐臻亡缺。"——一一无不吻合。"渐臻"与"骤臻"不同。"亡缺"指唐代所备之大量诗调，至五代《花间集》内仅存九调而已，详下节。以九比一百五十四，岂非"亡缺"！何况玄、肃、代、德，历代原有之诗调犹远远不止百五十之数欤？且开、天之间为我国对外国音乐吸收融化之重要时期，堪云全在燕乐中，此层为郭氏所未及论。故若以声言：到声诗既盛时期，唐以前之古乐府诗已多绝响，开、天以后之长短句辞益见滋荣。后者因潜在民间，不登简牍，前人遂以为无。及写本敦煌曲出世，真象始明。此时在我国诗歌与音乐之发展进程上，可能正逢转变递嬗之交，而以声诗为其重要枢纽。自赵、孙二氏所辑总集散失以后，千二百余年之久，对于具此枢纽性之诗乐，迄未作精确完备之著录，有以明其与长短句辞分别启承乐府之因，及同时分镳并骋之迹，乃文艺史上一大失也！朱氏《中国音乐文学史》六："唐代是新旧音乐交换接续的时代，一方面结束乐府体，一方面开辟曲体。惟唐代本身，也自有一种代表时代的音乐文学，那就是可以播于乐章歌曲的绝句了。"颇得要领。

七、一百五十四调

所谓二百三十调者，乃就开、天间情形，对于声诗能有之曲调，假设一种至少之数也。此数本身无价值，特借此一番推究，向初、盛唐声诗之分量及其处境如何，作一明白鸟瞰耳。今并开、天之前后通计之，以今日尚具唐、五代之传辞为限，在当时又确合声乐且有较充实之文献可征者求之，初步犹可得一百五十四调。在《乐府诗集》以前，如《尊前集》于声诗仅见十一调，《花间集》仅见九调；在其后，如《唐词纪》仅录声诗十八调，于《望江南》内，亦称“诗体一首”，盖指张祜五言四句之《梦江南》言。《全唐诗》附词仅录二十六调，刘尧民《词与音乐》首编三章云：“据《全唐诗》的‘杂曲歌辞’里所采取的，七言绝句有三十七种调子，五言绝句有二十三种调子，可见五、七言绝句是一例的可以入乐。”按《全唐诗》二所采“杂曲歌辞”，悉本《乐府诗集》，明指为“乐府”，非“杂曲”或“大曲”，不能由此证及“一例的可以入乐”。郭集“近代曲辞”方是隋、唐流行之曲，其中五、七绝颇多。《全唐诗》内反而不采，愈是憾事，刘氏说乃失其依据。《词律》连《拾遗》《补遗》。仅录三十二调，《钦定词谱》仅录二十七调。郑宾于《中国文学流变史》七认为词调而作诗体者，并宋人所创在内，仅录三十调。诸家所录如此之少，无怪乎郑振铎指为“寥寥几首”，而怀疑唐人歌诗乃“偶然”之事矣。郑振铎《词的启源》曰：“唐人……五、七言诗入乐，乃是偶然的事，并不是必然的事。……统唐、宋能歌与否的诗体而总计之，也只有《怨回纥》《纥那》《南柯子》《三台令》《清平调》《欸乃曲》《小秦王》《瑞鹧鸪》《阿那》《竹枝》《八拍蛮》诸曲而已。以这许多绝非五、六、七言古、律、绝诗的词调——指如《词谱》所载词调八百二十有六之多——乃因了偶有寥寥几首的合于五、六、七言古、律、绝诗的词式，便以为她是出于五、六、七言诗的，真是未免太过武断的了！”郑氏不信长短句词调出于声诗，甚是；但于声诗曲调只认识上列十二调而已，遂断其歌乃偶然之事，毋乃少见多怪欤？

本书下编录百五十四调，较之过去著录最多者，如郭集“近代曲辞”，虽已倍之而有余，但仍为几经淘汰之结果，并未浮夸。每列一调，必其具备一定之条件，或理论有据，或事实不移。就中除去异调同名之部分后，如《破阵乐》一名，有五言、六言、七言三体。不同之调名仅百三十三而已。凡格调提炼求全，赖先有丰富辞篇为之源泉；今唐声诗所见实数总不过千二百首而已；又由多方零星襞褶而来，都无宝山足资采掘，远不如宋代长短句词调之辑佚，已有高度完备之总集若《全宋词》者可资倚畀也。今后若遍及有关之文献史料，穷搜冥索，声诗可以著录之调，当犹不止此。

设问郭集与清初官私诸词书中，于此百余调何以不全取？又何以不全舍？各书于取舍之间，所具标准如何？则反复以求，实难代作圆满之解答。如《词律》于《怨回纥》调，曾谓因《尊前集》载入，故仍之。但按之他调，《乐府诗集》所载者甚多，原足为据，则又不收。于《清平调》《竹枝》《柳枝》三调，《花间》《尊前》明明见之，而《词律》“发凡”内谓诸家词集不载，乃因后人以此等调为词嚆矢，遂取入谱，今已盛传，不便裁去。所谓“盛传”与否，标准如何？实难言。无怪清宗山于《词学集成》内讥难《词律》曰：“太白清平调，是诗，既收之，旗亭画壁所歌皆诗，何以不收？”收与不收之间，料知前代谱录诸家已煞费沉吟，早有进退失据之苦；不若操选政者所为，每每曰“诗体不论”，“诗体不录”，犹较划一而易了事也。林大椿辑《唐五代词》，曾从《全唐诗》内撷取诸家之《竹枝》《杨柳枝》等，以补《全唐诗》附词部分所不及，复仿《全唐诗》采温庭筠集内

《春晓曲》为《木兰花》词调之例，亦自韩偓集内，采《意绪》一篇，冠以《木兰花》调名。但于温集内明明有调名之《屈柘》《达摩支》等，韩集内明明有调名之《大酺》《思归乐》等，其辞同为齐言者，反不收入所编，将何以解？不知所舍之《达摩支》《大酺》等与其集内所登之《阿那曲》《踏歌词》等在词调性质上，或作者时代上，究有何种区别？尤为矛盾者，莫如《词谱》既据《花草粹编》等收宋苏庠之《清江曲》、张元幹之《楼上曲》，列作词调矣，皆七言八句，详八章附见宋人歌诗。对《教坊记》曾列名而《乐府诗集》等书曾收录之唐人《想夫怜》《怨胡天》等调——同为七言八句，谱中何以又弃之如遗？而类《清江曲》《楼上曲》等之诗题与歌行体，在《全唐诗》内各卷皆有，将收不胜收；同样为诗题，何以出之宋人则是调名，出之唐人则非调名欤？《花草粹编》于此所为，原漫无标准，岂足尽凭？

百五十四调之惟一标准，乃其辞为齐言。就结构言，大别有二：曰以主辞为限者，曰于主辞以外有附加之辞，如和声辞或叠句者。所谓“辞为齐言”，专指主辞而言；若附加之辞，大都杂言。全调因有附加辞故，已貌若杂言，似应划作长短句词，其实不然。因和声辞或叠句等在全调内皆单独表现之部分，虽删，不伤原文，不足否定其所在主辞原属齐言。就性质言，亦概分两种：一乃纯粹近体诗，主也；一乃近体诗之变体，从也。纯粹近体诗之为声诗，读者凭一般观感与基本习惯，尚可接纳无异言；对变体中之为平仄涩拗者，尚可从一般之拗体诗推而得之；至对其他种种变体，恐已不能如此。例如叶仄韵者，将认为与古乐府混，难作声诗；又如通首为二句或三句者，将认为根本不成诗体，如何可为声诗？更有数百年来早已定作词调者，兹忽划归诗调，将因纷更太大，而益滋疑窦。——凡此隔阂，均有待于理论通解、事实明证，庶可逐一转移认识耳。如《浣溪沙》调列为声诗，实违反近数百年词坛之习惯，但确有理由与事例存在，不应不尔，并非逞臆妄改，则端赖说明，以餍人意。详下文三章。

声诗之辞必属齐言，在与长短句词（辞）对立之中，此点乃一不可动摇之标准。准此以求，当不容有例外；在格调中，亦即不能有所挂漏。凡后世认为非诗非词、亦诗亦词，向以权宜处理，终未能惬心贵当而遗憾者，正可于声诗体制确立以后，各得其适当部居，一劳永逸为快。如此，在文体与文史上，所建廓清之功与指归之效，均甚明著，值得注意。诸调构成之必备条件等，于下章详之，此特略发其凡而已。

八、声诗定义

综合以上所陈，并依据百五十四调之实际情况，为拟声诗之定义曰：

> “唐声诗”，指唐代结合声乐、舞蹈之齐言歌辞——五、六、七言之近体诗，及其少数之变体；在雅乐、雅舞之歌辞以外，在长短句歌辞以外，在大曲歌辞以外，不相混淆。

兹就此中所见时代、乐类、诗之体、辞之用共四点，针对事实上容易混淆处，扼要陈之——

首曰：声诗断在唐代也。于我国历代歌辞中立此一体，乃专为唐代而设；犹之曰“宋词”“元曲”，含有断代意义。唐代实指唐及五代，起初唐，迄南唐，其中王朝世系固相衔，民间文物、风尚之关系尤密切，不随封建政权为起落。但在音乐文艺方面，与以前之杨隋及以后之赵宋，则体用多异，区划显然，所表现于声诗者，尤为突出。故此曰“声诗”，仅以初唐到南唐间为限，不再似前人应用之广泛，推及“两汉声诗”或“隋、唐声诗”。声诗用调，固有沿隋之旧者，且有远袭隋以前者，如《王昭君》《子夜四时歌》《堂堂》《乌夜啼》《舍利弗》《摩多楼子》等皆是。但诸调至唐，或仍传旧声，或已翻新谱，要皆必有新辞——近体诗，而确仍合乐以歌，甚且趋声有舞，当属声诗，毫无疑义，不必因其曾用旧名，遂疑之废之。譬犹后来长短句词调之用古乐府调名者，仍然是词，金、元曲调之用声诗或长短句词调名者，仍然是曲也。至于唐以前之歌辞用五、七言四句者甚多，要为近体诗之源，不能谓为近体诗，亦即为声诗之源而已，非声诗本体。如上文四节述《黄竹子》《江陵女》不见唐辞情形是。下文九章一节论佛曲辞内偈赞之声，主说在萧梁，举例亦及萧梁，均表其源而已，声诗本身并不在梁。《明皇杂录》谓玄宗曾自歌“庭前琪树已堪攀”云云，见十一章“纪事”六，此诗乃隋卢思道所作，不入声诗。

五代以后，今知惟沈括、苏轼、黄庭坚等数人，确曾步武唐人歌诗，不容否认。《全宋词》若重“歌辞总体”之义，不严限于杂言方为词，则大可全收。此外，宋代乐曲中有虽通首七言，一若是诗，而其句法乃多作上三下四，根本非诗者，当不能混。例如柳永之《思归乐》，调名虽沿袭唐声诗，因句法有如上述，实质已在声诗范围外。不得因调名偶合，亦作齐言，遂相比附，甚至谓柳永在沈、苏、黄辈前，曾用唐《思归乐》之调歌诗，乃失之甚矣。

后世如元仇远、明杨慎等均曾依唐代诗调有作，无可非议，惜不详其直接所本。降之，仍有确用诗体歌唱者，如明张亨父、王古直之歌诗，清冯班之《闻前辈歌绝句》等，详八章末。则事出偶然，谓为声诗之余绪则可，非声诗本体之流传。更若后世以七绝咏各地风土人情，名为《竹枝词》者，元杨廉夫、虞伯生等百二十人倡和西湖《竹枝词》，其事最著。亦间有七绝，题《杨柳枝》名者，如清汪琬《尧峰文钞》所见。皆不过诗家袭用唐乐之曲名而已，完全主文，本不求有声、容。宋长白《柳亭诗话》三举"盘塘江上是奴家"云云：曰："此名《竹枝》。"又举"清江一曲柳千条"云云，曰："此名《柳枝》，其实一也。"既属徒诗，并无声、容，则为拟《竹枝》《柳枝》而已，若其始声，何尝"一"欤？惟明、清所创弹词之开篇，每用七言诗体付歌，居然尚称"唐诗开篇"，于声诗色彩，保留独真，乃一特例，在研究声诗之流变中，斯堪注意，详八章末。惟"拟"终是"拟"耳。

次曰：声诗断在雅乐、雅舞之歌辞以外也。所谓雅乐、雅舞，本纯粹封建文艺，向与广大社会无关；其辞之内容，无非滥颂滥祷，奉行故事而已，并无真正生命，历代皆然，唐亦无异。唐代俗乐与文艺，倚民间为基础，继承前代精华，同时又吸取外方特点，均有新创造与真正生命在，而雅乐、雅舞及其歌辞，实不与焉。清徐养源《管色考》曰："隋、唐以后，俗乐胜于雅乐。俗乐虽俗，不失为乐；雅乐虽雅，乃不成乐！”言之最切。声诗者，由唐代所创之新辞体——近体诗，结合其所订之新音乐——燕乐，相互构成，价值自殊，当不能容旷古陈规之雅乐、雅舞及其歌辞，羼杂其间，区而别之，并不为过，不犯“歌辞总体”之义。

就实例言：唐郊庙乐章内，送文舞与迎武舞之辞曾用七绝，“武舞作”之辞亦用及五律或五言小律，后汉宗庙乐舞辞且用排律体。详下文。凡此与诗体虽合，而声类有殊，艺事迥别，均不能混入俗乐。玄宗时有《龙池乐》十章，皆七律，而其礼同郊祀，义洽符谶，与民间祠神祝岁者又有别，则亦定在雅乐范围，故声诗不收。参看三章首节之末。李商隐《龙池》诗：“龙池赐酒敞云屏，羯鼓声高众乐停。”谓赐酒之地借用龙池，若所演乐艺，则仍为清、胡俗奏，并非奏《龙池》乐章而曾用羯鼓也。李诗原意如何，不可不辨。清吴乔《围炉诗话》一叙李诗而兼及《龙池乐》，遂启误会。

就理论言：明姜南《投瓮随笔》“太白论诗”条曰：“吁！以唐人之作，欲窥郑、卫《缁衣》《鸡鸣》《淇澳》《定中》之藩篱，且不能得，况望二《雅》乎？以唐人之诗，被之管弦，而歌于朝廷郊庙，其与成周诸《雅》，类乎，不类乎？”此乃封建文人一意主文崇古，笃尊周、孔，认为“删后无诗”之腐论耳。实则历史发展，时代前进，无从遏阻；燕乐歌诗未尝用于庙廷，乃唐人封建之甚而已；并非燕乐不能。所谓“类乎不类”之感，存乎其人而已。本编主唐代之燕乐歌诗与同时之雅乐歌诗划界，初非因前者卑于后者，登庙堂而“不类”也。至将燕乐歌诗一一与先代雅乐歌诗相较，无所取义，故不必要。若声诗与燕乐在封建社会中能不染郊庙之污，正是其大幸耳，诚有何憾？《全宋词》不考究及此，开端《六州》一套即用于郊庙。

雅乐、雅舞之外，尚有凯乐。百五十四调中，凯乐只具《破阵乐》《贺朝欢》《应圣期》《君臣同庆乐》四调而已。又有清乐，如上文所云，既传有唐辞，且当时确曾合乐歌唱者，暂知有十七调。此外所余之百三十三调中，用清乐者必尚有在，须继续考订，不能想象其皆为胡乐也。《教坊记笺订》于唐曲确用清乐及可能用清乐者，均曾注一“清”字，于其辞体肯定为声诗者，均曾注一“诗”字，其兼注此二字，而在上列十七调之外者，已有《还京乐》《长命女》《杨柳枝》《凤归云》《拜新月》《渔父引》《三台》《大酺乐》《山鹧鸪》《小秦王》《得蓬子》即《得体歌》，原出民间。《伴侣》《四会子》等十余调，大可参考。至于下文第九章所叙杂体歌吟之四种，即佛曲、俗讲、转变、讲史，既为声诗之流变，已非本体，其声之系属如何，暂可不论。前二种乃梵乐，后二种宜亦为清乐。

三曰：声诗之辞，断以近体诗为主也。声诗之构成，除声乐外，一半当在歌辞——诗。唐诗体格繁赜，其中合乐与不合乐之情况究如何乎？曰：信如王灼所言：举凡四、五、七言古诗，古乐府，流行民间之古乐府除外。新题乐府及杂言诗如李白集中所谓“三、五、七言诗”。等，实际皆已无声，剩余有声者，惟五、六、七言之近体诗耳。兹就其要者分述如次——

唐人之四言古诗在声诗之外，无论矣；但四言中亦有俗歌。如武则天时之《曳鼎歌》，命曳者相倡和，与百五十四调内之

《得体歌》《欸乃曲》颇类。惟其乐虽不“雅”，而其辞仍托古体，并非近体诗，故不录。惟五代杂言词调内可能有通体四言者，如毛文锡《赞成功》七句，四平韵，双叠；仅第三句七言，余皆四言；既叶平韵，其通体平仄亦属近体。——说明五代之燕乐歌辞内，可能尚有四言之近体诗格，通体皆作四言。倘遇其辞，当打破原限之五、六、七言，而加入四言一体，甚得其所。南宋李彭老有《四字令》调，每片四句，其中之四言者，仅二句而已，相去更远。

唐人之七言古诗在声诗之外无论矣；但如杜牧诗：“圣敬文思业太平，海寰天下唱歌行。”宣宗《吊白居易》诗：“童子解吟《长恨》曲，胡儿能唱《琵琶》篇。”分明歌行体亦有歌唱者，特所谓“唱”之音乐性有强有弱耳。李峤《汾阴行》曾被截取结处四句，唱作《水调》。对于歌行之唱，或多采此截唱数句之法。上文定义中，除以五、六、七言近体诗为主外，曾及少数之变体。百五十四调所收，变体、拗格皆有，固未尝悉以近体为限。如七言十二句之《达摩支》，平仄兼叶，尤近古风，亦即所谓变体也。此诗前后各四句叶反，中间四句叶平，可能原为三解。

唐人所作之宫词皆七绝，且元稹《连昌宫词》曾“播于乐府”，已有明例，详第十章。宜其皆属声诗矣，曰：不尽然。宫词之作旨在铺张事物，非为表现声、容，元稹之特例，尚难概括全面，视同原则。宋人《复雅歌词》内据传曾言宫词之音律颇详；而陈振孙《直斋书录解题》二一又谓其“多有调而无曲”。惜书久沦落，如何详言音律，如何有调无曲，今曰尚感茫然。复斋所谓“宫词”，疑指唐张祜集内一类，详本节下文四论直接歌辞。直斋所谓“曲”，如指曲辞，则宫词之作多矣，乌得谓之“无曲”？殆以“调”指调名，“无曲”谓未见该调有曲辞耳，俟考。

五代五、六、七言律之合乐者，宜其皆在声诗之内矣，曰：亦不尽然。如后汉刘知远宗庙乐辞内《显仁舞》用五言排律，《章庆舞》用六言排律，《观德武》用七言排律等，其声并非俗乐，至多为不纯粹之雅乐耳。在此种雅乐中唱律诗，乃一时变态而已，并非燕乐之真正发展。以较李世民之《功成庆善乐》、李适德宗之《中和乐》辞属排律，而又用在燕飨，不在庙祭者，大有别也。此例足补上文“声诗在雅乐、雅舞歌辞以外”之说。

五代词调之为齐言体者，宜其皆属声诗之范围内矣。曰：尚有一例外在，欧阳炯之《三字令》是。三字诗不入近体，此调虽声用燕乐，而辞失诗之依据，故亦划在声诗之外。或曰：三字令叶平韵，非拗格，多对仗，应是近体诗；本编既重“歌辞总体”观念，详弁言。若拒三言体于声诗之外，理论将不贯彻。曰：所谓近体诗者，在叶韵与平仄外，尚有句法之要求。其在句内者，如五言必上二下三，七言必上四下三等等。在句外者，每二句一组，每组一韵，乃近体之常。欧阳炯《三字令》每片八句，分三组：首组三句二韵，尾组三句一韵，中组三句一韵，分明是长短句调《定西蕃》《酒泉子》之三言句格，非汉《安世房中歌》所有之三言句格也。《房中歌》内如“安其所”“丰草萎”等首之三言体，皆每章八句，四韵，每二句一韵。故《三字令》虽通体齐言，终非近体诗，宜留在唐、五代曲子范围内，以申“歌辞总体”之义，比较的当。

综上五类以观，凡似非而是者，常得人注意网罗，不患有失；凡似是而非者，明辨究竟不易，往往习非成是，斯宜慎。

近体既为声诗中之一种普遍现象，遂为构成声诗重要条件之一，当无疑义。惟近世尚有与此绝对相反之两种理论在，不可无述。其一认诗至无声一步后，方流于近体；近体之平仄谐协，正是其文字本身之“音乐”，用以代替已脱离之外在音乐。另一说与此相反，谓“律诗”之“律”乃规律，非音律，五、七言调愈为律诗，愈不可歌云云，则又违唐代诗坛之实况，所察于唐律者尚嫌少。此中过犹不及，究竟准的何在？是非反正如何？实有探讨必要。朱光潜《中国诗何以走上律的路》《国学季刊》五卷四号曰：

> 齐、梁时代，乐府递化为文人诗，到了最后的阶段，诗有词而无调；外在的音乐消失，文字本身的音乐起来代替它。永明声律运动就是这种演化的自然结果。……音乐是诗的生命，从前外在的乐调的音乐既然丢去，诗人不得不在文字本身上做音乐的工夫。这是声律运动的主因之一。

汉、魏以来，主文之诗与主声之诗早已同时并行。齐、梁时依然乐府自乐府，文人诗自文人诗，文人诗何尝皆由乐府“递化”而来，且非如此不可？齐、梁以降，无论朝野，乐府之体用犹盛，又何尝有一日中断，化身飞去？所谓“最后的阶段”，即指齐、梁、陈、隋而言。此时期中，诗之协于乐调者不胜举！有《乐府诗集》等书可验，其外在之音乐何尝消失？永明声律之作用，充其量，畅适于讽咏而已，此种声律何能即算音乐？又何足“起来代替”？清王应奎《柳南随笔》三谓：“所谓律者，六律也。盖指宫商、轻重、清浊而言，不特平而平、仄而仄已也。即平之声，有轻有重，有清有浊；而仄之声，亦有轻有重，有清有浊。少陵所云'晚节渐于诗律细'，意必于此辨之至精尔。若以对偶言律，则唐人律诗，固有通首不对者。"按王氏亦"意必"其如此而已，非有真凭实据在。律细如杜诗，虽叶宫商，但谋篇时，亦何尝求合于弦歌？明、清南曲，于四声外，讲阴阳、清浊，固是事实，其叶宫商，被弦管，亦是事实；若五代以降之一般律诗，并不合乐，亦事实也。故王氏之"意"虽有，若曰事之"必"，又显然过分。朱氏既曰"音乐是诗的生命"，对于何谓音乐，标准如何，乃关键所在，当不容随意升降。如一般文字读音之律，倘亦算音乐，则律诗中之所谓"生命"者，将太薄矣，何可不虑？

朱氏曾就音与义之关系，分诗歌之进化史为四期：一曰有音无义时期，指有声音、无辞意者，如"伊那何""羊吾夷"之类；二曰音重于义时期，指歌辞自然朴质，不加雕饰；三曰音义分化时期，指主文而不主声，徒诗、哑诗大兴；四曰音义合一时期，指律诗本身有音乐。朱氏之入歧途，正在第四层。盖前三层内所谓"音"，是真音乐，末期音义合一之"音"，乃指文字读音之声律，绝不得阑入真音乐范围。若循上三层之趋势言之：此末期之诗，主文之程度益高，益为雕饰，乃音与义之更分化，而朱氏反之，称为"音义合一"，乖矣。正因朱氏所谓"音"者，前后性质不同，致有此种之牵混耳。唐诗以拗体合乐歌唱，甚至句句违反平仄声律者亦有之。下文十章四节"协律之作"条曾述一歌诗故事，即特例也。可参考。

于此知声诗之声，乃真正音乐之声，非平、上、去、入四声之声。虽因辞之平仄谐协而益利于入乐歌唱，但如未曾确然入乐与歌唱，则无从凭其平仄谐协一点，便指之为声诗。多数声诗诚属近体，若少数为拗格者，依然不妨碍入乐歌唱，依然是声诗。白居易《新乐府序》曰："其体顺而肆，可以播于乐章歌曲也。"所谓"体顺而肆"，在白氏固指乐府言，若近体诗之平仄谐协，亦未尝不是一种"体顺"，故亦宜于播入乐章歌曲。然"新乐府"之作，白氏五十首、元稹十二首、李绅二十首，皆乐府歌行之体顺而肆，去当时直接歌辞之要求，则尚有隔，非经过有目的之改造后，不可以歌。且诸辞终唐之世，迄无播入乐章歌曲之企图，实质本非声诗，当不必因其体顺故，便妄有所指，徒滋纷扰矣。

一九〇五年，渊实于《中国诗乐之迁变与戏曲发展之关系》一文内已见本章首节。有曰：

> 沈、谢四声八病之说一度出世，而风靡天下。其研精之结果，遂至唐初有所谓"律诗"者出。"律诗"者何？盖"律"者何？乃规律之"律"，非音律之"律"也。即以四声斟酌文字，调和于轻重、高低、抑扬、开阖之间。然虽严设规律，于音律上无有何等之关系。今之人或有误"律诗"之"律"为音律之"律"者，故疑沈、谢声病之说，一自音乐上之关系，讶为讲究歌唱之方法，欲成"诗、歌一致"之盛业者，则非也。所谓五、七言诗者，至斯愈为不可歌，而汉、魏以来乐府之灭亡，亦既久矣！但在齐、梁时代之诗，时有其题为"乐府"者。虽然，此唯取其题而已，未尝协其

律。依一时之感慨，或仿佛古体，或擘画新作，名以“乐府”称，其实绝非“乐府”之声调，固在当时不免为一种之诗。降而及唐，李白、杜甫、白居易之徒，或以古题，或以新题，频自作之，亦名“乐府”，其实一切不可歌，亦同为文字之诗，“目之诗”而已。以此则唐初无复有一诗一歌之可付乐律者，为足证也。

按所谓“音律”者，原分在音乐与音韵之两方面，朱氏强调音韵本身即音乐，显然太过；渊实抹杀音韵之律，谓与音乐丝毫无关，则与声诗以歌近体为主，及上文“体顺而肆，可播乐章”说均相背，又显然不及。既断齐、梁迄初唐“律诗”之“律”与音乐无关，抑将谓两宋“词律”之“律”，乃至金、元“曲律”之“律”，皆与音乐无关欤？词律、曲律之律，亦无非寄托在文字，其音乐关系如何，因史实较近，人所尽知，不能否认，即渊实文内亦然，同时且曾承认词格乃由诗格加散声、和声而来，足见“诗格”之诗，原非徒诗。而同时仍谓齐、梁迄初唐所有“律诗”之“律”与音乐无关，将何以解？是不筹全面，罔顾历史，遽设锐矛以自攻其盾也，毋乃不可。

渊实说之某部分，诚足以药朱氏之病；谓唐人之拟古乐府与“新题乐府”等皆不可歌，亦是；但指汉、魏乐府之声，至齐、梁已灭亡既久，则殊不然。上文引《隋书·音乐志》，何以谓大业元年议修一百四曲，“大抵以诗为本”？《通典》卷一四六。又何以谓“汉世以来之旧曲”，至武周时，犹传六十三曲？尤其谓“唐初无复有一诗一歌之可付乐律”，其说从未见诸载籍，完全逞臆。乃用李、杜、白三家集中原非声诗、原非近体诗之类为证，而置其他确系声诗或近体诗者于不顾不议，可乎？唐初在音乐史上，倘果为特有之“真空”阶段，竟一诗一歌之不具，则下编《格调》已列百五十四调内，显属初唐或初唐以前所创者，五言至少二十一调，七言至少十调，六言尚有二调，共约三十三调，占全数五分之一，究何从来？抑举不足信乎？梁启超评渊实说：“其中所言沿革变迁及其动机，皆深中事实，推见本源，诚可称为我国文学史上一杰构！”梁氏于此，本非所学，漫言不中。

总之：声诗以近体为主，有其历史基础与实际表现，初不因朱氏与渊实诸说而过与不及，左右动摇，故着为定义。

四曰：声诗必须为直接协乐合舞之歌辞也。前者论“近体诗”，乃定辞体；此处论协乐合舞，乃定辞性。上列定义内所谓“齐言歌辞”之“歌辞”二字，有其必然之意义，绝非泛称。唐人集内，往往在乐曲调名之后，有五、七言绝句之单首或联章，但并非该曲之歌辞，乃以调名为题，泛咏本意或本事耳。若不揣其详，而专一因题定性，便易致误。如王建集内《霓裳词》十首，明明咏玄宗宫人如何演习此曲之歌舞，不能目为当时《霓裳羽衣曲》之歌辞，即不能指此十首七绝为声诗。后人不察，认《霓裳》之原歌辞在此，从而推论，如王易《词曲史》等所见。失之太远！白居易《听歌六绝句》之一听《乐世》之诗，乃因听而咏，并非其所听《乐世》之歌辞。张祜集内咏开、天遗事之宫体诗甚多。每径用当时杂曲、大曲之调名为题，如《上巳乐》《千秋乐》《春莺啭》《大酺乐》《雨淋铃》皆是。《乐府诗集》不辨，于白、张诸作概收入“近代曲辞”。曲诚有其调，但歌则非其辞，不容冒滥。至于“热戏乐”三字，本非调名，其诗咏玄宗时之百戏分朋竞赛，事详《教坊记·序》；郭氏于“近代曲辞”内，并此三字亦列为曲名与曲辞，益有未合。

惟张祜集内，如《乌夜啼》《采桑》之五律，《穆护砂》《思归乐》《金殿乐》《墙头花》《戎浑》《杨下采桑》之五绝，《胡渭州》《破阵乐》之七绝等，则又确为声诗体之歌辞，与前举《上巳乐》等有别。陆龟蒙《和过张祜处士丹阳故居》诗序曰：“张祜，字承吉，元和中作宫体小诗，辞曲艳发。当时轻薄之流，能其才，合噪得誉。”语亦见皮日休论白居易荐徐凝屈张祜文。因知祜之宫体诗内，确有合乐之歌辞在，然后陆氏始曰“辞曲艳发”耳。声诗之辞，须上不混齐、梁乐府，下不混大曲歌辞，旁不混宫体杂咏。其所以易混者，正缘大曲与宫体多用七绝，而齐、梁乐府中亦有与近体诗极相邻伍者也。何琇《樵香小记》下引何光远《鉴戒录》，辨明贺知章之《咏柳》诗，《才调集》不应误作《柳枝词》，正是此意。但唐范摅《云溪友议》已谓歌女周德华歌贺知章、杨巨源等《杨柳枝》词。而何氏《鉴戒录》谓“《柳枝》者，亡隋之曲”，既为隋曲，则初唐早已有之。是贺作不但咏柳，且即《柳枝》之歌辞，其事甚明，惜何琇又未及察。至于七绝中之宫词，如王建诸篇及花蕊夫人之辑，各达百首，但纪事而作，从无调名，其非歌辞，一望而知，上文已论。

他如德宗时优人成辅端“因戏作语”，“秦地城池二百年”云云，凡数十篇，《旧唐书·李实传》指为“语”，《山堂肆考》徵集二五引改“语”为“谣”，可能原是歌辞，非说白，故《唐戏弄》内订成氏所演“旱税”为歌舞类戏。《唐语林》二纪优人祝汉贞“出口为七字语，上有指顾，遽令搴咏，捷若夙构”。曰“语”曰“咏”，未曰“歌”曰“谣”，乃指作诗，与上文次节论“口号”所举优人之“扬声引词”者有所不同，故仍入优语，不入声诗。又有记载之说极似歌辞而其实则非者，如《侍儿小名录》述薛九善歌《嵇康》，“其词即后主所制”。薛虽老，仍“强起小舞，终曲而罢”。继曰：“坐有王生者，请余为《嵇康》小舞词。”词为七言十六句，四换韵，三平一仄，内容慨叹薛九之生平与后主之亡国，乃咏叹舞事之辞，非小舞之歌辞。小舞之辞，未必如此长。与前曰“其词即后主所制”者，义全有别，不容混同。若后主当日之此制，究为齐言抑杂言，已不可考。余有审订种种，详本编后附“编余札记”末二节。

以上论时代、声乐、辞体、辞性四端，对于声诗范围与定义之辨，诚大有助。虽或嫌苛细，因须最实，势有必至；问题所在，确多盘曲；正苦未尽，亦非貌为高深。兹更借《全唐诗》之“凡例”语作解，以总结上文诸义。其言曰：

> 郊庙乐章及乐府歌诗，分载各集者，仍汇编一集，以存一代乐制。唐人新乐府，虽见郭茂倩《乐府诗集》，但一时纪事所作，非当时公私常奏之曲。

所谓“郊庙乐章”者，乃雅乐、雅舞所属，虽有声，却非声诗。所谓“乐府歌诗”者，包括唐人对于汉、魏、齐、梁各体乐府之拟作，显然无声。所谓“纪事所作”之新乐府者，指杜甫、李绅、白居易、元稹、柳宗元诸家之作，原本未曾合乐，更难云“公私常奏”，故亦非声诗。所谓“当时公私常奏之曲”，惟有用燕乐中各种辞体，方合要求；其中声诗固在，即大曲与长短句辞亦在。“公私常奏”四字，指出此三体声诗、大曲、长短句辞。之共同作用、共同生命，原甚切要；但就唐代社会之一般情况以验，则大曲未必为“私”所常奏，而长短句辞又未必为“公”所常奏。然则真正兼为唐人朝野上下一般社会之所常奏者，厥惟声诗之一体？——对于声诗范围及定义二端，此乃一极简括之说明，《全唐诗》之编者幸而得之，故引以殿。

唐声诗之歌唱

唐人歌诗真象如何，北宋时已晦昧，除苏、黄等数家外，虽“通人”多不晓其事；艺人所执，向无文献可稽，未详究竟。后之言者，每凭宋初情形，以逆料唐，或凭局部之音乐常识，肆意推衍。须知宋事非唐事，宋法非唐法。宋以后之读者，不明其人所言限于宋代文人对唐诗之拟歌，不符唐人歌诗原制，而胶着浮言，孳乳臆说，其事乃益棼如。清人如此，近人仍如此。盖只就宋以后成说展转稗贩，未尝对唐代文献，踏实以求也。本章欲救其弊，所陈虽已数万言，而破多于立，只小部分触及唐诗音谱、节拍等实际，余仍空处盘旋，纸上谈兵而已。然凡此所触及处，大都原则问题，基本认识所在，是非之判，虚实攸分，于事诚不可少。设谈兵无益于疆场，徒乱秉符节者之主宰，有如《唐代“音乐文艺”研究发凡》一篇所云，见《教坊记笺订》前。则事大可已。本章与下文七章论诗乐与长短句之关系者，应存应废，惟期后之读者见闻既多，有所衡鉴耳。

一、唐诗歌法未亡

唐诗歌法未亡，须凭实际，树立信念，而坚持之，追求不舍，庶几有收获之一日。前人探词之源者，每好言“诗乐亡而后词乐兴”，例见下文。又末章三节所列“诗道失传，小词大盛”等条，于例亦著。乃别具作用，不可误信。若有此成见存在，将认定非诗乐让位，词乐必难兴，则历史上当亡者不亡，尚复何待？至对《诗经》以降，我国歌辞中齐、杂言一贯并行无碍之史实，每每绝不一顾，岂非憾事！故先须胪举文献，证明唐代诗乐、词乐确属共存共荣，各有其位，从无争夺。局面如此一开，对笃志于词兴者言，未尝无釜底抽薪作用；其于诗乐之亡与病，向来诟厉不已者，或亦可以稍悟矣。

宋程大昌《演繁露》于唐诗之歌唱用何为调，既尚感茫然，详前章首节。遑论目击声谱，其于唐诗之声，绝无所闻可知。但同时王灼《碧鸡漫志》卷一曰：“唐歌曲比前世益多，声行于今、辞见于今者，皆十之三四，世代差近尔。”倘依唐代声、辞之总数计，“十之三四”已当三四百曲。于此当问：程氏绝无所闻者，王氏何以得闻其十之三四？相差何远？此十之三四中，必兼包声诗与长短句词（辞）两种在，观王氏《志》文所举诗调之多可知。其述蜀王衍命宫人李玉箫歌衍自撰七绝宫词，曾曰：“五代犹有此风，今亡矣！”语乃专指诗乐而言，不复及词乐。然所谓“亡”者，乃宾主当筵，歌唱自撰诗篇之风，至南宋初已亡，非谓唐乐、唐谱至南宋初皆渺不可睹也。王《志》于《霓裳羽衣曲》又曾曰：“唐曲今世决不复见，亦可恨也！”乃专对此一曲言，非泛恨唐谱皆不复见。且王氏所恨不见者，后来姜夔从乐工手中仍见之。此乃私家探讨，际会不同，互有得失，其称述者各以所得为限，当非事实之全。正赖后人汇而察之，得较广之面，然后祛疑释虑，自不难耳。

王氏《志》中，曾详考唐杂曲、大曲共二十九调，且各明其传至宋时之情形如何。就中十调，皆已在本编次章所列声诗格调全目之内。于《凉州》则谓尚有黄钟、道调、高宫三种是唐曲；于《伊州》则谓天宝所制，当仍在宋所有七种商调《伊州》之中；于《胡渭州》则谓宋所行者，已非唐大遍全曲，足见正是摘遍之声诗；于《六么》即《乐世》。则谓行于宋者四，不知唐调在其中否。北宋苏轼详纪“古本《阳关》”即《渭城曲》。之唱法，犹指唐音。胡仔与程、王二人亦大致同时，皆在宣和、绍兴之间。乃胡氏于《渔隐丛话》内竟称五、七言之诗乐，当时只存《瑞鹧鸪》《小秦王》二调而已。《瑞鹧鸪》犹可依字以歌，《小秦王》则须杂以虚声乃可歌，语详下文。说后举例，则全为苏轼之拟作，不复举唐诗，去王灼所知者更远，则又何欤？《瑞鹧鸪》可能由唐调《舞春风》来，姑不论；至苏轼所作之《小秦王》，乃当时尚传之《阳关曲》而已，均详下文。并非唐代之《小秦王》也。胡氏所谓“存”者，只能指五、七言之形式，难以指唐谱。语详下文。胡氏显然未见唐谱，所言始如此虚诞。后来姜夔于《醉吟商小品》序内，谓得闻《醉吟商胡渭州》；于《霓裳中序第一》序内，谓得《黄帝盐》《苏合香》及商调《霓裳曲》十八阕之谱；于《徵招》序内，又谓：“再三推寻唐谱并琴弦法，而得其意。”——凡此则又皆指唐谱，确凿可信。综较数家接触唐谱之量：程不如胡，胡不如姜，姜不如王。可知虽迟及南宋，唐乐谱犹未亡，惟专家如王、姜二子，求之殷切，乃得之丰腴，诸谱之辞按诸姜氏所拟，虽多杂言，若在唐时，实齐、杂兼备。如《胡渭州》之唐辞乃五言四句。换言之：声诗之声降至南宋，文人耳中犹洋洋焉，况南宋以前！所不知者，只舞容耳。

后人凡辨认不清或原有成见者，乃专借王氏“今亡矣”或“决不复见”诸语似是实非者，以信歌诗若绝、词乐遂兴之说。如明俞彦《爰园词话》云：“词何以名‘诗余’？诗亡然后词作。……非诗亡，所以歌咏诗者亡也。”清胡薇元《岁寒居词话》云：“及唐中、晚，词亦萌芽，而歌诗之法绝，词乃大盛！”——二说可表其余。实则声诗与长短句向来分镳并辔，比肩而行。详七章二节。诗乐与长短句乐之间，何尝划若鸿沟，此兴彼废，曾经递嬗于一朝一夕间欤？且物之隐逸与灭亡，乃截然两事。如信其绝灭，自放弃不复顾；如以为隐逸而已，必犹愿多方探索，以利研考。宋周密《齐东野语》叙南宋修内司编《乐府浑成集》百余册，谓古今歌词之谱靡不具。使其说果实，则唐人所以歌诗者必然在内，试问其谱又何自而得？亦无非宫廷所储、乐工所执与民间所藏之三面而已。礼失求诸野，乐失亦求诸野。唐诗歌法亡于北宋一般文人间，不亡于三唐、五代之朝野；亡于文人间，不亡于民间；亡于诗本体，不亡于其蕃衍之子孙。——此三者乃应有之基本认识，必不可以模糊。

二、现存乐谱概况

唐开元乡饮酒礼所用《风雅十二诗谱》，自宋迄今犹传。真伪如何，因属雅乐范围，非本编所当辨。至于俗乐之中唐声诗之乐谱今犹传世者，大概有五方面可言——

一曰：敦煌石室唐人写本中有乐谱一卷，伯希和编三八〇八号。存于巴黎，其解说已详见日本林谦三著《敦煌琵琶谱的解读研究》。此本内列曲调名九：《倾杯乐》《西江月》《心事子》《伊州》《水鼓子》《急胡相问》《长沙女引》《撒金砂》《营富》。其中仅《长沙女引》疑即《柘枝引》，详《敦煌曲初探》。及《营富》疑即《瀛府》。二调名为《教坊记》《唐会要》等书所未载，余七曲名均见《教坊记》。就中《水鼓子》乃七言四句声诗，见《乐府诗集》；《伊州》有大曲，有杂曲，均诗体，均有传辞；《倾杯乐》《西江月》之传辞，虽皆长短句，但初唐《倾杯乐》为六言声诗体，已用于艳曲，见许敬宗《上恩光曲子启》；前章论六言已提及，另详十章“待订资料”。此谱所配之《倾杯》辞如何，不知。另伯希和编三七一九号写本之背面，有《浣溪沙》残乐谱少许。谱内屡注“复”字，未知何意，为前述九曲之谱内所无。朱谦之《中国音乐文学史》内坚信工尺谱字起于宋，力诋凌廷堪《燕乐考源》表示隋、唐即用“工尺”，为无历史依据。杨荫浏《中国音乐史纲》五〇七页曾谓工尺谱字宋时已有，姜夔、朱熹、蔡元定等都曾提及。使就敦煌谱及下述日本所藏唐谱以验，当感此说犹有不足。凌氏云云，必有依据，惜未详，亦于国内追踪唐谱之另一线索也。潘怀素著文《从古今字谱论龟兹乐影响下的民族音乐》，曾列古乐谱之谱字多种。

二曰：日本流传唐谱甚多。如阳明文库所藏古钞本《五弦谱》内，载《王昭君》《如意娘》《秦王破阵乐》《饮酒乐》《圣明乐》《何满子》《天长久》《惜惜盐》《三台》《平调火凤》《韦卿堂堂》《六胡州》等二十二曲之乐谱，其原写谱人石大娘乃唐人，所写可信为唐谱，且流入东邦而未经改变者。林谦三著《国宝五弦谱及其解释端绪》等文，已详其内容。谱内曾题：“丑年润十一月廿九日。”林谦三订为宝龟四年，公元七七三，当唐代宗大历八年，癸丑，说明二十二曲均出初、盛唐。所可惊异者，上举之十二曲，在唐辞悉为声诗；余十曲《九明乐》《胡咏词》《苏罗密》《薛问提》《夜半乐》《上元乐》《武媚娘》《移都师》《弊契儿》《崇明乐》。唐辞无传，容尚有声诗之调在内。彼邦“雅乐”中又有龙笛、筚篥、凤笙三谱之调八十余，其中如《回杯乐》《三台盐》《甘州》《想夫怜》《扶南》《白柱》等，亦与声诗《格调》内之调名相合。他如《轮台》《甘州乐》《泛龙舟》，彼邦传辞皆诗体，今尚能歌舞；《玉树后庭花》与《最凉州》，我传唐诗，彼传唐谱。——凡此二十三调，除《五弦谱》所见是原抄外，其余数谱自唐以来，在彼邦已经历若干世纪，偏循名质实，难免无所变迁；惟基本上对我唐乐声容必尚有部分保存，则可信也。潘怀素文内指日本“雅乐”字谱曰：“这些谱字传下来的乐曲，还有数十曲之多，不管它的内容如何走了样，但是可能还有一些隋、唐音乐的气息保留下来。”再如古佛曲之《声明谱》，日本亦传，并值整理，详下文九章述佛曲辞之末。

三曰：中央亚细亚曾发现唐谱。日本田边尚雄《东洋音乐史》谓中亚探险队曾得我国古代五弦谱，其中《倾杯乐》有各类不同之谱云云，其详俟查，未知悉在上述敦煌乐谱之外否。按五弦琵琶，唐最盛行。《倾杯》在初唐已流行为艳曲，其词为六言声诗，已如上言。盛唐曾用《倾杯乐》数十曲配马舞。中亚探险队所得，可能唐谱居多。详情应在石田干之助《中央亚细亚探险之经过及其成果》，见《东洋史讲座》第十四卷。又橘瑞超有《中央亚西亚探险谈》，见《地学杂志》第廿四卷，均未及核。

四曰：朝鲜方面亦传唐乐，共百余篇，其弹法与唱声犹传于乐工者，尚有三十至四十调之多，见《乐学轨范》与《进馔仪轨》等书。日人内藤虎次郎于《宋乐与朝鲜乐之关系》一文内，曾详言之。此所谓"唐"，原泛指中国而言，其乐多数为宋时所传之词乐。然其唱辞中犹多见诗体，一部分必犹为唐音，可以断言。若经访求、分析，不难致之，事非绝望也。参看五章四节软舞及八章三节，述宋代歌诗。

五曰：旧籍内所传之零星唐谱。明末所编《南曲九宫正始》曾附见唐谱《歌楼格》，一时尚难置信，但未经具体分析考查，亦无从完全否定，是有关唐谱之一宗研究资料。详《唐词体用》。前章七节引玄宗时道士元辨上表，述当时《步虚词》能合平上去入四声之要求者，方算正声，于《歌楼格》之考订，极为有利。所列五十曲名内，《卜算子》作五言八句格，使果出于唐，便属声诗。清初编《律吕正义》，后集四七载蒙古笳吹中，有《回波词》乐谱，揣之同见之五调均为唐代乐曲，无一例外，知此项乐谱内，必犹有唐音。毛奇龄《皇言定声录》载明宁王臞仙所传《唐乐笛字谱》，有《叹疆场》全谱，《大酺乐》及《桂华曲》残谱，辞皆声诗也，其是否纯为唐音，抑尚保存若干唐音，殊不可知，亦俟结集多方唐谱，具体研究以后，方能判定。清吴颖芳《吹豳录》评论其谱多可疑处，详下编《格调》各调后所引。国内所传宋词之乐谱，近来较有进展；惟其中所保存之唐音究有若干，恐尚难分析还原。至于金、元南北曲系统中，今日所传，只明中叶以后之昆腔而已。其中有仍用唐诗调名及唐、五代辞者，如《阳关曲》《三台》《渔父引》《欸乃曲》《生查子》等是；有辞虽采自后人而调格仍属声诗者，如《步虚声》《添声杨柳枝》《浣沙溪》等是。诸调之谱总汇于《九宫大成谱》内，其声之来源不详，亦不敢必其完全不存唐音。北京首都图书馆尚存有此谱之部分底稿，可供参考。如清末范锴《花笑庵杂笔》所见，用南曲声调唱唐人绝句，谓获见于传奇中，供审音者寻绎，即运用《大成谱》内昆腔谱之一实例，表示后人于此事，正多方钻营，不甘寂寞。《杂笔》四曰："唐人绝句，多付管弦，调奏《清平》，旗亭画壁，尚矣！迨宋、元，长短句盛行，复有低唱浅斟之雅，而绝句之歌，渐已泯没无闻。前明一代，词学废舛，征情弄拍之音，遂尔失传，深可慨惜！所幸元人南北曲谱尚不坠绪，记于传奇中，获见'寒雨连江夜入吴'一首，按仙吕调《醉归花月渡》度腔；'奉帚平明金殿开'诗，按《大斋郎》度腔；'黄河远上白云间'诗，按《天下乐引》度腔；'开箧泪沾衣'诗，按《误佳期》度腔。审音者或可因之寻绎。"

此外尚有两端可述者：近年对国内之古琴谱已加整理，有百余种问世。其中附录歌辞，即用唐诗甚至近体且有曲名者，亦屡见不鲜。琴乐在燕乐中之地位究竟如何，虽犹待深入研讨，若宫调、曲调两项关系之接近，则已甚肯定。略见下文五节。古琴谱之歌唐诗近体者，对唐诗唱法言，参考价值殊高，下编《格调》内已选录三曲。可以协助说明唐诗声谱未亡，——一也。

闽南今日犹盛行"南乐"，有曲调二百余，比之南北曲所用者多异。其中断有南朝清商乐之遗响，见潘怀素文。而其谱字与敦煌乐谱及日本保存之唐《五弦谱》所用者颇为接近。若就其辞之用近体诗者，或其调之与齐、梁、隋、唐诗乐有渊源者，悉心检查，容亦可以网获若干唐代诗乐，且较《九宫大成谱》所列唐诗之声为有来历，可信程度当亦较高。参看《教坊记笺订》跋内述“南音”。由此一例推知：地方戏曲音乐内尽多蕴藏远古音乐之根源者，乃研究上一广大法门！此门一开，便觉吾人探讨唐代诗乐，若专一信赖外国所存资料固不可，即限取本世纪新发现之资料，而置已往之民间宝藏及旧文献之多所积储者于不顾，更不可，——二也。

综上所述各方面，唐诗至今确有传谱者，已达三十二调；可能有传谱者，又在三四十调之间。较之宋代程、胡、王、姜诸人所得见者，超迈多矣！较之宋词歌谱今日犹传之数，亦未多让，乌得谓为已亡乎？

乐谱与歌法原为两事。上文所述，有将两事混作一谈之嫌。惟乐谱乃歌法之所寄托，使无乐谱，不得其声与调，将何从言歌法？既有乐谱，再求歌法，所据者既实，当不难致。能如朝鲜之传唐乐，有谱、有说，于弹法与唱声并能分别著明，自属最合理想之事。林谦三《敦煌琵琶谱的解读研究》曰：“对于唐代音乐是否可以演奏，是否可以听得到的这一疑问，我的回答是：在我能够解读这些古乐谱的程度以内，是可能的。”其自信或稍过，其志诚可敬矣！宜于此识之，愿国人追踪。

三、调同声异与声同辞异

前章首节所举“第一误解”内，曾及后世对唐诗歌法之种种怀疑，重要者有两端曰：何以“调同声异”？又何以“声同辞异”？调同声异者，指同是五、六、七言之四句、八句等辞调，何以必须分别表现于十百不同之曲牌名下？声如无异，何以宫调所属、舞态所宜等，又各有异？甚至在百五十四调内，同一五、七言四句，何以竟各有四十九曲不同？声同辞异者，即刘禹锡所谓“踏曲兴无穷！调同词不同”是。同为一曲，何以能结合许多不同之辞，而皆可歌？其真情实况如何？如《小秦王》一调，入宋人手，何以即兼容《渭城曲》辞、《突厥三台》曲辞，甚至《竹枝》之辞，彼此公用？其中是否有若干曲调根本雷同，可否合并于一，而余者作废？此二问题若求彻底解决，须俟上述唐乐曲谱全数结集，经过专家研究，洞晓其音调、曲度之体用以后，方有可为。目前则尚非其时，亦未得其人。兹仅就资料所示，个人想象所及，姑作一二假说于此，以供他日时至人归、史实昭明，取作批评之话柄，亦聊胜于无。

沈约《宋书·乐志》首分乐歌为二类：“由徒歌而被之管弦”及“因管弦而造歌以被之”。唐人修《晋书》志，用其说。孔颖达于《诗大序》疏内，分为“准诗而为声”及“依声而作诗”两类。原文：“初作乐者，准诗而为声；声既成形，须依声而作诗。”宋初黄休复《茅亭客话》分为“本诗之言而成调”与“因调以成言”两类。卷十“黄处士”条。郭茂倩《乐府诗集》分为“因歌而造声”与“因声而作歌”两类。顾炎武《日知录》曰：“古人以乐从诗，今人以诗从乐。”——此五说意实一贯，皆就声与辞之结合互为主从、互为动止之情况中，划成彼此对等而又对立之两大类：（甲）由声定辞，声为主，不动；辞为从，以辞就声。（乙）由辞定声，辞为主，不动；声为从，以声就辞。自《诗经》至元曲，自雅乐曲调至俗乐曲调，按其成因，无能出此两类之外者，原则上无第三类存在。

唐声诗中被指作“调同声异”之事，如同为五言四句，而声之格调有五十左右，同为七言四句，而声之格调亦五十左右，其中绝大多数实皆属于（甲）类之由声定辞。此等“定辞”，虽基调为近体诗，而变化仍多。如以平起、以仄起、民歌拗格、诗人拗格、和声辞、叠句、其他附加辞种种，皆其所以“定辞”之标准，从传辞内犹一一可指。更有若宫调正变、歌唱特点、声情谐会、声乐性能、舞容发展种种，已见前章首节论“第一误解”。亦皆所以“定辞”之准，特为传辞文字所不能表现者。张说之《舞马辞》、李白之《清平调》，刘、白之《竹枝词》《浪淘沙》《杨柳枝》等，皆其明例。至于（乙）类由辞定声部分，辞发于特殊人物之手，文字不能移易，其体格亦在近体诗之外，有不俟言；如五言十六句之《中和乐》，二十句之《功成庆善乐》，七言四句之《桃花行》等皆是，一望可知。

乃事出意料，于历代歌辞共有之（甲）（乙）二类成因外，唐声诗竟打破原则，尚存在第三类（丙）“选辞配乐”，正所谓“声同辞异”者之由来也。此类应以元稹《乐府古题序》内之说为据，原文详见七章十一节。但元氏体验未切，却用（丙）以代（乙），而与（甲）并峙，致义理乖错，措语含糊。前人泛论文体之流变者，自王灼《碧鸡漫志》起，对元氏此说即有驳难，实非无因。元氏曰："备曲度者，总得谓之'歌曲、辞调'，斯皆由乐以定词，非选词以配乐也。"又谓"诗"有九名，"皆属事而作，……审乐者往往采取其词，度为歌曲，盖选词以配乐，非由乐以定词也。"全文详七章十一节。前后反复曰"选词以配乐"，与（乙）类之由辞定声，辞不改动而赖声之改动以协调者，显然不同。"选词"是选现成之名人作品，不加改动；"配乐"是配入现成之声曲折，亦无改动。彼此但有选配，并无调节。合则用，不合则罢。犹之以足配履，既不能削足，亦不必裁履。履之为度，无比充盈，已敷适应当时足型之所需，故无须裁制也。此一简法，惟见采于唐人部分之歌诗与歌部分之大曲，实不在历代歌辞共有之（甲）（乙）二成因内。元氏对于全面，条理虽嫌未清，若其对"选词配乐"一端能于据实提出，功莫大焉！不仅供此处说明"声同辞异"之理解而已。

何以云履度充盈、堪应足之所需？曰：首章五节已述，盛唐宫庭所集之中外乐曲，总在千至二千数之间；民间所有而宫庭未备者，尚不知凡几。有史以来，堪云空前！此际外乐之输入正值高潮，开展甚速，不可遏抑。于是纯粹中外乐曲外，或中外杂揉，或外乐之间又相互交错，如扶南乐用天竺乐器等。其变繁，其量益广。用以结合当时各种近体诗篇及长短词句，以求其逐一符靡贴切，无所遗憾，当非难事。其中适合于齐言歌辞之一部分数量必亦充沛，纵一面于原辞不加增损，一面于原曲不事剪裁，仍可触处逢源，取用不竭；结果数百不同之曲度，乃得各系以适合之歌辞。虽因本事与始辞之内容，早已各标调名，于开、天盛世已灿然而备，蔚为大观，若其事之终始，实皆以声为本位也。其声曲之尤脍炙者，或工伎之奏弄歌唪尤擅长者，乃有某一曲如《啰唝曲》。或某数曲如《谪仙怨》《竹枝》《杨柳枝》《浪淘沙》《浣溪沙》等。特别流行，超诸一般之上。工伎不能词章者多，辞难一一新撰，同时又慕名家之篇，歌之足增身价，如唐妓以能诵白居易《长恨歌》自重，见首章。乃恣意选择，如云韶乐工之采李贺诗，教坊乐工之采李益诗等，详十一章“纪事”。入其所擅长之声曲，其事亦仍以声为主。至于宋人将《渭城曲》《三台》《竹枝》等辞歌入所谓《小秦王》，乃当时大部唐乐已晦，时人于《阳关曲》即所指作《小秦王》者。尚熟习，遂有张冠李戴、聊以解嘲之举；此绝非唐人之歌诗，亦非唐诗之“选词配乐”。因所选之词，本身原为徒诗，并无调属，方为之配乐；《渭城曲》《三台》《竹枝》等原皆声诗，各自有调，唐人岂有放弃《三台》《竹枝》等原声不用，而将诸调转唱入他曲之理！性质迥殊，无因相混。惟为好辞求得好声，乃唐、宋艺人之共同愿望，不妨以宋喻唐。如八章三节引晁无咎评黄鲁直曰：“间作小词，固高妙，然不是当家语，自是着腔子唱好诗。”赵长庆《惜香乐府·眼儿媚》谓：“笑偎人道：‘新词觅个，美底腔儿。’”此虽皆宋时情事，而“美腔”与“新词”，始则各不相谋，终可投合无间；方其投合，乃以腔为本位，其法仍然唐代“选词配声”之遗，恰恰说明问题。

四、唐人歌诗分精粗

此节所云，足以补充上述之不足。何以辞调同而声调则异？其一部分原因正赖此节以明之。据现有数据，唐人歌诗技术，自朝至野，有精粗二种不同。精者讲及字之四声，如前章末节论平仄所举例证，俱系事实，无可怀疑。至于歌唱技艺之要求，则初唐如丽音唱《行天》，辞乃五言。“清畅舒雅，含嚼姿态，有喉牙叶纳之异”。《通典》一四五。盛唐如任二姑子之歌，“吐纳悽惋，收敛浑沦。……四姑子发声遒润虚静，似从空中来”，《教坊记》。中唐如白居易奖周家歌者，有“清紧”“深圆”诸妙。原诗：“清紧如敲玉，深圆似转簧。”衡其意表，俱臻上乘，较诸后世曲艺之造诣，似乎已无多让。沈括《梦溪笔谈》五：“古之善歌者有语，当使声中无字，字中有声。”清沈曾植《全拙庵温故录》谓即张炎《词源》“举本清圆无磊块”之详说。又谓：“‘古之善歌者’，盖唐人旧传欤？”唐人歌境，本有“唱声”与“唱情”两步。“唱情”较进，即“声情谐会”之旨，上文已屡见，本章末节尚有所详。“唱声”虽为初步，欲达舒雅、浑沦、清紧、深圆之境，亦非具高度修养不可，岂泛泛者所能致！不图近人之鄙薄唐艺者，竟限之于一字一声之幼稚阶段，或方板龃龉之先天缺陷中。古人实际与今人体验之间，相去如此悬远，能不令人骇怪！

惟若仅此一种衡度而已，尚不足赅括史实全面，必须承认此外益普及于当时社会间者，更有一种较粗之唱法在：仅分平仄，不严四声、阴阳。元稹所举“选词配乐”者，全部正属此，亦事态分明，无可否认。盖声之本质在腔调，腔调如美听，或奋昂，或绵邈，闻之足以感人，便自然为人所激赏；或循原辞，或入新辞，乃至不胫而走。声，犹舟也，辞其所载，致远之效，不可纪极。如本章之末述《谪仙怨》，曾由西川传至江南，远达数千里，非明例欤？白居易赞洛下小妓歌《杨柳枝》，词章音韵均甚动人，乃特殊事例。能于音韵之中兼赏词章之美者，亦仅在文人学子而已，非当时一般人所能。此种较粗唱法与上述声诗之精唱或南宋词乐或昆腔曲乐之间，实有大别，即前者之唱不严每字之四声、阴阳，清浊、尖团等，亦不严遵吐字、收音种种规律；而后者则逐步倾向于此，自成传统，直至昆腔中之清唱，达于极度为止。但唐诗之粗唱，又可比诸近代之皮黄乱弹。皮黄乱弹无甚辞调，句法不过“攒十字”，以许多“三三四”之句相连，或依七字排句发展。听者所赏绝不在字句之参差为美，而但赏其腔之原板、倒板、反板、快板、摇板等而已。故凡作“三三四”句法或七言长篇者，皆可入腔以唱，亦分明构成“调同声异”与“声同辞异”。世之知音者倘不以此说为谬，则唐诗歌唱之精粗二法，成效不仅著于当时，实启近代昆腔、乱弹唱法之两大系统。声诗对于后世诸艺之孕育既多，沾溉尤广，其功诚不可没矣。

清江顺诒《词学集成》三于讨论唐诗唱法何以调各异名、唱者异腔之后，下文七节末段引。接叙《九宫大成谱》及《纳书楹曲谱》内，于同一调名之辞而旁注之工尺、板眼无同者，其起句与收句尚不甚悬远，其余或增或减、或疾或徐，皆无一定，有时字无增减，而板眼竟然各别。江氏以为由此可推唐诗之歌唱情形，其意与上文划定分别四声之精唱相符。此种精唱内，每一辞必皆有其独特之细腔，他辞不能通假。又如杜文澜《憩园词话》曰："唐人熟于宫调，诗皆可歌，故旗亭以之赌唱。"旗亭赌唱事详十一章一节。则又足说明上文所指粗唱之情形。旗亭之赌，在文人只争被采诗篇量多而已，若在歌者次第呈伎中，亦不无竞赛之意，则以表现腔调与歌喉之美好为主。杜氏"熟于宫调"一语，尚嫌囫囵；倘易为"熟于融辞入腔"，当较明显。盖美腔既定，若又能融辞以歌，使声、辞之间相得益彰，斯合理想。惟必须此种唱法在字句间，先不严四声、阴阳之种种要求而后可。不然，腔属固定，辞又无以为融，歌唱新诗之事将不易举，而类乎旗亭所赌，或《啰唝》所歌者，殆难实现矣。——此项揣测，亦未知果中事实否耳。

唐诗之精唱、粗唱，就曲调言，并无绝对区别。如《山鹧鸪》《竹枝》《杨柳枝》等调之唱，均精、粗兼备，始粗后精，民间粗，艺人精，声诗《格调》已逐一详之。民间歌谣都属粗唱，毋待言，向为艺人所不满，因有"落调""野吟""伧咛""俚语"等评，已见八章一节。

五、声辞结合

唐人诗乐中之声与辞，究竟如何结合，乃一重要意识，含混不得。惜今日所传唐谱均乐工所用之器乐谱，不附歌辞，对声、辞关系不能一目了然。然事之理解，有文献在，尚可推求明确；若理解亦听其晦昧不彰，则诗乐真象、词乐真源等问题，对部分词家、史家言，将难凭一当，以使心折。后世因此而始有棼如乱丝、昏如层雾之多般臆说，影响殊乖，不可不察。综其歧向，可分三途：一、认唐、宋燕乐之谱与辞，乃一字配一声；二、认散声、和声、泛声等，皆是余声；三、认散声、和声、泛声等，皆是衬声。后二事乃前一事之引申，关键所在，当先破前一事。“余声”一词，元刘履《风雅翼》、清王夫之《尚书引义》等，均曾用指上文所举之甲种和声。

一字一声制，为兼跨诗、词乐双方之误解，不止诬诗乐如此，欲穷虚实，宜从双方有关之文献以求。明、清词人已有其意，尚无其说；近代词人始坦白提出，迫不及待。盖于此制既锲而不舍，且欲逐步向外推演，“名正言顺”，于势不得不尔也。如况周仪（颐）误解和声，于《词学讲义》所云，“词虽可唱，俗寻未必悦之，以其一字仅配一声，不能再加和声。”又谓白石旁谱极悠扬能事，亦只如琴中有泛音而已。龙沐勋于散声解释不同，在《词体之演进》一文所云，“所谓和声、泛声、散声，皆曲中之有声无辞者。长短句既为适应此种散声而作，则此种歌辞必为一字一音。”并谓所传宋代旁谱，每字仅一音符，当可为信。均对词之歌唱首先误解；至刘尧民《词与音乐》主“音数”说，胶柱鼓瑟，遂造其极，而陷于回身不得。已略见本编弁言及下编《格调》弁言。下文【辛】“音数”说详其得失。诸家既信唱词如此，所以意识唱诗者如何，有不俟言。诗乐方面，若就今日得见之唐谱简字数及同调之唐辞字数，作机械对比，真象已无所逃；详下文。惟辞乃自外推合，非原谱所载，尚难绝对取信，故兹仍从分疏理论入手。

“古之乐犹今之乐也”，先参考声诗前之古乐情况。在《仪礼·经传通解》内，有唐开元乡饮酒礼所用《风雅十二诗谱》，一字一律，乃雅乐也，非俗乐比。但朱熹于此深疑，以为已配之律外，应有叠字、散声，始合古乐唱叹之自然。详下文【甲】和声说。并谓：“如此指一字一律。则补古诗之谱，仍指一字一律之谱。而皆可歌，将无复‘乐崩’之叹！”此语大可玩味！盖古乐所谓一字一律，亦仅限于谱之体如此，并不限于声之用为然。谱中之律有主无从，见将帅，未见士卒，详下文。及临乐与歌，必然有所增益。设使乐工三年不为乐，则谱外增益之声将遗忘不可追，然后“乐崩”！朱熹面对古乐谱，能兴此可贵之疑，识诚过人！近人面对宋谱，如《乐府大全集》《白石道人歌曲》等，独不能有同一触悟，反坚信词乐一字一声便了，何欤？推熹之疑，宋谱之一字一声，亦体式而已，非所以限其用；诗乐、词乐亦必有“散声”。多声下文称“多腔”。是实，若“散”或不“散”，识别有异，本质无异，故论者又称“繁声”，又称“缠声”，一耳。

《汉书·艺文志》列《河南周歌诗》及《周谣歌诗》，其后皆另附“声曲折”，详首章次节。乃一极要之文献著录！不但《宋书·乐志》载张华表文，述魏代合乐诗章，谓其“韵逗曲折”，不改于汉，正由周名而来，周诗谣之声既皆以“曲折”著，“曲折”含义，恰与一字一声不相容。盖一字一声，直来直往，尚何“曲折”之有？则朱熹之疑中矣。然周诗谣之“声曲折”，即其声谱。声既入谱，更属定声。“一唱三叹”寄于乐曲之定声，不寄于附加声。所谓“叠字散声”，乃宋人对唐诗乐之假识，参考下文【己】散声说。竟推之于周代诗乐，反掩其“声曲折”之体用，则熹之疑又不中矣。周诗乐，雅乐也；周谣乐，又当时之俗乐也：俱曲折多声而非一字一声。周俗乐内当容所谓“郑、卫之音”，论者贬为“繁手淫声”，马融《长笛赋》：“繁手累发，密栉叠重。”为“哇咬”或艳发，或哀切，指歌声。“淫液”，谓歌迟连延。为“靡靡之乐”，……其声制、声质究如何？果尚能守一字一声之雅淡欤？在古雅乐有不能、古俗乐皆不能者，而谓唐、宋俗乐所以声诗与词者皆能之，可乎？雅乐、俗乐于质与貌间之鸿沟无从泯灭。《乐记》早云：“听古乐则惟恐卧，听郑、卫之音则不知倦。”清胡彦升《乐律表微》谓“全无韵逗曲折”，所以令人昏昏欲睡。此种情况唐代之雅、俗乐间依然。元稹乐府《立部伎》指太常雅乐云：“九奏未终百寮惰，……迟回但恐文侯卧。”李绅乐府亦留说云：“太常选坐部伎无性识者，退入立部伎，又选立部伎无性识者，退入雅乐部，则雅乐可知矣！”上文订声诗范围，所以断然排雅乐、雅舞于声诗以外者，正为此。而近人论艺，必欲取彼向皆突出于雅乐、琴乐之一字一声制，琴乐说详下文。强加于唐、宋俗乐，不许摇拔，固则固矣，奈虑之不周何！

隋、唐俗乐之舞容与乐之一字一声制之间，能否融洽无忤，即大可虑也。两代俗乐受外乐推助者几及半，均重舞容；故于乐艺演奏，每曰“观”，鲜曰“听”。因之，凡论两代俗乐，必不容不兼虑舞容。倘固其乐为一字一声，势必牵连及舞，亦随之而一声一动。两代俗乐多以琵琶、五弦为主器，其曲度大抵先徐后疾；入破以后，无不繁声促节，以应舞容，远非中国雅乐之用钟鼓、琴瑟、箫管者比。唐顾云诗“弦索紧快管声脆，急曲碎拍声相连”是。声诗曲如《火凤》，如《倾杯》等，均初唐裴神奴所造之琵琶伎。胡乐舞容，健捷腾踔，所谓“惊鸿飞燕”“风骞鸟旋”之势，其舞名如《胡旋》《胡腾》《团乱旋》等，已足表态，又非中国雅舞用干戚、羽籥、集体动作者比。一字一声、一声一动，近于僵化，而谓可与“惊鸿飞燕”“风骞鸟旋”之舞势相谐会乎？论者因宋舞不振，遂忽此，其实不可。

古乐与古乐谱之足资启发者，原不止此；惟有关俗乐部分之成就，时代较晚，文献较多，更足征信，故转向赵宋以降之朝野情况迹之，果觉事之真象，益昭昭若揭。刘攽《中山诗话》云：

> 自隋以前，南北旧曲颇似古。如《公莫舞》《丁督护》，亦自简澹。唐来，是等曲又不复入听矣。近世乐府为繁声，加重叠，谓之“缠声”，促数尤甚，固不容“一唱三叹”也。胡先生许太学诸生鼓琴、吹箫，及以方响代编磬，所奏惟《采蘋》《鹿鸣》数章而已，故稍曼衍，旁迩郑、卫声。或问之，曰：“无他，直缠声《鹿鸣》《采蘋》耳。”

王灼《碧鸡漫志》一云：

> 盖隋以来，今之所谓“曲子”者渐兴，至唐稍盛。今则繁声淫奏，殆不可数。

刘氏所谓南北朝旧曲简澹，恐亦凭谱式而云，非亲闻其声。至于下文所叙齐、梁偈赞之“反叠娇哢”等，当益非所虑。刘曰“缠声曼衍”，王曰“繁声不可数”，皆与一字一声制绝不两立；而一则用于《诗经》雅歌，一则兴于曲子俗调，此中何尝有《乐府大全》或《白石歌曲》之谱式在？欧阳修等辑《太常因革礼》一书第二〇卷内曾载皇祐二年阮逸上言，引礼官之论，辨当时明堂雅乐字少声多问题，曾曰：

乐章字少，遂以一字连系数声。故四十八字外，虚声至一二百声，流为烦数。

《宋史》一二八《乐志》载元丰初，杨杰议乐，亦曰：

大乐七失，一曰歌不永言，声不依永，律不和声。……今歌者或咏一言，而滥及数律，或章句已阕，而乐音未终，所谓“歌不永言”也。请节其烦声，以一声歌一言。

所谓“一字连系数声”或“一言滥及数律”，正下文“多腔”之说。是宋代雅乐已冲破往古传统之藩篱，采用俗乐行腔之法，岂有同时之俗乐，转限于一字一声雅乐古制之事？分明为宋代乐工于此务实，而近代词人每于此唯心耳。同一慕古，朱熹则必用散声以发唱叹之趣，杨杰则必去散声以免“歌不永言”，亦杰凭曲解，而熹执人事，然后分歧也。同一求“歌永言”古义，姜夔《大乐议》内，攻北宋大晟府乐曰：“知以七律为一调，而不知度曲之义；知以一律配一字，而未知永言之旨。”则杨杰、周邦彦、田不伐并夔自身，均在“未知”之列。夔于大乐尚不满“一律配一字”，乃于自度之俗乐谱，复蹈其辙，直以己之“未知”，陷后世之声家、词家于盲从误解中，凡七百年之久，其过又浮于大晟之周、田辈矣。近人沈曾植《全拙庵温故录》引夔《大乐议》说，曰：“而白石自度诸曲，旁注管色，亦仍一声叶一字，其二声叶一字者，不过十分之一，矛盾己说，为何意乎？诸调皆俗乐，音主流美，尤非《十二谱》雅乐之音取古淡比也。”

《乐府大全》所传数调皆俗乐耳。其旁谱所以皆简作一字一声者，殆因主编人笃于古制，以雅被俗，每曲但示主腔与正板而已；若详具细腔、赠板之全声，转成乐工歌伎之掌中珍秘，不轻示人。师弟之间，甚且全凭口授熟记，不落书面。下文引林谦三说："唐乐的演奏仿佛有了一种暗记在心里的方法，……却完全不出现于乐谱的表面。"意同此。《大全》传曲既少，词作无名，予词坛影响不大；姜夔谱不然。过去解释姜谱者，已分两类：张尔田揣测："每字但注发声之首一谱字，而其中间之声若何抗坠，若何曲折，任乐工节扐之，谱不全注。"此与上文所以揣测《乐府大全》者大同小异，而根本否认为一字一声之断则一。夏承焘早年有《白石歌曲旁谱辨》云："白石谱虽一字一律，而缠声赴拍，并非毫无缓急。箫笛有举指用气浅深轻重之殊，为应节迟速之用，……有以调济，自可迟其声以媚箫笛也。"见《词学季刊》二卷一号，夏氏与龙沐勋书。既于主声以外，又布置无限制之缠声，更可任情缓急以媚听，则谱式之一字一声完全有形无质，尚何贵设此虚幻，徒用自欺欺世欤？张、夏说皆旧谊，于姜谱形质，无甚发扬。及邱琼荪著《白石道人歌曲通考》，乃有所进。其说表面虽仍认十七调为一字一声，而实际已辨析姜谱原有符号凡十七，其十一为谱字即"工尺"类；余六为"谱号"，以明迟速节拍。谱中凡用折号"ㄣ"处，一字二声；凡用反号"ノ"及掣号"ノ"处，皆一字三声，因之其主声之安排亦有所别。据谓谱中最速处为四分之一拍，次之为半拍，又次为一或二拍；最慢为三拍，加一休止，则为四拍。故姜谱大部分虽一字一声，一字一拍，而小部分固有迟速与拖腔云云，——此新谊也。舍拍言声，使其说果已触及姜谱实际，则对一字一声制之削弱，益为有力，有过于张、夏，而足破况、龙矣。安得据此以逆定唐代诗乐亦必然一字一声，因之配辞以后，余声犹多乎？

于此对宋代词乐之变，尚有一要端必须剖明者：宋代朝野一般风行之词乐，实在民间俗唱，具体名目曰“嘌唱”，斯为主流。若其支流之一，性能恰与嘌唱相反，脱离凡众而专赏于文人雅言间者，从姜夔、张枢、张炎辈之自度腔内，尤得其声要，则杂揉琴乐之习是也。琴乐歌辞，自来与杂言吻洽。宋人词集不但取名“雅词”，且进而标为“琴趣”，或“琴趣外编”。赵万里《校辑宋金元人词》序：“考宋人乐章，辄以雅相尚，传世有张安国《紫微雅词》、赵彦端《宝文雅词》、曾慥《乐府雅词》,《宋史·艺文志》有《书舟雅词》,《岁时广记》引复雅歌词。”又举《醉翁琴趣》等七种，曰：“其总数当不止此。”影响所及，远至清代，犹有朱彝尊之《静志居琴趣》、沈传桂之《小临邛琴弄》等，效颦不已。其韵味乃特称“琴中韵”；如秦观谓《小重山》调，“其声有琴中韵”，见李之仪《姑溪词》题跋。其宫调亦有随琴曲标明者。如苏易简所作琴曲“宫声十小调”之一，曰《越江吟》，晁补之所作“琴中宫调词”等，皆长短句词。黄庭坚所闻之《清江引》《风入松》《霜天晓角》，皆曰“琴弄”，见《宜州家乘》，作于崇宁四年。而此数调无一不属词乐。苏轼之《醉翁操》《瑶池燕》等，姜夔之《琴曲古怨》等，舍入词集外，别无善处地。朱祖谋《东坡乐府凡例》指《醉翁操》云：“稼轩拟《醉翁操》，编入词集，白石《歌曲》亦有《琴曲古怨》，坡词自可据补。”姜氏序词调《徵招》，曾谓“徵调……无清声，只可施之琴瑟，难入燕乐。”又曰：“再三推寻唐谱并琴弦法，而得其意。”足见《徵招》之旁谱是琴乐，非具清声之燕乐也。……类此例证，不胜枚举。原则上尤值憬悟者：苏轼不以当时之琴乐为雅声，而视作古之"郑、卫"，又别以唐、宋胡部之乐为当时之"郑、卫"。见《东坡题跋》六。愈见北宋琴乐之性质，乃一端近雅乐，一端近燕乐，虽不若主流之嘌唱缠声，风靡于众，其与清乐、俗乐比肩并列，词家可任情采之，以歌适合之长短句。事实如此，早非一日，特前人未尝著明，而近人复多顾虑，于意不愿承认耳。此种琴乐歌谱，诚多见一字一声形式，然论其事之地位，绝非宋代词乐之主流所在，更非宋代俗乐之所能堪，遑言由此而推及唐代歌诗，亦复一字一声，却置唐代俗乐、俗舞之主流情况于不顾，事理如何能通？

综上所陈，自唐人托始于西周之诗乐，迄南宋文人推演于词乐，资料虽尚未臻系统，而总趋向则已显然。即凡作一字一声之谱式者，无非出于封建统治者或嗜古博雅之文人，与民间大众无涉；所限者莫不在形体表面，至运用时，并无其事。自载籍稽之，勿论乐工非乐工，从未见载笃守"一声"之限者，但载多方措置，务扩充"一声"为多声而后快。声之骨干当仍在谱，所充者乃皮肉耳。其道或在加缠声，畅其曲折，蔚成永言；或在加折、反、掣诸声，衍为拖腔，以孚众听。更有他法，详下文。一字一声制既然自来有体无用，就俗乐言，直可谓之不真实，亦不现实。从知曲折多声，抒情达隐，乃俗乐发展之自然动向，非历代统治者或少数癖好者力所能阻。今传唐代民间俗谱，倘按其调名，合以相应之唐辞，并无一字一声可能，堪为明证。虽综合《乐府大全》《白石歌曲》《事林广记》诸家之说，举不足以掩蔽敦煌石室、阳明文库诸谱之多声，即无从以宋喻唐，臆断唐人歌诗一字一声，因字少声多，余声难遣，惟有填字，变成杂言，以守一字一声不替。倘就民间俗谱验之，仍按其本名，如《水鼓子》《伊州歌》《破阵乐》《王昭君》等，于唐辞中求相应之杂言，且不可得，臆断云云，从何证实？

兹当就事之正面所谓“多腔”者，排比众说，以验究竟，亦可分旧谊、新谊两派，要推潘怀素说为定论。更有齐、梁间僧侣偈赞之行腔，早具高度伎艺，纪传足凭。越陈、隋而入唐赞，于俗乐必有影响，向无论者，爰备申之，固不得谓唐歌之多腔，毫无根源可溯也。

近人论乐，信唐代歌诗必采多腔制者，惟许之衡一家而已。许氏《中国音乐小史》以唐人每诩所闻乐曲之美，甚至谓“此曲只应天上有，人间那得几回闻！”，认为不尽夸饰。解之曰：

> 唐乐曲多七言或五言句，倘非多腔，则戛然为止，有何美听？……故可断言唐曲多腔也。

仅在字少而声美之间，揣其必然之由如此，论证太薄，故其说向未经人重视，但明其有志如此而已。别检沈曾植《全拙庵温故录》，已从宋、金人论曲中，为“多声”一事，探得两组内容。沈氏以张炎《词源》内“讴曲指要”之“字少声多难过去”句为基础，按《指要》全文皆承认词乐多声，此曰“字少声多”，尤为明著。憾在曲调实际虽“声多”，而谱内并不见，不知何贵乎有谱。宋人习染如此，殊难理解。谓之“不真实，不现实”，不为过也。其下句曰：“助以余音始绕梁。”诚如许氏说，一字一声将“戛然为止”，焉得绕梁之妙！故必于“一声”之外，更助成“余音”，是仍宣扬“多声”之必然性也。所不解者，既声多难过，复助成“余音”，岂不矛盾！疑“难”字讹。先综合《事林广记》诀语内所举“折、掣、反、丁”四声，及白石《歌曲》内所见“折、掣、丁、一”四声，曰：

> 加此诸声于“一声一字”之中，又加以大顿、小顿、叠顿，“哩字引浊啰字清，住乃哩啰顿唛喻”，“八犯”“四犯”“寄煞”诸诀，皆于“一声”具诸变化。字少声多之说，其可以此想象之乎？

此一组之多声，沈氏只以为可想象得之。继又指元杨朝英《阳春白雪》卷前所见之燕南芝庵，“盖金、宋间人”，当居姜、张之前。其《论曲》内有“歌一声”条，谓“声有四节：曰起、末，曰过度，曰揾簪，曰攧落。”又另列“歌一句”条，示与前“歌一声”条有别。沈氏曰：

> 所谓“一声”，即“一声叶一字”之“一声”也。歌一声而有四节，又杂以顿、住、反、掣、折、丁诸节度，焉得不字少声多？后世举四节诸法，皆以工尺记之，故宋世之一字配声少，而后世配声多。宋世一声具诸节度，而后世但有工尺，无节度也。

此中虽有将拍眼与歌唱口诀混入诸声处，但宋人于所为体之“一声”至简，到用之“一声”便繁，而成“多声”，毕竟因沈氏之一再会通，益为开朗，不为无功。尤其即以金、宋之说，还破宋世姜夔一派谱制之实质，具见声乐自然之趋，唐、宋一轨，并无更变；玄虚慕古，雅人雅事而已。惟芝庵“四节”，后二节未得确解。从“起、末、过度”推之，乃析一声之由发至收及中间过程，显属歌唱口法，当具说别行，乐谱内不能显，自来乐谱，但负腔、板二责。如万历间编《内阁书目》，指《乐府浑成集》（即

《乐府大全》）曰："内有腔、板谱，分五音十二律类次之，原一百二十七册全。"沈氏毋庸创"节度"说，有此说，转觉全声之谱依然不全，而一声之谱盖有其故，是助后者逋逃责任也，不可。从知许、沈二家，但陈旧谊，未足了事。

近代学者对同一问题，因接触资料不同，且从实验中获理解，乃较真切，非许、沈旧谊但向成说中注目立足者比矣。日本林谦三《隋唐燕乐调研究》之末，举日本乐调实例，曾曰：

> 古来在实演上，有种种的技术。字谱的一字虽然是一音，其一音有时断成二音，又有加"装饰音""经过音"等的。字谱与实演不必一致，不过在大体上总是照应着的。

所谓"装饰音""经过音"等，不出我国乐谱内细腔赠板之范围。惜作者在所举实例《罗陵王破》《武德乐》《越天乐》三谱中，并未附辞，依然难断其主声与装饰音、经过音等如何区别。惟所云字谱表音，既可分裂与附加，而字谱与实演又不必一致，则实演时之旋律合诸歌辞，无从守一字一声之限，尚何待言？林谦三《敦煌琵琶谱的解读研究》内，指装饰音多在管乐。如曰："像横笛这样的乐器，就可以有相当的自由，使曲调作装饰化的演奏。"又曰："横笛曲谱这方面装饰了曲调的地方，也是非常细小而有限。"敦煌琵琶谱若配以同调名之唐辞，已非一字一声制，略见本节之末附表。据林谦三研究，论"演奏的实际"云："当时曲调的基础完全是这样的。……但是不必作此设想，以为当时的音乐，只要把乐谱表面上的音演奏出来就行了。唐代音乐……有其含蓄的一面，就是唐乐的演奏，仿佛有了一种暗记在心里的方法，……却完全不出现于乐谱的表面。"又云："其所表现的曲调在外观上都是非常简单的，可是在实际的演奏，因为有了……特殊的技法，变更节奏，那末大约不至于如现在人所想象的那样，是极其单调的东西。”又“结言”云：“因为它完全不用如后代的乐谱上表示种种技法的谱字和符号，所以表面上是非常的简单，但是演奏起来，不仅是表面的东西。”——凡此云云，均可供此处参考。一九五二年北京发现智化寺之《京音乐谱》，上文引潘怀素文另曰：

> 京音乐的谱，有全国今所少见的格式。谱中只有乐曲的主腔旋律。演奏起来，即繁声傍出之多，正如白居易诗所形容的：“细丝碎竹徒纷纷，宫调一声雄出群。众音覼缕不落道，有如部伍随将军！”

主腔旋律则订在乐谱，傍出繁声则备于演奏，乃潘氏耳目所接之真实，并非前者在简册，而后者出臆想也。事之极近、极实、极明，无以逾此。然后信宋谱式之同《京音乐谱》者，其实演又为如何：乃从实演推实演，非从简册推实演，其异在此。说者谓京音乐内宜储唐、宋法曲之遗响，其亲切又非邻邦所传《罗陵王破》等三例可比。白居易诗本赞薛阳陶吹觱篥，在众乐中其声独居主导，犹将军之率部伍。此一喻甚切，潘氏极重之，乃移喻一字一声制之乐谱曰：其体但见将军，不见部伍，及行军对阵，则部伍骤齐，拥附将军，各不失道，并若血之充肉，而肉之韧骨也。此喻对一字一声制谱式所予地位及所指缺陷，均甚恰切。从知有将无兵，终难克敌，原本有兵，又何必掩蔽以为高？而兵之于克敌致果中，又岂“装饰”与“经过”之用而已！故此事含义宜定于潘说，唐诗歌唱时声辞曾如何结合，终不受诬，并赖之以大白。

京音乐之繁复多声，保存于智化寺道家中，不知究昉于何代，尚未得详史。若齐、梁间已有美妙多腔之声乐，极诣于缁门，则梁慧皎《高僧传》一五《经师》篇内早已著之。自五天梵乐、西域胡音盛行中土、展转渗化以后，声腔繁靡与舞容惊艳，实同时兴变，前论已及舞，兹再补究其声。《经师》篇论曰：

> 梵音重复，汉语单奇。若用梵音以咏汉语，则声繁而偈迫；若用汉曲以咏梵文，则韵短而辞长。

此中显存一声、辞不易结合之问题。若降及开、天，边声、胡乐既充，辞采齐言复盛，则声多辞短，自属常态。而"天上"指宫庭。"人间"，俱矜其妙。是必短者不觉其未足，而多者不觉其有余，以短驭多，舍每字不止一声外，宁有他乎？顾辞约腔繁，果臻美境，是否有征欤？曰：有。前篇《经师》又论曰：

> 若能精达经旨，洞晓音律，三位七声，次而无乱，五言四句，契而莫爽，其间起掷荡举，平折放杀，游飞却转，反叠娇哢，……谅足以超畅微言，怡养神性。故听声可以娱耳，聆语可以开襟；若然，可谓梵音深妙，令人乐闻者也。

按能达深妙乐闻之境，收畅微养性之功者，非他，缘有荡举、放杀、游飞、反叠之歌艺也；所谓荡举、放杀、游飞、反叠者何说？显然乃对多腔生动细致之描写耳；而此种精奇细美之歌腔所寄托之辞体非他，断为五言四句，至于"契而莫爽"也。偈既可以致此，诗何独不可致？晋僧昙籥制梵呗《大慈哀愍》一契，六言，传响于梁，犹有拟作。五言、六言既皆可以致此，七言何独不可致？齐、梁之际既可以致此，隋、唐何独不可致？佛曲齐言之声乐既可以致此，一般俗曲齐言之声乐何独不可致？唐段安节《乐府杂录》："长庆中，俗讲僧文溆善吟经，其声宛畅，感动里人。乐工黄米饭依其念四声'观世音菩萨'，乃撰此曲。"体也，时也，志也，虽有异，彼约辞与多腔之事实则无异。彼凡怀疑唐代之诗乐，因歌辞方板，入乐将不协，歌唱难美听者，其乐制原本一字一声者，……种种臆测，凭《经师》此论，宜知返矣。"三位七声"说未详，俟求。魏、晋间，梵音与汉语参差难合，但相偕既久，而汉语偈赞依然五、六、七言，未闻由此改为长短句也，症结何在？今之探词源而信填字以存声者，对此不应无动于衷，又可以期矣。

《文心雕龙·乐府》篇于此，亦有一说，可资借镜：

> 凡乐辞曰诗，诗声曰歌。声来被辞，辞繁难节。故陈思称李延年闲于增损古辞，多者则宜减之，明贵约也。

所论对象乃用汉曲以咏汉辞，不比用梵音以咏汉语，"辞"多出文人，"语"多出民间，大别有此。宜其谐协无间矣，而实际又觉辞繁难节。"难节"者，不可妄分章解，割损辞意，不能按字排声，即成一字一声。甚至一声多字，致破坏声乐，沦唱曲为"念曲""叫曲"。张炎《词源》语。然后始赖延年，予以约减。盖汉、魏乐府文字之冗长，一章有达二三百字者，迥非唐人歌唱绝句，仅仅二三十字之所能拟。而盛唐中外朝野蕴藏乐曲之富，"由声定辞"与"选辞配乐"二法得以畅行，又均非汉、魏所能及，乃鲜明史实，不应遗忘。然后知在汉、魏乐府确须约辞，在唐代声诗，势必多腔。虽各从其宜，各得其所不同，若言声、辞结合，不守一字一声之限，依然一致耳。

以上循“歌辞总体”之义，既罗异代、异体，器乐、声乐之种种实况，复引古今学者于此有关之多方理解，予以会通而折中之，或留或去，或破或成，欲其对唐代歌诗之声、辞结合真象，直接间接有所反映。因限于识度，囿于主观，文则冗杂，而义并不必赅洽，裁之、諟之，仍俟来者。兹就声诗《格调》附见之各类声谱，检点其所列谱字之数，与原举唐辞之字数，列表相较，以示一字一声，实不可能。（表见下页）——

表内能举之曲调，仅当声诗《格调》内容全数一五四调十分之一强。除日本传谱五、敦煌传谱二共七谱外，其余入谱对唐代诗乐之反映力，俱尚嫌薄；而所谓唐辞之字数，又均非出于七谱之所原有，从其差数，以云推断，究隔一层。然诸谱之集，从古今中外多方面来，其现象当非一时一隅之偶然。而于一字一声之否定竟然一致，无所参差，亦大可留意。虽事仅限于机械较数而已，未尝联系及内部，但能得此结果，究与一般作空洞推理者有别，其意义固如此耳。

唐代诗乐之具体实况，既因留传之唐谱过少，不能大白，从宋人起，每鉴于五、七言绝之字数有限，又误认其入乐后必为一字一声，于是信其声、辞结合之结果，声必多余，属于病态，有待处理。杞人兴忧，愁然终日，于是处心积虑为之善后。此一成见，适可与彼长短句皆由诗体添字而来之谬说相应合，然后论和声、泛声、虚声之臆想，乃风起云涌。别方面：明、清以来，南北曲内衬字、衬句之情形，已为词人所习见，因即用以体验唐诗声、辞之结合，以为既属一字一声，何以依据传说，仍能美听动人？代求解答，乃信其结合以后，字必不足，已有衬、叠之增，

编号	曲调名	歌辞字数	辞、谱关系	乐谱声数	乐谱来源	备注
一	秦王破阵乐	二〇（五言四句，下同）	原谱无辞。	一四九	日本阳明文库藏唐写本《五弦谱》。	声数七倍于字数，说明一字一声之不可能。下仿此。
二	大酺乐	二〇(五言四句，残剩一半）	谱载唐辞。	三三	明朱臞仙传《唐乐笛字谱》。	
三	圣明乐	二〇	原谱无辞。	一一五	同一。	
四	三台(一）	二〇	同上。	一二〇	同一。	
五	叹疆场	二〇	谱载唐辞。	七五	同二。	
六	王昭君	四〇（五言八句，下同）	原谱无辞。	八四	同一。	
七	生查子	四〇	谱载五代辞。	七二	清《九宫大成谱》。	
八	饮酒乐	六〇（五言十二句）	原谱无辞。	七四	同一。	
九	渔父词	一八（六言三句）	谱载唐辞。	三〇	同七。	
一〇	回波词	二五（六言四句，加衬字）	谱载清译辞。	二一〇	清《律吕正义》载蒙古《笳吹谱》。	疑兼备吹腔谱，故声多。
一一	三台(二）	二四（六言四句）	谱载唐辞。	三九	同七。	
一二	水鼓子	二八（七言四句，下同）	原谱无辞。	一三三	敦煌写本《琵琶谱》。	
一三	伊州歌	二八	同上。	一〇四	同一二。	原谱题“慢曲子”。此谱后另有二段，其一题“急曲子”。
一四	欸乃曲	二八	谱载唐辞。	五一	同七。	
一五	桂华曲	七（七言四句，残剩一句）	同上。	四八	同二。	原谱一句，标明八拍。

与夫繁声之衍。此种想象，比上述着意于和、泛诸声者，显然殊途同归，亦趋附于长短句词出自唐诗增字之一概念，然后散声、衬声、叠腔诸类纷起，复强加于诗乐。——此两面误解夹持盘绕于一般文学史论者之意识，至于根深蒂固不可摇。彼词体之主要成因所在，遂掩蔽于重重烟幕下，无由透达；而唐代诗乐之实际如何，亦堕入五里雾中，昭明剖析为难，——乃我国文艺研究中一莫大隐憾！

唐声诗与长短句辞关系

一、重要枢纽

杂言与齐言两种歌辞，实为弟兄关系。除极小部分外，都难言父子关系。其重要枢纽早在隋、唐间孔颖达之一番话内，“一锤定音”，是历史真象所在，不应忽视！而人多枉顾，实不可解。本书初稿写于五十年代，亦未虑及此。兹不得不在本章首先详明此义，其作用将直达下文十二章“平议”，欲破南宋以后诸家种种误解，赖有此义，乃不烦言而解。即上文各章之背后问题，亦每触及此中症结，请读者随在留意会通，稿内已不及一一点明。

孔颖达是由隋入唐之学者，在所著《毛诗正义·诗大序》疏内，对同一义理，而曾反复言之三次——

原夫作乐之始，乐寓人音。人音有小大高下之殊，乐器有宫徵商羽之异。依人音而制乐，托乐器以写人，是乐本效人，非人效乐。但乐曲既定，规矩先成，后人作诗，谟摩旧法，此声成文谓之音。若据乐初之时，人能成文，始入于乐；若据制乐之后，则人之作诗，先须成乐之文，乃成为音。

原夫乐之初也，始于人心，出于口歌。圣人作八音之器以文之，然后谓之为音，谓之为乐。乐虽逐诗为曲，仿诗为音，曲有清浊次第之序，音有宫商相应之节，其法既成，其音可久。是以昔且之诗虽绝，昔日之乐常存。……

先为诗歌，乐逐诗为曲，则是宫商之辞，学诗文而为之。……初作乐者，准诗而为声；声既成形，须依声而作诗。

此三段文字中，并未露出“齐”“杂”言之字面，安见其能说明声诗与长短句词（辞）关系？曰：请先了解三段中许多名词之原本含义：“诗”，泛指歌辞而言，齐、杂兼容，并不专指本稿所谓“声诗”—— 一也。“人音”，泛指上下远近之人所有原始作品而言，尤其分明包括民间原始歌辞在内。其含义断然不指古人、先人、神人，更不俟辨，——二也。据此可知：孔氏此说专指对人用之燕乐，绝非指对神用之雅乐。例如近代流行地方故事中，广西民间有刘三姐，在本地“赛歌”风俗中，用唱歌方法以压倒封建社会欺辱平民之恶势力。三姐所歌，民间原始之歌也，其辞断无限于五、六、七言之绝、律体诗可能，势必齐、杂言同用。又如《教坊记》内代表盛唐乐曲之《摸鱼子》《拨棹子》《采桑子》《剉碓子》等，皆因其先有民间摸鱼、拨棹、采桑、剉碓种种劳动者习俗吟唱之歌辞土调在，太常采之，所谓“人音”“口歌”等是也；若问其原辞之体，果能偏信皆五、六、七言诗，而断然排除其用长短句耶？绝不能！又能否偏信其皆用长短句，而断然排除其兼用三、五、六、七言耶？亦绝不能！孔氏谓“乐始乃乐效人，非人效乐”，乃“始于人心”，均非常现实而切要！所谓

"人"，实兼包街衢、坊巷、阡陌、山野、边塞、沙场、四裔之人民在内，初不限于宫庭内人、公卿贵人、士大夫文人，尤其擅长写五、六、七言律、绝体之诗人。其面甚广，则齐、杂言体必然同时并备，然后分别达到"乐成"阶段，亦长短句与齐言声诗于同立场、同地位、同时代中，而各有其完整的曲调、节拍、谱式在。自隋代始，齐、杂言曲调即已联芳并茂，联镳并骋，无所后先。绝不如自南宋以至近代国内外并有若干学者对此误解，认定隋、唐人愚不可及，但知唱齐言，不知唱杂言，声诗直到病入膏肓，濒临绝路时，方产生和声、泛声等，及时救药、改造，然后起死回生。甚至有人大言不惭曰："诗哑而后词兴，诗乐弊而后词乐代之。"近人更有谓李白"冲破"七律，而后有"三、五、七言"；寇准集中一首极幽美之《江南春》词，徒因列在诗集之后，便不许作词看等等之谬说，坚认声诗与词是父子两代，而不是同胞手足，未免过于藐视我国历史上所谓"汉唐文化"，其人所患之"轻唐病"未免太重！宜速就孔氏上说，洞明源流，庶几迷途知返耳。

隋、唐太常寺制燕乐是铸造每一乐曲之整体，而不是枝枝节节，制造乐曲身上之零件，以供年深日久，有所损坏，用作修补。乐曲既成，即如孔氏所言，即定于一，"其存可久"，"诗虽绝，乐常存"，说得如此坚绝，绝非无故。乐曲之存，有谱可记，有器可宣。岂如常用之衣食房屋等，都不免"老化""变质"，用之者须不断修补、更换。乐曲不合时宜有之，不投嗜好有之，因此废而不用有之。其本质初无赖于冲破或修补，更换他体以求返魂续命，真呓之甚矣！朱熹犯此病最重。

孔氏分“乐始”“乐成”之说不孤，其前有沈约《宋书》所见“徒歌”与“被之管弦”之说；其后中唐有元稹《乐府古题序》内分“选词配乐”与“由乐定词”两步；赵宋黄休复《茅亭客话》分“本诗之因言而成调”与“因调以成言”两步；此处“言”指长短言。郭茂倩《乐府诗集》内分“因歌而造声”与“因声而作歌”两步；直到清顾炎武《日知录》内说：“古人以乐从诗，今人以诗从乐。”内容仍然不离孔说之详。从知此乃不可移易之原则，本稿多方面均赖作指标，轻忽不得！

以上为此稿付印前，特加之要义一节，以下为原稿开始。

声诗与长短句词之关系，不可以不明也！盖董理唐代全部声诗，而别之于词调范围之外，乃一创举；此举切当与否，当视声诗与长短句词之关系如何为断。此项关系愈疏，声诗在古文艺中之独立性乃显得愈强！前人与近人所以不研究唐人歌诗者，每以为此种诗乐本身无内容，由诗过渡到词以后，方有内容；若有事可为，应从此种过渡起。故探讨词之起源者，中外蔚起，百家争鸣；而专求歌诗之真象者，一千年来阒无人焉。

论诗与词之关系，有远近两项：远在二者直接转变之关键处，只涉晚唐、五代曲子，其迹较显；近在二者暗中启承以为用处，遂涉北宋之近、慢词等，其迹较晦。本章所论，断以与晚唐、五代曲子之关系为限；因声诗范围，上不出初唐，下不越南唐也。北宋词与声诗间启承情况，略见于下编《格调》并言二。

虽然，自乐府以后论各体歌辞间之启承关系，犹不止此也，不可不省。声诗因特殊断制，始取自初唐，若长短句之兴，实始于隋；齐、杂言之同时并举，亦先有于隋。盖诗乐、词乐共属于燕乐，而燕乐之具体形成，则开始于隋，初不俟唐。历史如此，不容改变。凡限定研究“唐五代‘音乐文艺’”者，可以断代自唐；若涉探源，势必溯自前代杨隋，不能凭空言唐。设若谈唐十部乐，不说明其十之九皆承隋之九部乐来，在要紧关头，岂容削去直接之前身！过去受宋明人影响，强废“唐五代曲子”之历史名实，而自由捏造“唐词”一名以罩在“宋词”头上，乃不见敦煌民间写本，一律见“曲子”之名，而以“词”字作“辞”之省笔字用，或专指大曲之辞，声诗之辞与吟诵之辞，独不指杂言曲子之辞，千万写本皆言，初无例外。除非顽强固蔽，逆历史现实以自弃于历史之外，不然惟有扭转九百年来之传统习惯，一面为隋代歌辞解除“乐府”之旧名义，而开始赋予“曲子”之新名义。郭茂倩《乐府诗集》中早用“近代曲辞”指隋辞，“近代”二字仍嫌模糊。至于外围仍用“乐府诗”三字来执着，更属浑沌。

本稿一切原从唐代声诗出发，故于本章先穷其与晚唐五代之关系，先澄清下限，以结束词体产生之种种错误观念。范文澜《通史》所见足当特例。另有《唐杂言》一稿，方就上限一端，阐明其与隋曲之关系，以建立长短句体产生在隋代启蒙之新观点。——二者会通，乃彰全面，本章各节并非浪费笔墨。

二、四派见解

前人对所谓诗、词间之错误观点，可综合为四派，彼此不易调和。调和亦不能解决任何问题。惟有明辨是非，以力求史实之真象，然后此四派孰宜删、孰宜存，性质自明。

一派以为声诗乃唐代之乐府，其上与齐、梁乐府之关系，较之下与长短句词之关系，益为密切。故郭茂倩《乐府诗集》编为齐、梁乐府之殿，《全唐诗》则于开端“乐府”部分既汇列声诗诸辞，复分见之于各家诗集之中若在诗集之后会专录唐五代词之部分，诸辞乃不与焉，用意尤为明显。间有数调，《全唐诗》曾复见于三部分，详本编后附“札记”。

一派之始意与前派同一起点，但趋向极端！欲从文学上特别推尊词体之创造，使达于极度，遂硬性否定诗、词间之一切关系。郑振铎《词的启源》中所见，可为此派代表。郑氏谓词与诗“不发生什么关系”，“没有相继承的统系”，“其面目及其精神，却绝不是旧诗体所能冒认为亲枝或子系、孙系的”；倘冒认词“为五、七言之余，为五、七言诗的添上了泛声而成的”，郑氏评为是“很可怪的事”——则嫌矫枉过正，亦不悉符史实。

一派所见与郑氏恰恰相反，主张词由诗来，长短句是就诗乐之和声、泛声所在填充实字而成。且恣意主观，从字句形式上造出许多增减，以证实诗变为词。此派以刘毓盘《词史》、王易《词曲史》、刘尧民《词与音乐》为之代表，而冒广生《疚斋词话》、朱谦之《中国音乐文学史》及青木正儿、沈知白之有关论文中，亦都有此趋向。虽偏差之方向与程度各有不同，若未顾全面、不切实际、过犹不及，彼此则一。

一派在原则上调和于上二派之间，如《词律》《词谱》之所为是。二书对于声诗，仅选录若干首，以明长短句词之来源而已；用“词选”之手段去编“词谱”，终于不成体例。于是谢章铤为之慨然，谓《竹枝》《柳枝》诸体“无非词，亦无非绝句也”，若措置失宜，则“又词又诗，反令二十八字并无一定归宿”。其言较可；惟《竹枝》《柳枝》乃唐曲子，终非词，非谢氏所悟及。谢氏遂主张《词谱》当全录之，以穷词源；词选则不当专录之，致混词界。其说虽徒有调和苦心，实际未得解决之道。

本书于声诗本身之情况，已详上列一至五各章；兹所欲补述者，端在声诗是否曾直接转变为长短句调，其转变之质与量如何，并略及其与长短句词彼此对峙之情况；因认定齐、杂言二体同时产生，同时并存，所主张者在上列四派之外。惟因声诗歌谱今虽有传，国内并未通晓，凡此探讨，仍不免从字句形式上入手，甚至暗中摸索，参杂臆想，实证虽有，仍嫌未充。要当多顾全面，逼近事实，并不断充实新证，使立说更系统化，以免孤立若干零星现象，然后对此项问题之解答，庶可起决定作用。至于具体叙述隋、唐杂言歌辞之成因，详其源流上多方面之关系者，别见于《唐杂言》稿，非本书之务耳。

三、九项原则

关于此事有下列九项原则，应如何决定，必须预为追求明白——

第一、在发生与存在之时间上：齐言、杂言之乐歌是否必有先后，不能并生并存？是否诗乐亡而后词乐兴？是否诗乐必先让位，词乐始有所立足？包含词是否“诗余”之问题。

第二、在声、辞主从上：既有声主辞从者，亦有辞主声从者，二者究竟历代皆有、同时并用，抑诗乐时代皆辞主声从、词乐时代皆声主辞从？是否凡诗乐必按辞以谱，凡词作必按声以填？

第三、在声、辞主、被动上：辞句于整齐者之外，另有长短者。是主动有之，抑被动有之？若因二者之声乐原本不同，或声乐各有建树，而辞句始相从以异，则在辞句之异为被动耳。若舍“主”而逐“从”，就字句之多寡以确信其由彼变此，是否有背于史实？

第四、唐代燕乐歌辞是否一字一声？有何充分依据？

第五、唐代燕乐歌辞是否一句一拍？有何充分依据？

第六、在无从目睹之歌谱上：如何能断声诗合乐以后，往往声多辞少？是否果能断其确然留下许多泛声，且系缺陷，而必须添字以求合？声诗之和声与叠句是否即为多余之泛声？

第七、在无从目睹之歌谱上：如何能断声诗合乐以后，又往往辞少声多，且系缺陷，而必须增字以求合？

第八、在人事上：乐工援诗入乐，倘其辞不合，依常情即应不用。上文见周德华唱《杨柳枝》，于时贤诗篇抉择颇严，未尝不因求合声乐之故。是否必须先行普遍滥用，然后再来救其偏，医其病？后来作成长短句词者，是否皆缘乐工所唱之字句而为之？一般乐工是否确有此能力？负此责任？是否在声诗之歌唱中，乐工须经常改正诗人之所作？而长短句之产生，乃词人追随乐工之结果而已？

第九、在判断性质上：凡立一说，应追究其为概论欤？抑为专论？所决定者，指部分欤？抑指全部？——凡此必须明确，避实就虚固不可，以偏概全尤不可。

以上诸问题，除四、五、六三条于前章内已予否决，不再复述外，其余六条并当于本章内一一求其解答。

四、齐杂言同时并举

“诗余”之意识，限于文人、词人有，民间不知。其说文人或词人有承认者，有否认者。承认者谓非指唐诗之余，乃古诗之余；又或谓非指诗篇之余，乃指诗乐之余。参看末章“词与诗异体而同音”“词实诗之余”等条。其说均觉牵强不自然。长短句词之非诗余，有一种极明显之现象足以断定，人多未察，惟明汤显祖于《花间集》序内先揭发之，后来清汪森于《词综》序内曾加引用，田同《西圃词说》亦采之，见末章“诗词同时，分镳并骋”条。顾终未引起一般人之注意。汤说云：

> 自古诗变为近体，而五、七言绝句传于伶官乐部，长短句无所依，不得不变为词。当开元盛时，王之涣、高适、王昌龄诗句流播旗亭，而李白《菩萨蛮》等词亦被之歌曲。古诗之于乐府，近体之于词，分镳并骋，非有先后。谓诗降为词，以词为诗之余，殆非通论矣。

按宋人如李清照，早有“乐府、声诗并著，最盛于唐开元、天宝间”之论，已见首章次节引。语虽不详，乃先汤氏而发者。汤氏此说中除“长短句无所依，不得不变为词”二语不足信外，其余句句平实，不容否认。《菩萨蛮》调必非李白所创，至迟开元间即已有之。因《教坊记》曾列其名，《记》中又曾叙及开元二十一年之事人崔令钦之晚年虽已入代、德，若《教坊记》终是玄、肃间作，不至再迟；有关资料，《教坊记笺订》胪举已详。开元间之有《菩萨蛮》调，不必借李白之词作证也。开、天间确有之长短句调，为数且在五十以上，详下文。乃不可掩之事实，更不赖《菩萨蛮》一调作证也。清朱彝尊《群雅集》序云："唐初以诗被乐，填词入调则自开元、天宝始。"前人于此，并非无见。更验诸敦煌曲内之长短句，多有天宝前后之作，在文学史上乃一件大事！具详《敦煌曲初探》。此项力量极厚、局面极广之新资料，凡探求我国燕乐内杂言歌辞之源者，无论如何，不容熟视不顾。但同时盛唐朝野已普遍传唱近体诗，早成一代之乐制。下文十一章纪事所及，且百余条，从隋起，不从盛唐起，更不专赖"旗亭赌唱"一事以征之。亦事实昭然，无从否认。故李白有《菩萨蛮》与"旗亭赌唱"之二说纵全虚，汤氏"分镳并骋，非有先后"云云，终是史实所在，无可动摇。青木正儿文内曾表示：汪森主张盛唐时绝句调与长短句调对抗并存，根据薄弱，谓李白有词调之主张不足信。但于敦煌曲相关之资料所在，青木氏只字不提，盖提则与其主张不能并存耳。同此态度者，比比皆是，初不止一二家然。如此避重就轻，明知故昧，问题何从解决？

郑振铎《词的启源》曰："词与五、七言诗之间，……正与六朝时代的乐府一样：乐府也是与五言诗平行的发展起来的。他们各走着一条路，各不相干，也各不相妨。"其着眼似与汤氏"古诗之于乐府、近体之于词"云云相同。但郑氏于五、七言诗乃纯就徒诗之辞说，不涉及声。郑氏认为乐府与词皆有声，惟中间唐代五、七言诗无声，不可歌，则与汤氏"分镳并骋"之含义大异矣！郑氏指沈括、朱熹、方成培等说曰："这几个人的见解，都是以词为诗余，为由五、七言诗蜕变而成的。这种见解，其主要的来因，乃误在以唐人所歌者胥为五、七言诗。"其反对诗余之说，看似与汤氏又相同，实际汤氏乃以诗、词之同时歌唱来反"诗余"之说，而郑氏则信词有声而诗无声，始认词不能为"诗余"。一则纠正旧说，将词乐成立之时间提前，一则意欲抑此扬彼，乃先挫削诗乐之本质，彼此论点，相去更远！汤氏之说在近人中鲜有同调，于此可见一斑。郑氏于此所学未通。

五、盛唐长短句

查唐、五代文人所有之长短句调，在《词律》《词谱》及《敦煌歌辞总编》内所见，其确有唐、五代文人之传辞可以信为此一时代文人之创调者，要不过一百三十余。如调名虽属唐、五代，而传辞仅见宋人作品者，不计。相传为吕岩"仙笔"，分明是宋人所托者，更不计。《律》《谱》二书及《敦煌歌辞总编》未收之调，而统见于隋、唐杂言稿内者，亦均不计。此项"由诗变词"之研究，原从旧观念出发，故特俯循旧规，易于取信。而百三十一之调名见于《教坊记》，即可信其在开、天间早经流行者，已有七十五调之多，占一半以上。此七十五调中，诚有传辞未见唐作，仅见五代之作者，亦有在初唐原为声诗，至盛唐是否已改为长短句尚无从证明者，但为数甚少，今知不过二十余调而已。然则创调之始即为长短句，在开、天间已经流行者，至少已达五十以上，具详《教坊记笺订》稿内。绝不止如今人之所将信将疑者，仅仅李白作《菩萨蛮》《忆秦娥》《清平乐》《连理枝》《桂殿秋》五调而已。自宋沈括指出中唐时代之王涯德宗贞元与宪宗元和之间。始填字倚声、创长短句调后，学者凡不信李白有五调者，乃俱想像长短句词必滥觞于贞元、元和间，至晚唐而始繁衍。今既知开、天时至少已有五十以上之长短句调，则此一想像尚何由存在？从知汤、汪诸家认清近体诗与长短句二者，在开、天盛时即已分镳并骋、非有后先说，信不诬！至其目光所注，仍仅在李白之五调而已，尚未能顾及孔颖达说之全面，固另一问题耳。

兹列百三十一调之分类数字如次表；其名见于《教坊记》之调数，亦附列表下——

时代 调类	唐	五代	共计	名见教坊记者
（甲）以三言为骨干者	一	一	二	一
（乙）以四言为骨干者		三	三	一
（丙）以五言为骨干者	九	六	一五	九
（丁）以六言为骨干者	一	八	九	六
（戊）以七言为骨干者	一一	一五	二六	一六
（己）一至七言杂组者	二二	三四	五六	二八
（庚）杂言短语换韵者	一三	七	二〇	一四
总计	五七	七四	一三一	七五

诗乐声谱多隐佚，其幸传者又皆不能解；于流传之谱中，今日尚无法配入所传之辞，以恢复其原制。毛奇龄《唐乐笛字谱》及明人《琴谱》所载除外。此乃研求唐代齐杂言歌辞声乐关系者一最大之困难！不得已，惟有暂时撇开传谱，仍专就传辞之形

式，摸索向前。顾对于歌辞形式之观察，因所据角度不同，又因人而殊。如下列刘毓盘“三变”说、王易“增减”说、刘尧民“音数”说、青木正儿“伸缩”说等，若一一与此处所提出之“骨干”说较，其实际均甚歧异。骨干说力避抽象与蹈空，必长短句传辞中确有五、六、七言绝句之基础及近体诗之条件存在，刘氏《词与音乐》谓“基本音与装饰音”，青木氏文内谓之“存着绝句的遗迹”，“以绝句调为基础”等，详下文第九节。然后方可议其相互间之关系，不然，不议。因此，在此说中字数比诗，仅可增不可减；体段比诗，仅可伸，不可缩。若其平仄叶韵之规模，又必皆在所谓诗之基础或骨干中，不可除外。仅一、二、四句相叶，或二、四句相叶；第三句不能叶，更不能一、二叶一韵，三、四另叶一韵。设若凡此皆废，在形式上，诗词间之关系势必极少，则径谓词调是自发而生，是独立循乐以创新者可矣，何必凭虚蹈空，定欲强其乃由诗变成者乎？此原一极浅显亦较实际之原则，不容恝置不顾。下文当准此原则，以逐步进展。

上表内所分七类，及在百三十一调中之认定，仅凭个人检查结果而已，当难免于疏误；好在既有绳墨，指孔颖达说及以某种句法为骨干之说。即不难加以审核与修改。兹先将长短句词见于《教坊记》之七十五调名备列如次，以便于下文说明。其中同调名或有关之调名原为声诗者，凡二十一调，加圈以别之——

（甲）《献忠心》

（乙）《贺圣朝》

（丙）《南歌子》〇《生查子》〇《菩萨蛮》《醉花间》《赞浦子》《喜秋天》《望月婆罗门》〇《送征衣》《巫山一段云》此调五代曲子乃丙类，唐曲子乃己类。

（丁）《渔父引》〇《风流子》《相见欢》《西江月》《清平乐》《何满子》〇

（戊）《渔歌子》《天仙子》《浣溪沙》〇《赤枣子》《杨柳枝》〇《抛球乐》〇《纱窗恨》《后庭花》〇《临江仙》《望远行》此调唐辞乃戊类，五代辞乃己类。《木兰花》《鹊踏枝》〇《定风波》《黄钟乐》《柳青娘》《山花子》

（己）《柘枝引》〇《摘得新》《忆江南》《遐方怨》《长相思》《思帝乡》《归国遥》《采桑子》〇《甘州曲》〇《长命女》《春光好》《谒金门》《柳含烟》《乌夜啼》〇《浪淘沙》〇《望梅花》《虞美人》《扫市舞》《拨棹子》《破阵子》《离别难》〇《麦秀两歧》《感皇恩》《拜新月》〇《凤楼春》《凤归云》〇《洞仙歌》《苏幕遮》〇

（庚）《荷叶杯》《三台》〇即《古调笑》。《诉衷情》《定西蕃》《上行杯》《酒泉子》《女冠子》《更漏长》《河渎神》《南乡子》《西溪子》《感恩多》《恋情深》《竹枝子》〇

六、杂言歌辞调与绝诗关系

上文歌唱章内，为查明前人及近人对于唐诗唱法之认识如何，曾罗列宋以后诸家讨论长短句发生之说。所见自沈括以至近人萧涤非，一致主张用实字填充诗乐之泛声、衬字，遂成长短句。清人谢章铤甚至谓“太白、飞卿即并其衬字、泛声填之，非

绝句之外，别有长短句也”。既限早期产生之长短句，莫不由绝句变来，别无产生途径，则循其变化之迹，于既变长短句调以后，其原有绝句之句法或多或少，必有若干痕迹留在调中，必如此方能坚人之信。不然，将成为主观愿望，或凭虚指派，其谁信之？斯即上表内丙、戊二类，以五、七言为骨干之说所由来也。至于己、庚二类，乃一至七言混杂组合，其中杂言短句又常常换韵，去绝句之形式实太远。若谓亦由绝句变来，毋乃不经！如丙类之《石州》，句法为“七七五五、五五五五”，其开端之“七七”二句，原本或为五言，此则就其衬字或泛声填以实字之结果也。戊类之《抛球乐》，句法为“七七七七五七”，其末尾之“五七”二句，或为原本绝诗之所无，此乃就其和声、叠句等填以实字之结果也。能如此各有存见之句法为凭依，事乃有征，说方可立。倘如己类之《思帝乡》，温庭筠辞曰：

> 花花，满枝红似霞。罗袖画帘肠断，卓香车。回面共人闲语，战篦金凤斜。惟有阮郎春尽，不还家！

庚类之《古调笑》，王建词曰：

> 蝴蝶、蝴蝶，飞上金枝玉叶。君前对舞春风，百叶桃花树红。红树、红树，燕语莺啼日暮。

两调之句法均竭尽长短，其调之骨干何在？或为五绝，或为七绝，都无从捉摸，将如何循谢氏之言，断定其亦从五、七言绝填实衬、泛声而成欤？青木氏文内曰：“到了晚唐，离去绝句调而独立、甚至不留痕迹的诸作，渐渐产生。”便指此等调言。然而在上表内，丙、戊两类，共不过四十一调而已，对总数一三一之百分比仅三一强，何至于认“绝句之外别无长短句”？谢氏纵不见敦煌曲内全叶平韵之盛唐长调《内家娇》等，何至并五代两宋之长调皆不见而出上说？真不可解。

进一步：既曰用实字以填衬、泛，或曰“逐一添个实字”，朱熹语。其结果所得全调之字数应必多于原有五绝之二十字或七绝之二十八字，于事理方合。设若变化以后全调字数反而减少，足见其调之底子并非五、七言绝，更非由加填实字而来也，明矣。刘毓盘《词史》、王氏《词曲史》、刘氏《词与音乐》，均有就绝句减字为词之说，实脱离沈、朱之原则，而凭虚架空以来，于下文九、十两节详之。今细检丙类十五调中字数多于二十者，仅十四调，戊类二十六调中字数多于二十八者，亦仅十四调。同句法前后双叠者，只能以一叠计。共为二十八调而已，则上项之百分比当降为二十一强，方近事实。凭此两步分析之结果，唐、五代曲子调中绝大部分——约百分之八十，已可证明与绝诗并无干，远远不如谢氏所云“非绝句之外别有长短句”者。此处专就五、七言绝句检讨，至于声诗内其他十五种格调与长短句间之关系，实际更少，可不论。又每有一调中前片或后片虽是五、七言绝句，而另一片已明明为一般之长短句者，当时制调过程如何，不得而知，尚待研究，凭空臆测无益，亦姑置不论。

再进一步：试就此唐、五代长短句之二十八调，继续逐一比勘，其可能由声诗填实泛声而成之比较可信者，丙类不过七调，丁类不过一调，戊类不过八调而已。余者全调字数虽超过二十或二十八，而其他情形，依然不合。此所谓其他情形者，约有二端其中之一上文已提及。——

一曰：五、七言句不必皆为诗，五、七言诗又不必皆为五、七绝近体诗。——此一观点应成立。既曰由于填实声诗歌谱中之泛声而成长短句，则声诗原有之平仄、叶韵，在长短句中，即当有显著之遗留。因其变化仅在填实泛声，非曰兼在更换平仄与叶韵也。尤其平仄转叶他韵一层，断非五、七言近体诗所能有。例如《菩萨蛮》调中之五言句，虽尚保留六句之多，但其平仄、叶韵，均去五言近体远甚。就辞之形式论，实不能谓《菩萨蛮》调乃一首五言绝诗，与若干已填作实字之泛声配合而成者。《巫山一段云》八句内三五言句，虽尚保留六句之多，但八句共叶六韵，即上下片之四句各叶三韵，根本非近体五绝所能有，难指其上下片之第三句七言，是由五言添字而成。又如《纱窗恨》调中之七言，虽可能有四句，但平仄通叶或换韵，实非七绝近体之所能有，亦不能谓《纱窗恨》乃一首七言绝诗，与若干已填作实字之泛声配合而成者。目加田诚《词源流考》对秦观《忆王孙》“萋萋芳草”一首，不认为以绝句填实泛声而成，理由仅是秦观为北宋人，其时词体已经完成，不至再用由绝句填实泛声之法，诚然；实则此调七字句之后二句根本不是近体格律，即使不出宋人，而出之唐、五代作者，亦不得认为是一首七绝加填泛声之结果也。刘氏《词与音乐》中，为适应某种需要，对于绝句形式偏宽，漫无限制，甚至五、七言四句中第三句叶韵者，亦指为绝句（指温庭筠、张泌《南歌子》），又七言四句中前二句叶仄、后二句叶平者，亦以绝句论（指冯延巳《上行杯》）。如此乃将绝句逐出“近体”范围，于刘氏原说并不利。详下文第十节。

二曰：在前列宋人诸说中，所谓泛声，不外由和声与叠句而来。唐人声诗所有和声、叠句之形式，虽不当以今日所得见之十五曲为限，见次章六节论和声。但凡和声、叠句所在，若从其句法、平仄、叶韵多方面考查，亦自有其适合之范围在，并非无往而不可者。见上文三章末，论平仄与叶韵。于每一首长短句调中，果剔除一首五绝之二十字或一首七绝之二十八字后，尚剩余若干字句，设若不问此项所剩之句法、平仄、叶韵如何，在调内之位置如何，概委为诗调中和声、叠句之所在已经填实字句者，可乎？否乎？例如魏承班之《黄钟乐》，前片或后片之第一、四、五句，确系七绝声调，惟第二句以六言与第三句以五言作梗，乃成长短句调。前片云："池塘烟暖草萋萋，惆怅闲宵含恨，愁坐思堪迷。遥想玉人情事远，音容浑似隔桃溪。"若谓此第三句五字是和声辞，仍不起作用，因第二句根本尚少一字，终于不能完成一首七绝。因此，在本节追求填实和泛、由诗变词中，便不能引《黄钟乐》为例。目加氏《词源流考》指皇甫松之《天仙子》为七言四句之间加三字句，或有人误认此三字句亦可能为和声，原辞见下文之十六例中。殊不知此三字句在原辞中有两句，不止一句。一般小曲之和声，不至有连作两句者。下文见青木氏填实和、泛之说，往往指曲调开端便曾用和、泛，更属主观太过，如此以求声诗，尺度太宽，大近于滥矣！——凡此等不顾客观情况而滥委为和声者，正是"声臆说"之一类耳。沈知白《中国音乐诗歌与和声》引韦庄《天仙子》，谓"三字句如果删去，就成为七言绝句了"。却不顾三字句有两句，非一句，倘悉指为和声，未免超出常态。尤其未看删去此三言二句后，剩下四句："梦觉云屏依旧空，杜鹃声咽隔帘栊，玉郎薄幸去无踪，泪界莲腮两线红。"句句叶韵，是亦驱绝句于近体之外也。

根据上列两种情形，丙、戊两类之调合乎填实泛声而成长短句者，原已由四十一减为二十八，兹复须由二十八减为十四，加入丁类六言为骨干之一调，总十五调，当百三十一调百分之十一强而已。十五调中，《好时光》与《阿曹婆》之为例，仍各带勉强。于此乃得一初步之结论曰：唐、五代之长短句调，果如宋人沈括、朱熹之说，由声诗变化而来者，只可能有百分之十而已；其余百分之九十皆与声诗无干。故探讨词源，而采取宋人填实和、泛之说者，当认明此说至多仅仅解决得问题十分之一，其尚未能了事。并可确信：凡主张词源在隋与齐言是兄弟，非父子辈者，方接近事实；凡主张“词由诗生”者，必不能通，至于词调与绝诗确有之关系，一在绝句是真正近体诗之绝句，非漫为五、六、七言四句者所得冒充；二在循沈、朱和、泛说为原则，已属填实过分，不能再生主观枝节；三在所指之和声、叠句，须是真正和声、叠句，应有定质定量。

七、填实和、泛声十五例

兹列上文所谓十五调之传辞，并各加说明如次——

> 自从君去远巡边，终日罗帏独自眠。看花情转切，揽镜泪如泉。一自离君后，啼多双脸穿。何时狂虏灭？免得更流连。（唐无名氏《石州》）

此辞见《乐府诗集》七九。《旧唐书》谓中宗未受命时，天下歌《英王石州》，倘即指此调，则长短句歌辞在中宗时即有，不俟开元间矣。在为填实和、泛举例之要求下，首二句可能原为五言，填声而成七言。然此声宜是泛声，并非和声，因征诸唐人有和声之诸诗，除《竹枝》《采莲子》句句有和声之一型外，和声鲜有在起句者。

深相忆，莫相忆，相忆情难极！银汉是红墙，一带遥相隔。　　金盘珠露滴，两岸榆花白。风摇玉珮清，今夕为何夕？（五代毛文锡《醉花间》）

此调在同样要求下，或用两首五言声诗合组而成，后阕仍是五绝形式，前阕首二句六字，可能原为五言。“深”乃衬字，亦可能因有泛声，被填实一字。既在首句，应亦非和声。唐代杂言歌辞中保存“三三七七七”句法者，最广泛，不能认“三三”是七言之不足，详第十节；保存“三三五五五”句法者较少，姑认“三三”是五言之有增。

锦帐添香睡，金炉换夕熏。懒结芙蓉带，慵拖翡翠裙。　　正是桃夭柳媚，那堪暮雨朝云！宋玉高唐意，裁琼欲赠君。（毛文锡《赞浦子》）

类此调五言之平仄，在声诗内常有之。后阕起二句之六言在同样要求下，可能原为五言，有泛声，经填实者。

宝髻偏宜宫样，莲脸嫩，体红香。眉黛不须张敞画，天教入鬓长。　　莫倚倾国貌，嫁取个有情郎。彼此当年少，莫负好时光！（唐玄宗《好时光》）

此调可能原为五言八句诗，“偏”“莲”“张敞”“个”五字，皆就泛声填为实字者。刘毓盘《词史》首举此说，刘尧民等皆用之。《词史》谓诸字本属和声，殆未必然。因和声在调中，不至如此零碎分散。唐诗中和声真象如何，因资料不多，诚然尚无从尽晓；然不可遇有情形不能解释者，悉委为和声以了之。再则若是主观上先肯定盛唐时长短句词调不能独立发生，然后遇有盛唐之长短句调，方附会为填实和声变来，乃近于先行矫揉造作，然后又自矜创获，诚何足取？一旦放开上项主观，则类《好时光》者之在当时，既有独立之歌谱存在，其曲调即有独自发生之可能，虽无《词史》之说，庸何伤？至于目加田诚不信任《尊前集》，又以为盛唐时尚无如此词形，断此辞为晚唐人作，乃未体验于敦煌曲内大情势之故，自无足怪。中唐张志和之《渔父》，明明是长短句调，胡适主观欲将词体发生之时代推后，在《词的起原》中，遂谓"张志和的《渔父》，只是一首诗，只是一首变态的七言绝句，只可与盛唐的七言歌词看作一类，未必是有意的作长短句"。《词史》之解释《好时光》为五言八句所变成，与胡说动机虽异，而取径正同，故觉可议。

芳林玉露催，花蕊金风触。永夜严霜万草衰，捣练千声促！（唐无名氏《喜秋天》）

此调在同样要求下，第三句有为五言之可能。

望月在边州，江东海北头。自从亲向月中游，随佛逍遥登上界。端坐宝花楼，千秋似万秋！（唐无名氏《望月婆罗门》）

此调在同样要求下，只好说由五言六句填实泛声而来。但此六句之格调，若依每句末字看，是平、平、平、仄、平、平，并非小律句法。谓其由声诗变化而来，只好取《浣溪沙》为例。

以上六调，均五言声诗与长短句间之关系；以下九调，表示六言、七言方面之变化——

寂寞芳菲暗度，岁华如箭堪惊！缅想旧欢多少事，转添春思难平。曲槛丝垂金柳，小窗弦断银筝。　深院空闻燕语，满园闲落花轻。一片相思休不得，忍教长日愁生。谁见夕阳孤梦，觉来无限伤情！（五代毛熙震《何满子》）

此调由齐言变为杂言之经过，已详三章五节论字句。十六例中，以六言为骨干者仅此一调。原辞确切是六言，其因衬字而变成杂言，亦极分明，无可否认。沈知白《中国音乐诗歌与和声》内曾举李煜《相见欢》，读为“无言独上西楼，寂寞梧桐深院，剪不断理还乱，别是一般滋味”，为六言四句，分系“月如钩”“锁深秋”“是离愁”“在心头”三言句，割裂勉强，毋乃太过；而谓凡此“三字句也是在和声处填入实字”者，并认作“完整的形式”云云，谁敢信乎？

晴野鹭鸶飞一只，水蘋花发秋江碧。刘郎此日别天仙，登绮席，泪珠滴！十二晚峰高历历。（唐皇甫松《天仙子》）

此调内之三字二句，在前项要求下，可能原为泛声所在；小曲和声，似无如此之长。

曾闻瀚海使难通，幽闺少妇罢裁缝。缅想边庭征战苦，谁能对镜冶愁容？久戍人将老，须臾变作白头翁！（唐无名氏《怨回纥》）

此调末二句倘认为和声，亦嫌太长，在前项要求下，只好委为泛声。

霜积秋山万树红，倚帘楼上挂朱栊。白云天远重重恨，黄叶烟深淅淅风。仿佛《梁州》曲，吹在谁家玉笛中？（五代冯延巳《抛球乐》）

此调绝似前章句格，惟平仄殊，可能同为一调，与声诗《抛球乐》(一)之组织则大异。

水晶宫里桂花开，神仙探几回？红芳金蕊绣重台，低倾玛瑙杯。　玉兔银蟾争守护，姮娥姹女戏相偎。遥听钧天九奏，玉皇亲看来！(毛文锡《月宫春》)

此调前半“七五七五”四句，颇与五代声诗中所谓“添声《杨柳枝》”同格，惟三字短语增为五字耳。后半作“七七六五”，而不作“七五七五”，与声诗调异，故声诗不能收，只好列于此处作例。但至宋周邦彦体，此四句乃作“七七七五”，前二句之“七七”，可能为“七五”之增字耳。其全部调格。可能仍是每一七言之下，附一句和声或叠句，声诗之意味仍甚浓。

六曲阑干偎碧树，杨柳风轻，展尽黄金缕。谁把钿筝移玉柱？穿帘海燕惊飞去。　满眼游丝兼落絮，红杏开时，一霎清明雨。浓睡觉来莺乱语，惊残好梦无寻处！(冯延巳《鹊踏枝》)

此调前后四五两句照前项要求，可能原为七言一句，填实泛声，乃多二字，而破为两句。犹之上列《好时光》调之次句，因五字添成六字，亦破为两句。《高僧传》一五指萧梁曰：“顷世学者，……或破句以全声，或分文以足韵，岂为声之不足？亦乃文不成诠。”详下文九章一节所引，可供参考。敦煌曲《雀踏枝》兼具齐言、杂言二体，足为此说之助。已见上文三章五节。

暖日闲窗映碧纱，小池春水浸明霞。数树海棠红欲尽，争忍！玉闺深掩过年华。　独凭绣床方寸乱，肠断！泪珠穿破脸边花。邻舍女郎相借问，音信，教人羞道未还家！(五代欧阳炯《定风波》)

此调凡句尾仄声处，皆系二字短语，叶仄韵，依前项要求，可能原为声诗，而带有和声辞，但唐调五首皆敦煌曲。则打破此项愿望，因其换头作五言三首或六言二首，无从凑成两首七绝。再二字短语或作三字，下片亦限在第三句下有，与上片同，显然是五代以前之调。刘氏《词与音乐》一编七章指炯作曰："这词也可以见得是两首七言绝句的形式。"并叙李珣同调五首，皆同唐调，上下片各三十字。

素丝鬌挽脸边芳，淡红衫子掩酥胸。出门斜撚同心弄。意徊徨，故使横波认玉郎。　叵耐不知何处去，教人几度挂罗裳。待得归来须共语，情转伤！断却妆楼伴小娘。（唐无名氏《柳青娘》）

此调情形与上一首同：如照前项要求，前后之三字句亦可能原为和声，其体原为七言八句之声诗。

昨夜春风来入户，动如开。只见庭前花欲发，半含咍。直为思君容貌改，征夫镇在陇西坯。正见庭前双鹊喜，君从塞外远征回，梦先来！（唐无名氏《阿曹婆》）

此调七言六句，三言三句。依前项要求，只可指后面之四句七言原是七绝，而末尾三字句乃和声转变。但前面先缀二句七言，本身且不叶，作何交代？苦不能答。正与《好时光》同，分明是独自发生之调耳。

除上列十五调外，应尚有他例须增补。尤其在各调之别体中，或可采得资料。应以出于唐、五代者为限。但如不抹杀声诗之所以为五、七言者，如不任意扩大所谓和声、叠句之形式，如不自为矛盾，认填添以后之字数可多亦可少，可增亦可减，则真正足为填实和、泛而变成长短句之实例者，似终不多觏。谢章铤《词话》曾谓“《浪淘沙》二十八字，绝句耳，李主衍之为五十字；《阳关曲》亦二十八字，绝句耳，元人歌之至一百字”，详见末章平议及下编《格调·渭城曲》。均认是词转自诗之例证。若尺度之宽如此，则两宋、金、元词之令、引、近、慢中，凡调名与唐声诗之调名相同或有关者，概可指为从五、七言绝诗填实和、泛而来，和、泛之质与量将无限制，填实之方法亦将无限制，岂不滑稽悠谬！至衬字之影响及于长短句调之发生者，亦颇有说，已略见上文三章五节论字句，并另详于《唐杂言》稿，兹不复。

上列十五调设若果由诗调转化，则此项诗调应非隐僻，何以至今一无发现？此项诗调应即同名，入第八节所列之二十七调内，何以又不如此？从知所谓和、泛填实关系根本渺茫，凡信沈、朱之说坚持诗词有母子关系者，宜知返矣。

八、诗词同调名之关系

王国维谓唐人乐府原为近体诗，其同调之见于《花间》《尊前》者，则多为长短句。兹比较唐人声诗及其同调名之为长短句者，计二十七曲，如下表。上文曾举曲名见《教坊记》，而兼备声诗与长短句调两体者二十一调。兹增入《教坊记》曲名以外者，并不以短调为限，如《拜新月》等之长调亦列入，得二十七曲。因看出彼此间之关系约有六点，王氏之说是否正确，亦可附带于此验明。

声诗					长短句词							
调名	作者	调			调名	时代	作者	调			所据书	关系
		言	句	韵				片	字句	韵		
何满子	薛逢	五	四	平	何满子	五代	毛熙震	二	六六七六六六	平	花间集	因衬字成定型
	和凝	六	六									
乌夜啼	聂夷中	五	四	平	锦堂春 乌夜啼	五代	李煜	二	前五六七五 后六六七五	平	全唐诗	不明
拜新月	李端	五	四	仄	拜新月	唐	无名氏	二	十七句、八十五字	平	敦煌曲	不明
三台	韦应物	五	四	平	调笑 三台令	唐	韦应物	一	二二六六六二二六	平 仄	全唐诗	不明
	王建	六										
突厥三台	韦应物	七										
南歌子	裴诚	五	四	平	南歌子	唐	温庭筠	一	五五五五三	平	花间集	增字句
						五代	欧阳炯等	二	五五七六三、双叠	平	尊前集	
							毛熙震				花间集	

续表

声诗					长短句词							
甘州	无名氏	五	四	平	甘州子	五代	顾敻	一	七三三七五三五	平	花间集	不明
甘州歌	符节	七			甘州遍		毛文锡	二	十五句、六十三字			
甘州乐	失名	五	八		甘州曲		王衍	一	三三三七五六	平	全唐诗	
玉树后庭花	张祜	五	四	平	后庭花	五代	毛熙震	二	七四七四、双叠	仄	花间集	不明
					后庭花破子		李煜	一	五五五五三四五	平	二主词	增字句
抛球乐	皇甫松	五	六	平	抛球乐	唐	无名氏	一	七七七七五七	平	敦煌曲	增字
柘枝	薛能	五	六	平	柘枝引	唐	无名氏	一	七五五七	平	乐府诗集	不明
离别难	无名氏	五	八	平	离别难	五代	薛昭蕴	二	十九句、八十七字	平仄	花间集	不明
生查子	韩偓	五	八	仄	生查子	五代	孙光宪等	二	八/九句四十一/二字	仄	尊前集	增字句
											花间集	
							牛希济等		八/十句四十一/二字			

续表

声诗					长短句词							
采桑子	张祜	五	八	平	采桑子	五代	李煜 和凝	二	七四四七、双叠	平	尊前集 花间集	不明
怨回纥	皇甫松	五	八	平	怨回纥	唐	无名氏	一	七七七七五七	平	乐府诗集	不明
渔父词	顾况	六	三	平	渔父	唐	张志和	一	七七三三七	平	尊前集	不明
渔父引	李梦符	七	四	平		五代	和凝等				花间集	
苏摩遮	张说	七	四	平	苏幕遮	唐	无名氏	二	三三四五七四五、双叠	仄	敦煌曲	不明
一斛珠	江采蘋	七	四	平	一斛珠	五代	李煜	二	前四七七四五 后七七七四五	仄	全唐诗	不明
婆罗门	李益	七	四	平	望月婆罗门	唐	无名氏	一	五五七七五五	平	敦煌曲	增字句
浪淘沙	白居易	七	四	平	浪淘沙	五代	李煜	二	五四七七四、双叠	平	全唐诗	不明
凤归云	滕潜	七	四	平	凤归云	唐	无名氏	二	九句、四十一字、双叠	平	敦煌曲	不明

续表

声诗					长短句词							
竹枝	顾况	七	四	平	竹枝子	唐	无名氏	二	七五六七七、双叠	仄平	敦煌曲	不明
杨柳枝	白居易	七	四	平	杨柳枝	五代	无名氏	一	七四七五七四七五	平	敦煌曲	于和声上加衬字
浣溪沙	韩偓	七	六	平	浣溪沙　山花子	五代	无名氏	二	七七七三、两片	平仄	敦煌曲	增句
鹊踏枝	失名	七	匹	仄	鹊踏枝	五代	冯延巳等	二	七四五七七、双叠	仄	阳春集	因衬字成定型

（甲）声诗之同调名在唐代即另有长短句调者，凡十一。但其中之长短句调确为唐辞者，不过韦应物之《调笑》、温庭筠之《南歌子》及张志和之《渔父》三调而已。余见敦煌曲者，或有五代之作品夹杂其间。至《乐府诗集》所列之无名氏，不过假设为唐人耳，郭氏并未有明确决定。

（乙）声诗调名见于《尊前》《花间》二集者，表内特为逐一详列：唐代仅张之《渔父》、温之《南歌子》二调而已，不能算多；五代之长短句调见于二集者凡八，则与唐人之作有别。王氏前说，如兼赅五代之调在内，虽稍近，仍未占多数。

（丙）所谓“调名相同”有两种：一乃正名与正名相同，占二十四调，一乃诗之正名与曲子之别名相同，占三调。在长短句内，《乌夜啼》乃《锦堂春》之别名耳，《三台令》乃《调笑》之别名耳。

（丁）二十七调名内，有十九调之句法关系不明，而调名或其别名竟然相同，未必无故。但既不获睹诸调之歌谱，仅就字句之形式以探讨，自难得其究竟。若作稳健之臆测，乃因声谱有一部分采用旧曲而变，故沿其名；至新曲之辞，已依声另造，非以旧曲之五、七言绝为蓝本，从而增损改削者所能合度矣。说者谓凡此皆由五、七言绝诗变来，未免胶柱。末章平议内所列“《竹枝》与《竹枝子》”一条，可以为例。四章【丙】虚声说内，曾见沈雄《古今词话》有关之说，谓声诗如唱虚声，便保存为诗体，如就虚声处填唱实字，便成长短句。看似自然合理，足以说明一部分名同调异之故；但试问：此等长短句设皆由填实虚、泛而来，则此处所谓“关系不明”者，尚何至有十九调之多欤？势必又谓填唱实字之幅度太大，致无从据字句形式以追求。既然无可追求，则未免虚幻，暂时即难如此主张。《词谱》于此等名同调异者，每曰“借旧曲名另翻新声”，其实因先借旧曲之声，然后方沿其名；若全翻新声，必早创新名矣。夫全然旧声者，文人好奇尚创造新名不已，况有新声者，又有谁乐用旧名？旧名之存者千百数，倘漫无关系，又将何取何舍乎？可知专一借名，乃难有之事。《宋史》一四二《乐志》原曰：“宋初置教坊，得《江南乐》，已汰其坐部不用，自后因旧声创新声。”谓始汰南唐坐部诸调不用，后又因其声而创新声，非用旧名创新声。

（戊）十九调名内，有十四调之体段长短，在声诗与长短句间，彼此差异甚大；且句法亦大异，或叶平、或叶仄，又多不同。——《拜新月》《三台》《突厥三台》《甘州》《甘州歌》《甘州乐》《玉树后庭花》《离别难》《采桑子》《苏摩遮》《一斛珠》《浪淘沙》《凤归云》《竹枝》是也。其中如《三台》与《三台令》，虽各有六言四句之关系，但《三台令》之六言四句分叶三种不同之韵，绝非声诗《三台》六言四句之情形。另有三调，彼此体段虽相仿，而句法仍甚异：或各句中之平仄不同，或字句均减，或字数同而句数减，——《乌夜啼》《柘枝》《怨回纥》是也。另有二调，乃《渔父词》《渔父引》之与《渔父》，实乃各自为各之调，可云彼此根本无关。既然无关，便不得因《渔父》比《渔父引》少一字，遂成立由诗变杂言反而减字之例。

（己）余八调名内，齐言、杂言之关系比较明显：杂言《何满子》《杨柳枝》与《鹊踏枝》之如何形成，已详上文三章五节论字句。《南歌子》之长短句调内，显仍保持五言诗句，一望而知；五代加为双叠，并略增字。《抛球乐》增五言为七言，其余所有之格调、平仄均仍旧。《生查子》一入五代，便增字、破句；尤其在第五句发生变化，不得不分为前后两片。《婆罗门》之变，增字增句特多，说见上文第六节。《浣溪沙》可能先有杂言，后有齐言，详《敦煌曲初探》，乃一变局，表内姑妄列之。此外从《后庭花破子》看《玉树后庭花》，亦尚略有关系，或为五绝增加字句而成杂言。

（庚）大曲各片句法不同。如《卜算子》亦是大曲，各片中慢片极长，是杂言；令片甚短，是齐言。

总之，从长短句词百三十一调之分类数字表，以查考声诗与长短句调之间确有关系者，仅十分之一弱。从二者同调名之字句、平仄、叶韵等以查考二者确有关系者，仅十分之三弱。足见向来以为长短句调多由唐人诗句变来，其间关系必如何如何密切者，皆过分揣度之辞，未加深考。调名相同，现象属实；填实和、泛，关系不真；而百五十四调又非最后永恒之数，故此处所谓十分之一与十分之三者，彼此无从符合统一。此项研究，须俟诗调之著录由目前之数至少上升一倍，达三百以外，庶可以有进展，其可靠性乃益提高耳。应牢记在心者，仍是上文所提出隋太常寺制齐杂言调同时完成，绝非父子两辈之说，方是根本。

九、诗人乐工均倚声

声，乐家所创，或老乐工所翻也；辞，民间或文人所作也；歌，男女伎工及其他歌者所发也。文人作辞，原或为声，或不为声。为声而作者，按常情必自求合于调。齐言、杂言，择调自由，而下笔自了；断无先作齐言，于声未合，再赖乐工歌唱时为之一一增减扭捏，改成杂言之理。张说、崔国辅、张祜、刘禹锡、白居易等所作如此，皇甫松、温庭筠等所作亦如此。如白、温诸家，或亲自调训歌舞，或躬与管弦雅奏，文人与乐工之间丝毫无隔，亦即声与辞之间亦丝毫无隔。使诗体果与声曲不符者，诸家何以乐为此等“不符”之事，至于连篇累牍，且已视为故常欤？唐、宋两代，齐杂言之乐正盛行，后世有若明、清，诗词之乐均已失传。乐既失传，词人始皆主文而不主声；倘以明、清之作者视唐、宋之作者，便是大误！就乐工言：方其选辞入乐，原甚自由，凡不合乐者，何必选之于先，又不惮烦，复为之一一改正于后欤？若既慕其辞之出于名家，则必重视其辞之原来文字，只有改声以就辞耳，其事并非不可能，又安见其必然改辞以就声欤？颜主张盛唐以后所有长短句调皆由填实泛声而来者，欲贯彻其所主张，乃另造“诗人不知倚声”之游说以辅佐之，若按之常理常情，则俱相反，其说终未足凭，可知矣。事意所在，不辨不明。兹选列谢、王、龙三家之言为例，一一商讨如次——

清谢章铤《赌棋山庄词话》曰：

> 诗人自为五、七言绝句，乐部歌之，衬字、泛声，遂变成长短句。太白、飞卿即并其衬字、泛声填之；非绝句之外，别有长短句也。

王国维《云谣集杂曲子跋》曰：

> 唐人乐府见于各家文集、《乐府诗集》者，多近体诗。而同调之见于《花间》《尊前》者，则多为长短句。盖诗家

务尊其体，而乐家只倚其声，故不同也。

龙沐勋《词体之演进》曰：

> 倚声填词，词中所表之情，必与曲中所表之情相应。非若率意作五、七言诗，一任乐工之选调排入，其不相融洽者，独可藉泛声以资救济。……长短句未兴之前，无论何人所作诗，或古体歌行，或近体律、绝，无不可入曲者，特其配合之权，操之乐工耳。……所谓五、七言古近体诗，形式并过于平板，少变化。且绝句以四句为度，以之入曲，必不能恰应节奏。于是乐工之流，不得不谋救济之方。其法有二：一为利用泛声，化一定之词句为参差错落；一为重叠歌唱，使有低回往复、悠扬不尽之音。

如谢氏言，太白、飞卿一在开元，一在大中，亘一百三四十年之久，乃竟一贯于无聊之生活中；既非作声诗，亦非创杂言调，仅专一追随乐工之后，以填实衬字、泛声为能事，史实果如此乎？沈义父《乐府指迷》谓："古曲一腔有两三字多少者，或句法长短不等者，乃教师所改换；亦有嘌唱之腔，多添了字，不必照作。"详见四章衬声说引。岂非太白、飞卿之所硁硁以为者，正南宋词人之所相戒不为者！两代词人志愿好尚相去之远，亦何至于此？史实果如此乎？今凭主观，竟将太白、飞卿之艺事强行差排如此，实不能令人无憾！张怀庆就李义府五言四句《堂堂》辞添字为七言四句，《大唐新语》诋之为"偷"，时谚嘲之曰："活剥王昌龄，生吞郭正一！"详下编《格调·堂堂》(一)后。张之添字，原是偷文，并非翻声，然此种作风已为当时文人所耻，绝非当时文人所好，大可供此参考。何况太白生平，前人认其且未必为长短句词，其说原亦主观，并不足信。但又何必一反其道，另趋极端，而谓太白作辞，陋不足以直接合乐，但知降而求合于乐工之唇吻而已，于义究何取乎？太过与不及虽殊，其不切实际，诬枉古人，同也！在飞卿所填长短句之调中，是否皆其所自创，十有八九无明文；然杂言、短语、通叶、换韵，一一具备，已极尽长短变化之能，则是人人所见。而谓诸调之初并非自立，亦皆以五、七言绝诗为之本质，为之“母体”，从而填声嵌字，始成今日之面目者，其孰能信？

王氏认长短句之体乃乐工所唱出，且凡非长短其句者，即不足为倚声，乃将倚声之功专属乐工。意在诗人所为既属齐言，则未尝倚声。此说按之实际，亦复难通。因声诗之为齐言，自结合于齐言之乐，既合乐，则其本身何尝不倚声！除少数有和声、叠句之曲调外，诗集中之诗与歌谱中之辞，彼此字句并无不同。诗人于此，又何来“尊体”之意？王氏分明有二误：第一误在以调属辞，认为齐言无调，杂言方有调，无调便无声可倚。对同名异体之二辞，指齐言、杂言。又过分强调其关系，以为必然彼由此出，遂谓诗人集内之齐言乃尊体，而乐工口中之杂言乃倚声。事实并不然：例如《凤归云》曲，虽有滕潜七绝一体，及《云谣集》中长短句之另一体，但二者各有其声，故文字亦各有其体；辞体因声而异，不因一有声一无声而异，不能强指《云谣》之辞乃就滕潜之诗填声而成，《云谣集》内《凤归云》八十四字，滕潜诗乃七绝，相去太远。又安知滕诗原未倚声欤？王氏第二误或认声诗之唱叠句者，便是长短句。须知此二者之间，尚隔一层，不是一事。和声于叠句并不影响声诗之为齐言，已详三章五节。

叠句乃所以倚声之一道，仅将其辞之某部分重唱一遍而已，其辞则仍是声诗也。必俟叠句已不唱，就其位置已填入其他字句，视作正文后，其调方成长短句。今对于凡有叠句唱法者，即认定其辞之作者原未倚声，可乎？如皇甫松有《竹枝》《采莲》《抛球乐》三调，备列和声、叠句无缺，正属倚声之证，非常难得。如王氏言：凡此和声、叠句在皇甫集内一一表现无缺者，反而成为皇甫于辞未曾倚声之证，何其戾耶！又如王维之《渭城曲》，后来被乐工选唱为三叠之调，非王维始料所及也，能谓王之仅为七言四句者，乃其不倚声之故乎？抑其有心对于诗之“尊体”乎？说之比较可通者，惟有曰：当时乐工之唱为齐言或杂言，或唱为齐言而加和声、叠句，事属倚声，固无待言；即文人之写出齐言，若初未准备作歌辞，便无所谓“尊体”；若已准备作歌辞，亦并非鄙视倚声而不屑为。参看本编后附“札记”，述白居易为萧炼师作《步虚词》所证。此事经历中、晚唐百五十年，前后一律，并非到温、韦之作，方与乐工所唱者合一，而初、盛唐张说辈所作，便乖违当时之歌谱。盛唐乐工之歌，应即用诗人原作之五、七绝以倚声，在歌唱前，并非必经一番手续，先为一一变更辞体。晚唐文人之作，亦必直接倚声于歌谱，并不俟乐工为之先驱，文人始从后追随。晚唐资料，民间并有邀约文人代作歌辞者，详下章歌该节。清江慎修《律吕新义》亦有“学士大夫不能胜工师”语，要亦部分情况而已，非全面如此。不然，天宝间之《国秀集》载诗二百二十首，作者九十人，编者正与同时，安得悉称其“可被弦管”耶？不然，《新唐书》一六八《刘禹锡传》又安得曰“每祠，歌《竹枝》，鼓吹，……禹锡……倚其声，作

《竹枝》十余篇”耶？况周仪《蕙风词话》谓“倚声”二字始此。此事正可为中唐诗人直接以诗倚声者作一明证，当时诗家要不止刘氏一人如此也。清毛奇龄《西河诗话》三：“刘禹锡造《竹枝词》，只作诗，及入乐，则然后曰：‘其调中黄钟之羽。当其作诗时，何尝逆计曰：若字入若律，若句入若调哉！’”毛氏既不详读禹锡《竹枝词》自序，又不参考史传，信口翻澜，未足凭。末章有“诗人伶工互相倚重”条，同此义。

如龙氏言，唐代乐工有选一切诗之权，有选一切调之权，有改一切声诗之权，改齐言为杂言。有改一切曲调之权，无泛声者加泛声，无叠句者加叠句。显觉夸大。一、和声、叠句之有无多寡，乃曲调中固定之事，唐、宋皆然。在唐，惟“新翻声”或“添声”者不然，然仅仅有限之数调为尔，并非任何一曲皆有“新翻声”与“添声”也，乐工何来如此之大能，亦即何来如此之大权欤？二、乐曲就辞配声者外，尚有就声配辞之一格在，乃文人直接因声作歌，并非由乐工从中撮合。如张说之《舞马千秋万岁乐》词，已注明“为《泼寒胡》戏所歌”。李白之《舍利弗》、卢纶之《皇帝感》、元结之《欸乃曲》、刘禹锡之《竹枝》、白居易之《杨柳枝》、温庭筠之《达摩支》等，自盛唐以至晚唐，举不胜举，均在各家诗集之中即已标明为何调之辞，辞与调之结合，均未尝假手于乐工，其调亦并非一一皆有和声、叠句之规定者。凡此，岂龙氏之说所能该？又岂可悉摈诸五、七言或古、近体歌诗之外，置而不论乎？故其说可商讨，但结果否定。

十、刘、王史说商榷

从南宋朱熹以迄近人萧涤非等，于声诗与长短句间之变化及词之起源，均只信填实泛声成为长短句之一说。欲圆此说，乃不惜多所造作，以偏概全，略如上述。及刘毓盘有《词史》，王易有《词曲史》，于此推波助澜，更多引申。认为声诗与长短句间之变化如此，声诗本身五、六、七言间之变化亦如此，牵强附会，愈趋愈远。二家著述，皆史也，倘事实之真象一日不明，学者于此，难免即倚为“信史”，而笃守其说，毋乃失实太过！是不可以不辨。

刘《史》先后举五、七言绝句诸调名，谓其体同而律不同，详末章平议。乃曰：“由此指五言四句。一变而为五言六句，再变而为五言八句；又谓又由五言四句变起，而为六言四句，再变而为六言八句，三变而为六言十句；又谓由五言四句变起，而为七言八句，再变而为七言六句，三变而为七言四句。”此中问题甚多：何以凡字句指体。同而歌谱指律。不同者，字句必须有变？刘氏未明其故，一也。曰“又变”者，意谓六言、七言皆自五言变来，此何以变？又如何变？亦均未详，二也。五言与六言间，就形式、腔调、韵致言：一为奇数句，一为偶数句，颇有距离。若果由五言变六言，是变之大者！不能无因，应有其渐，益非仅仅“又变”二字所能说明，三也。五言、六言循其句数，皆由少变多，惟七言独由八句、六句变至四句；一切倒退：句数则由多变少，体段则由长变短，更属费解，四也。且曰“由此”者，乃以五言四句为一切演变之出发点也，则以五言四句一变忽为七言八句，毋乃不可思议！五也。将谓不然：七言八句乃由五言八句变来，循此原则，六言四句亦将由五言八句变来矣，愈觉突兀，更说不通，六也。七言四句为声诗之重心所在，唐初承隋乐而早有之。刘氏亦信《渔隐丛话》语，以《小秦王》为最早，即七言绝句也。何以必俟七言先变为八句，经过六句，而始有七绝？——乃尤为不可解者，七也。

王《史》袭刘氏说，惟于七言则曰："其七言四句者，……更增而为七言八句，再减而为七言六句。"于六言则曰："有六言焉，……其四句者，……更增而为六言八句。"此二点与刘说小异。而刘氏所列次序与举例中，犹顾及辞人时代之先后，王氏则否：七言四句举元结、杨玉环、王建、王丽真之辞为例，而七言八句又举沈佺期、徐昌图之辞为例，七言六句又举五代薛昭蕴之辞为例。试问：玄宗开、天间与代宗大历间《欸乃曲》。所作之七言四句在后，何以颠倒时序，反而变成中宗神龙间所有之七言八句乎？将谓此等变化原不按时序，则七言八句为七言四句所变，而七言六句又何以必为七言八句所变？既可由少变多，又可由多变少，既可由前变后，又可由后变前，更成何种顺序乎？支离混乱如此，将何以为信史？窃恐二家所言之如许变化，并非唐诗事实上在变化，乃篡史者之笔端承其主观想象，在凭空变化，根本与事实无涉耳。声诗《格调》初步录声诗百五十四曲，先按五、六、七言三类及二、四、六、八、十等句数为序。在字数、句数均同之诸调中，则依其乐曲发生时代之先后，或依其始辞作者时代之先后以次之。辞前并皆著录"创始"一项，以明其调之创始时期。——如此虽觉简单机械，但并未妄生是非也。若从声诗之字数、句数以求，则诸体之间，并无由此变彼，由彼变此之迹象存在。二家纂史既须求信，何能无中生有，向壁虚造？

以上所述乃声诗本身之问题，与长短句调尚无涉。顾二家继此所言者，乃从声诗变化为长短句词之层次，竟亦沿上述之同一路线向前，彼此关系正切，结果乃益为荒远！刘氏于上文“三变而为七言四句”之语后又续曰——

> 其渐变而为长短句者，始于《一点春》，继以《回纥曲》，即由五、七言诗相合而成者也。……玄宗……有《好时光》，……疑亦五言八句诗。如“偏”“莲”“张敞”“个”等字，本属和声，而后人改作实字也。李白和之，有《清平调》《菩萨蛮》《忆秦娥》《清平乐》《桂殿秋》《连理枝》等词。其余诸家，若张志和《渔歌子》，即七言绝，惟第三句减一字，改作三字二句。……郑符《闲中好》，即仄韵五言绝，惟于第一句减二字，改作三字一句。……

此外刘氏所举长短句句调，谓于某句减四字，某句加三字等，均由五、七言句变成者，其例尚多。总之：刘氏之处理乃在若干长短句词调内，先抽去五、七言句，然后视其剩余各句中之字数如何：凡少于五、七言者，则谓其已减若干字；凡多于五、七言者，则谓其已加若干字。且其加减程度无限制，多者可达原字数一半以上，对七言可减其四字，变作三言。任意安排，漫无标准。经如此自由处理以后，固无目的不可以达，于是为作结论曰：“凡此诸调，皆由五、七言绝诗所变成。”噫！视天下事毋乃太易矣！

王《史》于此，再袭刘氏之说，而益扩大之：分析唐、五代长短句调之句的本质为五言之四句、八句，六言之四句、六句、八句，七言之四句、六句、八句，共八种。其变化方法有六：（一）句中字数凡少于认定之本质者为减；（二）凡多于认定之本质者为增；（三）单片之外有双叠；两片居多，并非真正之双叠。（四）独韵之外有转韵；包含平仄通叶。（五）又有增叶小韵；或谓之“二言短句”。（六）增字以后，破为两短句。即“摊破”。王氏共举所见《尊前》《花间》长短句四十调以为例，又为之立说曰：“就五言、七言、六言增减字句以为长短句，其迹象皆可征诸初期词调而得之。试按上述诸式指声诗本身演变部分。为之分析，则乐府变词，事实昭然，无讶于词体之突兴也。”《具体第三》又曰：“大抵中唐以前，词调犹简，韵律犹宽；下逮晚唐，益趋工巧。温庭筠《金荃》一集，新声杂起，……转换迅速，间叶短韵，所谓尽其变也。”又曰：“词体成立之顺序凡有三例：初整齐而后错综，一也；初独韵而后转韵，二也；初单片而后双叠，三也。”

观于二家此项进一步之史说，离开史实更为荒远，已甚明显，虚实有不俟辨。兹但扼要举出两点有关之现象，以供商榷——

一曰：二家之说，源于宋人“填实诗之泛声乃成长短句”之主张，但在此主张中，宋人叙唐人之所为，仅曰“添”、曰“填”，未曰“减”、曰“破”。添声之事，已迟在五代，前未尝有。温庭筠集所谓“新添声《杨柳枝》”六字，多半为后人所加。其辞实际仍是七言四句，并未见有添。沈括、朱熹认此为唐人之所为，已误，何况谓唐辞尚有“减字”“偷声”与“摊破”之一套，岂不益难！沈谓唐王涯创填辞入曲之格，今日既不见王涯之辞，又不详其法，沈氏可能有误认处，不敢尽信，语详下文。尤当指明者："减""破"等法，乃北宋人在诗乐与词乐间之所为，与唐代诗乐与词乐间之关系更何干？北宋人假托吕岩仙笔作《减字木兰花》，《全唐诗》曾收之，全不可信。二家强勉中唐文人兼用后来北宋发展词调之方法，以变诗为词，曾何凭乎？上文四、五两节指明唐、五代歌辞大部分与绝诗无干，曾严正提出宋儒之说在填与添，由绝诗变成之长短句字数只可较多，不容减少。上文第六节所举填实和、泛之例中，对《好时光》与《鹊踏枝》二调曾曰"破句"，乃因增多一二字，始破一句为二句；并非若刘氏对《渔歌子》所指，因减少字数而破一句为二句：彼此大不相同！增字有和、泛声为之基础，试问减字所凭何在？北宋减字，因偷声而减，分明是长短句内部之变化，并非齐言、杂言间之变化。"偷声"因声立说，是主；"减字"是文人因辞立说，是从。《词谱》八于《偷声木兰花》云："另偷平声，故云'偷声'"，不合。"偷"乃减省之义；至于改仄韵为平韵，何"偷"之有？杜文澜《憩园词话》一引吴颖芳论"填词"曰："或变易前词仄字而平，平字而仄；或前词字少而多之，融洽其多字于腔中；或前词字多而少之，引伸其少字于腔外；皆与音律无碍。"末层正努力为"减字"作解释，若"引伸其少字于腔外"，终于费解。惟吴氏明明指填词言，不指变诗为词言。徐棨《词通》"论歌第四"曰："词调中亦有添声减字诸例，正与唐律、绝及南北曲长短就拍之意相同。"其说亦非，唐绝加长以就拍则可，实无从缩短以就拍。二家意识，专在由诗变词，由齐言变杂言，故但见因增字而破一句为二句者。事实上唐曲字句间之变化，"破"以外尚有“连”，尚有因增字而连二句为一句者。如敦煌曲中《鱼歌子》曰：“五陵儿恋娇态女。”《捣练子》曰：“辞父娘了入妻房。”“恋”字、“了”字所为，皆连上下各三字句为七字句也。例证稍宽，视野稍广，便知事实之究竟，并不如吾人初步主观所定之简易。

二曰：声诗“言”分五、六、七，“句”分四、六、八……“片”分单、双，乃有意识之事；其数之多少，非可任意伸缩增减，漫无限制者。不然，由此等诗所变成之长短句词，在本质上，自“言”以至“片”，势必皆可此可彼，非此非彼，亦此亦彼，弹性之大如此，尚复成何歌辞？成何乐曲？例如凡八句者，亦不妨认作四句之双叠也，则八句一类可以取消；凡五言者，亦不妨认作七言减二言也，则五言一类可以取消；或凡七言者，亦不妨认作五言增二言也，则七言一类可以取消。两句三言，既可认作七言减字为六言以后之所破，则两句五言，亦可认为两句七言减字为十言以后之所破；而五言一类，又可以根本不成立。同为二、三言之叠韵句，何以在中唐乃为“增叶小韵”，在晚唐乃为“间叶短韵”？因而一则认为“韵律犹宽”，一则认为“尽其变化”，其故又何在欤？……依此类推，将矛盾百出，其说终难自圆。此果为有唐一代乐府中实际所行之法而且有迹象可征、事实可据者乎？抑或仅属刘、王二家之牵强附会，支离造作，主观想象欤？

二家之外，类此主张者，国人亦尚有在。除刘尧民《词与音乐》说所同者已见于下列专节外，兹更举三家主张以副之。

冒广生《新斠云谣集杂曲子发凡》之说《同声月刊》卷十二号。曰：“五、六、七言绝之变为小令、小令之变为长调，不外此增、减、摊、破四法。”所谓“增”，指衬，及有增字、增句、增叠；“减”，与“增”对待。参看下文第十节，对青木氏增减说之商榷。“摊”，略近于破，与增亦小异。“破”，指句法中变上六下四为上四下六，变上四下三为上三下四，变“四四四”为“六六”，变“四四五”为“六七”，变“六四六”为“四六六”等。循是以言：由五、七绝变为长短句词后，虽字数少于二十或二十八亦可，五、七言句法中，上二下三与上四下三之常格，虽不保存亦可；与刘、王二家之说颇近，与本书上文之主张则相反。冒氏校《云谣集》之《拜新月》辞又曰：“凡长调，无论字数多寡，每遍只四官韵，以其从五、六、七言绝句出，故每句还他一韵；四韵之外，皆增韵也。韵何以要增？以字句多，不增韵则嫌板疏也。”循是以言：不但长短句词中之短调，从五、六、七言绝句变来，即其长调亦从五、六、七言绝句变来。其设境之广，造意之奇，直出常情常理之外。而谓长调中原只四韵，以符绝诗四句之数，余皆增韵，作用在使原唱腔中之节拍可以充实匀称也。此种处理手法，斩截明快，诚然有之，若唐、宋燕乐曲调之发展史实，果如此乎？不如此乎？窃恐已不堪问！冒氏并指其法曰：“此粗研音乐者皆能知之，独后来词家死在句下者不知。”夫“句下”诚非吾人之死所，但若投向主观之幻想中，却亦无多活路可走。“句下”虽活，而举凡原则、系统与事实根据等等，倘无一不死，则亦终未见其果然是活耳。

刘永济《宋代歌舞剧曲录要》之“总论”内，曾指《渭城曲》曰：

歌者探以入乐时，将原诗字句裁截成二字、三字、四

> 字等部分，再重叠之，遂有《阳关三叠》的曲名。……此种叠法，且合于七言诗句组成的规律。因七言诗句本是用二字、三字、四字、五字等组成的，所以照其组成部分分截之，再将它重叠之，便成了长短句。

刘氏所举实例，乃“渭城朝雨、渭城朝雨浥轻尘、浥轻尘”，余三句仿此。或“渭城，渭城朝雨、渭城朝雨浥轻尘”。余三句仿此。按此所谓“规律”，不仅适用于七言句，即四言、五言、六言句，亦何尝不由许多二、三、四言之短语组成？实不成其为“规律”也。若先经裁截、再继以重叠之过程与成果，在唐代之史实中，究有依据否？抑全出主观想象？——值得查考。刘氏续举顾敻《杨柳枝》之有四句和声辞，谓与《杨柳枝》原格七言四句者一经比较，对于上述由裁截与重叠而成长短句之事实，乃“更加了然”。窃恐此层并难了然，因一为叠句，一为和声，性质不同，难于相混。一为裁截本辞之字句，一为外加之辞句，成分不同，又无从比附。刘氏曰：“由整齐的诗句变成合律的长短句，方式是很多的。”方式固不厌其多，惟任何方式，总须是唐代之所曾有，却无从由今人代为臆造耳。

沈知白《中国音乐诗歌与和声》谓“王衍的《醉妆词》里，两个三字句指“者边走，那边走”等。相当于一个五字句”；原辞“只是寻花柳”，“莫厌重杯酒”，均五字句。又谓“白居易的《花非花》里七字句，改为两个三字句”，意指白辞“花非花，雾非雾，夜半来，天明去”，四个三字句，乃由两个七字句改成，倘还原为七字二句，全诗便成一首仄韵七绝。沈氏具说曰：

> 民间歌曲有时为了要求节奏上的变化，而打破齐言的格律，在七字句之间插入三字句，或将五字句、七字句改为两个三字句等等，如今在地方戏曲和说唱的唱辞里，这是极为常见的情形。唐代诗人必然也模仿民间歌曲中的这种变格的句法，所以绝句之变为长短句，也不能说完全是由于在和声处填入实字的结果。

此乃对于某种现象应作如何解释之问题。今日地方戏曲用一定曲牌者已甚少，用者又未经彻底整理。执其一二现象，各凭主观，指为原是齐言，经“打破”而“相当”，已成为杂言，固无不可；若另作一说，指一二现象为原是杂言，未经“打破”，无可“相当”，亦何尝不可！但若循上文分析二史之得失以推，则沈氏此说，分明受二史之影响，承认由诗变杂言，字数可减、平仄可改种种而来，即难免与二史之说有同一之未妥。何况在方法上，从今日地方戏曲情况以逆料千余年前唐代民间情况，又逆料唐代诗人“必然”作同样之模仿，然后长短句始生，得毋有渺茫之嫌？文学史上之新文体多先有于民间，诚然；但长短句歌辞之先有于民间，自存在其确切途径；然如沈氏“打破”“相当”之说，则恐非其途径也，不可不虑。唐代民间歌曲大都在敦煌遗书内，沈氏何以不敢向敦煌歌辞验证？

十一、青木氏词格发达说商榷

青木正儿《关于词格底长短句发达底原因》一文，认为我国词体长短句之发展有五种原因。前三因总曰：“以绝句调为基础而生变格的。”正合本章论点之范围，故于此加以商榷。所谓前三因之标题曰：

（一）由于本词自身底句法底伸缩分裂。

（二）由于在泛声及和声中填充实字，加入本辞。

（三）由于在乐曲底“间之手”填充实字，加入本辞。

所谓“伸缩分裂”，歌辞随音乐而定，舍乐论辞，不合。歌辞是文学，非橡皮筋，有何“伸缩分裂”可言？用语不当，辞不达意。原文于第一原因之解释曰：

> 从唐乐底遗声的日本底雅乐，和现在中国乐曲底歌法上，来想像唐代绝句底歌法，必用着许多“磨调”（把一字的歌声延长了来唱）。这“磨调”处增加二字、三字，在声乐上是没关涉的。又省略几个不是“磨调”的部分的字，把这以前的字余韵延长，容易成为“磨调”。又由字底增减，对于原曲底音节，加以多少修正，便易于歌唱。增加文字的实例，这看元、明以后戏曲底曲辞盛行，应用衬字，便可知道此间底消息了。既有衬字，一方面减少文字之能成立，自也不能不承认了。

从作者之全文看，知其所以体认我唐代歌诗者，处处用该国歌唱之实际情况相比较，便不蹈空，是其特点。青木氏原文曾曰：“这决不是架空之论。”故文内曾引“小六节”古谣歌法，及“拍子字”“间之手”“拍子言叶”“嗦言叶”“利士姆”等日本歌法。参看四章九节所述。吾人倘于此等歌法尚不了解，实无从商榷其主张之得失。惟青木氏于引用该国种种歌法中，又参杂我宋词、元曲之情况，对我唐诗之歌唱情形殊不相符，则事实显然，为国人皆可以辨者也。例如此处所谓“磨调”者，日本乐有之，若我国古乐之说中，曾所未闻。所谓“歌声延长”，指同音阶向前作平直之延长欤？抑有韵逗曲折、抑扬高下之延长？并无说明。而此一主张之重点，尤在歌辞字数不但可增，且可以减。增者，指如元、明戏曲之用衬字，即作为其说之依据；若减之依据，究竟何在？不能答，其实毫无依据耳。顾青木氏之说，与上节所见冒氏之想象相同。曰“减”乃与“增”对待，既能增，便能减，却未省天下事物之变化各有其客观条件，若变化与变化之间，不能一概互为反面条件。按唐声诗中确有用衬字使句数增多者，详三章五节。但从未见有削减正字，甚且达几个之多者。祇须略推情况，便知事实正不容许如此。试问：五、七言绝总不过二十或二十八字，在合乐时，一般人正嫌其太少，对声曲折不敷分配，在此种情况下，尚如何能背道而驰，反有所削减？从甲调减字以成乙调，乃北宋词乐内部始有之事，并非早期由诗变杂言歌辞之法，上文已屡及之。后来南北曲中衬字、衬句诚极盛，若削减正字以成新调之事，亦从来未闻。乃青木氏想象唐代绝句之歌法，竟谓“必用”此种字数可以自由增减之“磨调”，不知何以知其“必用”，终是一种臆想耳。宋词之“减字”是否即同所谓“磨调”，仍待探讨。由此臆想产生彼杂言曲调构成之第一原因，曰“伸缩分裂”云云，其说果能成立否？便是问题。

作者“伸缩分裂”之说，不仅存于第一原因内，且贯彻于第二原因。第一原因举例为《渔歌子》《章台柳》《花非花》《忆江南》四调。对前三调所有之三言二句，均指为原是七言句，作上四下三，而因朗诵上抑扬顿挫关系，原说曰“利士姆”，未知果是抑扬顿挫否？待核。被缩去一字，变成“三三”，与其余之七言三句配合，成为长短句调。惟青木氏指明此种朗诵“不是歌唱或吟咏”，而与“剧中滑稽者所唱的念诉板”相近。既然不属于歌吟范围以内，则其事已非本书主题之所在，是非如何，自可不论。至对《忆江南》一例之缩字，及第二原因内所举《长相思》一例之缩字，据青木氏表示，与《渔歌子》等有所不同，已涉及歌吟范围，此处乃不得不加以商榷。青木氏指白居易之《忆江南》“江南忆，最忆是杭州！山月寺中寻桂子，郡亭枕上看潮头。何日更重游？”曰：

> 虽五言与七言混杂，但由五言伸为七言，由七言缩为五言，这从“利士姆”上来看，是很容易的。这一阕，也和绝句有关系。……再以实例来看：中唐刘禹锡等所作的《抛球乐》，是五言六句，到五代冯延巳等，便变为七言五句，和五言一句（第五句五字），这种例子并不在少数。这不是因为五言和七言在调子上可以互调的吗？

此处所谓“和绝句有关系”，乃指五、七绝诗之本辞中，五言可伸为七言，七言可缩为五言，而四句又不完全伸或完全缩，然后乃成为长短句。实则此说仍然支离，难于自圆。因青木氏于所讨论之对象如《忆江南》，并不具体肯定其前身究为五绝，抑或七绝，仅专就其有五言与七言混杂之现象，而笼统谓在原则上五言可能由缩字来，七言可能由伸字来而已，已令人有无从捉摸之感。且此种或伸或缩，必有动因，所为何来？不应不明。《忆江南》乃乐曲也，既非朗诵之“念诉板”，即不能指此种动因仍在所谓“利士姆”。应就乐、歌、舞三方面，另求其所以变化之真正原因，方属正办。青木氏文内一面既将朗诵范围之作用撇开不谈，一面又别无确切之道理能于指出，只就所谓五言与七言成调之表面现象，虚拟一可伸可缩之原则而已，实际何能了事？最不可通者：五言与七言间之转变姑置不论，若《忆江南》调之全阕，明明有五句，并非四句；首句明明是三言，并非五、七言。作者文内指此曲之首句曰“三言独立”，一语定案。按唐代绝诗固从来无五句之体，亦从来无冠以三字一句而又许其可以独立者。既有此三字之句与“独立”之旨作双重阻梗于其间，然后青木氏所谓“这一阕也和绝句有关系”之说，已不攻自破矣！《忆江南》调直是隋代所创杂言中独自生成之曲调，若从平实处看来，其体与诗诚有何干？何必定欲扭入诗体？至于《抛球乐》调，早期有五言六句之声诗，晚期又有七言五句带五言一句之长短句调，亦并不足以证明“五言和七言在调子上可以互调”。因此一例中只包含先五言、后伸为七言，并不同时又包含先七言、后缩为五言也。只有片面，并无双方，“互调”云云，何从说起？凡由少增多，合乎宋人填充实字说之常态，犹或为部分事实所许可；若由多减少，不合所谓填充之义，于旧说固羌无依据，于旧辞亦只例难求。所谓由七言缩为五言者，明明是一种空想而已，而作者犹曰“不是架空之论”，何欤？此番谬论，邻邦汉学中之邪气，惟有扬起大风，予以吹散，毫不容情。

在第二种原因中，青木氏对所举之例《长相思》，曾逐句注明其性质如下，——

深画眉，浅画眉，蝉鬓鬅鬙云满衣，阳台行雨回。

（三言）（三言）插入（七言）第一句（相当于七言）

（五言）第二句

巫山高，巫山低，暮雨潇潇郎不归！空房独守时。

（三言）（三言）插入（七言）第三句（相当于七言）

（五言）第四句

并曰："这是七言绝句形中，二句缩为五言，再插入六言二句的应作"三言四句的"。泛声、和声，变为本词的遗形的例。"统观此说，实亦作者之一家言而已，若验诸理解，依然窒碍不通。如（一）和、泛声及其填充，何以皆当头设在每片之开始处？详下文。（二）二句缩为五言者，何以又都位在每片之结束处？其所以必须缩字之动因又何在？详上文。（三）试照作者之意，将两个七言之句及两个相当于七言之句，联缀以观——

蝉鬓鬅鬙云满衣，阳台行雨□□回。暮雨潇潇郎不归！空房独守□□时。

凡"□□"，皆被缩字之处，其通首之平仄与叶韵果尚成七言绝句否？今知在同一七言四句中，有种种不同性质，不必皆合于唐代之"绝句形"。故上文曾言填充虚、泛，由诗变词，只能变在字数，不能兼变及平仄、叶韵，因"填充"二字之最大含义终限于数量，不能兼及质量！综此数端，所谓由诗变词之第二原因，亦殊不成立。不能研究音乐，凭唐曲子之杂言形式来迁就七绝诗型。

上文所提填实和、泛，皆冒于每片开端处，在作者文内，尚另孳乳出不妥之说，兹应详之。作者一贯认和声为专属于旁人随和之声，认泛声乃虚声，乃"拍子字"，为拍子而设，所以补足乐章本文于乐曲不足之部分者，因曰：

泛声与和声，如前所述，有截然的区别。但它们底形

> 式对于本辞，有插入句的性质，这一点是一致的。因此，在这上面，以实字填充，加入本辞，在诗形上，便发生两者类似的结果。

其要点在和、泛一经填实以后，对本辞以言，便成为插入之句，而长短句乃产生。作者于是指王建《调笑》之起句“团扇团扇”、白居易《长相思》开端之“深画眉、浅画眉”，亦皆为填实和、泛以后所成之插入句。按我国古曲调之发端处，不分唐、宋，均甚重要！所谓“起调毕曲”之“起调”，与“换头”或“第二换头”等，同为声乐方面有特殊关系之处，不容轻易措施。就辞说，亦地位不同，只接有下文，并无上文可承。则凡此曲调当头之第一二句，姑不问其来历如何，专就形式看，又何得谓之“插人”乎？谓之“冠句”或可。再查唐诗和声之一般情况，乃插在句中，或挂在句尾；若歌唱之一般情况，又独唱以后，方有同声和唱。事实上除作号头以齐众力如《得体歌》。外，何至于开端便用同声和唱？既为应有之拍节，更何至于在曲调开始处即深感拮据，难以自给，而有赖于虚、泛也者，来作臂助乎？——凡此种种，不敢谓日本歌唱中无之，若谓我国古代乐曲歌唱中亦如此之怪，则凡为国人皆有常识在，谁信之！从诗乐上填实和、泛以成词调，诚然是我宋人之主张，颇得宋以后国人之信从。但经作者手，造出如许之发展，并谓其曾起如何作用，又大都离开我之国情远甚，国人果仍以信从宋说者，转而信从作者此说乎？果作者为我宋说所误欤？抑我宋说将为作者所误欤？

作者指第三原因乃填充“间之手”，以加入本辞，实已无讨论之必要。因作者谓“在那诗乐已亡的今日，已不能论证；只于理论上准诸和声、泛声推测，也可有这种情况”。所谓“间之手”，未见详解，只指为“有曲无辞”部分，仍然是泛声耳。徒因在日本歌唱中有此名词，青木氏遂因名设例。诚然，如《宴桃源》之乐曲并不传，敢问所谓“有曲无辞”部分，将何从指定？而作者举例，竟谓白居易此调之辞中“肠断肠断”是“填充泛声”，“见了又还休”是“填充间之手”，原辞云：“前度小花静院，不比寻常时见。见了又还休，愁却等闲分散。肠断、肠断！记取钗横鬓乱。”不知究用何种标准而云然？殆以意为之耳。惟此例有一特点：作者认为是就六言绝句之基础以考察者，在五绝、七绝之外。上文第六节所陈填实和、泛声之十六例中，属于六言为骨干之一类，亦即所谓六言绝之基础者，只备得一调而已，倘能因此而有所补充，甚好；而惜乎《宴桃源》调之情形于此尚有所未合，终于难为补充也。

综观作者所举“以绝句调为基础而生变格的”原因中，绝句已遍及五、六、七言之体，变格只是“伸缩分裂”与填充和、泛两种而已。其缺点与上举我国刘、王、冒三家所有竟不约而同，都在过分扩大所谓“变”之范围：不但能增字，且能减字；不但能变字数，且能变及平仄、叶韵。照此变去，势必一面离诗之基础太远，一面又认词中一般之短调皆由五、六、七言绝句变成而后已，显然难通。据作者文内举例，相信《渔歌子》《章台柳》《花非花》《忆江南》《调笑》《长相思》《宴桃源》《抛球乐》冯延巳体。八调，其前身皆分别是五、六、七言绝诗，乃此八调竟无一在上文第六节所举填实和、泛声十六例之内者，何欤？足见作者原文之与本书，彼此所取途径与标准，显然皆有不同。本书主严，而作者主宽。严则可信之程度尚不难维持；宽则臆想近于幻想，事之可信者，将愈益低落，终觉多一事不如少一事矣。此中孰得孰失，不可久悬，愿由中、日两国学者，来作共同之衡定。

十二、声曲异型说

本章开端曾列举有关原则之九个问题，兹通过上文所云种种之剖析，除第三问外，余已大致解答。若再将上述种种综合以观，对于第三问，亦即有以解答，不烦另求。盖声诗极盛时期，即已有七十以上之长短句调同时流行，其中之极少数可能由五、六、七言声诗之和声、泛声填为实字变化而成，字虽增多，其声乐当仍与声诗原用者同。若谓盛唐所有之长短句调全部皆由五、六、七言声诗变来，显不足据。然则其大部分之长短句调果何自而生乎？此事在四章三节亦曾大致提及，另于《唐杂言》稿内作正面解释；兹因本章对于有关理论所破者已甚多，而所立者究竟如何，不能无一确切表示，因再括其纲要，于此明之。

隋承六朝清商乐之“华夏正声”，又习龟兹乐之五旦、七声、三十五调，更容中外合参之西凉乐特别风行——三者各擅所长，同域并兴，于是音曲空前富有。清商辞向来齐、杂并用，于二者无所偏倚；胡乐与西凉乐配辞，亦兼赖齐、杂两用，方能满足曲调之宜。乐之有中、外，言之有齐、杂，四点除平行结合外，复交叉结合，且同时并存，初无先后之参差，亦无迎拒之判别。清乐并不拒杂言，胡乐并不拒齐言。史乘所见正如此，均灼然有据，并非臆想。此种大情势，沿隋入唐，降至五代，一贯无改。兹得以六字概括之曰“交叉律”与“共存律”，足以破自宋以来有关唐艺之种种误解。在盛唐时，因人事、人力空前繁茂，乐舞伎艺变化多端，音曲与歌辞之造诣乃益为迈往。当时分属于太常大乐署之道调、梨园法部之法曲及内外教坊之胡部新声，或为朝野所共赏，或为皇帝所特好，只见其齐头并进，未见其有此亡彼兴，此荣彼悴。自敦煌曲辞近千首经著录后，此种大情势乃再一次被证实，无可怀疑。吾人面对此种大情势，倘从歌辞齐、杂言之不同去想象当时情况，应知当时乐曲必然存在两个类型：一乃适宜于结合齐言之歌辞者，一乃适宜于结合杂言之歌辞者。说明长短句歌辞与声诗，乃因声乐类型上之歧异与发展，分别随之兴举，并非因声乐缺陷上之补救与蜕化而有所改造与被改造。惟其先了解上项之大情势，乃不至将隋、唐乐曲简单化，不至以矛盾意识，一面仅承认其有某一类型而已，而同时又深感其不足。于是头痛医头，脚痛医脚，以期弥补并非缺陷之缺陷，多见其自扰矣。至于两型乐曲同时并峙既久，自不免有小部分之彼此交流，有若上文十五例中所见，固无足异。五代以后，在文人欣赏中虽多嗜好转变，取“杂”舍“齐”，但民间歌唱中齐言之声乐依然流被，事实上并未衰歇。除非吾人固守封建传统，强以文人歌辞代表社会所有之全部，绝不考虑广大民间之所有耳。民间之说，有全部敦煌曲内齐言歌辞为据，下文八、九两章内，反映尤多，绝不渺茫空洞。至于隋迄五代之三百七十余年中，齐、杂言歌辞分镳并骋，共存共荣，透过本书之阐发，既已为明明白白之史实，诚无从抹杀不顾也。

上项一家之言，并不孤立。兹酌举四说之义理相通者，以佐证之。

中唐元稹《乐府古题序》内先指“操、引、谣、讴、歌、曲、词、调”八体曰：

在音声者，因声以度词，审调以节唱。句度短长之数、声韵平上之差，莫不由之准度。……备曲度者，总得谓之“歌曲、词调”，斯皆由乐以定词，非选调（词）以配乐也。

注意！此处“词”字皆“辞”字之省文。何谓“由乐以定词”？即“依调填词”，多指杂言歌辞。何谓“选调以配乐”？即“引诗入乐”，多指齐言歌辞。曰“选”，选其乐型与诗型五言或七言，四句或多句。大致相合者，彼此斯可“配”。元《序》续指“诗、行、咏、吟、题、怨、叹、章、篇”九体曰：

由“诗”而下九名，皆属事而作，虽题号不同，而悉谓之为“诗”可也。后之审乐者，往往采取其词，度为歌曲，盖选词以配乐，非由乐以定词也。……后之文人，达乐者少，不复如是配别；但遇兴纪题，往往兼以句读短长，为歌诗之异。

全说含义，不尽明晰；用名时而混乱，曰“词”，曰“诗”，曰“调”，每每通假不严。揣其大意，乃着重说明声、辞配合之方法与途径，分出“由乐定词”与“选词配乐”相互对峙之两壁，但辞有“句读短长”与无所短长之二体，乐有准杂言曲度者与准齐言曲度者之二型，亦灼然见于其中，读者所不当忽。元氏仅就当时所曾接触之现象，抒其个人之体会如此；若从多方推究，便觉其仍有未经接触以致体会不及者在，非事之全面也。姑就其说以验：大概以乐为本位，歌唱悉以辞就乐。“由乐定词”者，乐为准度，不动，而动在辞之字句损益；“选词配乐”者，乐为归依，亦不动，而动在辞之章解取舍。是乐显有二型，分别合词合诗，不能互易，其现象始如此。并非乐无所分，只是一型，始均配诗，嫌其不协，遂损益字句以求协，杂言于是乎生也。

张长弓《中国文学史新编》第四四节。曰：

> 盛唐时代新兴的乐曲很多。……在音谱上，填入适合的文字，那是可能的。《长命女》……其歌辞为岑参五律之前半，《何满子》……中有“浮云蔽白日”之句，想为适合其曲调，而截取古诗的一部分。又有《啰唝曲》，……所歌为五言绝句，大概原曲之音节合于五言绝句之故。因之，我们可以说：如某曲辞是五、七言绝句，是五、七言绝句合于某曲，其绝句并非表示某曲的音节。由此，我们可以知道：唐代用的乐曲是非常复杂的。在其间，也常用五、七言的律、绝诗，……在律、绝以外，适应于乐曲的还有不少的词。……词之起，是适应于乐曲的原故。

张氏意在齐言与杂言之用，均为适合其曲调。歌辞用诗，诗句之齐整并非即反映其曲之音节亦齐整，故张氏不信填实泛声、诗变为词之说，曾曰：“至于说由泛声中填以实字，那是根据五、七言的近体诗而加以想象的话。”此处曰“词”，若属唐，应改称“曲子”。唐代不能有宋词之“词”，张氏不察。

铃木虎雄《词源》有曰：

> 我以为词这东西，并非单由诗底歌法导诱而产生的，是写乐曲及声曲的东西。

谓长短句不全由诗句改造而成，且因直接表达乐曲或声曲而成；换言之：词乐有独立生成者，长短句乃词乐之产儿也。

目加田诚《词源流考》有曰：

> 凡所谓“曲子”与“曲子词”的名称，原来都是由于实际所歌的乐曲而起的。
>
> 唐初唱绝句之时，它是适合于谱的。其后由于音乐渐次变化，才产生与此相应的新长短句。
>
> 因为曲谱常常产生新的，所以在唐初歌曲里，由前代传下乐府的曲也有几分，又有民间歌谣；至边地音乐大量移入后，风靡一时，如此进入音乐极盛期，遂盛唱新声了。……换言之：即适于长短句，而以长短句为必要的音乐流行起来了。
>
> 认为词既是活生生的歌曲，尽量地常常变化，应从它产生出来的新的歌曲本质上着想，不应单从形式上去看，才不至陷于机械地武断。

目加氏重视配合长短句词之乐曲，而不单从其辞句之形式着眼，认为此种乐曲之有，是“新的产生”，当然便非旧的改造；肯定其为音乐自身之“尽量变化”，当然更非人工就齐言歌辞去扭捏改造；指明此种变化所得，乃本质上专一适合于长短句之乐曲，然后知长短句歌辞流行之真正原因即在此。目加氏所谓唐代“音乐极盛期”能于盛创新声，乃包含前代乐府、民间歌谣与边地音乐三种来源，并非专限于外国音乐大量移入之一端而已，此义亦甚正确，且颇重要。说中谓“曲谱常常产生新的”，与张氏“新兴乐曲很多”说相合，比较明确。又谓“由于音乐渐次变化，才产生与此相应的新长短句”，与元稹乐不变动之意相违。乐究因何而变化？其乐始配杂言乎？抑配齐言乎？未究。于诗乐本来稳健，词乐出于新兴诸义又相抵。——此其说之较支离处。

融会古今中外四家之说与本书之所主张，初步作结曰：自隋以来，便是诗有诗之曲，杂言有杂言之曲。诗之曲辞用诗，终于是诗，无变；杂言之曲辞用杂言，原本即已是唐杂言歌辞。彼此各得其所，相得益彰。诗乐自始即健康，并未因穷蹙之故，而中途蜕变。杂言之乐自有其领域，亦不俟诗乐退而让位，始有以立足并发展。若其甚少部分，因共处而交流，互相影响，自所难免。

上说中虽同样带有臆测成分，论证犹待补充，但按诸实际与大体，都能通过，乖忤较少。视前人及近人主张，有如四章及本章所举者，此说实称稳健而自然。在我国文学史上，齐、杂言间之关系如何，问题颇占重要，不应听其久悬不决。愿国人关心其事者，对于本节所责种种，详加审谛，以验其果有裨于事实否。末章平议中之有关各条，并可参考。一般学术研究内之假说，凡一时无从实验、尚凭臆测者，成见最易误事！本节之所破，颇有认为是成见者；至本节之所立，是否便无成见于其间乎？亦尚难言。成见之甚者，将转入幻觉，则更易误事。余冠英《七言诗起源新论》有曰：

> 七言谣谚和其他七言韵语之流行，早于五言。这可以打破“七言晚于五言”的成见。有些人泥于“文体由简而繁”这一个公例，确信五言诗未产生以前，绝不会有七言诗；对于产生较早的七言诗，便据这一个理由，判定为不真，未免为自己的幻觉所欺骗了！

此所谓“幻觉”，正是成见之更进一步。此一事例甚好！可以协助说明声诗与长短句词间之实在关系。盖文体由简而繁，既然并非唯一之公例，则较繁之长短句辞，有时且可超越较简之声诗而先有，并不足怪；如梁萧衍作长短句之《凤台曲》，早已带和声而演唱，唐李白之《凤台曲》犹是五言八句；杂言之《浣溪沙》在前，而齐言之《浣溪沙》反在后，见上文三章三节。皆是明例；何况歌辞齐、杂言二体乃同时并兴，初无先后，从某一二调看，则齐、杂言各有先后，当更不是问题。倘限定杂言必出于诗，不容别有来路，于是在转变之过程上，不惜多所造作，以固其说，非余氏所谓“为自己的幻觉所欺”而何？爰借他山，再资攻错如此。或曰：杂言《浣溪沙》既在齐言者之前，准此，由诗变杂言之过程中，字数有减，应无不可，上文何以坚持其只能增、不能减？曰：此由杂言辞到诗，顺其势，可减字；彼由诗到杂言辞，顺其势，当增字，原以符合宋人填实和、泛之说耳。事有不同，故应增应减之原则亦相异，至于各顺其势，则仍相同。若只求利于立说，遂不凭实际情势，恐仍不免于成见耳。齐言《浣溪沙》之有，多半直接生于诗乐，且未必即由杂言减字而来。

词学研究

南宋词之音谱拍眼考

一 引言

词乃完全合乐之韵文，而其乐失传已久，元以后即多不能歌，论者惜之。顾歌必有谱，谱必有拍；若有谱而无拍，除非散序、散曲子乃可，否则不能成乐也。且南宋词之所谓谱者，与后世曲谱制度，不尽相同，盖其谱字不仅表示音阶高低而已，又另有表示声音之迟速，及吹擫箫管之指法者，杂于其间。张炎《词源》中有“管色应指字谱”，意乃“管色字谱”与“应指字谱”两种之合称也。管色字谱即表示音阶高下者，五、六、工、尺、上等是也；应指字谱即表示指法迟速者，丁、抗、掣、拽、顿、住等是也。宋乐之全谱，自来知有《乐府混成集》一书。据万历三十三年所编内阁书目之纪载，此书“内有腔、板谱，分五音、十二律类次之，原一百二十七册全”。所谓“腔、板谱”者，应是腔字、板式二者兼备之谱也。可见此书若传，则宋词之音谱与拍眼如何，原皆不成问题。此书既佚，今所得见之词谱，惟有姜夔《白石道人歌曲》一种而已，其中既无拍板之式，所谓管色字谱，与应指字谱者，又疑其混杂一处；而字迹波磔，数百年来，展转翻刻，于描写刊凿之间，复因毫厘而至千里，以致今日用《朱子大全集》，或《词源》，或《事林广记》等书所以译谱字者译之，总难完全贯通，强被箫管，实拗戾不成腔韵，绝无张炎所谓抑扬抗坠，清圆流美者。盖今日非有如《混成集》者完备之书，或其他清晰严整，正确统一之宋刊本歌谱，重新发现于当世者，词乐之谱字，殆难以确定而明显矣。然除却谱字与板式之外，固尚有音谱之说，与拍眼之说在，可供学者研究，谱字之翻译既有所难通，不妨转换趋向，先求通解其说也。按其说俱见于张炎《词源》之内，即其他宋人之笔记中亦间有之，特甚少耳。后人于此，偶具疏解，尚少贯穿，且凡究词乐者对之皆不甚注意。以愚综合观之，其说虽亦不能清晰正确，要其模糊影响之处，未必如谱字之甚。兹特以《词源》为主，以其余为辅，成此考略。明知单说不足以有为，特冀谱字一旦修明，则可以互相为用，而宋人词乐，或者尚有通晓之一日，不必如清人许宝善、谢元淮辈，于无聊之极，一意以昆腔唱宋词也。惟材料既少，又非知音，不免暗中摸索，舍谱倡说，徒事考证，终是纸上谈兵，无多足取耳。世有牙旷，何不启而正之？

二　总说

欲考宋词音谱与拍眼之说，最好仅限于南宋，因北宋情形如何，更鲜记载，是否与南宋全同，亦无凭证也。未考南宋词乐之谱与拍，需先知南宋时词之体类共有若干，即以之为纲领，方觉便利，因词谱与拍，固随体而异者也。南宋词类，共有九种：纯粹属词者五，兼合古今之曲体者四。由短以及长，则一曰令，二曰引、近，三曰慢曲，四曰三台，五曰序子，皆纯粹词体也；六曰法曲，七曰大曲，上继隋唐之曲体者也；八曰缠令，九曰诸宫调，下开金元之曲体者也；——此九种名目，皆见于《词源》论音谱与拍眼两节内。三台与序子，自来词人皆一概目之为慢词，不知按诸拍眼，则二者与慢词绝对不同，应另是两体。法曲、大曲，向有王静庵先生之《宋大曲考》一文，久白于世。诸宫调于先生《宋元戏曲史》内亦多说明，惟缠令与缠达，乃唱赚之二种，先生认缠达为传踏，因其字音相近，恐并缠令亦认为传踏矣，其实非也。近人有署南吕者，有《词调之研究》一文，载在旧日《时事新报·学灯》内（约在民国十年左右之报中，其详待查），谓“词视拍节，可分多类，百字以内，有令有破、有引有近，九十字以外有慢”，则谬误殊甚。盖破乃法曲、大曲之唱名，《词源》中“破、近”二字，曾一度联称，“破”字乃指法曲、大曲两种而言，何能限之在百字以内？至于慢曲在百字以外，《词源》亦有明文，九十余字，未必是慢也。总之，若执今人而问以宋词体类若干，必对曰令、引、近、慢耳，他非所习矣；其实令、引、近、慢，不过是寻常散词，乃词中最普通之一部分，若欲得词体之全，终必依张氏之说，有上列九种也。

《词源》原有上卷之《讴曲旨要》三十二句，及下卷之《音谱》与《拍眼》两节。兹先就上列九体，系其说之可以分属者，列表如下（编者按：见下页），其为数体间所共有之情形，或不便分属者，则详于下文之说明中。其非《词源》原文所有者，则加括号（ ）以分别之。

三 令

令为唐五代时歌唱极盛之体，至南宋作者较少，歌者亦不重视，此乃词乐变迁之所致也。九体之中，令之谱拍，独鲜材料考明，惟《词源·讴曲旨要》首句曰：“歌曲令曲四掯匀。”谓“歌曲”者，乃《旨要》全部引起之辞也；谓“令曲”者，即指令之一体而言；“四掯匀”者，每首令曲，其节拍乃四掯排匀也。“掯”者，亦拍耳，与敲、打为一类。凡谱中若另有拍，则此三者退而为眼；不然，此亦即是拍耳。《旨要》曰：“官拍、艳拍分轻重，七敲、八掯靸中清。”先言拍，继言敲、掯，可见敲、掯乃次于拍而同于拍之举动也。郑文焯《词源斠律》曰：“掯近于打，犹虚拍也。”意亦相合，惟虚拍之名未妥。令之节拍，全部惟有四掯，若掯皆虚拍，则令之实拍何在乎？南吕《词调之研究》内谓“令曲最短，节奏繁促，以掯分之，略住而已”。所谓节奏繁促，乃缠令，与令词无关，南吕盖误认缠令为令也；隐去张氏四掯之数不提，但含浑谓“以掯分”者，盖别有躲闪，详下文。

又所谓“四掯匀”者，乃指一片之中而言，若为前后两片之令，则无论换头与否，前后各有四掯，而全首总为八掯匀矣。张氏凡言各体之拍，皆指一首中之每一片而言，并非概指全首而言，参看下文。

四 引近

引与近，两名也，名虽异，其实相同。其命名之由，宋人无明文，清宋翔凤《乐府余论》内有所解释，亦不惬人意，兹篇专考谱拍，此外不泛及焉。南宋之时歌者，最重法曲、大曲、慢

名称	创始时代	唱名	片数	乐器	拍具	声音	音谱	拍眼
令	唐		（一或二）					四揞匀。
引近	唐	小唱	（二）	哑筚篥			有顿，不叠。	六均。
慢曲	唐	小唱	（大头曲二） （叠头曲三）	哑筚篥	以手拍	清圆	有大小顿，大小住，掣、拽等字顿不叠。	有打前拍、打后拍，前九、后十一；除去四艳拍，则前后八均拍。
三台	宋		（三）					慢二、急三（共三十拍）。
序子	宋		四		拍板			其拍颇碎。
法曲	唐		与大曲相上下	倍四头管	以手拍	清越	称停紧慢，调停音节。	与大曲相类。散序无拍，歌头始拍，中序正合均拍。
大曲	唐	曲破	（十至二十四）	倍六头管	以手拍	流美	同法曲。	每片不同：前衮、中衮六字一拍，煞衮三字一拍。
缠令	宋	（唱赚）	（首尾成套）		拍板（鼓）			多用序子之拍。
诸宫调	宋	嘌吟说唱			手调儿（鼓）			

曲，若引、近，不过辅佐之歌耳（《词源》曰："法曲、大曲、慢曲之次，引、近辅之，皆定拍眼。"语意甚明，乃郑文焯《词源斠律》谓"辅之"二字，指着《词旨》之陆辅之而言，不免可笑）。且对法曲、大曲而言，则引、近与慢，同为小唱。凡小唱须唱得声字清圆，以哑筚篥合之，其音甚正，用箫则不及，其说俱见《词源》内。又引、近音谱中亦有顿声，顿而不叠，与慢曲同，详下文。

引、近之拍，与法曲、大曲内之入破同，每片六均。六均者，前后片中，各有六拍排匀，而共有十二拍也，参看下文慢曲之八均拍；《词源》曰："引、近则用六均拍。"《讴曲旨要》曰："破、近六均慢八均。"是其说之所本也。词调中有〔郭郎儿近拍〕〔隔浦莲近拍〕〔快活年近拍〕等，所谓"近拍"，概指六均而言；调名之下赘此二字者，不过表明其属近之体，而用近之拍，犹云某某令、某某慢耳。

五　慢曲

慢曲唐时已有之，至宋方盛，至南宋极盛。《词源》曰："慢曲不过百余字，中间抑、扬、高、下，丁、抗、掣、拽，有大顿、小顿、大住、小住、打、掯等字，真所谓'上如抗，下如坠，曲如折，止如槁木，倨中矩，勾中钩，累累乎端如贯珠'之语，斯为难矣！"此其所云，乃慢曲音谱之情形也，在九体之中，最为复杂，故张氏以为难。"丁、抗、掣、拽"者，与"抑、扬、高、下"语性相同，皆陈相对之义，即丁之反面为抗，而掣之反面为拽也。惟此四字与下文之顿、住、打、掯，及此外之敲、反、折，共十一字，实皆音谱拍眼中之专门语。大概“打、敲、掯”三字以言拍之动作，而其余八字，皆以言音之状态，歌者必示之于喉，而吹者必应之于指者也。就中丁、顿、住、拽为一类，乃音之迟者，抗、反、掣为一类，乃音之速者，兹分订如下，折则作别论焉。敲、反、折三事，《词源》虽无明文属慢曲，而慢曲中亦必有之，兹为叙述便利起见，悉见于此。

丁、顿、住、拽。此四字皆言字之停顿，而音之延长也。《旨要》云：“丁住无牵逢合六。”“丁”“住”二字联举，可见其为同类。“顿”读平声，一作“敦”，一作“墩”。《旨要》云：“大顿声长小顿促（‘促’谓比较大顿为促），小顿才断大顿续。”原注云：“顿，都昆切。”而“丁”与“顿”乃音之转，其实一也。故《事林广记》载《遏云要诀》，论唱赚之唱法，有曰：“欲有墩、亢、掣、拽之殊。”《旨要》又云：“顿前顿后有敲掯，声拖字拽疾为胜。”又云：“反掣用时需急过，折拽悠悠带汉音。”明王骥德《曲律》载《乐府浑成集》林钟商一调之目，其中有“丁声长行”一项。元燕南芝庵《唱论》举曲之各声，其中有“敦声”一项，又记歌之格调，其中有“敦拖呜咽”一项。所谓“牵”，所谓“声长”，所谓延长“悠悠”，所谓“声拖字拽”，所谓“长行”，所谓“敦拖”，皆一义也，皆音之也。因延长之程度不同，于是有大顿、小顿、大住、小住之分。延长之程度，以当字多寡量之。当字之说，详于沈括《补笔谈》：“乐中有敦、掣、住三声。一敦、一住（沈氏此所谓敦、住，乃张氏所谓小顿、小住也），各当一字；一大住当二字；一掣减一字——如此迟速方应节。”按沈氏之意原甚明白，掣乃声之急处，将两字之音长，并成一字；小顿与小住乃音之缓处，本字之音长以外，又延一字之长；大住则更缓，本字之音长外，又延二字之长。掣与大住乃两极端，而小顿、小住，则居间也。

后人于此之解释，可以称述者有四家——方成培《词麈》曰："敦声者，重抑按而徐也；掣声者，或轻或重，连抑按而疾也；住声则在敦、掣之间，或一敦一住，或连掣而一住也。"揣其语意，视"住"为"敦"与"掣"间共有之继续动作，而不以"顿"与"住"并列，又解沈氏所谓"一敦一住"乃一敦之后，又有一住，并非一敦或一住。郑文焯《词源斠律》因其说，牵混纠绕，反不明白矣。《词源斠律》释"丁住无牵逢合、六"曰："合字音浊，六字音清，同配黄钟，而抗坠之音，相去太远，故须以丁、住过度。无牵者，盖谓不当字也。"此其解释"无牵"之意，与上说合，惟过度之说，含糊不明，殊难取信耳。南吕《词调之研究》中所释，则大不然。伊目"丁住"二字为一事，乃大住、小住之外之第三种住，且谓用于每片之末。其言曰："丁住停声当二字，经时最长，亦按一拍。此则在词调前后阕末，与杀声相合，故春水谓'大顿小住当韵住，丁住无牵逢合、六'。合、六是正宫杀声，此举宫调之首调以为例，故云尔也。"按合、六确系第一宫调正黄钟宫之杀声，举首调为例，以概其余，亦容或有之，殊见述者思想之颖悟；惟释"无牵"为"停声当二字，经时最长，亦按一拍"，则太觉离奇；而略去大住（参看下文），定出丁住，亦毫无根据。以上二家之说，各有短长，究竟如何，犹待考证也。又所谓顿与住者，乃一句之中，唱至某字而顿住，但延长其音，一时不连接吐出下字也；字虽顿住，而音实延长，与后世昆腔内短腔之顿住，显然不同。乃近人王季烈《螾庐曲谈》曰，今人唱曲，遇上声字用“霍”，“霍”即古所谓顿音，与唱去声字用“豁”者反。又曰，霍音乃上声字，初唱稍高，即又转腔落低也。欲短不欲长，一出即须顿住。王氏指古所谓顿音者乃如此，岂非误会乎？又《词源斠律》中谓拽即周邦彦《瑞龙吟》调所谓双拽头之“拽”，因谓“拽宜用之曲中过片”，恐亦近于附会也。

大小顿、大小住之别，在大顿、小住用于句末叶韵处，而小顿、大住则用于句中或句末不叶韵处，因《旨要》有“大顿小住当韵住”一语，推想其为如此也。南吕《词调之研究》中谓“大顿多当句中韵，或节中韵”，全然不合，因大顿乃一调中常有之音，故张炎有“小顿才断大顿续”之语，句中韵乃罕见之物，一调之中，那有如许句中韵以应大顿耶？至于所谓“节中韵”，则不知何指，节为何物，亦莫名其妙也。又凡有缠声之处，顿与住之为用亦各别，因《旨要》有云“住乃哩啰顿唛喻”也。又慢曲及引、近之顿处，其声不叠，因《旨要》有云“慢近曲子顿不叠，歌飒连珠叠顿声”也。郑氏《词源斠律》云：“顿必当字，叠但复其字中之声；若叠、顿并用，斯字字轻圆，古人谓之‘如贯珠’是也。”按如此云云，何谓当字，何谓复其字中之声，愈说愈不明白矣。信如其说，叠、顿不并用，则不如贯珠而不轻圆，彼慢、近者，既顿而不叠，岂非无复轻圆如贯珠之望？试问张炎《词源》内，又何以明言慢、近为小唱，而其声清圆欤？郑氏盖牵就“连珠”之字面，以为解释如此，其实未必然耳。

惟前引《旨要》有“顿前顿后有敲掯，声拖字拽疾为胜”二语，今归纳各方面之说，丁、顿、住、拽，实皆音之迟者，何以“声拖字拽”又以“疾为胜”？其语意何属，抑有讹字，亦待考者也。

抗、反、掣。此三字皆音之急者也。《旨要》云：“抗声特起直需高，抗与小顿皆一掯。”郑氏《斠律》云：“抗声无依附而起，故宜高，所谓‘上如亢’也。与小顿皆一掯者，一顿当一字，抗声压字而起，声出字上，故皆以一掯收本字之音也。”按抗既与小顿同当一掯，故知其音不但高，而且急。又南吕《词调之研究》内，谓“调中过处，声音高起，是为抗声”。过处即前片既完，后片开始之处，其声音何以必定高起？抗声何以必定限在此处？实不可解，且亦不知其何本。掣之义已明于上文所引《笔谈》，“一掣减一字”是也。减一字乃二字音长减剩一字，一字音长只当半字，其音自急，故《旨要》曰“反掣用时需急过”也。惟反与掣之分别，不知又在何处。《事林广记》卷九纪音乐，有所谓《总叙诀》者，前四句曰：“折声上声四位（此‘上声’之‘声’，恐系讹字），掣声下隔二宫，反声宫闰相顶，丁声上下相同。”折、掣、反、丁，四声既经分别，可知《旨要》所谓“反掣”，并非一声，乃反与掣两声也（此四句未详来源，朱载堉《律吕精义》引之，原文未及检。方氏《词麈》又引《精义》，而谓“丁声未解”。按方氏前已解敦声、住声，此独未解丁声，其未贯通也如此）。《广记》又载《寄煞诀》曰：“土五、金水八，木六火无凭。轮顶两斯顶，折、掣四相生。谱中无乱笔，敦指依数行。”（“敦指”之“指”，恐系讹字）凡此所以释反声之如何相顶，折、掣之如何相生，以及释丁与敦者，皆未明其说，亟有待于知音者之疏证也。

折。折之为义，在词乐音谱中有三说，因所见材料尚少，于三说明知其必贯通，而仍有所未明，故仅陈其说，有待知音者加以论断也。上文所引《事林广记》语，以折与掣、反、丁三声并立，其《寄煞诀》中且谓"折、掣四相生"，是折有同于掣者也；《讴曲旨要》又谓"折、拽悠悠带汉音"，是折又有同于拽者也；足见折之作用，兼有于缓急二类声音之间，此第一义也。姜夔《白石道人歌曲》于《越九歌》后，载有《折字法》曰："篪、笛有折字。假如上折字，下'无'字，即其声比'无'字微高；余皆以下字为准。金、石、弦、匏无折字，取同声代之。"此所谓"折"，乃折向高处者，第二义也。《词源》与《事林广记》之《结声正讹》一节内，共分六条，其中有"折""不折""折而下""微折而下"云云者凡五条；沈括《补笔谈》曰："合字无折一分，折二分，至于折七八分者，皆是举指有浅深，用气有轻重。"此所谓折，皆折向低处者，第三义也。第二义不观实例无以明，兹录《越九歌》内《庞将军》及《蔡孝子》二歌之末章如下。《越九歌》虽为古乐府而非词，然为其谱字未用符号，明白无讹，兹特藉以明折字之情形耳。

南 应 折字 应 蕤 林 南 应 南 太清 太 姑 折字 姑
尔 泽 毋 三，尔 熙 毋 五。益 严 祀，其 终 古！

按：益字，谱通行本作"林"。兹从影宋本改为"南"。

无 太清 黄清 无 林 夷 无 无 夷 林 仲 大 夹 仲 夷 无
雨 鸣 荷 兮 风 入 苇，若 伊 优 兮 泣 未 已。率 我

太清 黄清 无 仲 夷 黄清 无 夷 折字 无
子 兮 与 弟，屋 阳 阿 兮 招 尔。

《蔡孝子》乃《九歌》之末一篇，其后即载《古今谱法》与《折字法》，姜氏特引上文之较近者为例，故曰如“招尔”二字之谱，上折字，下“无”字，即“招”字之声，比“尔”字之声“无射”微高也。盖凡折字者，其声皆以下字为准，如“毋三”二字，“毋”字谱之折字，乃以“三”字谱之“应钟”为准，“终古”二字，“终”字谱之折字，乃以“古”字谱之“姑洗”为准也。“为准”者，非相等之谓，乃比较微高之谓也。

姜氏所谓“下无字”，此“无”并非“有无”之“无”，乃“无射”之“无”，《古今谱法》中所谓“无乃𠘧”是也。乃方成培认作“有无”之“无”，而于第二、第三两义，强作贯穿曰：“或问培：何以谓之‘上折字下无字’？答曰：一字折至七八分，是此一声低到极处，不复能低，故曰‘下无字’也。即其声比无字微高，余皆以下字为准，是又斟酌逐渐高上去也。此正抗坠抑扬之妙。”按此说后三句最为含糊不明，上数句则甚觉可笑。折字之下，既然无字，此折字必属每片之末一字，所谓杀声者必矣，一片之未字，其发声乃低到极处，不过比无声微高而已，岂非异事！所谓“微高”，有何标准？若唇吻略动，细作哑声，亦可谓之比无声微高也，顾词之杀尾，乃有作极细微之哑声，全调即如此以阕者，古今歌乐，乃有如此之怪唱法耶？郑文焯《词源斠律》全用其说，亦曰：“盖谓一字折至七八分，其音不复能低，故曰‘下无字’，又渐高以起下字之声，故曰：‘以下字为准。’”又曰：“折宜用之曲破尾声，有一分折二分，至折七八分者，白石旁谱可辨。”按验诸白石旁谱，内有折字则可辨，每折字究竟折至几分，则绝对不可辨。且凡折字之下面皆有字，无一无字者，因折字多在每词前后阕末字之上一字，前后阕之末字，即其下面之一字也。据此，姜字所谓“下无字”之“无”，实属不能解作“有无”之“无”矣。再如前举折字之例，“终古”之“终”“招尔”之“招”，虽位在每片末字之上，若“毋三”之毋，则且位在首句之内也；即姜氏其他令、慢之谱中，折字不在末句者，亦每每见，则郑氏所谓“宜用之曲破尾声”者，亦不离耳。

南吕《词调之研究》谓：“谱中（参看后文之《秋宵吟》谱）有曰掣折者，乃使曲声缓急之用。掣处皆减一字，折处皆延一字。”夫掣之减一字，已如上文所云，若折之延一字，不知何所见而云然也，上列折之三义之外，此为第四义矣。

折在《词源》所载《管色应指字谱》中有符号，但与“上”之谱字极相似，于《白石道人歌曲》令、慢各调之谱中辨之，则此项符号之旁，十九另有一“凡”字符号相随。夫既有“凡”为谱字，则何所用其又作折字？且折于七种管色字谱中，何以又独与“凡”字相辅成谱者多？皆不可解。再则“凡”之谱字，又与“打”之符号相近，折字固无与“凡”字合谱之理，更无与打合谱之理。论符号则有两种，究竟折欤？“上”欤？“凡”欤？打欤？非折非“上”、非“凡”非打欤？皆难订正。于此亦可见谱字实不易整理，难得贯通也。

以上考慢曲之音谱，以下考慢曲之拍眼。

《词源》曰：“慢曲有大头曲、叠头曲，有打前拍、打后拍，拍有前九、后十一，内有四艳拍。”又叙序子之拍，谓“绳以慢曲八均之拍不可”，又《讴曲旨要》有“破、近六均慢八均”一语。此其所述，有不能确实明了者，打前拍、打后拍是也，有各种解释不同者，八均之拍是也。兹分别论之：

揣张氏词意，先言慢曲有大头、叠头二种，既言慢曲之拍有打前、打后二种，岂彼此之间，有何种密切之关系在欤？何谓大头、叠头，宋人自来无明文，惟《讴曲旨要》有曰：“大头花拍居第五，叠头艳拍在前存。”可以略得二者之区别。按花、艳二拍，同为官拍以外之辅拍，犹昆腔中正板以外之赠板，此乃一定无疑者，至于花、艳之间，恐无甚歧异也。所谓“居第五”，《词源斠律》释谓“花拍用之大头曲中则宜后”，盖以居后与艳拍之“前存”相对也，语近敷衍，未足注意。惟何谓“在前存”，则颇可借《斠律》之释叠头者，相互以明。《斠律》曰：“周邦彦《片玉词》注有双拽头，犹叠头曲之类。”此语诚合，盖大头曲乃普通两片之慢，而叠头曲乃双拽头或三换头三片之慢也。“前存”者，艳拍存于三片之前两片中也。

大头、叠头，义既如此，打前、打后，义又何属乎？江藩《词源》跋曰：“花十六、前衮、中衮、打前拍、打后拍者，乃今之起板、收板、正板、赠板之类。”揣其意，盖谓打前拍乃起板，而打后拍乃收板也。惟起拍、收拍，事极简单，而打前、打后，则张氏郑重言之，含义恐不止于起拍收拍也。《词源斠律》曰“敲、掯施之顿前后，犹拍之有打前后”，其说似亦难通。盖顿前后有敲、掯，乃声音延长处前后有眼也，打前后有拍，乃眼前后有板也，彼此性质不同，难以相“犹”。若如郑氏此语，是顿亦类于打、敲、揹之如拍眼者矣，可乎？南吕《词调之研究》曰：“慢、近曲调，皆大顿、小顿相间而有，故无叠拍之处。每阕起处，或先打后拍，或先拍后打，故有打后拍、打前拍之别。”揣其意，盖谓二者皆所以定起板之情形，与江藩说相近而有别。然板与眼相间而有，自属常情，打前有拍，或拍前有打，都不足异，即每阕起处先打后拍，或先拍后打，似亦无需多立名目也。且拍主而打辅，犹之板主而眼辅，若于拍之前后以定打，其事自顺，若于打之前后以定拍，得毋反辅为主，而反轻为重乎？向疑此所谓“打”，犹“按拍”之“按”，乃动词而非名词，并非指“打、敲、揹”之“打”而言；所谓“前”与“后”，疑是大头曲两片之前后，或叠头曲内前两片与后一片之前后，与上文张炎所谓“前九、后十一”之“前”“后”相同也。凡慢曲之两片或三片中，按拍情形，前后不同，如“前九、后十一”“花拍居第五”“艳拍在前存”等皆是，故当时对于慢曲之拍，或分两段打去，打前段之拍则言“打前拍”，打后段之拍则言“打后拍”也。特江说、郑说、南吕之说，固皆令人不满，即此说亦同为臆测，未必可靠，究竟如何，尚待考证耳。

顾打前拍、打后拍虽不明瞭，尚不要紧，以其并非慢曲拍节之主要说明也。慢曲拍节之最要者为“前九、后十一，内有四艳拍”，与“八均之拍”两层。两层意义，自当一贯，而自来考释者每每略去上一层不谈，专释八均，殊失当也。综其说有彼此不同者四：

（一）“八均”乃八字一拍说。此说郑文焯《词源斠律》内主之，其言曰：“六均者，六字一拍，所谓‘前衮、中衮六字一拍’也；八均者，八字一拍，慢曲字多于引、近，其音悠缓，元戚辅之《佩楚轩客谈》纪赵子昂说，歌曲八字一拍。”按郑氏此说，未曾求贯通于张氏“前九、后十一”一语，是其失也。盖按之此语，倘凡慢曲皆八字一拍，则凡慢曲前片必限七十二字，后片必限八十八字，而全首总限一百六十字矣，事实上果如此乎？或于前九、后十一中，除去四艳拍，只余十六拍，而谓慢曲皆限一百二十八字又可乎？张炎既说明慢曲正拍十六，艳拍四，总为二十，则吾人于八均拍即断难认为八字一拍矣。法曲、大曲之拍节，与令、引、近、慢迥然不同，不能因张氏谓法曲、大曲之前衮、中衮六字一拍，遂援用之，来释引、近之六均拍即六字一拍，更推而及于慢曲之八均拍亦即八字一拍也。窃疑张氏正所以明其不同，惟恐牵混，故一则曰“六字一拍”，一则曰“六均拍”；不然，使二者果然相同者，何不前后概称“六均拍”或“六字一拍”欤？《佩楚轩客谈》所云，方成培《词麈》卷三亦引之，郑氏或即转引自《词麈》，亦未可知，原书愚未见也。《词麈》曰：“元戚辅之《佩楚轩客谈》纪赵子昂说：‘歌曲八字一拍，当云乐节，非句也。夫乐不同拍板，以鼓为节。’戚云：‘当改曰板与鼓同节尤佳。’观此，知元曲以八字为一拍，板以鼓为节，此语甚精。”此一段文字中，有赵氏语，有戚氏语，有方氏语，殊欠分明，兹姑为标点如此。然藉令元曲确以八字为一拍者，殆亦难以之例南宋慢词，因元曲乃北曲，用弦索，劲切而促，南宋慢词近于南曲，用箫管，柔远而缓，二者时代上前后相续，声乐上普通情事，容多沿袭，若拍节一层，恐难相同也；而况戚书、赵说，均未得其详，仅仅据此，即认元曲为八字一拍，究竟有无讹误，尚是疑问耳。

（二）“八均”乃“八韵”，每韵二拍说。此说南吕《词调之研究》内主之，兹先引其原文，然后与以评论：

> 令曲最短，节奏繁促，以掯分之，略住而已。引、近皆分六均，慢分八均。沈义父云：“词腔谓之均，均即韵也。”今观引、近词多六韵，慢词多八均可知（破同于引，今不别说）。每韵两拍为常式，故引、近前后共十二拍。有时一均二拍之前，更增一拍或数拍，是为艳拍，盖取古曲前有艳声之意。又慢曲别有大头曲、叠头曲之二种，大头曲第五韵即过起处，有花拍。王灼云：“花拍盖非其正也。”今观诸慢曲，过处多有句中韵（此常为二字读，如少游《满庭芳》过云“消魂当此际”，“魂”即句中韵。近人昧于声律，遂以字断句，实大非），沈义父谓当按拍，此当第五韵，又在应有二拍之外，或即是花拍也。叠头曲均前有艳拍，其详无考。宋人笔记谓慢曲更有前九、后十一拍者，内即有四艳拍，疑此即叠头曲也。

此段中所述，根源实皆在张炎《词源》内，而作者并不叙明，仅于结处指为宋人笔记。其所以如此者，殆即因其所立之说中，于“前九、后十一”一语，未能贯通，不便明引《词源》原文，或说明即根源于其分也。且其首叙令词之拍眼，亦略去张氏“四掯匀”之全说，而仅含糊其词曰“以掯分之”，皆为欲自圆其说，遂不恤隐蔽古人意旨，此其态度，首欠忠实矣。综其所述，盖有下列六点：

（甲）“六均拍”乃“六韵拍”，“八均拍”乃“八韵拍”。

（乙）引、近全首多六韵，慢词全首多八韵。

（丙）每韵二拍为常式。

（丁）大头曲乃慢词过片处之有二字叶韵者也。此顶二字叶韵处，只能视为句中韵，不能断句。

（戊）张炎所谓“大头花拍居第五”，乃第五韵，并非第五拍。

（己）前九、后十一仅限于叠头曲。

此六点中，（甲）为主，（乙）（丁）辅之，无（乙）（丁）则（甲）甚且不能成立。（丙）不知何所根据，当由推想而定之如此。（戊）与（己）均曲说，矫揉造作，更难取信。按沈伯时《乐府指迷》曰：“词腔谓之均，‘均’即‘韵’也。”盖谓均乃词腔，凡词腔各有其韵致、韵味、风韵，故曰“均即韵也”。沈氏谓韵之义如此，并未谓即句末叶韵之“韵”；不然，腔韵见于各字之工尺音谱，叶韵见于一句之末字谐声，截然两事，未可牵混，沈氏何能并为一谈？《词源》又有曰：“盖一曲有一曲之谱，一均有一均之拍。”即谓每一词腔，有一词腔之拍也。姜夔《凄凉犯》序末云：“使以哑觱栗吹之，其韵极美。”即谓其词腔之韵致极美，沈氏所谓“均即韵也”之例也。沈氏之说，应本于蔡絛《铁围山丛谈》。《丛谈》曰：“乐曲凡有‘谓之均’‘谓之韵’，均也者，宫、徵、商、羽、角，合变宫、变徵为之，此七均也。……韵也者，凡调各有韵，犹诗律有平仄之属，此韵也。”凌廷堪《燕乐考原》曰：“案《说文》无韵字，均即韵也。蔡絛所谓均者，即燕乐一均七调者是也；所谓韵者，即各调所用之高下字谱也。字谱高下，本由于平、上、去、入四声，故曰‘犹诗律有平仄’。”此二家说，谓均是七调，韵是词腔，虽与沈说均、韵同是词腔者小异，而所谓韵之意义，并非句末叶韵之韵，则三家皆同也。据此，（甲）条之意，实根本不能成立矣。再则纵观诸词调中，引、近不止六韵，慢词不止八韵者，不知凡几，而为六韵、八韵者，实居少数。他勿论，即就南吕原文内所举之二例以观，姜夔《秋宵吟》（全词见后）前片，"皎""悄""晓""葆""表""草"六韵，后片"老""绕""早""杳""了"五韵，共十一韵；《疏影》前片"玉""宿""竹""北""独"五韵，后片"绿""屋""曲""幅"四韵，共九韵，其中且皆无（丁）条所谓二字句中韵在内，已可知（乙）条八均即八韵之说，亦无以通过也。况词调中换头处以二字叶韵者甚多，若只视作句中韵，而不算句末韵，其全首韵数，即恰巧为入者则甚少，而换头二字既已叶韵，按照文义，有时固可断句可不断句，有时却非断句不可（如姜夔《霓裳中序第一》"幽寂，乱蛩吟壁"。"寂"字若不断，则一句之中，文意矛盾矣），宋人亦从无明文谓不必断句，此（丁）之为说，亦未必确当也。且（乙）如果成立，慢词前片只限四韵，此后片换头二字叶韵者方轮在第五，若（乙）既不成立，则此处何由见其为第五？更何由见"大头花拍居第五"乃第五韵，而非第五拍？而换头具有此项二字叶韵之慢，又何由见其即为大头曲？故（乙）既推翻，（丁）（戊）亦随之同废矣。更揣（丙）（己）之意，拍随韵以增减，而一韵必系两拍，故八韵为十六拍，换头处多一个句中韵者，必增出二花拍，则增入四艳拍为前九、后十一者，其为十韵必矣，所谓"前九"者为四韵半必矣，"后十一"者为五韵半必矣，夫拍数固不妨成单，试问韵数果如何有半耶？不然，每韵二拍，又何得谓之为常式哉？故（丙）（已）两条，亦殊难凭信也。

（三）“八均拍”乃一板七眼说。此说近人童伯章先生《中乐寻源》内主之，谓：“慢曲之拍八均，盖即一板七眼之说也。”按，一板七眼，即正板之一板三眼，再加赠板之一板三眼也，词中艳拍即赠板，则所谓一板七眼者，于张氏“前九、后十一，内有四艳拍”二语，又作何贯通之解说乎？《寻源》又谓“引、近用六均拍，有似乎西乐之六拍子”，盖视“均”之非“韵”，而为“均匀”之“均”，是已与下一说相同者也。

（四）“八均”乃前后片八拍均匀说。此说乃愚之所揣度者也。按第二说独认“均”为“韵”，势不可通，第一、第三说皆已认“均”为均匀之意，特所均者，或在字数间，或在拍眼间，若此说所均者，则在前后片间也。三说之短，同在未曾求通于“前九、后十一，内有四艳拍”二语，此说则全从此二语出。盖第二说之每词八韵，与每韵两拍，虽不可靠，而普通慢曲之官拍之数，仅限于十六，则确实无疑。王灼《碧鸡漫志》卷四曰：“又有大石调《兰陵王慢》，殊非旧曲。周、齐之际，未有前后十六拍慢曲子耳。”慢曲子为前后十六拍，与张氏“前九、后十一’内有四艳拍”二语，吻合无间，然后知前九、后十一，前后共二十，内有四艳拍，除去之则为十六官拍；且有四艳拍于前后片中，其多寡配搭不匀，方成前九、后十一之参差之势，若除去艳拍，只余官拍，则前后均匀，各有八拍，故曰八均拍也。因得演八均拍之式如次：

（前9+后11-4）÷2=8

因知所谓“前九、后十一”者，乃专指普通前后两片之慢而言，即专指大头曲而言，恰与第二说之（己）条，谓专指叠头曲而言者相反。“大头花拍居第五”者，其“前九”之中，第五拍为赠拍，余八拍皆正拍，其“后十一”之中，第五拍以下之七拍内有三赠拍，而其前四拍，则皆正拍也（惟此一层尚欠证据）。“叠头艳拍在前存”者，所有四赠拍俱存于前二片中，连正拍共十二拍，若后一片内，则无一赠拍，净存八正拍也。且所谓“均拍”者，固不止慢曲八均之一种矣：在法曲、大曲各片中，则有九均之拍，如《花十八》是也；又有六均之拍，如入破是也（俱见下文法曲、大曲一节）；在引、近则为六均之拍，即前后片各六拍也；在令则为四均之拍，即所谓“四揞匀”，前后片各四拍也——凡此皆前后各说之可以贯通者也。

打前拍，打后拍，前九、后十一，四艳拍，八均拍等等，皆所以言拍也，拍之外尚有眼，则打、敲、揞三者是也。《词源》云：“若唱法曲、大曲、慢曲，当以手拍。”夫拍节既皆用手，然后“打”“敲”“揞”等从“手”之字遂以为名矣（南吕《词调之研究》中先有此说）。此三者实际动作上，恐无甚区别。若唱令与引、近，当亦以手拍，张氏虽无明文，据令用四揞匀，引、近用六均拍两层，已可以知矣（凡绝对不用均拍者，方用拍板为节，参看下文）。至于令较简单，故单背一种，已足应用，若引、近则除六均拍外，应亦与慢曲等同有打、敲、揞之诸眼以为辅也。

以上分考慢词之音谱与拍眼，以下合考二者间之关系。

音谱八种——丁、顿、住、拽、抗、反、掣、折，与拍眼各种——官拍、艳拍、打、敲、揞，彼此配合之情形如何，不得其详。观于《讴曲旨要》中四语“大顿声长小顿促”，“小顿才断大顿续”，“顿前顿后有敲、掯”，“抗与小顿皆一掯”略可得其线索。盖小顿既为一掯，则大顿或为两掯，一掯才断两掯续，再领以一拍，岂非俨然今日昆腔内之一板三眼乎？其有四艳拍之处，若亦有打、敲、掯随之者，又岂非果成一板七眼之情形乎？

自来于宋词音谱之结构，无写定其式者，惟南吕《词调之研究》一文内曾有之。盖其式依据七点而造成：（一）慢词前后两片，每片四韵；（二）每韵二拍；（三）有小顿、大顿、小住，而无大住；（四）别有“丁住”一种，用在每片之尾；（五）抗声用在后片之首；（六）打后拍乃先打后拍；（七）掯即是打。此七点中，除末一点外，其余皆靠不住，上文已逐一驳过，其所列之式，亦完全靠不住，更何待言！惟式中能将音谱、拍眼列出关系，以各见其用，则大足启发研究者之思想，虽所列不足信，要亦不妨存而备考也，因录之如次：

小顿（打）大顿（第一均第一拍）小顿（打）小住（第一韵第二拍合起韵）

小顿（打）大顿（第二均第一拍）小顿（打）小住（第二韵第二拍合叶韵）

小顿（打）大顿（第三均第一拍）小顿（打）小住（第三韵第二拍合叶韵）

小顿（打）大顿（第四均第一拍）小顿（打）小住（第四韵第二拍合叶韵杀声前半阕终）

抗（打）大顿（第五均第一拍）小顿（打）小住（第五均第二拍合叶韵）

小顿（打）大顿（第六均第一拍）小顿（打）小住（第六均第二拍合叶韵）

小顿（打）大顿（第七均第一拍）小顿（打）小住（第七均第二拍合叶韵）

小顿（打）大顿（第八均第一拍）小顿（打）丁住（第八均第二拍合叶韵杀声曲终）

观于此式，不但韵限于八，拍限于十六，且小顿限于十五，大顿限于八，打限于十六，小住限于六，丁住限于二，抗限于一，毋乃太呆板！《讴曲旨要》中所纪各项，果如此乎？南宋慢词事实上果如此乎？再则八均既然即指八韵而言，何所用其于叶韵之处，又赘“合起韵”“合叶韵”？至于大住一项，因没处安插，遂强为搁起，不提一字，尤觉无理也。此式作者说明是属于打后拍者，若打前拍者又如何，则亦略而未提。此式之后，又继列姜夔自制调二种，以证其说，兹引其一如下：

《秋宵吟》谱（慢调、越调、杀声“六”）

凡（掣）工尺（打）合一尺（拍）工凡（打）工尺勾（折）尺（拍小住）

古　帘空，坠月皎，坐久　西窗人　悄。

一（掣）四合（打）一尺工五六（拍）凡（掣）六（打）五六（拍小住）

蛩　吟苦，渐漏水丁丁，箭　壶　催晓。

凡（掣）工尺（打）合一尺（拍）工凡（打）工尺勾（折）尺（拍小住）

引　凉飔，动翠葆，露脚　斜飞云　表。

一（掣）四合（打）一尺二五六（拍）凡（掣）六（打）五六（拍丁住）

因　嗟念　似去国情怀，暮　帆　烟草。

工（折打）凡（折）工（折）凡（折拍）一尺工（打）一四合一（拍小住）

带　　眼　　销　　磨，　　为近日　　愁多顿老。

尺工勾一(打)尺工五六(拍)　工凡(打)六(折)五六(拍小住)

卫娘何在，　　宋玉归来，　　雨地　　暗　　萦绕。

工六(打)凡(掣)工尺(拍)一尺工尺(打)一四合一(拍小住)

摇落　　江　　枫早，　嫩约无凭，　　幽梦又杳。

一工尺(打)一凡(掣)工尺(拍)五六凡五(打)尺工六(拍丁住)

但盈盈　　泪洒　　单衣，　今夕何夕　　恨未了！

观于此谱文字，前后共十一韵，但拍数仍前后十六拍。除韵脚各占一拍外，共余五拍，安置于“丁”“怀”“磨”“来”“衣”五字，与上文八均拍第二说作八韵解者虽未能合，而与第四说作八匀解者转相合，惟其间尚缺四艳拍耳。每拍之前，各有一打，打皆小顿；每韵之中，第一拍即大顿，第二拍为小住，两结拍为丁住——凡此皆与前列之式相合者也。惟“小住”“丁住”字样既未略去，何以“小顿”“大顿”字样独行略去？不可解者一；前式换头处用抗，此式何以忽改用折？不可解者二；此式较上式所增出者，为八掣与七折，其数目与位置，又如何定订？不可解者三。若谓根据于姜氏原谱欤？则原谱今日俱在，所谓“掣”与“折”者，谱中固无一毫影响也。至于其他谱字，尚多待考订处，因整理谱字，不在本篇所讨论范围之内，不赘及焉。

总之，运用音谱、拍眼之说，以列出音谱、拍眼之式，其旨极是，其事极要，惜乎今日所得知之说，尚属破碎不完，未曾十分明白，不足以成式；况南吕于诸说多所武断与不根之解，其所列不确，盖无足怪矣。惟愚一人于其所撰之观察如此，且无力为之订正，他人对之，或别有见解，别有领会，亦未可知；要之，其所列各式，于此项研究之中，确有供献，并非无用，故为援引于此也。

六　三台

三台本为唐教坊曲名，六言四句。《唐音统签》云：“唐曲有《三台》《急三台》《宫中三台》《上皇三台》《怨陵三台》《突厥三台》。三台为大曲。《乐苑》云：‘唐《三台》羽调曲。’”一名《开元乐》，一名《翠华引》。《词律》云：“平仄不拘，所赋不论何事，咏宫闱者即曰《宫中三台》，亦名《翠华引》，亦名《开元乐》，咏江南者即曰《江南三台》，又有《突厥三台》。其长调则为宋人所撰，而袭取其名。”按宋人所撰者，有万俟雅言之三叠百七十一字体，恐即就唐调中之《急三台》一种，转变而出者也。李济翁《资暇录》云：“三台，三十拍促曲名。昔邺中有三台，石季龙常为宴游之所，而造此以促饮。”（冯鉴《续事始》曰：“汉蔡邕三日之间，周历三台，乐府以邕晓音律，为制此曲。”刘禹锡《嘉话录》曰：“邺中有曹公铜雀、金虎、冰井三台，北齐高洋毁之，更筑金凤、圣应、崇光三台，宫人拍手，呼上台送酒，因名其曲为《三台》。”此二则尤可考见《三台》命名之渊源。）张表臣《珊瑚钩诗话》云：“乐部中有促拍催酒，谓之《三台》。”张炎《词源》则谓三台乃慢二急三拍（详下一节内）。李、张、张三家所云，彼此正合，必皆指此三叠百七十一字之三台而言也。三叠中前后字数、句法完全相同。三叠三十拍，其为每叠十拍可知矣。每叠十拍之中，疑又分为两节，每节五拍，慢二而急三。所谓“急”，所谓“促”者，即全因有此急三之拍也。

而统计全词三十拍中，慢拍应有十二，而急拍应有十八焉。夫慢之所以得名者，为其节拍完全缓慢也，三台之拍，慢拍仅五分之二，而急拍有五分之三，当然非慢曲所能强同矣。更考《乐府混成集》林钟商目，《三台》列于慢曲子之外，元燕南芝庵《唱论》内“歌声变件”一条曰：“有慢、衮、序、引、三台、破子、遍子、攧落、实催、全篇、尾声。”足见三台确系另一种歌法，而非慢曲之所可包括者也。

又观于三台中有《突厥三台》《伊州三台》等，《统签》又谓其为大曲，可知其音谱之源，实为唐时边地胡乐，与法曲、大曲同一情形。宋之《三台》，虽由六言四句变为百余字长短调，而其中之急拍，必沿袭于唐调，而间接因缘于胡乐者，是亦不可不知耳。

七　序子缠令

序子一体，向来无人提及，只有《词源》论慢曲与引、近之拍眼后，继续有曰：“外有序子，与法曲散序、中序不同：法曲之序一片，正合均拍（此二句中，恐有讹字，详下文）；俗传序子四片，其拍颇碎，故缠令多用之。绳以慢曲八均之拍不可，又非慢二急三拍，与三台相类也。”据此，序子四片，较三台尤长；而拍颇碎，既异于法曲之序，又异于法曲引、近，复异于三台，当然别为一体。考宋词中一调有四片者极少，如《集贤宾》，如《梁州令叠韵》，皆四片，但皆用一种两片之调重叠而成（宋调四片之《集贤宾》乃用唐调两片之《集贤宾》重叠而成），原非前后各异之四片也；郑意娘作之《胜如花》，亦四片，并非叠韵，但并不以“序”为名，犹不敢认为即序子一体；惟有《莺啼序》一调，既属四片，又以“序”名，殆确为序子一体无疑矣。乃自来词家，皆目此调亦属慢词，不过最长而已，盖未尝注意张氏之说耳。

“缠令多用之”者，序子先有一种繁碎之拍，而后缠令之中，亦多援用之也。缠令为唱赚之一种，《都城纪胜》云：“唱赚在京师只有缠令、缠达。有引子、尾声为缠令，引子后只以两腔递互循环间用者为缠达。”（《梦粱录》所载者同）据此，缠令有引、有尾，缠达有引、无尾，皆绝似后世南北套曲中之情形，比较当时词调所有之正当唱法，缠声为多，故名缠令，与令词之令无涉也。

缠令既属唱赚之一种，按《事林广记》内《遏云要诀》记唱赚之音谱、拍眼曰：“夫唱赚一家，古谓之道赚，腔必真，字必正，欲有墩、亢、掣、拽之殊，字有唇、喉、齿、舌之异，抑分轻清、重浊之声，必别合口、半合口之字。……假如未唱之初，执拍当胸，不可高过鼻，须假鼓板村掇（‘村’疑是‘衬’之讹）。三拍起引子，唱头一句，又三拍，至两片结尾三拍煞。入序尾三拍巾斗煞；入赚头一字当一拍，第一片三拍，后仿此；出赚三拍，出声巾斗又三拍煞（以上句读，恐未必尽确）；尾声总十二拍：第一句四拍，第二句五拍，第三句三拍煞，此一定不逾之法。”此段所云，有得解者，有不得解者，他姑勿论，第一，既亦有墩、亢、掣、拽之殊，足见一切音谱，凡慢曲中所有者，唱赚亦皆有之；第二，既有一字当一拍者，尾声三句又有十二拍之多，完全与后世南曲尾声十二拍之情形相同，则较之慢曲前后片连艳拍统共不过二十拍者，当然觉其“颇碎”矣。夫唱赚之谱与拍如此，缠令之谱与拍可知；缠令之谱与拍如此，序子之谱与拍可知矣。

八 法曲大曲

关于法曲大曲体裁之考订，有王静庵先生之《宋大曲考》及《宋元戏曲史》已详之。兹仅据《词源》等书，推详其音谱与拍眼如次：

《词源》曰：“若曰法曲，则以倍四头管品之（原注：‘即筚篥也。’），其声清越；大曲则以倍六头管品之，其声流美，即歌者所谓曲破。如《望瀛》，如《献仙音》，乃法曲，其源自唐来；如《六么》，如《降黄龙》，乃大曲，唐时鲜有闻。法曲有散序、歌头，音声近古，大曲有所不及。若大曲亦有歌头（‘头’，传本《词源》原作‘者’，必误），有谱而无曲，片数与法曲相上下，其说亦在歌者称停紧慢，调停音节，方为绝唱。”——此一段乃言法曲、大曲之音谱也。法曲声音清越而近古，大曲不及。《唐书·礼乐志》云：“初，隋有法曲，有音清而近雅，其器有铙、钹、钟、磬、幢箫、琵琶。琵琶圆体修颈而小，号曰秦汉子。盖弦鼗之遗制，出于胡中，传为秦汉所作。其声金、石、丝、竹以次作。”据此，张氏所谓倍四头管，岂即隋之所谓幢箫欤？大曲声音流美，盖泛声已较多，故谓古雅不如法曲也。惟其曲唐时确已有之，张氏“唐时鲜有闻”一语甚怪。洪迈《容斋随笔》云：“今乐府所传大曲，皆出于唐。”蔡宽夫《诗话》云：“近时乐家，多为新声，其音谱转移，类以新奇相胜，故古曲多不存。顷见一教坊老工言，惟大曲不敢增损，往往犹是唐本，而弦索家守之尤严。”仅此两证，已足明张氏前语之非。且观于蔡氏所言，吾人又可推定者：大曲音谱，与法曲比较，虽然已觉不古，而与当时所谓新声、慢曲、三台、序子等等比较，则毕竟仍觉古雅，一也；大曲乐器，虽以倍六头管为主，而弦索亦复相辅而用，犹之隋时法曲，幢箫以外，尚用琵琶，所谓“金、石、丝、竹以次作”一层，法曲、大曲，二者必然相同，学者不可为《词源》之言所限，二也。至于倍四头管、倍六头管及哑筚篥等，《词麈》及《中乐寻源》中考之甚详，兹以其为乐器之制，非直接关于音谱者，不备录焉。

《词源》又曰：“法曲之拍，与大曲相类，每片不同，其声字疾徐，拍以应之。如大曲《降黄龙》《花十六》当用十六拍；前衮、中衮六字一拍，要停声待拍，取气轻巧；煞衮则三字一拍，盖其曲将终也。至曲尾数句，使声字悠扬，有不忍绝响之意似，余音绕梁为佳。惟法曲散序无拍，至歌头始拍。”——此一段乃言法曲、大曲之拍眼也。据上文云，大曲之片数与法曲相上下，而《碧鸡漫志》卷三纪大曲之分片，则为散序、靸、排遍、攧、入破、虚催、实催、衮遍、歇拍、杀衮，共十种，法曲之分片，当然即与此大同小异也。论其拍眼，以“每片不同”一语最为扼要。试就此十片次第数之：第一散序，无拍；第二靸，仅有敲掯而已，亦尚无拍之名义，因上文引《讴曲旨要》有“七敲八掯靸中清”语也；第三排遍，即歌头，全曲之拍，于此开始，为十六拍或十八拍，外加四艳拍，则为二十拍或二十二拍，语详下文；第四攧，拍法失考，或与排遍相近；第五入破，六均拍，因《旨要》有“破近六均慢八均”一语也；第六虚催，第七实催，拍法俱失考；第八衮遍，六字一拍；第九歇拍，亦失考，斟酌前后之间，或为五字、四字一拍；第十杀衮，三字一拍。

散序无拍，歌头始拍一层，略有考证——白居易和元微之《霓裳羽衣曲》曰：“散序六奏未动衣，阳台宿云慵不飞，中序擘騞初入拍，秋竹竿裂春冰拆。”注云：“散序六遍无拍，故不舞（按所谓六遍，乃散序一种之所有。上举大曲之分片名目，乃十种之名目，至于每一种，少则二片，多则二十余片不等也）。中序始有拍，亦名拍序。”据此，唐之大曲于中序开始有拍，而张氏乃谓歌头方始拍，是唐大曲之中序，与宋大曲之歌头，二者地位相当也。《唐宋大曲考》谓唐以前中序即排遍，宋之排遍亦称歌头。又云：“如《水调歌头》即《新水调》之排遍，宋人大曲恒不用散序与靸，故歌自排遍起也。”据此，中序即排遍，排遍即歌头，故中序亦即歌头，三而一，一而三者，法曲、大曲之拍，至此方名实俱备也。

何以知排遍为十六拍或十八拍，而外加四艳拍乎？曰：前引《词源》论序子之拍有曰：“与法曲散序、中序不同，法曲之序一片，正合均拍。”末二句中，疑有讹字，疑应作“法曲中序，每片正合均拍”。所谓“均拍”者，前引《词源》又曾云：“如大曲《降黄龙》,《花十六》当用十六拍。”十六拍即八均拍，一也；《碧鸡漫志》卷三云：“欧阳永叔云：‘贪看《六么花十八》。’此曲内一叠，名《花十八》，前后十八拍，又四花拍，共二十二拍。”十八拍即九均拍，二也。因或为八均，或为九均，无定，故《词源》上文仅曰“正合均拍”，而不曰正合几均拍也。九均拍既能加四艳拍为二十二拍，则八均拍想来亦何尝不可加四艳拍而为二十拍，与慢曲同乎？非排遍无以为中序，非中序无以合均拍，非均拍无以言前后十八拍或十六拍，因此可以定法曲、大曲排遍拍眼之数，确为十六或十八、二十或二十二也。且吾人于此，更应知《花十八》既乃《六么》（亦作“绿腰”）大曲之排遍之名，则《花十六》亦必为《降黄龙》大曲之排遍之名；《六么花十八》既是“《六么》之《花十八》”，则“降黄龙花十六”亦必为“《降黄龙》之《花十六》”，二名实指一曲而言，并非两曲，若认《降黄龙》为一曲，《花十六》又为一曲，则大谬矣。

第五入破，与张氏上文所云“其声流美，即歌者所谓曲破”二语，显然有关。《唐书·五行志》云：“天宝后诗人多为忧苦流寓之思，及寄兴于江湖僧寺，而乐曲亦多以边地为名，有《伊州》《甘州》《凉州》等。至其曲遍繁声，皆谓之‘入破’。”张端义《贵耳集》云：“天宝后曲遍繁声，皆名入破；破者，破碎之义也。”王建宫词亦早有“忽觉管弦先破拍，急翻罗袖不教知”之句。据此，破则其声流美，而所以流美者，则为繁声加多；声既多繁，拍亦随之而碎也。此种繁声与碎拍之由来，实因受当时边地胡乐之影响，固不仅用边地为名而已，实已援用其声拍矣。愚意入破之片名虽居第五，而曲破之唱名，应从第三排遍起，即包含在内。盖入破为六均拍，排遍亦为八均、九均拍，凡此正合均拍者。在法曲、大曲之中，其声应皆所谓曲破也。观于耐得翁《都城纪胜》云：“唱叫小唱，谓执板唱慢曲、曲破，大率重起轻杀，故曰‘浅斟低唱’。”可知曲破为均拍，慢曲亦为均拍，故二者相同，而总为小唱也。此所谓“小唱”“低唱”，应皆是细唱之意，盖八均、九均之拍既有敲掯，又有艳拍，即不啻后来昆腔有赠板之曲，自可以有细唱之说矣。惟《词源》曾谓慢曲引近方曰小唱，与法曲、大曲不同。推曲破于小唱之外，与耐得翁说不同；《曲律》载《乐府混成集》林钟商目，大曲与曲破分列二项，又另有破子，与《词源》之说不同；未知此中是非，究竟如何也。

上列十种片名，其实皆各由其拍法而定，即可作十种拍名观——散序之散，谓无拍也；排遍之排，谓排匀也；入破之破，谓破碎也；虚实催之催，亦拍也，黄庚《夜宴诗》云：“艳曲喜听催拍近，狂歌自觉入腔难。”前中衮之衮，亦拍也，刘克庄《贺新郎》云：“笑杀街坊拍衮。”歇拍无论矣，鞁与攧，应亦拍之作用也（攧谓攧落，已见上文引芝庵《唱论》之语中）。惜皆不得其详耳。然则《词源》谓法曲、大曲之拍，每片不同，审其名称，亦既可以知之矣。

以上法曲、大曲之谱拍可论者如此。余若上文引《讴曲旨要》有“慢、近曲子顿不叠，歌飒连珠叠顿声”二语，所谓“歌飒连珠”者，既不在慢、近曲子之内，究竟何在乎？或者即在法曲、大曲之内，亦未可知也。至于顿声如何叠法，亦待考索，《词源斠律》所有之说，未足信耳。再则法曲、大曲于前后诸体之中，独有舞容，其拍眼不但节乐而已，且所以应舞，故《词源》曰：“‘按拍’二字，其来亦古，所以舞法曲、大曲者，必须以指尖应节俟拍，然后转步，欲合均数故也。”（此“均”字亦以均匀之意为较可通）此二层亦在本篇所应叙述范围之内，故附见于此。

九 诸宫调

诸宫调之体裁，《宋元戏曲史》中已详之。兹所疑者：今传诸宫调，惟《董西厢》最为完备，则词调与曲调相间为用者，王伯成《天宝遗事》零星散见于《雍熙乐府》内，则纯粹用曲调而不用词调者，是同一诸宫调，金与元之情形，即有不同，又安能必南宋者即与其余同耶？《词源》中于此体，仅在论拍具内略一提及曰：“若唱法曲、大曲、慢曲，当以手拍，缠令则用拍板，嘌吟说（‘说’原作‘诜’）唱诸宫（‘宫’原作‘公’）调，则用手调儿，亦旧工耳。”余于谱、拍两面，俱无说明，究竟南宋人作，与董、王之作，同异何似，无以断定。然董、王二家之说唱，已是北曲，用弦索为主，若南宋之一切歌唱中，皆属南词，用箫管为主，从无用弦索为主者，南与北、弦与管之间，音谱与拍眼之差异，固甚悬远，即此一端，似已可言南宋之诸宫调，必不同于金元之诸宫调矣。大概南宋之诸宫调，可以谓之南词之诸宫调，金元之诸宫调，可以谓之北曲之诸宫调，此向来言诸宫调者，所未尝判别者也。南词者兹所当论，若北曲者无庸泛及矣。

南词中何谓诸宫调？专就音谱方面说，则《事林广记》早有明文。《广记》论各宫调之结声，足以校正今日传本《词源》内《结声正讹》一节之误不少，论后有云：“右数宫调，腔韵相似，极易讹人别调。若结声不分，即谓之‘走腔’，驱驾高下不匀，即谓之诸宫调。故分别用声清浊高下，折与不折以辨之。……”所谓“驱驾高下不匀”者，乃嘌唱也。《乐府指迷》云“亦有嘌唱一家，多添‘了’字，吾辈只当以古雅为主，如有嘌唱之腔不必作”。《都城纪胜》云：“嘌唱谓上鼓面唱令曲、小词，驱驾虚声，纵弄宫调，与叫果子唱耍曲儿为一体。”据此，可见诸宫调不但联合纵弄许多宫调，而且与法曲、大曲、慢曲等不同之点，尤在音谱中之驱驾虚声。虚声既多，高下不一，而各宫调原来应有之结声乃乱矣。此种音谱，当时于诸宫调一体中为最著，此外于寻常耍唱小曲中亦有之，实乃一种不规矩之唱法也。再则唱曲之外，又具说白，故曰“嘌呤说唱”，尤为他体所无者。至于虚声既多，拍眼必繁，观其用手调儿以外，兼上鼓面，与缠令之“须假鼓板村掇”，及元曲之“板与鼓同节”，先后无异，亦即后来唱昆腔时之拍节、鼓板连用者耳。手调儿疑即绰板，不知与序子、缠令所用之“拍板”，有何分别。“调”字不知误否，待考。

十 结论

以上依南宋词九种体制，由短而长之次序，论列其音谱、拍眼。惟缠令一种，体制虽长，而拍法多同于序子，故与序子合见。慢曲为南宋词中最多部分，亦最要部分，故张炎于其谱拍所述特详，后人解说纷纭，莫衷一是，兹为论断，因亦特为辞费。大概九种谱拍之中，以法曲最为古雅，上与雅乐较为接近；以缠令与诸宫调最为繁促，下与金元曲乐较为接近。音谱约分三类：一类乃法曲所独有，较为简质，犹存唐音者也；一类乃有丁、顿、住、拽、抗、反、掣、折，八项声音，吹管者应于指，而歌唱者应于喉，以成其迟速缓急，抑扬高下，除法曲而外，其余各体之音谱中，殆皆有之，蔡宽夫所谓“音谱转移，新奇相胜”者也，下至金元北曲内，恐亦沿袭其法不少；一类乃诸宫调所独有，驾驱虚声，纵弄宫调，且间说白者也。拍眼则约分四类：一类乃均拍，最慢，于前后片中，或四或六，或八或九，排匀其数，并可加四艳拍，则或十或十一，拍之前后复有打、敲、掯之眼，辅佐其间；一类乃依字数而分，较快，从一字一拍起，至六字一拍止，多寡有差；一类乃仅用敲、掯点眼而已，拍之名实尚未备；一类乃并敲、掯而无之，直无拍眼耳。此四类之拍眼，实全备于法曲、大曲之各遍，后起各体，只取其密者，而舍其疏者，于是第一类之均拍乃最为发达。论时代原以法曲、大曲为最早，后起各体，谱、拍两层，大抵发源于此；而法曲、大曲之谱拍，其成就也实受唐时边地胡乐之影响不少。序子、缠令、诸宫调中，种种繁声促拍，骤然而来，其为受当时辽金元音乐之影响，则亦无待言而无可掩之事实。考南宋九种词体之音谱、拍眼，初不料其远源与近因，固多在外国音乐之侵入也。

最后于《词源》音谱、拍眼两节中，犹可得有二义：一乃音谱非歌者一人之事，一乃歌时按拍，并非可羞之事。《词源》曰："听者不知宛转迁就之声，以为合律，不详一定不易之谱，则曰失律。矧歌者岂特忘其律，抑且忘其声字矣（按'声字'谓字之四声阴阳）。述词之人，若只依旧本之不可歌者，一字填一字，而不知以讹传讹，徒费思索；当以可歌者为工，虽有小疵，亦庶几耳。"据此，可见词在宋时，虽旧本已多不可歌者，遑论后世！当时之词，即能歌矣，而歌者动忘音律，甚且并忘其字声；即歌者所歌准确矣，而听者复鲜知音，往往以耳代律，如其意则以为合律，而不知正是歌者故为宛转牵就之声耳，不如其意则以为失律，而不知固为一定不易之谱也。可见音谱一事，并不能专门责诸歌者，乃作者、歌者、听者，三方面所当同究者焉。《词源》又曰："曲之大小，皆合均声，岂得无拍？歌者或敛袖，或掩扇，殊亦可哂。唱曲苟不按拍取气，决是不匀，必无节奏。是说非习于音者不知也。"据此，如法曲、慢曲等，皆以手拍者，当时歌人，每以为羞，不愿以其动作示人，而有敛袖掩扇之举，张氏则以为毋庸，既歌唱则应明白按拍，惮于拍则节难准矣。后人之唱清曲，一笛而外，至少有鼓板为具，必不可废，非此意耶？

以上所考，限于材料，驳难多而订正少，推想多而论断少。用《词源》内音谱、拍眼两节，及《讴曲旨要》之三十二句，在原书原为整片联贯之文字，而兹乃割裂零碎以引之，不无断章取义之嫌。好在原书俱在，阅者可以检核，如于上下文义之中，觉此所论，有误会失当者，加以纠正，至所愿也。

（原载《东方杂志》第24卷第12号，

1927年6月25日）

研究词乐之意见

处今日而研究词乐，殆不免于暗中摸索，扣盘扪烛之失矣。其人苟非于曲乐或一般音乐有基本之知识，及相当之艺能者，更无彻底于此事之希望。余非知音之人，于如何研究词乐，未能言也，兹所陈者，仅词乐之范围如何，研究词乐者应注意何事，何事为必不可忽者，供其一得之愚，以与学者共商榷耳。

大概研究词乐者，可分其事为两部分：一乃词乐之本身，一乃词乐之源流。词乐之流，是为曲乐，应别作专门之研究；若词乐之源，则古乐也，燕乐也，唐宋时之外国乐也，今之所言，胥从此始也。

（一）词乐之始　词为乐府，先有其音乐，后有其文字，文字所以由诗变而为词者，实因乐府诗之音乐先有变化也。然则唐中叶后，乐府诗之音乐，本来究为如何，当时何以不能保持故态而需变化，其变化之迹又如何——此三问题，实为研究词乐者首需解决者，此三问题决，则词乐初起之情形明矣。今人从句法形式方面推求，觉唐诗五七言最盛，而词则长短言也，料想由诗乐之递为词乐，必与此层有关，于是考得唐人乐府原用律绝等诗者，于律绝原乐之中，渐杂和声以歌，而词遂发生。如《朱子语类》云：“古乐府只是诗中间却添许多泛声，后来人怕失了泛声，逐一添个实字。遂成长短句，今曲子便是。”是其明证。其次便当推求此种乐府诗之音乐，何以添出许多泛声。我国古歌谱之传者，如朱子《仪礼经传通解》所载之《风雅十二诗谱》，说者虽不信为成周原音，而已认为开元遗调，固一字一音，并无泛声也；乃《唐书·五行志》谓天宝以后“乐曲亦多以边地为名，有伊州、甘州、凉州等，至其曲遍繁声，皆谓之入破”。然则开元国乐，虽一字一音无繁声者，而当时由边地传来之胡乐，则繁声甚多，彼乐府诗之所以有泛声，岂即受此影响乎？顾无泛声与有泛声之一端，犹不足以尽诗乐之末造，与词乐之初兴，仅受胡乐影响之一端，恐亦不足以尽二者变化之故也。特有此端倪，可以进而益事探求，必于上列三问皆得完满解决，而后为止，是研究词乐者之任耳。

（二）律吕之源　宋人论词，动云“协律”“择律”。夫不知律，何从言协与择？不知律源，何从尽知词乐之律？故律吕之源，亦即词乐之源之一部分，不可以不考明也。考律吕之源，至少需及三事：一为十二律三分损一之相生，二为七音隔八相生之分配，三为八十四调之旋宫，张炎《词源》上卷于此三事，已具说明。郑文焯《词源斠律》复一一详其说之来历，并考订刻本之讹，学者据此二书，已可得其大意与研究之资料。他若陈澧之《声律通考》、方成培之《词麈》、近人童斐之《中乐寻源》等书，均能示人以简明扼要，并可参览，兹不覼缕焉。

（三）宫调　所究词乐之本身，当从其宫调始。盖八十四调乃理想之全声，后世省七音为宫、商、角、羽四音，而只余四十八调，自宋时燕乐独选夹钟为律本，四音各得七调，只余二十八调，见《宋史·乐志》。而雅俗通行者，又只十九调，见《词源》上卷，即所谓七宫十二调是也。兹之研究，第一应考宋人词集曾注宫调者，有趣出《词源》所谓十九宫调之外者否；第二应考唐词之中，究有若干调之宫调今日尚可查见者；第三应考唐词宫调与十九宫调异同出入如何。惟唐宋雅乐，此俗乐相差两律；雅乐律低，俗乐律高，因而宫调于律名之外，又有俗名；加以胡乐浸入，音程相同者，每改用胡乐宫调之译音，如大石、小石、般涉、歇指之类，颇觉纷乱。故未曾考订以上三事之前，应先探明唐宋宫调名称中，雅乐、俗乐、胡乐间同异之处，而后方不至为其所迷惑也。

（四）律　“律”者，乐律之总称也。前之所谓律吕、宫调，后之所谓腔、韵、谱、拍，本皆包含其中。平常曰“协律”者，谓于以上诸事，一一皆合规矩也。其实诸事应分别研究；分究既毕，则其协律之总，亦自可见矣。分别以究，首及择律。择律者，意在使所歌之乐，其声情与当时之气候相应，乃益觉其和美。故杨缵曰“律不应月则不美”也。夫声音之微，与气候之渐，果有如何密切之关系与否，是另一问题，今姑不究；今所当究者，尚有三事：第一，宋人之为词，是否实行按月择律；当时普通词家皆实行，抑仅精音律者始实行；仅于节序之词实行，抑于一切之词皆实行。第二，十二律之配月，见《月令》《宋史·乐志》及《词源》，三者皆同；唐俗乐二十八调之配月。见于《通雅》者，仅二十四调；宋俗乐十九宫调之配月，前人独无论载，若就《词源》所列八十四调中，取其十九宫调俗名之配月，则有数月中无一宫调者，有一月中有数宫调者，参差不齐，颇难取信，此何之故。第三，若就宋人节序之词中曾注宫调者，如各家专集及《草堂诗余》等选集所载，以求其宫调配月之情形，则又如何。总之：大晟乐府之制调，或长短增演，或三犯四犯，乃按月律以为之者，张炎《词源》曾有明文，是其事固宋人词乐上之一种纲领，今日既究词乐，终不可因其荒略难明，而遂置而不问也。

（五）腔　腔之研究有二：一为择腔，一为制腔。择腔者，实乃择调，特以腔为标准耳。盖欲作一词，先按月以择定一律，须就此律所属之诸调中，再择定一调，然后再按此调之声谱以填词。顾于诸调之中，必择其腔之韵者，而舍其衰飒不顺、寄煞无味者，此杨缵之说也。惟唐宋词调之声谱，今皆不传，腔之如何，不得而知；今日欲实行杨氏之说，固不可能，即欲研究宋人之曾经如何实行，舍杨氏数言而外，亦鲜资料也。后人虽亦有择调之说，如邓廷桢之《双砚斋笔记》、吴衡照、孙麟趾、谢章铤诸人之词话中所见，皆以句调四声为标准，而非以腔律声谱为标准，是应当别论者矣。《词律》《词麈》《词学集成》等书，于杨氏择腔之说，均有疏解，而皆有误会。学者取诸家之说而衡订之，殆即研究择腔之事业耳。至于制腔一层，方成培《词麈》卷五《宫调发挥》一章，已详其线索。所谓过腔断句、定板、起韵、结声，与此处所列前后各节，皆有关系，需作总括之研究。学者分析方说，而别求论证以确定之可也。

（六）韵　此所谓韵，非指韵部之分合，乃杨缵所谓“随律押韵”也。即某律之调，于四声之中，应押某声之韵，方觉调协也。唐段安节《乐府杂录》久有其说，清方成培解之，而戈载《词林正韵》复归纳宋词之用韵，按其宫调，已证段氏之说。戈氏研究之法，最合吾人模仿，惟除集证以外，尚须推求其所以然。观段氏定二十八调之用韵，全用五音为之纲，以上下平及上、去、入，配徵、羽及角、宫、商，可知四声与五音间之关系，实为某宫调应用某声为韵之故。顾四声与五音间之关系，究属如何乎？段、方、戈诸人俱未说明，是待后来学者研究讨而补足之者也。

（七）谱　词谱之传者，惟姜夔自度之腔而已。然依其谱字，以箫管吹之，不但无拍节不成乐，且亦拗戾不成腔。因知今日于谱字所认识者，究竟误否，尚属疑问。研究宋词谱字，当然以《词源》及《白石道人歌曲》所见者为主，而以《朱子全集》《宋史·乐志》及王骥德《曲律》所见之宋乐俗谱参考焉。惟《词源》所载，刻本多讹，且古今字谱以外，又有管色应指字谱，及宫调应指谱，其与古今字谱复见者，每前后不一，纠纷异常，又可以郑文焯《词源斠律》所校者斟酌画一之，其终不能画一者，共有若干，已画一者，与今日俗用之谱字如何译合，亦均为研究词乐者所当整顿。再谱字原所以代表七声及其变化者，而宋人又兼用以标律吕，故《词源》列八十四调，每调之下必缀一谱字以表之，殊足令人眩惑。《中乐寻源》曾明此意，亦研究谱字所不可不知者。

（八）起结　“起结”者，音谱之起与结也，调有几片，则有几起几结。所谓“起”者，非首字，乃首韵也。全谱之宫调，胥由起结两韵以定，故全词之四声，本与全谱皆有关者，而起结两韵之四声，乃尤与有关，作者不可以不慎其用字焉。自《词源》有《结声正讹》一节，乃知起结之间，结字又与犯调有关，尤为要紧。学者之究此，第一可先确定起结与全谱宫调、犯调、制腔各方面之作用；第二详明前人所谓起调、毕曲、杀声、住字、走腔、落韵诸说；第三再搜罗宋人足以详明音律之词例，以为诸说之证明；第四则郑重表明填词家于全调起结之处，何以必需格外谨慎守律。

（九）拍眼　有词无谱不能歌，有谱无拍亦不能歌，而乐终无以形成。词乐之拍眼，惟《词源》中有所论载。自大曲以至令词，各种拍法不同。于官拍、艳拍以外，又有丁、抗、掣、拽、折、顿、住、打、措、敲。其中如打、措、敲，颇类拍外之眼，而其余七字，则不过为音之形状；故如住、掣、折，皆有符号，并不类拍眼之符号，而为吹管指法之符号也。惟据姜夔集，宋人词谱，只一字一音，而雅歌又不容有缠声，则似乎拍节以外，更无需乎有眼，究竟拍外有眼与否，拍与眼之名称、符号、性质、用途如何，各体词之拍法——尤其如慢之八均，引、近之六均为要——究竟如何解释，倘除《词源》以外，能多集宋人笔记杂书中之说，而一一考订之，真有功于词乐不少也。

（十）乐器　词乐只用箫管。惟据《词源》，各种词体所用之管，粗细长短不同。有倍四头管、倍六头管、筚篥、哑筚篥之分，声音亦有清圆、清越之别。而拍具之中，亦有拍板与手调儿两种。其他书中，直接于词乐用具之记载虽少，但头管、筚篥，如何制度，“四”“六”何指，如何倍法，哑与不哑何谓，若分别向各方面探求，则亦不乏研究之材料也。

（十一）歌唱 《词源》有《讴曲旨要》一节，专论词之歌法。但其文乃歌诀体裁，辞简而意晦，又杂吹管之指法，及拍眼于其间，益为纠绕难明。郑氏之《词源斠律》，虽有疏解，终未贯通。他如雅歌缠令之分，善歌者之如何融化字面，声情与文情之如何互相宣发，歌时有无舞之容态表现，亦皆可附及焉。此事比较途径愈狭窄，材料愈枯涩，特亦研究词乐者万不可少之一端，当与拍眼一事，连同进行探讨者也。

（十二）词调之繁衍 以上自（三）至（十一），皆词乐本身之问题也，若研究词调之繁衍，则就各个词调，先为归纳门类，后就各门类讨论其发生之先后源流与方法，虽亦同为词乐本身之事业，但已为别一方面之观察矣。词调之门类根据词乐以分者，如偷声、减字、促拍、摊破、犯调、集调等是，需求其各类之成因与历史，夫诗乐受胡乐之影响，由添泛声而得长短句，此词乐之总成因也，亦诸词调中，大曲与小令，发端两体之成因也，先有大曲，然后乃有法曲，有摘遍，有慢词；先有小令，然后乃有引，有近词，有慢词，有序。小令又由添声、偷声、减字、促拍、摊破，互相繁衍；令、引、近、慢间又由犯调、集调，互相繁衍。他方面知音者复率意吹管成新腔，然后填词，或率意为长短句，然后制谱，所谓自度腔与自制腔是——凡此诸端，皆词调之所以繁衍。研究者除一一说明以外，遇有长短句法可作例证者，应兼备其例证；若无实际可按，而仅存名目，可供悬想揣测者，亦当推详其理解一切，要以词乐方面为发论之点，足补《词律》等书之所不及也。至于制乐之专家，如宋太宗、丁仙现、周邦彦、万俟雅言、姜夔等人，历略如何，成绩如何，并当考订附及焉。

总之：词曲同为合乐之艺，本来乐与文并重，乐且先于文，而为文之所附。故词乐虽多失传，仍为今日研究全部词学者所不可废置不问者。凡本身不可通解之处，即不妨借曲乐为参考，他山之助，所获必多，此亦一根本之方法耳。

（原载《国立第一中山大学语言历史学研究所周刊》，1928年第39期）

研究词集之方法

此篇所陈者，乃对于词集之考据、整理、阅读、批评等事，示其进行之端诸也。业不仅于阅读、批评，而兼有考据、整理，故全篇非但包含读词之方法，而实为研究词集之方法也。词集之为数较诸诗文眇乎小矣；学者虽欲全部涉猎，亦非难事。惟事前若乏南针，临事又乖步骤，则每每徒费精力，未中肯綮，劳不必其有功，功不必其致果，此所以贵得研究之方法也。词集约分专集、选集、总集三种，兹即分此三节论之，并附以读词要义四则。续集研究中，于编纂《全宋词》一事，尤三致意焉。

一　专集

词之专集，可分两种：一乃专家之别集，一乃寻常之别集。研究专家词集，需兼考据、整理、批评等事；若于普通词人之集，则就其全书，有一大体之观察，而为之作一提要足矣。凡一种专家词集，既经考据、整理、阅读、批评以后，其结果必须求得此家著作之全部，与夫全部之精华，及其文字上思想情志之真，艺术上造诣特长之至；可依下列数端，次第为之：

（一）搜集材料　认定研究某一家词集以后，首当搜集此家全部之著作。宋元以来之词人，凡属专家，大抵皆已有专集，或为作者当时所手订，或为学者后日所代编。然一人之作，传本若有数种，则多寡异同，往往各别。学者第一需罗致此家之各种专集，及每集之各种板本，以内容最丰者一种为主，而以余本别见者增补之。如周邦彦集《片玉词》与《清真集》较，《清真集》少五十余阕，陈允平集《日湖渔唱》以外，尚另有《西麓继周集》，多出一百二十余阕，是其例也。更有宋元专家，当时未有专集，或虽有而后世已佚，或后人虽为编纂，并未得大段之材料，其则其所纂，实残缺不完；而宋以来较古较大之选本，如《乐府雅词》《阳春白雪》《花草粹编》《历代诗余》等书中，反于其词多所裒录，可一一加以考核，而从事增补也。故第二层又需罗致诸选本、笔记、杂书，广为搜辑，以得一家一集之全。如晏氏父子《小山》《珠玉》二集，先有汲古阁本，后有《小山词钞》《珠玉词钞》本，后者据《历代诗余》所辑补，几倍于前者之所有。即《彊村丛书》于《小山词》用赵氏星凤阁藏明钞本，较之《小山词钞》所辑者仍少五阕也。又如近人吴昌绶于残宋本《东山词》一卷，明钞本《贺方回词》二卷以外，又据《乐府雅词》《阳春白雪》《绝妙词选》《草堂诗余》《全芳备祖》《花草粹编》等书，补得贺铸之作三十余篇，均其例也。

惟有名之词，往往属甲属乙，选本之传说不一，而笔记杂书所载，又每多依托之伪词，搜集材料者诚不可不加以精审之鉴别与考订也。彼明知其伪者，固不容不删，若传说不一而互见，或疑似之间而难定者，编入以后，亦不可不注明意见。如明人所传之温庭筠《金奁集》，其中韦庄、张泌、欧阳炯之词甚多，何能尽信以为温作？卷末附张志和作《渔父词》十首，曹元忠谓为当时人和张之作，并非张作，考订之精，直揭千百年前宋人之误，其精审殊可效法矣。

（二）校勘字句　专家词集之传刻传钞，有精有不精。精者如四印斋及彊村所刻，不精者莫过于汲古阁之《宋六十一家词》；及汪氏之翻刻此书，乃益“帝虎”“焉乌”，不能卒读——此整理名家词集者所以贵校勘也。惟板本既多，字面歧出，若一首之中，此字从甲本，彼字从乙本，随意取舍，毫无标准，则终不足以得前人之真，而餍后人之意，其失与妄为窜改者相埒——此校勘名家词集者所以又贵订条例也。曩者王鹏运、朱祖谋诸先生于《梦窗》一集，校勘再四，而后始定，其所订条例，足以成说，亦足以见例，兹节录如次：

> 一曰正误　按《梦窗词》世只虞山毛氏、秀水杜氏二刻。毛刻失在不校，舛谬至不可胜乙；杜刻失在妄校，每并毛刻之不误者而亦改之。是刻据二本对勘，参以诸家总集，凡讹字之碻有可据者，皆一一为之是正。若“向”误“丙”，“梅”误“悔”之类，必胪举原文，则“亥豕”纵横，触目生厌，故卷中不复标明，另为札记附后，以备参考。可疑者或注“句疑”字于本句下；其讹字之未经诸本校出者，依傍形声，推寻意义，时亦间得一二；已改者注曰“毛作某”，或“毛误某”；未改者曰“疑作某”，或“疑某误”，并列行间，以待商榷，不敢自信，以为必然。至毛本不误，而相承

以为讹，经杜刻校改者，间分注证明于本阕之末，虽不免挂漏之讥，或有资于隅反，亦毛刻《片玉词》例也。

一曰校异　校勘家体例，最重胪列异文，以备考订。此集世只毛、杜二刻，虽有毛刻以前选本，可据以为异同，又不少概见。……他如《御选历代诗余》《钦定词谱》、万氏《词律》、朱氏《词综》、周氏《词录》，所录梦窗词，大都本之毛刻。其校订讹字之可信者，业已据正原文，此外无甚出入。若“幽分”之一作“幽芳”，“绣被”之一作“翠被”，浪费楮墨，何关校雠！故只惟是之求，不能备列。亦有因两疑而并存者。……其有明知改词以就韵律，避重文，凡一切选家所妄易者，则去之惟恐不尽，不得以校勘之说相绳矣。

一曰补脱　毛刻阙文极夥，有已经空格者，当是原阙，然只十之三四，不逮脱简之多；杜刻次第拟补，几成完书。是刻惟间补一二虚衬字，皆于空格之下注曰“某本作某”，不令与原文相杂；三四字以上，则悉从盖阙。唯甲稿《塞翁吟》，毛阙“绿幕萧萧”四字，据《词旨》补入正文，以出宋人论著，非后来选本所可例也。其有不空格，注曰“某本多某字”者，按之句律，多寡皆合，不得以阙文论也。又如甲稿《浪淘沙慢》有“新燕帘底□说”句……杜刻……于“帘”上补“查”字，又改“底”为“低”，平侧大谬。……乙稿《木兰花慢》，“步层邱翠莽，□□处更春寒”句……杜刻以“翠莽”处为句，而补“直上”字于“层邱”下，遍检梦窗此调，次句第二字无用侧者。此类至多，不可枚举。故卷中脱简，不但不敢妄补，即空格处亦详审而后定。至毛刻原空，则悉仍其旧，间有移易，亦必有脱。

一曰存疑　梦窗工于锻炼，亦有致成晦翟（涩）者，浅人读之，往往骤不能解。以毛刻之多误字，遂归咎于校勘之不精，任情点窜。是以戈载《七家词选》于梦窗涂抹尤甚，稍掉轻心，即蹈此失。如《扫花游》换头“天梦春枕被”句，杜校谓“天梦”疑“香梦”之伪，初颇谓然；继思词为题瑶圃万象皆春堂，圃为嗣荣王别墅，见《癸辛杂志》，王乃理宗之母弟，度宗之本生父，盖用秦穆公上天事，语不误也。又《塞垣春》起句“漏瑟侵琼管”，初以为必有讹字，嗣读《秋思耗》词，“漏侵琼瑟，丁东敲断”云云，始悟为用温助教诗“丁东细漏侵琼瑟”句。他如《疏影》之“占春压一”，《一寸金》之“醉擘青露菊”，《绛都春》之“漫客请传芳卷”，《定风波》之“离骨渐尘桥下水”，约十许处，不敢谓其不误，亦不敢谓其必误，疑而存之，以俟高明鉴定。顾千里云：“天下有讹书，然后天下无讹书。”殆有见于存疑之义云。

一曰删复　梦窗四稿，毛氏刻非一时，故有一词两见之失……皆从杜刻删后见者。又有误收他人之作，毛跋已详言之。其杜刻……未删者《玉蝴蝶》一阕，见《梅溪词》，《绛都春》一阕，见《草堂诗余》，《玉漏迟》二阕，一见《草堂》，一见《阳春白雪》及《绝妙好词》。按《梅溪草堂》皆出梦窗前，《阳春》《绝妙》二选出梦窗同时人，且收梦窗词不少，不应误将所作它属，故皆据删之。惟《好事近》秋饮一阕，互见《蒲江词》，系据《中兴词选》补录，未删。

兹据上文所云，再明白列其义例如次：

（甲）正误四义：

一，不可不校，亦不可妄校。

一，校正伪字，必确有所据。

一，凡校文重要者可于原词内注明，细琐者应另为札记，附于集后。

一，不能自信以为必然者，宜注“疑作某”或“疑某误”。

（乙）校异三义：

一，凡有异文，宜全胪列。

一，可信者不妨据改原文，两疑者则并存之。

一，凡明知为选家妄易，以就韵律，或避重文者，不列。

（丙）补脱三义：

一，脱处用空格以明之。

一，疑是某字者，于空格下注明，勿遽填入。

一，按之句律多寡皆合者，则仅注明诸本多寡情形，勿妄加空格。

（丁）存疑一义：

一，误否不能决者，注明所以，以俟高明鉴定。

（戊）删复二义

一，一词两见，删后见者。

一，他人之作误收者，须考明删去。

王氏跋语中又有曰：“夫校词之难易，有与他书异者：词最晚出，其托体也卑，又句有定字，字有定声，不难按图而索，但得孤证，即可据依，此其易也；然其为文也，精微要眇，往往片词悬解，相饷在语言文字之外，有非寻行数墨，得其端倪者，此其难也。”观于上文“存疑”一条，知王氏所谓难者，诚非无故矣；然即所谓易者，证既孤出，真赝之辨，绝非浅陋者所能辨，亦安在其易欤？从事于此者盖不可以不审慎矣。

（三）编纂与整理　集非出于作家手订，而板本来历又不足信从，或原编特为凌乱，无可保存者，则重行编纂之功为不可少。若完全出于一时新辑者，则事前更需决定一种排比之法。大抵特殊之编次，有设计用意于其间者（如吴文英之分甲、乙、丙、丁四稿，姜夔之分自度曲、自制曲等），苟非出于作家亲手，他人要不宜妄为主张。若寻常之编次，按字数列调，按调名类词者，视词集同于词谱，最为呆板，能避而弗用为是。若按律类调者，则宋词未尝遍注宫调，即已注者，亦各家不能一致，难于决定；且词乐既亡，分别宫调何用？大可不必矣。他如朱祖谋先生之编《东坡乐府》用编年体，自成善本，特词家之作，能如苏集之年代大半可考者，殊不多见耳。若全出于新辑者，当然以所据书籍之时代先后为序，不必按词类调，较为活动。更需注意者：新编则新编，旧编则旧编；若既用旧编，则应存其本来面目，毋又参加新意以乱之。至于卷数，用旧编则勿有增改，出于新编亦宜从简省；若无故多分，徒乱人意而已，无当于事也。

每一专家，有若干集，若干卷，若干调，若干词，以及下文之所谓创调若干，创名若干，宜概为统计，而存其数，以作他日增补参订之准。

（四）考订与笺释　考订有三方面：第一，作者生平；第二，集之板本；第三，词中创调、创体及创名。作者生平，除正史本传以外，宜兼及野史、笔记、杂书。王国维先生所辑《清真先生遗事》，可为模范。惟专为研究其词起见，除条列事迹以外，并应钩稽其为人之思想与境遇足以发明词旨者，供下文所谓评论之用。板本无论存佚，并宜著录。尤贵明其源流，判其得失，以见某本可用以阅读，某本可用以整理。创调、创体之考，均甚要紧；因知某家曾经创调若干，即可见其于音律上之创造如何；虽用旧词，而有创体，亦可见其于音律上之变化如何。至于调犹是也，体犹是也，而仅创用新名，事虽琐屑，若亦考订明确以后，于上文之搜集、校勘、编纂、整理等事，都不无应用之处，故亦不宜忽略也。

笺释之功，于词学为尤著，其目的要在发明词旨而已。此层宋人所从事者，仅文字典实一方面，如东坡、美成之作，注者不止一家，及今所传，尚有陈元龙之《片玉集注》一种。惟此种释而不笺，明义有限，是笺释之浅者也。金人魏道明之《明秀集注》，则于字句之外，兼及大义与本事，范围已较广。后人于笔记词话之多载本事者，好为录附词后，以明题旨，藉成专集之笺本，如刘继增之《南唐二主词笺》是其明例。然词有本事可按者，终属少数，若举题目或文字中所见之时地，及交游倡和之人，一并为考订之材料，则其途径广阔，而发明词旨之功益著矣。盖所谓题旨，与词旨有异：题旨仅得全词之原由与大义，是其粗者；词旨则纤宏并至，无隐不发，是其精者也。南宋诸家之作，寄托深远，而措词沉晦，读者尤赖有笺释之本，以省推详揣测之烦。前人所为，如江昱之疏证《山中白云词》，其功最著，兹略引其叙言如次，以见义例：

> 词自白石后，惟玉田不愧大宗，而用意之密：适有题分，尤称极诣。率尔读之，虽击节叹赏，而作者苦心，或未出也。夫集中之题，但云某人某地，读者亦仅就其词，臆为人如是，地如是，是人与地因词而见，而不知词实有以确洽其人与地，何啻目眩珊瑚木难而不能名耶？其或实有所指，而本题未能注明，则又往往忽略，甚且以为宽泛之语，而曾不经意，可胜三叹！间与弟蔗畦涉猎之余，遇可相发明者，辄笔之简端，垂二十年，翻书不下万卷，盖已得十之七八。……率从卷籍不相涉之处参考互证，触类旁通而出。既矜创获，覆绎词意，愈觉神观飞越，恍亲历其时，身入其境，聆其谈笑，而罄其曲折；向之平淡无奇者，今皆见其切事惬心，分刌合度，而非随手填写，仅求好句成篇可比。爰加节葺，列于各词之左；鄙见则以“昱按”二字别之。至其词之取摭宏富，蕴酿深纯，则所谓“无一字无来处”者，读者当自得之，不待鳃鳃为之诠释尔。

观于江氏所言，可知直接之材料无多，且未必完全得用，间接之材料虽搜集费时，而其用往往非前者所可比。用直接之材料，其事稗贩而已；用间接之材料，则非有抉择、思考、触悟不为功，其可贵也，何待言乎？

至若字句来历之注释，有时反觉多事，足以引起读者之厌恶者，不可不戒。盖词家自周邦彦始，好檃栝唐人诗句人词；南宋诸家长调，舍此途径，几不足以成阕，每每即因此故，使全词生气索然，实一大弊，江氏所谓“无一字无来处”者，实词家之短处，并不足以效法也。然作者之修辞，每于无意之中与成语偶合，并非有心运用成语者，注释家若偶有所见，自矜创获，亦为之一一点明，则无论其字面之新旧，读者将意其皆为成语而发，并非为词之真境而发，反觉机械乏味矣。故词之注释，必不能泛，泛则毋宁其缺也。

（五）精读与选录　每家专集，既经过以上之各项整理、考订以后，可以应用下文“读词要义”一节所载者，潜心精读一番矣。除句读以外，遇词中精粹部分，俱可标出。读者意之所到，则录为卷头之评语；更随手作札记，于各方面之怀疑与领悟者，皆一一记入，徐图决断与整理。又下文所谓选录者既成以后，更可以供朝夕讽咏；前人所谓学填词先学读词，于声调抑扬顿挫之间，得心领神会之用，然后试为下文所谓之和作，自得丰神谐鬯矣。

精读之际，可凭一时之审察，或一己之嗜好，就全集中定一选目；或并据此目，径行录成选本。选录宜首先订明选旨：第一，精选抑粗选；第二，所录者标准如何；第三，所删者标准如何；第四，编次如何。大概粗选仅为消极之削删，精选始为积极之表彰。凡可以表见作者为人之身世与思想者，可以表见作者文章之特长与派别者，皆为普通选录之标准也。反此者固应在删削之列，即有于此而缺于彼，不为完璧者，亦非精选之所应纳。若字句之残者，音律之疏者，词格之降者，则又皆普通删削之标准也。既有选本，则上文札记所有，可以移而繫于选录各词之后；即下文所谓之评论，亦以与选录合见为便焉。

（六）集评与定评　对于每一作家之评论，可先集前人之意见，罗而列之，更总诸说为数派，合之于词，以定其是非，益以其他之见解与发挥，是为定评。评专家之词，固应集中其思想，显著其特长，亦当明其渊源，审其学力，与夫受时代之影响如何。所论断者，需得大体与概况，毋硁硁细处。主客观宜并用，毋全凭主观。前人词论之弊，多在出语不着边际，不关痛痒，态度不恳切，若不负责者。倘持说偏激于一方，只要能于自圆，固犹较模棱两可者为有益也。

（七）详别流派　每一专家以后，必有继承风派之人：或深入堂庑，或略借蹊径。彼论者觉察不真，或有意附会，谓某人属某派，某人从某家者，固不足道，若后起作者，确于当时或前辈有所师承，有实际明白可按者，则前之定评，已穷其源，兹之沿流，不妨再尽其委。推而至于末流之衰弊何似，亦牵连及之，则于某家，词派本身之利病，所体会者必能益真也。张鉴之疑姜夔传，并列张辑、卢祖皋、史达祖、吴文英、蒋捷、王沂孙、张炎、周密、陈允平，九人之历略，以为其词皆宗姜氏，是举姜氏以后所有之南宋名家，悉系之于姜氏之门也，未免泛矣。诸人既较姜氏为晚出，词境受其影响自有之，应另为之说，分别轻重，而不便一视同仁也；若如此以详流派，将详不胜详矣。故所谓详别流派者，嫡派则详之，其他者流而已矣，为说以别之已足矣。至若周济之《宋四家词选》，立周、辛、王、吴四家为中心，领袖一代，以其余各若干家为附庸，则另有机轴，非寻常之言源流派别者可比也。然其入主出奴之处，牵强附会者多，确切投合者少，集万人而议之，恐亦难得两人之全同也。盖指出领袖数家，其法甚巧，若设立门户，标榜旗号，将其余者强为系属，若确然无可通融者，则其事甚拙也。

（八）拟作与和作　周邦彦一集出，后人全部属和者，于宋代知有方千里、杨泽民、陈允平三家；后来之为全部和晏、和姜等集者，亦常有之。张炎《词源》论学词，早有“精加玩味，象而为之”之语。盖凡事模仿先于创造，学者于名集精读之余，得其真境，体会之，推广之，自觉胸中拥积有许多词，需笔之于纸，有欲罢不能之势矣。前人之言初学作词，以为联句与和韵同是习练之法，其实联句难得其人，不如和韵。和今人犹或不免于勉强酬应之弊，不如和古人者为妙。和古人不必和其全集，亦不必和其题韵，习其法而用其境，以自抒情志之所郁，是亦和也。研究专家词集者，兼盖此功，庶乎可以断手，而告全业之成矣。

以上八端：约为考据、整理、阅读、批评、撰作五事，乃研究专集者全部之业。或谓实际应用，此八端难于周至。考据整理足以阻塞性灵，不如去之，可以极尽欣赏陶写之乐。如况周颐先生于《蕙风词话》中屡示于词集不乐校雠，一则曰：“昔人填词，大都陶写性情，流连光景之作，行间句里，一二字之不同，安在执是为得失！”再则曰：“词以和雅温文为主旨，心目中有雠之见存，虽甚佳胜，非吾意所专注，彼昔贤曷能诏余而牖之？则亦终于无所得而已。”不知考据与习读，原应分别从事，不能同时并举于一次开卷之间也。先粗读而省知某家为有价值之作，值得为之竭校订之劳，然后方为校订。校订既至尽善，然后再作精读，何碍于欣赏之趣乎？且一人一时之劳苦烦闷，足以嘉惠后人后日于无穷。词果不必笺校，则使今日习梦窗者，仍守毛本而拒王篇，肯乎？使习玉田者，仍止原词而遗江证，安乎？此以上八端，应次第以进，不能参杂躐等，学者又不可以不省者也。

二 选集

选集前人即名为总集，兹因下文另有总集，故别之。选集之用原有二：一为资欣赏，一为资考据；研究选集者，亦即可由此两途以进也。

（一）编列总目 自五代之《花间集》起，迄于今日之《宋词三百首》止，古今选本共有若干，或存或佚，可以列一总目，有名必登，搜罗务尽，其数虽多，要不过以百计，非若别集之以千计者，一二纸所不能尽也。此目可依时代为序；书名以外，并系卷数与作者。能据其内容，进而各为提要最佳；且宜较别集之提要详尽，因其关系较别集为大也。其名存书亡，无要可提者，则为考证；无可考证者，亦必著明其书之名目，见于何处。

（二）分别性质 选本性质，各书不同，大别之为六种：因词而选、因人而选、因时而选、因地而选、因题而选、因调而选是也。第一种乃纯粹以词之优劣为准，选集之正者也，欣赏考据，两得其用，而不相妨。有出于坊间者，有出于专家者，不可不辨。第二种以下，皆先有其他目标，其次方及词之优劣；如是考据与欣赏之两用，在同一书中，此长则彼消矣。因人而选者，或专选女子，或专选同人，其失每在标榜。因时而选者，关系较大，有正统与非正统两种。因地而选者，无非为存乡邦文献起见，可考其体例善否。因题而选者，宋黄大舆《梅苑》开其端，题小近于戏玩之文；若就大题目汇为一编者，古今尚少见焉。因调而选者，或因宫调，如明李开先之《歇指调古今词》；或因牌调，如《百萼红词》，选《一萼红》百首，皆极僻。又有词谱兼词选者，如《白香词谱》，亦应属因调而选之列。又有因总集而选者，如《宋六十一家词选》；又有因他书体裁而选者，如《宋词三百首》，则又情形各别。总之，一选在手，性质如何，应先审定，然后方可以及其余也。

（三）考订选旨　一选之中，词之优劣取舍，以何为标准，不可不察。选家眼光，当然随其人之学识主张嗜好而定。故选集有可以代表某一词派者，如宋周密之《绝妙好词》，清朱彝尊之《词综》，张惠言之《词选》，其最著者，学者不可失之也。即《清绮轩词选》，向以纤艳为人诟病者，但选旨惟一，而且分明，选材俱能与选旨相符合，论选集之体例，则甚觉其是，较之无一定宗旨，踳驳凌乱者，其书固有作用矣。更如周济之《词辨》及《宋四家词选》，以词评而兼词选，选之前各自具说，标明选旨，读之自觉其便利。然则遇名选而不具条例说明者，学者固可以就其书中求之，而试为代订选旨。厉鹗辈于《绝妙好词》，只知为考据方面之笺释，而不知在欣赏方面，代古人揭明选旨，犹属缺憾也。

（四）编制分目　此就每部选本以内。编制分人、分调、分题之目录也，与（一）编列总目者不同，特亦供考据之用者为多耳。此事仅合向宋元选集，及明以后大部之选集为之，其余可以不必。盖分人目录之作用，所以便于编订名家专集时之补佚词也；分调目录之作用，所以便于修词谱时之补调体，校勘字句也；分题目录之作用，所以便于作词时之有参考，同一般类书之为助也。

以上四事，于考据、欣赏两用，参互有之。此外研究选集，有同于上文研究专集者，如《梅苑》佚词之待校勘增补，《绝妙好词》《尊前集》之待考订，《草堂诗余》之已经笺证注释，是其著者。前举诸法，学者可以触类运用矣。

三 总集

总集之研究内，以编纂《全宋词》一书，于意为要，兹特陈之：宋词之所以不可不一全者，犹之汉文唐诗之所以全，盖三者同为代表时代之文学也。以汉文唐诗著作之繁，前人尚且全之，则宋词篇章，比较有限，全之何难！观于唐五代词既已附全于《全唐诗》之后，乃益觉《全宋词》之不可以不亟亟有矣。夫宋词不全，实清代词业之大憾。当清初《钦定词谱》《御选历代诗余》两部官书之编定也，一时词臣，以为即此卷帙，于词业已大有成就，是以豪夸后世而有余，且词毕竟为小道，不足与诗文骖驾，故觉宋词不必全而存之，但选而存之已足。至近人朱祖谋先生之编刻《彊村丛书》，于宋人之作，凡附见于诗文之集者，虽三四首，亦不计工拙，编为一家，始寖寖有全而存之之意矣。然编纂《历代诗余》之时，《永乐大典》犹存，宋人之集，散见甚多，故今日不见之宋词专集，《诗余》中动辄有数十首存储之富。使当时即有全而存之之计划，所成就者必大有可观，尚何待彊村今日之三四首即编为一集乎？夫昔日有全之之材，而无全之之志；今日有全之之志，而全材已愈益零落，致宋词终不得以全，岂非清人词业之大憾乎？及今零落之余，若急为掇拾，犹足为桑榆之补；过此以往，只恐艺林日益繁冗，而典籍日益消沉，求如彊村之三四首即为一集者，且必有不可能之一日，后之视今，岂非亦成大憾乎？

大概综明之毛刻，清之侯刻、王刻、江刻，近人之吴刻、朱刻、陶刻、共若干集，是第一步；搜求现存宋集附词，为诸刻所未列者，是第二步；就宋以来诸选集所登，汇为新集，是第三步；就宋以来笔记杂书，增补遗佚，是第四步。如此进行以后，总得卷帙几何，在未曾从事之前，虽无从估定，然料其全丛，舍钞缮以外，多不过一人之力，一年之功，十人之力，一月之功而已，有志者于此区区之烦，固不足惮也。至于体例，则全文、全诗，典型自在，毋庸泛及；所宜别者，《全宋词》之篇幅，既不过多，各家所用板本，及所据书卷，不妨全体注明，以备他日之复按，示其书虽一时编就，而内容则千载公开，犹赖后人之陆续增订而无已，毋蹈清时官书自大之恶习也。

四　读词要义

无论研究专集或选集，都不能无精读。即不取全部研究之步骤，而只就某种词集作平常之揣摩词法者，于如何揣摩为宜，及应注意何事，亦不可不预察焉。所谓揣摩者，析之乃有两事：阅读与思考是也；而其目的则有三：声韵、意境、文法是也。盖阅读在求得辞意之所宜，与腔调之声韵、转折，思考在求得作者意境之所止，与其文章之所以成。学者倘于每一首词，始既习其调之腔韵，次后会其词之意境，末于其文章所以致力之由，更能了然于胸次，则读词之事，亦既毕矣。兹列揣摩意境与揣摩文法之要义四则如次，至涉及声韵者，乃词律之事，其言甚长，另著于篇。

（一）通解文字　读词之次序，先畅其句读，次洞其题旨，次详其本事，次尽其典实，与所用替代之字，此即所谓第一步之通解文字也。句读固应以文意为准，而其调之联贯停顿，与夫叶韵之处，亦不可不先检谱式而知之。词凡有题目者，题旨自明；若无题目，苟非脱漏，即以无题为题也。词体初创，多以调名为题目，唐人词中，犹可考见；自后此制渐失，在短调语无僻涩，意无隐晦者，题目之有，本同赘疣：至南宋之长调，组织全异，虽有题者，大旨所在，尚需揣而后知，况无题者乎？又有作者于工词之余，兼工为题者，则其词旨大明，无待钩稽矣，本事多出于笔记小说，《词林纪事》一书，已大略备之。亦间有当时后世因其词之流播人口，乃故为曲说，附会出之，以炫耳目者，则信与不信，倘不关宏旨，亦毋庸辨也。典实之求，端在博洽；注释类书，亦足为助。然词家每每融化诗句，其诗句之来源，不同典实，不必一一追求，求之反觉无味，上文已言矣。替代字除有关典实者外，以意会之已足，胶柱鼓瑟，大可不必。如前人之用《说文》解词，未免太迂。（宋秦观《踏莎行》词有“杜鹃声里斜阳暮”句。胡仔《渔隐丛话》曰：“少游《踏莎行》，为郴州旅舍作也。黄山谷曰：‘此词高绝。但斜阳、暮为重出，欲改斜阳为帘栊。’范元实曰：‘只看孤馆闭春寒，似无帘栊。’山谷曰：‘亭传虽未有帘栊，有亦无碍。’范曰：‘词本摹写牢落之状，若曰帘栊，恐损初意。’今《郴州志》竟改作‘斜阳度’。余谓‘斜阳’属日，‘暮’属时，不为累，何必改？东坡‘回首斜阳暮’，美成‘雁背斜阳红欲暮’，可法也。”清宋翔凤《乐府余论》曰：“按引东坡美成语，是也。分属日时，则尚欠明析。《说文》：‘莫，日且冥也，从日在草中。’今作‘暮’者俗。是‘斜阳’为日斜时，

‘暮’为日入时，言自日昃至暮，杜鹃之声，亦云苦矣！山谷未解‘暮’字，遂生轇轕”。其实“暮”字乃动词，谓为“尽”字、“没”字等之替代字可矣。黄固迂，胡谓属时，作名词不作动词，宋谓“暮”为日入时，仍作名词不作动词，亦均不免拘泥，徒引《说文》，依然轇轕也。）

（二）确定比兴　词法无不用比兴者，特所比所兴之近远，在读者意想中每每无定。然作者之意，只有一也，读者之所领会者，若近而不及，是深负作者，若远而失实，是厚诬作者；二者俱有不当。必须不即其辞，而又不离其意，斯得其真实可信之旨，斯所谓确定比兴也。温庭筠《菩萨蛮》：“新贴绣罗襦，双双金鹧鸪。”鹧鸪双双，若谓形成绣襦之精美，是泥于辞也；若谓旨同《离骚》之初服（见张惠言《词选》），是凿于意也；若谓因见鹧鸪之双飞，制襦之人乃兴起自身之孤独，则与上文弄妆迟懒，花面交映之旨皆合矣。辛弃疾《菩萨蛮》：“江晚正愁余，山深闻鹧鸪。”鹧鸪愁闻，若谓仅寻常之鸣禽兴感，则以副上文之行人多泪，长安可怜，岂不太觉浅率！然后知作者于金人追逐隆裕御舟之事，确有所感。特谓鹧鸪之鸣，乃指恢复之业行不得（见罗大经《鹤林玉露》），则又未免臆断耳。故此兴之确定，必以作者之身世，词意之全部，词外之本事，三者共同为准。温氏初无屈平之身世，即难以《离骚》之义相比附，金人既有造口逐舟之事实，则缘当年时局而兴感，自属可信，更参考以通篇辞意，俱无窒碍，于是可为定论。若三者有一为不合，则未容强有所执也。且学者之揣摩，与其厚诬古人，毋宁深负古人。盖所以负者，见解未至也，始而未至，进而可以至；所以诬者，必心目有所蔽也，若所蔽不除，则愈去愈远，迷而不返矣。因是读词之道，于详尽词中之典实与本事之外，尤需考明作者之身世与境地，此实一重要之准备也。

（三）体会意境　况周颐先生《蕙风词话》有曰："读词之法，取前人名句意境绝佳者，将此意境归构于吾想望中，然后澄思渺虑，以吾身人乎其中，而涵泳玩案之，吾性灵与相浃而俱化，乃真实为吾有，而外物不能夺。"此其意谓藉古词之意境，以感化读者之性灵；性灵既如古词，人亦遂如古人，是其宗旨在人而不在词也。兹所谓体会意境者，乃读词之时，吾心先得古人词中何种意境，然后便知吾心若有类似之意境时，即可效法古人之词而表之，宗旨固在读词而学为词，不在读词而学为人也。惟词中意境，非由我体会而得者，终非我之真实之得。而体会云者，乃以自己之思想感情为根据，而与古人之思想感情相会也。进言之，即以我之精神，恰可与古人之精神相往还；浅言之，即古人词中之情如何，而我恰与之表同情耳。然则合者自合，不合者自不合，吾浅则浅合，吾深则深合，同情则同，不同情则不同，初不必有一毫勉强也。惟其真实相合，恰切相同，毫无勉强，则我所得之意境，当然即我自己所曾有者；我之意境曾如何得之于古词，则类似之者，当然即知其如何发之于新词矣。读前人好词而不能学者，每因未曾恰有得所耳；未曾恰有所得者，则以未曾体会故耳。古今人情相去不远，倘细为体会，终不至于无所合，所忠者以耳目代心灵，而人云亦云，或掠影浮光，浅尝辄止耳。此揣摩人作者，一面有人，一面尤贵有己；有人寓于有己之中，然后无得而不为用矣。

（四）认真词法　意境如何，既纤巨皆得，则于其如何表此意境者，可以切实认识一番。此因各家之法不同，各词之法不同，读者可以随有所得，随为写定。汇而总之，其中必有条理可寻，纲领所归，不至如何繁琐也。每词之法，大概可以分作三层着眼：一全部章法，二拍搭衬副部分，三好发挥笔力部分。后二者说见张炎《词源》，即疏与密之两部分也。此三层或兼有，或分有。兹略举数例，以见其义：

例一，温庭筠《萨菩蛮》：

“小山重叠金明灭，鬓云欲度香腮雪。懒起画蛾眉，弄妆梳洗迟。　照花前后镜，花面交相映。新贴绣罗襦，双双金鹧鸪。”

此词前阕首句写居室服御，次句写人，三四两句写情事；后阕前二句写感喟，从上面之情事递下，而引起下面二句情意之结穴。其全部章法乃由地而及人，而及事，而及情，层递而下，前后阕一贯。写地写人固属于引起衬副，即写情事两句，亦尚是状态居多，故前阕可谓全为后阕之张本，并非全词之精粹也。后阕言鹧鸪之双双，明其感喟之果，已到意境止处；若全词深厚，则尤在感喟两句。盖花面交映，浅言之乃人面如花；进一步想，花非久荣之物，则人之朱颜憔悴，亦自在意中；再进一步，花及芳时，犹有人于镜中簪惜，人及芳时，谁为怜取？再进一步，正在芳时，眼前并无人留恋，则韶年易过，秋扇之捐，固足忧惧，即令驻颜有术，当得不老，岂便能博取人情之真，而恒久不变？凡此种种意境，举可从“交相映”三字中生出，是在读者之细细体会，得深得浅，要以我心为主，不必强同于人耳。至于修辞之法，可以认定如下：

前阕首二句——择举精要（择言山枕，以概全室服御之精；择言餐云腮雪，以概美人全体。）

后二句——情事融会（“懒”字、“迟”字本以言事，而情亦在其中。）

后阕首二句——比（以花比人。）

后二句——兴（因鹧鸪之双双，兴人之孤独。）

例二，李后主《浣溪纱》：

“转烛飘蓬一梦归，欲寻陈迹怅人非，天教心愿与身违。

待月池台空逝水，阴花楼阁谩斜晖。登临不惜更沾衣！”

此词首二句叙事，三句慨言衷曲，四五两句就人非之反面——景物依然——作铺叙，末句表出深情。祇首二句可视作引起衬副部分，余皆精粹。章法于前阕立意，后阕承之；前阕之结陡，后阕之结承上两句，二者不同。或云首句明言“梦归”，以下皆是梦中故国之感，乃后主囚虏以后之作，则未必然。盖悲天悯人，感时伤逝，正后主至情之人，随在常有之心境，愈处晏安，愈念忧患，愈当繁胜，愈成衰歇也。论文字则前结沉痛，后结缠绵。尤以后结寓有千回百折之情，哀伤深厚之极。“待月”两句，对仗精整，而语极自然，仍如触着者。

例三，周邦彦《六丑》（蔷薇谢后作）：

“正单衣试酒，怅客里光阴虚掷。愿春暂留，春归如过翼，一去无迹。为问家何在？夜来风雨，葬楚宫倾国。钗钿堕处遗香泽，乱点桃蹊，轻翻柳陌。多情更谁追惜？但蜂媒蝶使，时叩窗槅。　　东园岑寂，渐蒙笼暗碧。静绕珍丛底，成叹息：长条故惹行客，似牵衣待话，别情无极。残英小强簪巾帻，终不似一朵钗头颤袅，向人攲侧。漂流处莫趁潮汐。恐断红尚有相思字，何由见得？”

此词大意，乃作者借谢后蔷薇，自表身世。时而单说人，时而单说花，时而花与人融会一处，时而表人与花之所同，时而表人不如花之处。曰“客里”，曰“家何在”，曰“行客”，曰“漂流”，是其意旨所在也，前后阕固一贯。

前阕首二句说羁人，次三句说花谢。“春归”实花谢之替代语也。以上皆衬副。“为问”三句精粹，既谓因风雨之葬送，致倾国于无家，更谓因属无家之物，故虽擅倾国之姿，风雨亦不见怜，含思哀惋之至——乃说花与说人融会之处也。“钗钿”三句衬副；“多情”三句精粹，“但”字非“仅有”之意，乃转语，“犹有”之意也。零落之余，只遗香泽，应无复追惜之人物，但蜂蝶痴憨，犹来叩窗寻问，堪许知已。言外谓客里飘零，终不能得慰藉，人固不如谢后之蔷薇耳。何以知其然？曰：两处精粹，皆特用问语领起，重在表示无家与无人追惜之意，甚分明也。

后阕“东园”三句，因物及人，衬副而已。引起下文牵衣话别，强簪残英，及断红难见三事。“成叹息”一语，直贯到底，所叹息者上三事皆在内也。落花向行客话别，自多同病之怜；残英强簪，乃令人回想芳时姿韵，映带谢后景况，有无限珍惜。推此珍惜之意，觉芳时固当郑重，即谢时亦何容草草？断红之内，固仍寓相思无限也。前一事花与人自为联络，后二事似全说花，而由花与人之处，消息只可以神会，而难于说实。末句复用一问语，以示有物无可表见之意。若于“东园”三句之词意中，即先安排流水，则歇拍之“潮汐”“断红”，便属有根，组织乃益为致密矣。或谓残英强簪，不为钗头颤袅，向人欹侧之态，乃觉残英自有残英可贵之品格。以喻人虽落拓之行客，终是孤高绝俗，不作阿世丑容，义尤精到。

章法乃因人及物，因物及人，纠纽拍搭而成。修辞则专择情景幽通之处，融会入细，并重用问语，以提明意旨。

例四，辛弃疾《贺新郎》（别茂嘉十二弟）：

“绿树听啼鴂，更那堪杜鹃声住，鹧鸪声切！啼到春归无啼处，苦恨芳菲都歇。算未抵人间离别：马上琵琶关塞黑，更长门翠辇辞金阙，看燕燕，送归妾。　将军百战身名裂，向河梁回头万里，故人长绝。易水萧萧西风冷，满座衣冠似雪。正壮士悲歌未彻，啼鸟还知如许恨，料不啼清泪长啼血！谁伴我，醉明月？”

此词章法，乃以一气包举，只作翻腾，不为寻常停顿。一起若是闲情，“算未抵”句一转，文情陡健，乃分别以上是时序变迁，以下是人间离别。于是历举王嫱、李陵、荆轲三人之事。至“正壮士”句，才欲拍题及茂嘉，乃毫不沾滞，随即环抱前文，仍一用啼鸟，而已作收束矣。结语与全词，又在似联不联之间。歇拍、换头，种种关节，到此已全失常态。只觉突如其来，奔腾而去，戛然以止，囫囵一片，无从判其衬副与精粹。昔人谓稼轩乃词中之龙，真喻得其当也。措辞能于叙述之中寓无穷感喟，字面个个挑动情绪，语语跳跃不凡，而联贯一串，皆自然出之天成。

以上四例，初无系统，不过随手拈得，疏具文法之大概，以见其文章所以致成之由。虽于古人之作，见解未必人人一致，一时领悟，亦未必完全可靠，然读词者每读一词，必能如此观察真切，推详尽至，剖析明白，判断确实，此词之法，方为我得，方为我用。纵今日不必以昨日揣摩者为是，他人不必以我所揣摩者为然，要于其词之意境词法，既已脚踏实地，揣摩一番，不听其随便混过，则真正是非，终不难见耳。又所得虽不必一一笔之于书，要不可不一度深思涵咏于意表。若笔之于书，初不必立一定方式，可随词审察，随手标注，只以明晰为归；积之既多，试为比较联络于其间，当不难得头绪耳。惟所言者，须确是章法、词法之剖解，若寻常品藻之语，万勿阑入，因作法与品藻两事也。

（原载《东方杂志》第25卷第9号，1928年5月）

词学研究法·作法与词律

第一　作法

研究作词之法，不外两途：一，揣摩前人之作，知作者确有此法，而由我立其说；二，归纳前人之说，知作者确用此法，而由我定其说。

前人之说，即前人之揣摩所得也；尽信之，自不免为其偏谬之处所误，但究竟经过前人一番揣摩者，必有一部分为彼所心得，由隐而之显，由疑而之决，多寡必有足供后人继武者也。且一空倚傍，纯就古今篇章，探求底蕴，而自绎其端，似非资禀过人，或从事既久者未必能；若中材与初学，仍宜先自步武（至少亦当参考）前人入手；及造诣略深，前人惠我误我，不难辨剖，然后乃不必拘泥旧说，而自运灵慧、别具创获，未为晚也。

更有一层：作法与品藻不同，作法就大体之词说是非，品藻就各人之词说是非。品藻纯凭各人主观——同一人一词也，获我之心未必兴彼之感；同一赏也，此赏其丽则，而彼赏其谐婉，甲赏其清新，而乙赏其俊雅。盖品藻者，是于词中已成之境，论断其于读者所致之果也；作法者，手段耳，境界耳。悬一果，欲致此果，当具如何之境；悬一境，欲臻此境，当由如何之途——斯作法也。前者全凭主观，往往因人而殊；后者务求见效，故只有一当而已。

于是兹所论列，亦先谋归纳，而后议揣摩焉。

（甲）归纳前人之说——自来论词法者，创获少而因袭多，而因袭者，每好貌为创获，凡所立说，其实多本于古人，乃必不肯明言其所本，他人一时失检，遂为其所欺焉。譬如“清空当以意会，又须时标新意”，所谓“清新”之说，乃元陆韶《词旨》语也，而明杨慎引之，不言所本，近人又引杨语，竟曰“杨升庵曰”云云矣。“布置停匀，气脉贯穿。过片不可断曲意，如常山之蛇，救首救尾”，原亦《词旨》语也，而陈继儒引之，不言所自，近人又引陈语，亦竟归之陈氏矣。类此之讹，不胜枚举。至于近日坊间所有“指南”“快径”“百法”等书，孰非挦扯古人之言，编成章次者？乃标出处者固有之，而抹去来源，攘揄为快者，又岂鲜乎？清人徐纨《词苑丛谈》，引前人书而失注其名目，深为后人所诟病；如《莲子居词话》卷二所言。顾徐氏之失注，乃不暇注，非不愿注也；且冯金伯之《词苑粹编》亦已补正其失矣。江顺诒纂《词学集成》，明引先贤言论在前，而自抒己见在后，不妄改削，亦不事混淆，虽其书有挂漏之嫌，而其立言有则，则吾人于归纳前人之说时，所宜仿效者也。故言归纳之方，应守下列五义：

（一）说明出处。有卷数者，并及卷数。（二）直载原文。如有删节，以标点显明之。（三）标举要旨。每条之前，作简括数字。（四）部勒异同。论点同者，列在一处。（五）自加论断。先综前说，后出己意。

顾归纳之道，尤首重标题。有标题，方有纲领，而前人纷纭之说，方有以包而举之。此处所谓（四）部勒异同，犹是就每一题目内而言，若许多题目之间，更不可不具系统，以相维系。清沈雄尝辑《古今词话》一书，其第二种名曰《词品》，实则论词法者，虽内容简陋，而上下两卷，标题共四十有五，较他书之同样标题为详备，若删并其支与琐者，则大概可用矣。兹略订正分部如下，以供实际归纳作词法者参考，谓必须如此方妥，则又不尽然矣。

（一总说）作　改　模仿　创造　境界　取材

（二词意）词意总　词　意　用事衍词附

（三体段）章　片　起　过片　结　句　字　虚字　衬字

（四体调）令　引　近　慢　选调

（五题类）情景总　情　景　咏物　节序　怀古　闲情　艳词　寿词　俳体

（六声韵）平仄　韵　协律　制调

（七杂论）弊忌　其他

实际作此项分类归纳时，须立定主张者，尚有三端——

（一）遇新材料，当立新题目以包罗之。

（二）同一材料，而觉许多题目内皆可归入者，则皆归之；但详其文字于一个题目内，余则仅仅标举要旨，注明“见某处”可也。如杨缵《作词五要》，可全列入一总说之“作”；而五要之中；择腔、择律、按谱、三要，可列入六声韵之“协律”；随律押韵一要，又可列入六声韵之“韵”；立新意一要，可列入二词意之“意”。

（三）遇一材料，骤然不知何归者，须细按其意，究竟侧重何方而定之。如不能决，则应用前条办法，各项复列；万勿武断，致他日捡阅时，反嫌挂漏也。

此项归纳之功既竣，可以名其所成之编曰“《词法》”，与前人所谓《词律》者并峙。盖《词律》言声音之律，此则言文章之法也。兹就“第七杂论”内“弊忌”一项，略综前人之说若干条，列以为例——

《词法》第七章杂论，第一节弊忌。

凡前人所揭词家之弊，所举作词之忌，及一切论词否定之说，皆汇于此节。昔冯金伯《词苑粹编》有“指摘”一卷，有类于此，而义不广焉。

（一）六失　声音之道，关乎性情，通乎造化。小其文者不能达其义，竟其委者未获溯其源。揆厥所由，其失有六：飘风骤雨，不可终朝，促管繁弦，绝无余蕴，失之一也。美人香草，貌托灵修，蝶雨梨云，指陈琐屑，失之二也。雕镂物类，探讨虫鱼，穿凿愈工，风雅愈远，失之三也。惨戚憯凄，寂寥萧索，感遇不当，虑叹徒劳，失之四也。交际未深，谬称契合，颂扬失实，遑恤讥评，失之五也；情非苏窦，亦感回文，慧拾孟韩，转相斗韵，失之六也。——《白雨斋词话》自序按一失谓浅薄无寄托，二失谓情词艳词之泛滥，三失谓咏物之卑俗，六失谓俳体和韵之无聊。

（二）三弊　近世为词，厥有三蔽：义非宋玉，而独赋蓬发；谏谢淳于，而唯陈履舄；揣摩床笫，污秽中冓，是谓淫词，其蔽一也。猛起旧末，分言析字，诙嘲则俳优之末流，叫嚣则市侩之盛气，此犹巴人振喉，以和《阳春》，黾蜮怒嗌，以调疏越，是谓鄙词，其蔽二也。规模物类，依托歌舞，哀乐不衷其性，虑欢无与乎情；连章累篇，义不出乎花鸟，感物指事，理不外乎酬应，虽既雅而不艳，斯有句而无章，是谓游词，其蔽三也。——金应珪《词选·后序》

（三）二病　近日词家，爱写闺襜，易流狎昵，蹈扬湖海，动涉叫嚣，二者交病。——《白雨斋词话》卷六引尤侗语

（四）长调三忌　长调最难工，芜累与痴重同忌；衬字不可少，又忌浅俗。——《词绎》

（五）演凑　作长词最忌演凑。——《词筌》

（六）小词三忌　一不可入渔鼓中语言；二不可涉演义家腔调；三不可像优伶开场时叙述。偶类一端，即成俗劣。——《词筌》

（七）俚词　游词　伉词　北宋间有俚词，南宋则多游词，而伉词则两宋皆不免。——《白雨斋词话》卷八**按伉词之意不明，大概指莽率不雅驯者。**

（八）游词　五代北宋之大词人亦然，非无淫词，读之者但觉其亲切动人，非无鄙词，但觉其精力弥满。可知淫词与鄙词之病，非淫与鄙之病，而游词之病也。——《人间词话》

（九）隔　白石写景之作，如“二十四桥仍在，波心荡，冷月无声”，“数峰清苦，商略黄昏雨”，“高树晚蝉，说西风消息”，虽格韵高绝，然如雾里看花，终隔一层。梅溪、梦窗诸家写景之病，皆在一隔字。北宋风流，渡江遂绝，抑真有运会存乎其间耶？——《人间词话》

（十）不雅　不韵　国初诸公，……其病有二：一则扳袭南宋面目，而遣其真，谋色揣称，雅而不韵；一则专习北宋小令，务取浓艳……取法乎下，弊将何极！——《白雨斋词话》卷一

（十一）句读不葺之诗　至晏元献、欧阳永叔、苏子瞻，学际天人，作为小歌词，直如酌蠡水于大海，然皆句读不葺之诗耳。——《渔隐丛话》引李清照语。**按原文“欧阳永叔”下，必有脱文。“学际天人”以下数语，专对苏氏一人而发。**

（十二）似诗　东坡问陈无已：“我词何如少游？”无已曰：“学士小词似诗；少游诗似小词。”——《词苑萃编》卷九引《坡仙集》

（十三）长短句之诗　辛稼轩、刘改之作，豪气词，非雅词也。于文章余暇，戏弄笔墨，为长短句之诗耳。——《词源》卷下**按为豪气词，固易流为长短句诗，即初学不谙词境者，亦动成长短句。**

作词之法……音律欲其协，不协则成长短句之诗。——《乐府指迷》

（十四）以曲作词　前人有以词而作曲者，断不可以曲

而作词。——《柳塘词话》卷三

（十五）好尽　明词无专门名家。一二才人，如杨用修、王元美、汤义仍辈，皆以传奇手为之。……其患在好尽，而字面往往混入曲子。——《莲子居词话》卷二

（十六）多作俗谚　词之原出古乐府，乐府多作俗谚，如“豨妃”“沦浡”之类。填词者效之，而每放愈下，稍近鄙亵。又以其道之通于曲也，因而“则个”“甚么”“呆坐”“快活”等字，无不阑入，而词品坏矣！——《赌棋山庄词话》卷三

（十七）美刺　投赠　隶事　粉饰　人能于诗词中不为美刺、投赠之篇，不使隶事之句，不用粉饰之字，则于此道已过半矣。——《人间词话》

（十八）道学气　书本气　禅和子气　词之最忌者，有道学气，有书本气，有禅和子气。吾观近日之词，禅和子气绝无，道学气亦少，所不能尽除者，惟书本气耳。每见有一首长调中，用古事以百纪，填古人姓名以十纪者，即中调、小令，亦未尝肯放过古事，饶过古人。——《窥词管见》参看（四十七）条。

（十九）腐儒气　俗人气　才子气　无论作诗作词，不可有腐儒气，不可有俗人气，不可有才子气。人第知腐儒气、俗人气之不可有，而不知才子气亦不可有也。尖巧新颖，病在轻薄；发扬暴露，病在浅尽。腐儒气、俗人气，人犹望而厌之，若才子气，则无不望而悦之矣，故得病最深。——《白雨斋词话》卷五参观（三十四）（三十七）两条。

（二十）矜　作词最忌一“矜”字。矜之在迹者，吾庶几免矣，其在神者，容犹在所难免。——《蕙风词话》一

（二十一）作态　凡人学词，功候有浅深，即浅亦非疵，功力未到而已。不安于浅而致饰焉，不恤颦眉龋齿，楚楚作态，乃是大疵，最宜切忌。——《蕙风词话》一

（二十二）刻意为曲折　词笔固不宜直率，尤切忌刻意为曲折。以曲折药直率，即已落下乘。昔贤朴厚醇至之作，由性情学养中出，何至蹈直率之失？——《蕙风词话》一

（二十三）有字处为曲折　当于无字处为曲折，切忌有字处为曲折。——《蕙风词话》一**按有字处之曲折，即矜持，雕琢**。

（二十四）雕刻　词不用雕刻，刻则伤气，务在自然。——《词旨》

（二十五）雕琢　词忌雕琢，雕琢近涩，涩则伤气。——《莲子居词话》卷一**此二条亦可列（四十二）条后**。

（二十六）俗　词家之病，首在一“俗”字。——《白雨斋词话》七**参看（五十）条**。

（二十七）鄙俗　康伯可、柳耆卿音律甚协，句法亦多有好处，然未免有鄙俗语。——《乐府指迷》

（二十八）俚浅　黄**按黄指黄庭坚**。时出俚浅，可称伧父。——《词苑萃编》卷九引陈师道语

（二十九）率俗　昔人咏节序不惟不多，付之歌喉者，类是率俗，不过为应时纳俗之声耳。——《词源》卷下

（三十）为风月所使　“风月”二字，在我发挥，二公

按二公指康與之柳永。则为风月所使耳。——《词源》卷下

（三十一）浇薄　词欲雅而正，志之所之，一为情所役，则失其雅正之音。耆卿伯可不必论。虽美成亦有所不免。如“为伊泪落”，如“最苦梦魂，今宵不到伊行”，如“天便教人，霎时得见何妨”，如“又恐伊寻消问息，瘦损容光”，如“许多烦恼，只为当时，一饷留情”，所谓淳厚日变成浇风也。——《词源》卷下按“天便教人”及“许多烦恼”两句确弊浇薄，余句亦并列此中，未免过矣。

（三十二）以情结尾　以景结情最好，……或以情结尾亦好，往往轻而露。如清真之“天便教人，霎时厮见何妨”，又云“梦魂凝思鸳侣”之类，便无意思，亦是词家病，却不可学也。——《乐府指迷》

（三十三）市井语　孙花翁有好词，亦善运意，但雅正中忽有一两句市井语，可惜！——《乐府指迷》

（三十四）轻倩　填词先求凝重。凝重中有神韵，去成就不远矣……若从轻倩入手，至于有神韵亦自成就，特降于出自凝重者一格。——《蕙风词话》一参看（四十九）等条论纤巧者。

（三十五）轻浅语　吴元可《采桑子》“一样东风两样吹”，轻浅语，自是元人手笔，国朝陈玉墀之“欲骂东风误向西”，愈趋愈下矣。——《白雨斋词话》卷六

（三十六）轻浮　不缜密　王辅道、履道善作一种俊语，其失在轻浮，辅道夸捷敏，故或有不缜密。——《碧鸡漫志》卷二

（三十七）聪明语　今人论词，不向《风》《骚》中求门径，徒取一二聪明语，叹为工绝。——《白雨斋词话》卷五

诗词中浅薄聪明语，余所痛恶。一染其习，动辄可数十首。无论其不能传，即侥幸传之后世，亦不过供人唾骂耳，何足为重！——同上卷八

（三十八）浮艳　朴实鄙陋　文采可也，浮艳不可也；朴实可也，鄙陋不可也；……情以郁而后深，词以婉而善讽，故朴实可施于诗，施于词者百中获一耳。朴实尚未必尽合，况鄙陋乎？——《白雨斋词话》卷八

（三十九）用替代字　词忌用替代字。美成《解语花》之“桂华流瓦”境界极妙，堵以“桂华”二字代“月”耳。梦窗以下，则用代字更多。其所以然者，非意不足，则语不妙也。盖意足则不暇代，语妙则不必待。——《人间词话》**实按此则，即前一则之朴，所言义是，而例非。**

（四十）质实　词要清空，不要质实。清空则古雅峭拔，质实则凝涩晦昧。姜白石词如野云孤飞，去留无迹。吴梦窗词如七宝楼台，眩人眼目，碎拆下来不成片段。——《词源》卷下**按此条即下数条之“晦”。**

（四十一）太晦　梦窗深得清真之妙，其失在用事下语太晦处，人不可晓。——《乐府指迷》

（四十二）僻涩　陈无己……用意太深，有时僻涩。——《碧鸡漫志》卷二

（四十三）隐晦　诗词未论美恶，先要使人可解。……尝有意极精深，词涉隐晦，翻释数过，而不得其意之所

在。——《窥词管见》

（四十四）滑易晦 梦窗足医滑易之病；不善举之，便流于晦。——《词选》

（四十五）晦滑 能深入不能显出则晦，能流利不能蕴藉则滑。——《词选》

（四十六）掉书袋 放翁稼轩，一扫纤艳，不事斧凿，高则高矣，但时时掉书袋，要是一癖。——《词苑粹编》引刘克庄语。**按此下三条，与质实最有关，故附见于此。**

（四十七）多用事 辛稼轩……作《永遇乐》，“千古江山，英雄无觅，孙仲谋处”……岳珂曰：……“微觉用事多耳。”——《词苑粹编》卷九引《古今词话》

（四十八）堆积 词忌堆积。堆积近缛，缛则伤意。《莲子居词话》卷一

（四十九）粗纤硬软 词要恰好；粗不得，纤不得，硬不得，软不得；不然，非伧父，即儿女矣。——《词概》

（五十）纤 真正作手，不愁亦工，不俗故也。不俗之道，第一不纤。——《蕙风词话》参观（**二十六条**）

（五十一）纤滞 能尖新不能浑成则纤，能刻画不能超脱则滞。——《词选》

（五十二）粗俗 纤巧 梅溪才思，可匹竹山。竹山粗俗，梅溪纤巧。粗俗之病易见，纤巧之习难除，颖悟子弟，尤易受其熏染。——《宋四家词选·序论》

（五十三）生硬 姜白石清劲知音，亦未免有生硬处。——《乐府指迷》

（五十四）软媚　美成负一代词名……作词者多效其体制，失之软而无所取。——《词源》卷下

（五十五）无骨力　谢无逸字字求工，不敢辄下一语。如刻削通草人，都无筋骨，要是力不足。——《碧鸡漫志》卷二

（五十六）酸腐　怪诞　粗莽　词之最丑者，为酸腐，为怪诞，为粗莽。——《词筌》

（五十七）寒酸语　寒酸语不可作。即愁苦之音，亦以华贵出之。饮水词人所以为重元后身也。——《蕙风词话》一

（五十八）牛鬼蛇神　牛鬼蛇神，诗中不忌，词则大忌。——《词径》

（五十九）蹈袭　词以意为主，不要蹈袭前人语意。——《词源》卷下

（六十）陈陈相因　感慨所寄……随其人之性情、学问、境地、莫不有由衷之言。……若乃离别怀思，感士不遇，陈陈相因，唾沈互拾；便思高揖温韦，不亦耻乎！——《介存斋论词杂著》

（六十一）套语　典雅之事，数见不鲜，亦宜慎用。如“莲子空房”“人面桃花”等字，久已习为套语，不必再拾人唾余。——《白雨斋词话》六

（六十二）割裂　后人以集句为割裂，近代以袭句为割裂。情语未圆，割强先露，是第一病。——《柳塘词话》卷二

（六十三）复　词欲婉转，而忌复。——《词绎》

（六十四）三重四同　第五要立新意……更须忌三重、

四同，始为具美。——《作词五要》

（六十五）韵杂　音连　字涩　词宜耐读……首忌韵杂，次忌音连，三忌字涩。……音连者何？一句之中，连句音同之数字。——《窥词管见》

（六十六）忌用之字　词中如“佳人”“夫人”“那人”“檀郎”“伊家”“香腮”“心儿”“莲瓣”“双翘”“鞋钩”“断肠天”“可怜宵”“莽乾坤”“哥”“奴”“姐”“耍”等字面，俗劣已极，断不可用。即“老子”“玉人”“这个”“好个”“那个”“拚个”“原是”“娇嗔”“兜鞋”“恁些”“他”“儿”等字，亦以慎用为是。盖措词不雅，命意虽佳，终不足贵。——《白雨斋词话》卷六**按此条所举，不无过严。**

以上六十六则，分为七段：一至五为古今通弊；六至九为各时代之弊；十至十四为体格上之弊；十五至十八为关系较大之弊；十九至二十四之矜，二十五至三十二之俗，三十三至三十六之轻，与以下比较，皆属各自为弊者；三十七至五十五，其间疏与密，浮与实，晦与滑，粗与纤，硬与软，与以上各条比较，则皆属相对为弊者；五十六至六十三为关系较小之弊；六十四以下，则为字句声韵之间，益较琐屑之弊矣。兹所举列前人已言之例，虽尚未足云备，然词之源流、表里、根本、枝节之种种过失，种种不是，有此七段，各方面已大略周至，如再捡得他条，可以按此七段，分别增附于其间，不至茫无头绪也。

以上各家之论，皆旨在指迷摘谬，为一般词人而发；

即嗤一人一篇之作者，其人亦不必与论者同时，在论者实别无作用，其心甚公，初无所蔽也。然好恶所准，禀性与识力，两俱有关；因其见或未至，理或未真，则所言者或立意既偏，或措辞过激，或举例微乖，其中往往不免，学者未可以一概盲从，不予考量也（如《白雨斋词话》之绝对主张《风》《骚》，厓岸过高，途径过仄；《人间词话》之专宗北宋以前，责备南宋，言过其实等是）。

综各家之说，词弊之大者，不外四点：一曰不纯正，二曰不雅重，三曰不自然，四曰不真切。如（三）之叫嚣，（四）之芜累，（六）之伉词，（十七）（十八）两条，（四十九）之粗硬，（五十六）之怪诞，（五十八）之牛鬼蛇神等，皆不纯正也；（一）之无余蕴与琐屑，（二）之淫词与鄙词，（三）之狎昵，（四）之浅俗，（五）之俗劣，（六）之俚词，（九）与（二十五）（三十三）以下各条，（四十四）之滑，（四十九）之纤，及（五十七）（六十二）等条，皆不雅重也；（一）之斗韵，（二十）以下之矜，（三十九）之用替代字，（四十）之质实，（六十二）之割裂等，皆不自然也；（一）之感遇不当，颂扬失实，情感回文，（二）与（六）之游词，（八）之隔，（十六）之四项，（三十八）之浮艳，（五十九）以下三条等，皆不真切也。且所谓不纯正者，尤重在体格之弊；不雅重者，尤重在用意之弊；不自然，不真切者，尤重在遣辞之弊。体格与辞意三者足以概括一切，故纯正、雅重、自然、真切之四不，亦足以笼盖诸端也。

以上所举之一例，于说明出处，直载原文，标举要旨，部勒异同，自加论断五事，皆一一做到。如此于前人之每一说，成立抑不成立，通行抑独异，中肯抑偏颇，俱可看出。其不善者当不至为其所惑，善者乃可永久信赖之。学者于前人之说，能一一罗而备之，辨而用之，则操翰临文，孰非孰是，何去何从，胸中早有准则，其益于制作者，果何如哉！

（乙）揣摩前人之作　前项归纳前人之说者，宗旨在集思广益，其事为搜辑，为分类，为排列，为省察，为论断。因前人之业中，于此一事，尚未成有专书（仅一《词学集成》似之，颇嫌简陋），学者于今日欲享其利，必自己一切从头做起。至于所以揣摩前人之作者，不外两事：一乃读选本以博其趣，一乃专一家以精其诣。选本之辑，自《花间》创始以来，无代无之，无派无之，或狭或宏，或偏或正，成书者已不少，重要者余昔已别有著录。专家之集，如唐宋元人所为词，已经《全唐诗》《宋六十一家词》《四印斋刻词》《彊村丛书》等，编订校雠者，不下三四百家。是吾人今日欲从事揣摩，于选本专集，二者俱有成书可用，略有采择，即可径为省察论断，不须再如归纳词说者之从事搜辑矣。至于整理前人所未经编订校雠之词，其业完全属于整理方面，另详后文专集选集之研究一章。

“揣摩”云者，阅读与思考耳。阅读在求得辞意之所宜，与腔调之声韵，转折；思考在求得作者意境之所止，与其文章之所以成。倘于某一作家，皆撷其词之精华，习其词之腔韵，会其词之意境，而于其文章所以致力之由，复了然于胸次，则退而操觚，即以此家为准则，加以习练，尚有不就者乎？倘于诸名家皆能作如是之研求，而不限一格，胸次所积，精而且富，然后融合众长，祛除诸弊，运以智慧，充以性灵，变化出于稳成，隐秀俱有根本，则自立一派，更有何难？兹列揣摩意境，与揣摩文法之次第如次，其涉及声韵者，详于下文词律之研究中。

（一）通解文字　读词之次序，先畅其句读，次洞其题旨，次评其本事，次尽其典实，与所用替代之字，此所谓通解文字也。

…… ……

（内容同前《研究词集之方法·读词要义》，详见P238—P245。——编者注）

…… ……

惟所言者，须确是章法、词法之剖解，若寻常品藻之语，万勿阑入；作法与品藻两事，上文已明言之矣。

总之：揣摩前人之作者，但知有书中文字，与心内主张，由我立说，有词为证，其作法如何，得之亲切，用之亦必透澈；所失者不免一人偏见，一时误解，足以自陷于歧途耳。归纳前人之说者，采取须博洽，评断须贯通，所得每较浮泛，用之亦不易入细；然其长处在所得理法，轻过多人体会，必不至根本大谬也。倘二者能兼至，则于作法之研究，尚有间言乎？

第二　词律

“律”者，吕也。“词律”者，本意应为词之乐律也。观于杨缵《作词五要》之言，可知词家每作一词，应先按月择律，其次按腔择调，此层杨氏列为第一要，实则第二件事也。再其次按律定韵，而终乃按谱填词。此四事中，前三者乃音乐腔调间之事，末乃文字字句间之事，但主旨皆所以合乐者，即皆词律范围以内之事也。自词乐既亡，虚存乐律之源，即张炎《词源》上卷所载。羌无音谱之实。仅姜夔词集附有音谱，但自宋以来，几经传钞翻刻，讹舛日多，无从订正。举凡择律以至填词四事，若仅就前人已有之明文，或既定之程序中，奉行故事则可，若欲活动应用，形成合乐之词，或表见词之合乐，则词律一事——词之乐律——处今世词乐沦亡之日，实已无可为言矣。虽然，音谱云亡，不过不能歌唱而已，若各调之句法自在，固犹可以吟讽也。一经吟讽，则亦有所谓谐与不谐，协与不协者判焉。故词乐亡后，音乐间歌唱之律，虽无可言，若文字间吟讽之律，尚得借所有句调，以详言之也。“词律”二字，宋金以后，元明以来，所以仍能继续不断于词人之口者，正以此耳。至清人考据之学大成，事事综核名实，不肯与前人苟同，所硁硁以言词律者乃尤甚。观其操持之坚，与夫锲合之密，宋人反不如焉，何论元明！然一按其所谓词律之范围与意义，则择律、择调、定韵三事，早已完全舍去，所存者仅按谱填词之一端而已；至其所以言者，虽处处必推宋人歌唱之律以为准绳，而其所言者虽逐字逐声周详审慎，但于勘定以后，亦只供吟讽而已，吟讽以外，实无能为力也。清初词人，间有藉南曲昆腔之谱，以复词之歌唱之业者，结果仍是曲乐，并非词乐，张冠李戴，画虎类犬，徒然蒙讥，不足为训，前人早有定论矣。即一般讲求词律者，甚至主张今日为词，宜通首全用宋人四声，若试问其宗旨何在，亦初不为求合于昆腔之谱也。

词律之大概情形，既如上述，然后于研究词律之法，可以得其端倪矣。盖词律既分歌唱之律与吟讽之律两种，则所以研究词律者，当然亦可分为两途，即考订古人谐于歌唱之律，与习知今人谐于吟讽之律是也。研究谐于吟讽者，因吟讽之事，无论何人何时，皆优为之，此种研究固常得实际之应用，即彼研究谐于歌唱者，因词既谐于歌唱，亦可谓其即谐于吟讽，故此种研究，亦同样可以致用，并非考订之余，仅供保存而已。如唐五代之词调，只分平仄，不分去上，而又三五七言为多者，既谐于昔人歌唱，又谐于今人吟讽，此种固然是谐，即南宋词调，多所谓拗句涩腔者，其于吟讽之间，亦往往别成奇趣，得不谐之谐也。惟所谓"不谐之谐"，所谓"别趣"，感觉上不能人人强同，得之则得之，不得则不得。填词者果于其调有所嗜好则用之，不好之则不用；若既已用之，则于昔人歌唱之谐，与夫体调之本，皆必须一一归还古人；规矩准绳所在，必不容随意改抹，甚至荡废灭裂，画虎类犬，而复指鹿为马也。故研究词律者，始也习知吟讽与考订歌唱，虽旨各有归，而终也投合所好，与保存词体，必用不相犯。固不必勉强目前一己之快，以迁就古人过去之体，亦不可混乱古人已成之体，以逞自己一时之快。不好之则不用之可，用之而复乱之则不可，此乃研究词律上根本之一义，学者所不可不省者也。

（甲）谐于吟讽之律　吟讽之律，知之甚易。其内容不过（一）句读之抑扬行止，（二）字之平仄相间，（三）韵之疏密顺口，其事则不过诵读而已。未填一调，宜先频频讽诵此调古人之作，将其首尾起落，筋节转换，俱会于意，长短顿挫，声气开合，悉融于口，而后再就题选韵，以试填之，自得声韵之谐。盖读词之时，于揣摹其文字与作法而外，本应兼习其调之腔韵，一举固可以两得耳。

论句法则有行有止，有抑有扬。长言以行者，往往短言以止；短言以行者，往往长言以止；要成参差错落之美而已。一、三、五、七言之句多扬，而二、四、六言之句多抑。每一句中，上下之连与断，如五言之上一下四，或上二下三，或上三下二，六言之上二下四，或一字领头，或三字折腰，七言之上三下四，或上四下三，其间亦以单言在下者为扬，而双言在下者为抑。论平仄则一句之中，不宜三平三仄相连，第二、第四、第六字必平仄相间，一、三、五往往平仄可通数句之间，彼此之末字，除叶韵外，在唐调多平仄相间，在宋词则无准焉。论叶韵则凡连者密者为谐，否则较逊，故唐调换韵而又间叶者之“隔”（如《酒泉子》前阕一三四句，及后阕末句，叶一平韵；而前阕次句，与后阕一二四句，另叶一仄韵），与夫宋调四句五句始一叶韵之“疏”（如《西平乐》后阕十六句只三叶韵），于歌唱之时，容或成为别调，若于吟讽之间，则皆无取焉。

虽然，此特其大概耳，若意义之隐显，字面之生熟，往往亦影响于声韵。同一调中，在他词某一字原可平可仄，某一韵原可去可上者，在此词则觉平不如仄，或仄不如平，或并平之阴阳，仄之上去入，亦觉有宜有不宜，而不可通假，此即由于意义隐显，字面生熟，均有关也。此种随词而异，捉摸无定之律，须于平日多所揣摩，以养成其标准于心目之中，临时有此标准，再沉吟调协于唇吻之际，然后自判其谐与不谐耳。

惟因人人有唇吻，人人能吟讽，人人能判别孰谐孰不谐，自来作家，遂以其易也而忽之，不加深思，结果失之于知其然而不知其所然。学者倘于诵读之余，再取谐于口吻之长短诸调，就句法、平仄、叶韵三方面，分途考证，各加以分析综合，稽得条例，推出原因，彰而著之，庶几足以完成此学，而昭示来者；若上文所论及者一二，不过见其端绪，聊以示例而已。

（乙）谐于歌唱之律　歌唱之律，如上文所举杨缵之言，原应包含择律、择调、定韵、填词四事在内。自宋人所遗留之词业中，乐字之谱不传，所传者仅有文字之调，于是择律、择调二端，学者对之，皆失所凭借，乃统归之于词乐范围以内，置诸不闻不问之列；惟定韵、填词两项，与文字锲合为一，后人有所准绳，有所依据，故词家尚昌言研讨，而刻意遵从。论其实则仅此两端，虽从事尽善，精密无间，起宋人而令之歌唱，宋人必犹以为小处多拘，而大处反略也。兹因下文有论词乐研究之一节，故画择律、择调等说入下文；若本节所论，则仅及定韵与填词部分而已。

所谓研求定韵与填词之律者，不过求得各调中，句读、片段、四声、叶韵之一定标准而已；标准以外，能再详其例外，则其事毕矣。前人之为此事者，首推张綖之《诗余图谱》及赖以邠之《填词图谱》。顾两家皆所见者狭窄，所思者浅陋，而所为者方法又拙劣，故所订者舛谬百出，向为词林所诟病。自万树之《词律》出，始一切推陷而廓清之，所谓音调字句之律，规模斯具矣。惟万氏之时，宋人词集，书林尚多未曾发见，万氏编订《词律》之时，采书亦不甚广，故所订每每不足赅括，即不足以为标准，因而例外亦纷杂无当；徐本立之拾遗，补调而已，杜文澜之校订，又琐屑不关紧要，皆未足以餍人之意。今日词家，亟应据今日所能见之全部宋词，就万书而修补之，为宋词作一总存案，为今后词家谋一形式上至善之范本，此其功固甚大，而务固甚急也。余有《增订词律之商榷》一文，载《东方杂志》二十六卷一号，言之较详。

学者欲竟此功，第一须明范围，孰为词调，孰非词调，孰为音律方面所应订，孰非全关音律者；第二须定条例，如何方足为标准，如何只算例外；第三须分步骤先句读，后片段，再四声，终叶韵；而实地进行，材料则须先集调，后集说。手续则须先考订倡和，次校雠文字，次比勘异同，次斟酌主从。其事固极繁琐，若不有坚忍之性，恒久之功，则宋集数百家，宋调数百首，必不能悉底于完成；于以知万氏之书，盖已从十分劳苦之中而来，断非一朝一夕，一举手一投足所能就，今欲超万氏而过之，谈何容易乎？兹择以上所举之要者，略见其大概如次——

（一）考订倡和　歌唱之律，必以首先创造音调者为标准；其后属和之人，于音调曾加更改，若有明文可稽者，方足取信，否则字句必依首倡者为式也。如周邦彦创词若干，姜夔创调若干等，各有专集可查，订律者展其书而录之即是，最为便利，亦最为可信，且毋庸有所考订也。若某调首创之人不明，则须就许多作者之中，推求其时代之先后，最先见于某集者，即可假定其为某调首创之作；若时代先后难辨，则字句较简者，大抵发生在前，其中亦可分出倡和。总之：倡和既定，标准即得，举凡衬字之有无，平仄之正变，体格之主从，皆不难立定，即其他一切纠纷，亦胥有解决之头绪矣。某调为某人创作，记载最多者，为《钦定词谱》，当时必曾经一番考订，非妄为指陈者。此书若不得见，则《碎金词谱》，亦足供参考。《词律》中于此层不甚注意，每调并未标明，是其失也。

叶申芗《天籁轩词谱·发凡》云："选词自应以原制之词，及名人佳作为谱。如《忆秦娥》应选李词，《忆江南》应选白词之类。《词律》往往舍原词，而别收他作。《如梦令》别名《宴桃源》，本以原词'曾宴桃源深洞'之句立名，即'如梦'二字，亦原词中语，《词律》不收原词，而收秦词。他如《渔家傲》不收晏同叔，《暗香》不收姜白石，不胜枚举。最可笑者，《雨霖铃》调不收柳耆卿，而收黄勉仲，又注云'多情自古伤离别如七言诗句，应从柳词'，此非徒费笔墨而何？"此其所言，确系万氏之失，引之以当例证。惟叶谱之为书，具词以外，仅注字数、韵数，他概不及，虽多用原词，并不注明某词谁创，尚非真有志于分辨倡和者也。

（二）校雠文字　此应与后一事"比勘异同"同时并举。盖唐宋人词，流传至今，每多脱误，已非作者本来之面目，必须根据较精之本，订其讹谬，而后方可据以定式；不然，所据者若先为讹传之文，则所定者，尚足取信乎？凡一调时代较后之人所有和作，许多首相同，而较先之倡作一首独崭然为异者，对于此类倡作，尤当精校，以其所独异者，往往并非原文，不足依据耳，校雠之事，更属纤琐，若不耐分寸以进，襞积为功者，则又无以奏效也。

谢氏《词话》卷二引冯登府语云："考《词综》脱误甚多，如蔡伸《侍香金童》'更柳下人家似相识'脱'相'字，《词律》另收《赵长卿》多一字为《别体》。张先填《于飞乐》'怎只教花解语，草解宜男’，脱‘花解语’三字，《词律》不知，而以毛滂多此三字，另立一体。周邦彦《荔枝香近》‘香泽方熏’，脱‘遍’字，是韵，《词律》作四字句，而谓自‘舄履’起，二十八字，直至‘远’字方叶，必无是理，遂误认‘卷’字是韵。”足见所据之本，若字句不精，则不但所订者不实，难作标准，且因有误会，而致横生枝节，愈陷歧途。然后知校雠之劳，有志于此者，终不可省也。

（三）比勘异同　凡整理一调，若其首创之人不明，首创之词难指，或标准调式既得以后，而例外之式甚多，其间如何订定，如何取舍，则全赖比勘之功矣。比勘之前，须先将同调之词，广为搜集。如《历代诗余》之书，类调列词，内容又极丰富者，最为现成合用；有所不足，更以《花草粹编》《词统》《草堂诗余四集》等选，及今日可见之宋人诸集为辅。每列一调，必遍考宋人之作无遗，而后对于句读四声，种种方面，始下断语。或先据要作，有所拟定，再必以所拟者，尽核余词，有若干例外，务统为网罗归纳，不如此固不足以补正万氏之漏略也。此层工作，最为繁琐，但极紧要，无可苟免，从事于此者，必先有以耐之，过此难关，方得坦途也。

《赌棋山庄词话》云：“词有一阕两叶者，如《河传》《酒泉子》《上行杯》《纱窗恨》等类是也；然大抵平仄各自为韵，归于同部者少。近读贺方回词，见其《水调》《六州》两歌头，独备此体。考之《词律》，则《水调》《歌头》失载，而《六州歌头》又引韩元吉作，逐段自相为叶，凡五换韵，而未知尚有此不换韵者。……更《钗头凤》有转平韵者，红友亦未采及。……红友讥明人填《惜分钗》，即《钗头凤》第三句用仄仄起为失调，今检此词，指贺氏词：‘世情薄，人情恶，雨送黄昏花自落……’则已先之矣。”据此，万氏于歌头等调，因未遍勘宋词之故，致有种种别体之遗漏，且错讥前人，自己反失依据。夫贺铸之《东山寓声乐府》并非僻书，乃一经失察，则于词之分别体韵，俱失精详，人且难予原谅。世之制谱订体者，取材可以不博，而比勘可以不周乎？举此一端，余可知矣。

（四）斟酌主从　上文所以考订倡和，比勘异同者，其目的皆欲于每调许多体格之中，分别主从也。订谱家为作者应用计，每调若订出某体为主，则作者知所取法；为词调著录计，每调若订出某体为主，则排列有序，而论说有归：两方面皆觉主从之分为不可少。万氏《词律》，乃以字数多寡为序者，每调皆推一至简之体当前，不问其为正格与否；虽其说明之中，间或亦表示其调以某体为主，而有时为表明正格起见，甚且不惜自乱其字数为序之例，将字多之体，反列在前（如下文所引，该书目录内之所见者），但凡此在万氏皆附带及之，偶然有之而已，若其全书，并无此项具体之计划也。

所谓主从者，如欲定之，其途径标准，各调殊难一致，此所以分别主从，非经过一番斟酌不可。试展《词律》目录以观之，所谓“又一体”者，其下面或注“双调”“另格”“起异”“结异”“前后整齐”等，乃体式之异也；或注“平仄异”“平韵”“仄韵”等，乃平仄之异也；此外尚有注“作者多宗此体”，或“各家多用此格”，或“宋人体”，或“此体整齐可从”，或说明某也正体，某也正调，字数虽较多；仍以前列。——凡此种种体别之观察与衡量，举可使吾人知：除上文所谓“倡和”者考订明白以外，于每一调之多体者，究应以作家多数所宗者为主乎？抑应以体格整齐者为主乎？抑应以体格最简者为主乎？是不可以卤莽从事，必一一权其轻重，审其情势，而后定之也。

且《词律》中各调之排列，除字数为序之原例以外，又有附列与类列之例。目录中所见，调名之首，有横标“变格”二字者，乃其前一调之添声、摊破、偷声、减字之类也；有横标“犯调”二字者，乃用其前一调之数句为起拍，又另取他调之句法以足成之者也；有横标“合调”二字者，乃与前一调实为一调，特名异体异者也——凡此皆附列也。所谓“类列”者，则为令、近、引、慢间变化关连之诸体，大抵长者类列于短者之后。总之：无论类列、附列，要皆非体与体间之关系，而为调与调间之关系也。除去附列中之合调一种。此种既是同调异体，应即视为“又一体”，不当另作一调。故所谓主从者，除上文诸体间之主从以外，又有诸调间之主从。惟诸调间之主从，有当分者，有不当分者，亦非斟酌不可。如类别一项，有一种令、近、引、慢，调名虽相关，而实际句法平仄，绝对无关者，万氏书亦类而列之，适自乱其体例矣。盖今日所能从事于词律者，只有字句之调为据，并无声音之调为据；令、近、引、慢、大曲、散词间之繁衍变化，本为词乐范围以内之事，且每每非字句长短平仄间所能见者，因其名目有关，特悬想其声音源委之间，当日必亦有关耳，非今日尚有实际可以考查也。则将考查之事，与悬想之事，混在一书之中，可乎？《词律》于《甘州曲》之后，类别《甘州令》《八声甘州》等调，而《天籁轩词谱》则改依其本调字数，另为编列，于发凡中明其故曰“以清眉目”，诚以今日吾人于《词律》之所为与所可为者，原不过眉目形式间事耳；若其他者，倘有所得，别为一书，以极尽其测度悬想之能则可。昔人于万氏之书，尚有觉其专论四声，取径太窄，以万氏不明词乐为憾者，不知万氏之书，原非明词乐之书，有此类列一层，正犹嫌其界限不清，而体例不严耳。

（五）标注　以上四事为根本方法；若倡和既明，文字既确，别体既备，主从既分，则全部之大体已立，所余者逐调逐体之标注与说明而已。标注之中，包含句读、平仄、叶韵三事；至于片段之分，从来空一格以明之，并不标注。但其事宜为之于句读既明之后，而叶韵未定之前，故亦可属之于标注手续之内。《词律》中于句读、叶韵，皆为积极之注（即凡句读叶韵之字方注，否则不注），而于平仄独为消极之注（即可平可仄者方注，应平应仄者反不注），将平仄不可移易之字，见之于词后说明之中，似不若一律标注于词中者为显著也。

句读之分，须注意文意与调式不能一致之处；为标准之式者，必不容其有此种情形发生也。片段之分，于文意以外，与歇拍、换头之整齐与否，极有关系，每有一句属上属下都可者，必须广征博考，以定其是，不可草草。四声之分，固应留心平与去上，而入之作三声用，或平上入之代用，尤须细勘注明。叶韵一层，于句末之韵外，又须考及句中之韵，及平仄互叶之韵，及似韵而非韵者。凡确系衬字者，可特作小字以别之。凡起拍换头，与前后阕相同部分之间，可画横线以别之。

（六）说明　凡不便标注于词内字旁者，概于词之前后说明之。宜简要而不辞费。万氏书词后驳难《图谱》之处，过于辞费；杜氏所校勘者，多可就词中实行改正，则校勘之语可免。若词前之说明，则片数、字数、韵数、宫调，创始人或最早见之书，别名，名解，皆当备之。此外如所列之文字依据何本，及用何本参订，别体之若干，及其大概，亦应述及。而每一别体之前，尤须说明此体所别者何在，要以一望而知，眉目清朗为贵。

以上六事，为修正万氏《词律》者必不可少之计划。前人有志修正者，除徐、杜二家以外，原有王敬之、戈载、秦玉笙三人。王、秦、徐三家之说，大都为杜氏所收取；惟戈氏曾有《词律订》《词律谱》之辑，惜未刊行，杜氏今未得见。他如清人凌廷堪、冯登甫、郑文焯等之词集，吴衡照、丁绍仪、谢章铤、蒋敦复之词话，江顺诒之《词学集成》等书中，均有校订《词律》之处。虽诸人所言，皆未及校订之大体计划如何，要必各有见地，方能翘万氏之短。故无论其说之纤宏详略，均足供今日从事于此者之参考。类此诸书诸说，事前宜广为搜罗，临事宜细为考按，以备采取引用。

至于全谱次序，万氏之依字数多寡者固不妥，许宝善、谢元淮等之依南北曲中宫调，及引子、只曲、过曲等先后者，尤不足为训。如今重编，最好断代为序：唐词先于宋词，而金元明清之调，亦附于宋词之后；至于每一代中，又依创始人或始见之书之先后为序。如此庶几全书一面既得为词谱，一面亦可当词史观。而书前复应就调名全部，另作种种索隐，及检查之目录（依调名首字笔画检查，依调名末字分韵检查，依全调字数多寡检查等），务使用其书者，从任何方面着手，均可立时检得所需之调。如此虽采断代之排列，于检查应用方面，仍不觉有不便之处也。

兹就唐调、宋调，各举一例，以略见以上诸说——

采桑子

（创始）始见南唐中主李璟词。

（调略）双叠，四十四字。前后各七四四七，四句，三平韵。

（宫调）唐大曲属太簇角；《尊前集》注羽调；《乐府雅词》注中吕宫；《九宫大成谱》属南大石调。

（名解）唐教坊大曲有名《采桑》者，一名《杨下采桑》，一作《凉下采桑》，词名本此。

（别名）有四：南唐李后主词名《丑奴儿令》；冯延巳词名《罗敷艳》；宋贺铸词名《丑奴儿》；陈师道词名《罗敷媚》。

（变格）有《摊破丑奴儿》，列入宋调，至于黄庭坚之名《促拍丑奴儿》者，朱敦儒之名《促拍采桑子》者，乃《摊破南乡子》之误，及辛弃疾之《丑奴儿近》、潘元质之《丑奴儿慢》，均不过与本调之别名有关，与本调其实无涉。

亭[可仄]前春[可仄]逐红英尽[句]舞[可平]态徘徊[韵]细[可平]雨霏霏[叶]不[可平]放双眉时[可仄]暂开[叶]　绿[可平]

窗冷[可平]静芳音断[句]香[可仄]印成灰[叶]可[可平]奈情怀[叶]欲[可平]睡朦胧入[可平]梦来[叶]　录《尊前集》。

摊破丑奴儿　唐调《采桑子》之变格

（创始）宋赵长卿。

（调略）就《采桑子》前后阕各加助语及和声之句。双叠六十字。前后各七四四九，六五句，四平韵。

（名解）因宋人称《采桑子》为《丑奴儿》，故得此名。

（别名）有二：赵氏《惜香乐府》题作《一剪梅》，注云："或刻《摊破丑奴儿》。"《一剪梅》一名，另有本调，故不用之，以免混淆，《钦定词谱》名《摊破采桑子》，盖改用《丑奴儿》本名也，宋人实未有之。

（律要）助语必为"也啰"二字，和声之句，亦必前后阕相同。

树(可平)头红(可仄)叶都飞尽(句)景(可平)物凄凉(韵)秀(可平)出群芳(叶)又见江梅浅(可平)淡妆(句中叶)也啰(句)真个是(读)可人香(叶)　兰(可仄)魂蕙(可平)魄应羞死(句)独(可平)占风光(叶)梦(可平)断高唐(叶)月(可平)送疏枝过(可平)女墙(句中叶)也啰(句)真个是(读)可人香(叶)　录《惜香乐府》。

《钦定词谱》云："《楚词》押韵句或用助语词，汉赋亦多如此，故此词第四句，当于'也'字点句。坊本或于'妆'字点句，及'也啰'二字相连点句者，皆非。金词高平调《唐多令》两结句，俱有'也啰'字。南北曲《水红花》结句亦有'也'字'啰'字。又《广韵》七'歌'云：'啰，歌词也。'此词两结，'香'字重押，其为歌时之和声无疑。"按"也啰"乃连声，若于"也"字点句，则"啰"一字独立，恐非歌时情形，故仍将"也啰"二字相连点句。

水调歌头

（创始）始见宋苏轼词，制于熙宁九年（民国前八三六年）。

（调略）两片，九十五字。前为五五、十一、六六五、五五，共八句六韵，四平、二仄；后为三三三、十一、六六五、五五，共九句、六韵，亦四平、二仄。前后平韵一贯，而仄韵则各别。

（宫调）《碧鸡漫志》属中吕。

（名解）“水调”乃宫调之名。唐时水调有大曲，此就水调大曲之歌头变化而得者，故名。

（别名）有五：去“头”字，称《水调歌》，见张炎《词源》；毛滂词名《元会曲》；张榘词名《凯歌》；姜夔词名《花犯念奴》；吴文英词名《江南好》。

（律要）凡五言两句相连者，上句不叶，其尾三字必“仄平仄”。凡通体叶平韵之句，尾三字必“仄平平”。仄韵四句，不叶亦可。

（别体）有平仄互叶一体。

明（可仄）月几（仄）时（平）有（仄）〔句〕把（可平）酒问青天〔平韵〕不（可平）知天（可仄）上宫（可仄）阙今（可仄）夕是何年〔叶平〕我（可平）欲乘（可仄）
风归（可仄）去〔仄韵〕又（可平）恐琼楼玉宇〔叶仄〕高（可仄）处不胜寒〔叶平〕起舞弄（仄）清（平）影（仄）〔句〕何（可仄）似在人间〔叶平〕
转（可平）朱（可仄）阁（可平）〔句〕低（可平）绮（可仄）户〔句〕照无眠〔叶平〕不（可平）应有（可平）恨何（可仄）事（可平）长（可仄）向别时圆〔叶平〕人（可仄）有悲（可仄）欢离（可仄）
合〔换仄韵〕月（可平）有阴晴圆（可仄）缺〔换叶仄〕此（可平）事古难全〔叶平〕但（可平）愿人（宜平）长（仄）久〔句〕千（可仄）里共婵娟〔叶平〕录《东坡乐府》。

前后十一字之句，或于六字作一读，或于四字作一读，无定。前之“阙”，后之“事”，虽有作平者，实宜仄。前之“舞”，后之“愿”，亦宜仄。

王灼《碧鸡漫志》卷四，说水调甚详。大意谓水调乃宫调之名，非牌调名也。其创始甚古。就水调中作曲最早而可考见者，为隋炀帝凿汴河时所制《水调歌》，幸江都时所制《水调河传》。至唐：水调即南吕商。明皇将幸蜀，李峤进《水调歌》，七言四句；又有五言者，见白居易《听水调诗》；又有多遍为大曲者，见《脞说》。至五代：蜀王衍巡阆中，自制《水调银汉曲》。至宋：有《水调歌》，乃中吕调，虽首尾亦各有五言两句，但决非白氏所听者也（据此，《水调歌头》在宋时，确有《水调歌》三字之称，并非自张炎始为简略也）。王明清《玉照新志》载曾布于元祐中作《水调》大曲，有排遍第一至第七，共七遍，而排遍第一之句调，即《水调歌头》云。据《漫志》所云，足见《水调》历史之大略。惟曾布所为大曲，据《玉照新志》所载，即名《水调歌头》。《水调》者，一种大曲全部之名也；《水调歌头》者，因此大曲仅存歌头之部分而名之也。今曾词有排遍七遍，可见“歌头”二字，乃指排遍七遍之全部而言，非指排遍第一之一遍而言也。考之本调：起拍三句，与曾词排遍第一首三句合；换头四句，与曾词排遍第四首四句合；其余句法，则又散见于各遍中。是苏词此调，乃就大曲排遍之七遍内取材，剪裁连缀而成，绝非摘取某一整遍也明矣。

《漫志》谓排遍第一之句调，即《水调歌头》，尚微有讹误，不可不辨。

别体　平仄三叶

（创始）始见宋贺铸词。

（词略）与正体同。惟正体十一字之句，兹分为上四下七两句。又正体不叶之句，除换头首句外，兹概叶仄，且通体平仄韵一贯。

南国本潇洒(韵)六代浸豪奢(平叶)台城游冶(叶仄)襞笺能赋属宫娃(叶平)云观登临清夏(叶仄)碧月留连长夜(叶仄)吟醉送年华(叶平)回首飞鸳瓦(叶仄)却羡井中蛙(叶平)　访乌衣成白社(叶仄)不容车(叶平)旧时王谢(叶仄)堂前双燕过谁家(叶平)楼外河横斗挂(叶仄)淮上潮平霜下(叶仄)樯影落寒沙(叶平)商女篷窗罅(叶仄)犹唱后庭花(叶平)　录《东山寓声乐府》。

以上第一例《采桑子》，第二例《水调歌头》。《采桑子》有变体，作类列；《水调歌头》有别体，作附列。变体自成一调，故类列与原列同式；别体仍是前调，故附列者用较小之字书之。若别体多，可用“别体一”“别体二”……以标明之。——此所以分别主从也。调前之各项说明，均有标题，语极简要；调后之说明，则或为疏解，或为考证，皆所以补充调前说明之不足者，不妨详细。“创始”“调略”“宫调”“名解”“别名”“律要”“别体”“变体”，共八项，大概可以包括一切；惟除“创始”“调略”两项外，余皆不必每调全具。例如“宫调”，别体变体之宫调，皆已见于正体，则别体变格方面者即毋庸重复再见矣。即正体之宫调，亦失考者居多，不能每调皆列也。《采桑子》前后片句法全同，故为“双叠”，《水调歌头》前后不全同，故称“两片”，此等分别，亦昔书所未及。调旁作(平)(仄)者，示必平必仄也；作“宜平”者，应当如此而原词未合也。——此所以说明与标注也。

大概于唐调，只有吟讽之律可求；若《摊破丑奴儿》之有助语及和声，乃是关歌唱，但编谱者于此，不过存其体格之形式已足，其事甚简。若宋调则吟讽之律与歌唱之律，须两面俱到。且自来言词律者，均认为以古人所以歌唱者，调协于今人之吟讽，练成今人之喉舌，使谐于昔人之弦管，乃词家应负责之，任于是吟讽与歌唱两律，益觉显然并峙。此章所以言词律，扼要一语：学者无论循考证以修谱，为词苑之功臣，或仅因填词而用谱，传前人之绝艺，于宋调之律，皆不可不三致意也。

散曲、敦煌曲研究

散曲概论

序说

曲始自元季，而源于宋词。较其各调体段之长短，则词有单调、双叠、三叠、四叠之分，而曲则单调居多，双叠已少，三叠四叠更无论焉。南北套中，虽有幺篇换头，与前腔换头之曲，但既为换头，即不啻另成一调，可以舍么篇前腔而独用，与词之换头必与上阕连续一首中者不同也。亦略有例外，如南曲之四换头等调，特极少耳。换言之，即曲牌体段，视词为短，大抵当词中之引近而已。盖词至南宋，慢曲之外，又有所谓四片即四叠之序子，见张炎《词源》，〔莺啼序〕是其例。已极尽长调之变；易为曲体，遽反短制，正是物极而复耳。

曲之单调名小令，合单调若干成套为套数，一套或四五套而插以科与白者为杂剧，如此再益至四五套以上则为传奇。此仅就形式长短而言。处今日而言曲，寻常多知有传奇，知杂剧者已较少，知套数者乃益少，知小令者则更少。即知套数、小令者，亦多目为曲中余事，而绝不重视之也。即就后世曲家之著作统计之，亦以传奇为多，而杂剧以下则递减。有清一代之曲，传奇固汗牛充栋，以数千计，而杂剧则其半犹不及焉。晨风阁本《曲录》所载，清人杂剧粗具，传奇脱略尚多，未足据以为定数也。至于套数小令之专集，诚不数觏矣。

其实曲中套数、小令之体段长短，正可谓与诗词相埒。盖一首小令，犹一首绝句律诗也，亦犹一首短调中调之词也。作者缘调填词，既写一首，倘意有未尽，则同调不妨连拈二三首、四五首乃至七八首，随意增附，明人谓之重头，或不愿取同调为重头者，则竟选宫调，成套数。其格局长短，仍可听人取舍，绝无一定，要不过与诗中之联章、词中三四叠之长调相当而已。

故吾人果沿曲之流，尽曲之变，方为杂剧，为传奇。若探曲之本，溯曲之源，则转为小令，为套数也。世有好曲体之活泼生动、俊爽风流而亟欲染指其间，藉以陶写情性者乎？则幸勿因传奇之板重、杂剧之骨董，遂骇而敛手。须知用此种文字，只要轻描淡写，而即能得个中风趣者。固有小令与套数在，正不妨相从一试也。

套数、小令，总名曰散曲。扬搉其篇章之类别，钩稽其体调之因宜，务令学者知所谓曲苑者，其中境界，亦正有与诗坛词林恰好相当者。既不以卑靡而鄙远曲，亦勿因繁重而厌弃曲。是述兹篇之大旨也。

名 称

“散曲”两字，自来对剧曲而言。惟普通以为凡演故事者谓之剧曲，杂剧、传奇皆是也；凡不演故事者即为散曲。以余所知，则此种解释殊非。盖凡所谓事者，不过包含言与动两层，而散曲中纪言者有之，纪动者亦有之，纪言兼纪动者亦有之。详下节体段。倘谓内容演故事者即非散曲，断乎不可矣。特散曲所纪之言、动，毕竟为零碎片段者，且无科白。科白者，散文也；曲，韵文也。若纯以韵文纪事，而又必其有首有尾，于势实难。剧曲纪事，必具首尾，故不能离科白。散曲纪事之所谓"纪"，终属描写居多，而叙述有限，故亦不须科白也。然则欲为散曲下一定义，或者曰，凡不须有科白之曲谓之散曲，当较为妥贴矣。至于本为杂剧中有科白之套曲，而选者削其科白，仅登曲文，如《词林摘艳》《雍熙乐府》等书所载者，当然不能误认也。

据此所列定义，统属于散曲之下者有散套与小令两种。"散套"两字，对剧曲中不散之套而言；"小令"两字，对套曲体制较大者而言。散曲为总名，散套及小令为分别之名，此原则也。惟明周宪王有燉著《诚斋乐府》二卷，后卷题曰套数，前卷题曰散曲；而按其内容，则前、后卷皆普通所谓散曲，前卷所载，小令而已。是乃又以散曲二字与套数相对而称，不成套之谓散，盖例外也。且此处"套数"二字，亦是借称，本来应称散套，特此项借称，已极习惯，套数不啻即为散套之别名矣。

散曲名称之可述者，原不过如此而已。乃元燕南芝庵论曲有曰："成文章者曰'乐府'，有尾声名'套数'，时行小令唤'叶儿'。套数当有乐府气味，乐府不可似套数。此"套数"二字乃衍文，当删。街市小令，唱尖新倩意。""倩"一作"茜"，俱未明其用意。或者因街市小令只取声调尖新，足令俗耳美听，故曰

“倩意”也。作“茜”者或误。周德清《中原音韵》又继之曰：“乐府、小令两途，乐府语可入小令，小令语不可入乐府。”明王骥德《曲律》论“小令”一节，又释周氏之语曰：“周氏谓乐府、小令两途，乐府语可入小令，小令语不可入乐府，未必其然。渠所谓小令，盖市井所唱小曲也。”徐充《暖姝由笔》又曰：“有白有唱者名‘杂剧’，用弦索者名‘套数’，扮演戏文，跳而不唱者名‘院本’。”张旭初《吴骚合编》凡例又曰《南词韵选》及《遴奇振雅》诸俗刻所载清曲，大略雷同。中略。清曲中图像，自《吴骚》始下略。”观于以上五家所言，是于前列散曲之四名以外，又添乐府、叶儿、清曲三名。而所谓套数者，其意义范围，又与前不同；所谓小令者，本意之外，又有别意。皆不可不一辨也。兹为赅括简明起见，将各种名目，一一条订如下：

一　散曲　　甲、本意，乃无科白相联贯之谓散，对有科白之剧曲而言，分散套与小令两种。乙、别意，即小令也，不联络成套之谓散，对套曲而言。

二　乐府　　原为一切诗歌之叶乐者，在曲则无论戏剧曲、散曲，皆包含在内。但元明以后论曲者多用以指散曲，表示其曲曾经文学上之陶冶而后始成者，所以能入乐府，充一代雅乐之辞，与寻常街市中之俚歌不同也。

三　清曲　　为散曲之别名。因唱散曲合用清唱之法，故名。清唱之清，乃不用锣鼓之谓；清曲之清，乃合用清唱而又无宾白之谓。

四　散套　　为散曲之一种。各套独立而不联贯之谓散，对于剧曲中有联络之套而言。

五　套数　　甲、本意，乃多曲相联，而有首有尾者。兼包剧曲之套与散曲之套。因必以套计数，曰一套两套等，故名。乙、别意，即散套。

六　大令　　即散套。此名惟冯惟敏《海浮山堂词稿》内用之。

七　小令　　甲、本意，乃散曲之一种，体制较为短小，对于成套之曲而言，与词中所谓五十字以内之小令不同。乙、别意，乃街市俚歌，虽亦合乐可唱，但其辞未经文学上之陶冶。

八　叶儿　　即小令。小令中在元时风行之调，又别名叶儿。其称“叶儿乐府”者，始于清朱彝尊，实不妥。

据此八种名义，然后知芝庵论曲中所谓“套数”，皆指其本意也；所谓“时行小令”之“小令”，亦本意也；所谓“街市小令”之“小令”，则别意也。《中原音韵》所谓“小令”，亦别意也。《中原音韵》评于志能曲曰：“此乃张打油乞化出门语也，敢曰乐府？”是可证明乐府确系与俚歌对立之名称也。王骥德《曲律》论套数曰：“套数之曲，元人谓之乐府。”《九宫谱定总论》曾引其语。将“乐府”两字范围看得太小，殊非。

明魏良辅《曲律》曰：“清唱，俗语谓之‘冷板凳’，不比戏场藉锣鼓之势，全要闲雅整肃，清俊温润下略。”清李斗《扬州画舫录》亦曰：“清唱以笙笛、鼓板、三弦为场面。”又曰：“清唱鼓板与戏曲异。戏曲紧，清唱缓；戏曲以打身段下金锣为难，清唱无是苦，而有生熟口之别。”据此，清唱之意，原为唱而不演，不用锣鼓，场面清静也。至于其所唱者，仍为有宾白之剧曲，特唱时或者省去宾白耳。按之散曲，本无场面可言，笛与鼓板已足，本无须乎锣鼓，正合充清唱之资料。故自来清唱所唱，虽不必其为散曲，而唱散曲者固无不用清唱也。于是由清唱之名，乃递生清曲之名。而所谓“清”者，亦递变为无宾白之意矣。

《暖姝由笔》所谓“套数”，乃别意也。其所订之三名，于义实为互见。曰“用弦索者”，乃谓单唱曲文，既无说白，又无扮演也。因说白与表演身段时，皆无须乎弦索。此其义实兼含清唱之所谓“清”，与清曲之所谓“清”。结果乃定明所谓套数者即散套也。

总之，前人书中称散套处，固必为散曲。即称叶儿，称清曲处，亦无不为散曲也。称乐府，称套数处，仅有时为散曲。而称小令处，于最少机会，且并非曲，为俚歌。更无论散曲矣。

体　段

散曲虽大别为散套与小令两类，而体段由短至长，形式性情，种种不一。兹先表列其名类，而后一一略予说明。（见下页）

一　散套与小令之分　　芝庵论曲所谓“有尾声名‘套数’”，乃通常之情形也。元曲散套，已多无尾声者；详下文十。明时散套，更不待言矣。夫套曲之普通情形，本来有三：甲、至少二首以上同宫调之曲牌相联；乙、有尾声；丙、首尾一韵。详下文九。此三点中，自小令有重头之一体，而后无论南北。所谓甲，已不必散套为然矣；而乙又无论南北，都往往不然；是所余南北套曲之规模，始终不渝者，惟有丙耳。故散套与小令间，若严为剖别，其异处并不在一大一小，一短一长，一单一复，一有尾而一无尾。惟论小令，则无论单复，都可以首各为韵；带过曲之数调相连，只算一首。论散套，则无论短长，全套要必叶一韵。斯乃二者颠扑不破之分别也。故检古人之作，前后数曲若用韵偶同者，虽不必其为一套，但前后数曲若叶韵既已不同，则绝无再认为套曲之理矣。此种《雍熙乐府》卷十六内甚多。如《吴骚合编》等书，又惯将前人四首或六首小令之题旨仿佛者，强为联成一套，而分别注明其用韵，混乱体例，割裂成文，毫无足取。

- 散曲
  - 小令
    - 不演故事者
      - 寻常小令
      - 摘调……犹词中摘遍
      - 带过曲（北带北、南带南、南北兼带）……北曲为盛
      - 集曲……南曲为盛
      - 重头……两首以上
    - 演故事者
      - 同调重头……多至百首
      - 异调间列……问答体
  - 散套
    - 有尾声者
      - 寻常散套
        - 南北分套
        - 南北合套
      - 重头加尾声
    - 无尾声者
      - 寻常散套无尾声
      - 重头无尾声

二　寻常小令　　此指单阕之曲而言，为散曲中之至简者，亦即曲中之至简者。其体段与诗之一首、词之一阕相当，而其体制则尤较为简。盖曲中小令，一首中一韵到底，不若诗词之常常换韵，且曲经换头，大抵便可分离另立矣。既属至简，即认此一体为曲中之单位，亦无不可。

三　摘调　　此指套曲中之一二调精粹者，从全套内摘出，作为小令，本来非小令也。自来套曲文字，多敷泛之词，其精粹部分，每每仅在尾声。顾尾声非可单独摘出，以供传唱者，选家虽欲割而取之，实不可能。然精粹部分倘并不在尾声，且所在之调又可单独传唱，作为小令者，则读者为爱惜文字计，乃不妨刊落其余，独存此调矣。此种事实，在前人选本中必甚多，惜因未曾注明某首小令摘自某套，便觉难于考见。但吾人寻常在小令中，如发现有用调奇特，非一般小令所惯用，而在普通套曲内反极常见者，则十九必为此种摘调之体也。更如《中原音韵》之"作词十法"后，附有定格四十首，其中有〔雁儿落带得胜令〕咏指甲者，周氏于题下注一"摘"字，其意云何？即谓此首本非小令，是从一套曲内摘出者耳。此套全文待考。又"作词十法"中第四法"用字"条有曰："套数中可摘为乐府者能几？"此语又可证明王骥德以为套数之曲元人谓之"乐府"实误。据此，所谓摘调一种办法，元人固确有之，特不甚著耳。按词中大曲，多者有二十余遍，体段之长，超过曲中长套。宋时为便于歌唱起见，对于此种冗长之大曲，久有摘遍之办法。即就大曲之若干遍中，摘取其声音美听，且可单独传唱，起结无碍之一遍，作为慢曲，如〔泛清波摘遍〕〔熙州摘遍〕等是也。夫词中摘大曲之遍而为慢曲，曲中则摘套曲之调而为小令。二者固情势相当而意趣相类。兹于散曲中别立此摘调之一体，实非无知妄作，或自我作古也。

四　带过曲　　带过曲初仅北曲小令中有之，后来南曲内与南北合套内亦偶尔仿用。即作者填一调毕，意犹未尽，再续拈一他调，而此两调之间，音律又适能衔接也。倘两调尤嫌不足，可以三之，但到三调为止，不能再增，若再欲有增，则进而改作套曲可。如明康海《沜东乐府》内有四曲兼带者，殊非元人之制矣。此体前人竟有不了解者。以《九宫大成谱》之博，而编者亦不知散曲中有此一体，见该谱六十五卷〔雁儿落带得胜令〕注文中。怪矣。

“带过”二字，或连用，或任用其一，或用兼字，或称兼带。有北带过北者，有南带过南者，有南北兼带者。其调皆详见下文“用”调一节中。

又北曲中如刘伯亨散套，有双调〔沙子儿摊破清江引〕〔农乐歌兼破雁儿落〕〔二犯白苎歌〕等，只取材于二三调中，但并非二三全调之相联，仿佛南曲中之集曲，是带过曲之类似集曲者，又一种也。

五　集曲　　集曲犹词中之犯与摊破，专属于南，可与北之带过曲相当，而内容绝异。盖带过曲乃许多整个之调相连续，其名亦即用各调原名相连；集曲，则撷取各调之零碎句法相连续而另为定一新名。如《雍熙乐府》所载〔集贤宾〕〔太平年〕云云之南北合套中，有〔北元和令〕〔上马娇〕〔胜葫芦〕三调相带过，而别立新名曰〔元和上马胜〕，俨然南集曲之情形；但又各调全用，绝非集曲，此实为自来北曲中或南北合套中所绝无而仅有者，不足为据。且此种亦并不能与前述刘伯亨散套中带过曲之类集曲者作同例看也。自南曲由元音而渐至昆腔，传奇家于全部传奇之数十出中，不欲复用同调，始称当行，于是此等集曲乃盛行。梁辰鱼或竟为首创之人，《江东白苎》集中所载〔九疑山〕〔巫山十二峰〕等，视其名似仍为一单调，而实则有九调十二调之句法，参杂其中也。集曲最长者莫如三十腔，乃于三十枝不同之调中，撷取句法，连缀而成。且其取调有时并及尾声，或竟用尾声全部以为殿，则更觉非套非令，非驴非马。元人体制，至此荡然，无一毫留存矣。夫论声音，集曲多细腔赠板，自足阐发昆腔妙处；若论体格，则完全出于捏凑。因而其文字亦大抵饾饤，读之但见陈言泛语，味同嚼蜡者居多。若豪情胜概，固难以言；即首尾一贯，不支不复者，亦鲜见也。吾每谓，曲中转变至于昆腔之集曲，不能声文并茂、词乐兼谐，实为大憾。在传奇中，有情节、宾白及前后部分，互相衬搭，犹不嫌其如此；若散曲中，详考前人制作、文章方面，集曲直无立足余地。《江东白苎》一书，自来矜为此中典重，至张旭初于《吴骚合编》中，且推为曲中之圣，无乃太过欤。

《江东白苎》中有中吕入双调〔楚江情带金字经〕一调。按〔楚江情〕乃集〔香罗带〕〔皂罗袍〕〔一江风〕三调中各数句而成者，初名〔罗江怨〕，后名〔楚江情〕。今以〔楚江情〕带〔金字经〕，是以集曲带寻常小令也，较之二三调寻常小令之互带者，又复杂一层矣。

六　重头　　重头者，头尾悉同之调一再重复用之之谓也。

曲中应用此名，始见于徐渭所编之《杨升庵夫人词曲》内。而其体则元人自来即有之，有类诗词中之联章，并不奇也。晏殊词有“重头歌韵响琤琮”之句。《中山诗话》但云：“重头入破，皆弦管家语。”而其说不详，大约词中前后阕完全相同者谓之重头，起头数句前后不相同者谓之换头。曲中于前后数首重同一调者，亦称重头，盖借用耳。此名甚古，则可断言，惟未暇详考。重头重复之次数多寡，全无一定，至少两首，渐加而四首、六首、八首、十首，都无不可；即成单数，作三首、五首等，亦从来无禁文也。重头之至多者，莫如李开先之百阕〔傍妆台〕，王九思和之，各重至一百首。两种合刻，名《南曲次韵》。他如下文所引之《摘翠百咏》，亦〔小桃红〕之百首重头也。重头与带过曲较，形式不同者有二：一，带过曲至多三调相带过，重头多寡无定，至多有百阕者；二，带过曲乃异调各一首相带过，重头则同调若干首相重复也。至于性质不同者亦有二：带过曲数调带过即当认为一阕，重头之一调多阕重复，每阕仍各算一首。前者既为一首，故一韵，后者既为多首，故可首各一韵也；再则每首带过曲仅一题，而重头可以每阕一题。如元张可久〔卖花声〕四首重头，总题为“四时行乐”，而各首分题则为春、夏、秋、冬，且春叶欢桓，夏叶江阳，秋叶庚亭，冬叶支时，阕各一韵，亦阕各一咏也。然二者性质，亦有一大处相同者：则皆为寻常小令与散套之过渡体也。故南曲中两调或四调之重头，即可成为一套。详下文十一、十二两节。此种套曲中重头，与寻常小令中重头之分别，即在一韵与不一韵耳。

七　同调重头演故事之小令　据上文，重头无不同调者，兹曰同调云云者，对下一种异调间列者而言也。既欲演故事，则故事必有情节，往往非一调所能尽，其必借重重头，本无待言。如《雍熙乐府》十九卷所载西厢十咏，以十首〔满庭芳〕分咏张生、莺莺、红娘、夫人、法聪、杜确、郑恒、孙虎及《西厢记》作者关汉卿、王实甫，共十人，并不纪事，是不过为寻常之重头耳。尚非此一种也，至同卷又载《摘翠百咏小春秋》，用〔小桃红〕一百首，从张生离洛阳叙起，直至崔张团圆，一同赴官为止。倘谓之剧曲，则无科白；倘谓之散套，则又调各为韵，且为北曲，而无尾声；倘谓之寻常重头，则内容叙演故事。故不得不为别立名目，曰“同调重头演故事”者也。原文每首皆有标题，如“生离洛阳”“莺和生诗”“夫人许亲”“惠明发怒”等等，但此又与寻常重头之分题，不容作一例观，亦正以其内容为叙演故事者。兹摘录百首之八，以概其余。

摘翠百咏小春秋　此七字为《雍熙乐府》目录内所标。以下所录，概依卷内原式。

小桃红　西厢百咏　此为卷内百首之前所标。

五十九　事闻夫人

清白相国重当朝，这妮子先不肖。泼贱奴才听他调，往来挑，谁知养下家生哨。把咱气倒，等他来到，粗棍打折腰。

六十　红行莺嘱

若还你到母亲前，见责休埋怨。款里慢把良言劝，问根源，觑些喜怒承机变。望姐姐可怜，替说些方便，善为我辞焉。

六十一　夫人诘红

叮咛行坐守闺房，谁料你将心放。夜静更深没拦当，小花娘，勾引小姐同胡创。有何勾当，因甚狂荡，实与我说行藏。

六十二　红娘受责

家翻宅乱闹啾啾，諕（吓）的我难开口。恼犯尊颜怎收救，没来由，自家揽得愁来受。雨点似棍抽，火急般追究，做媒的下场头。

六十三　红答夫人

既然奶奶问根苗，只索从头道。当日寺中解危闹，那功劳，至今一向何曾报。俺姐姐意好，怕哥哥心恼，因此效凤鸾交。

六十四　莺莺自念

这场烦恼怎周折，老母寻枝节。暗箭连珠把人射，枉咨嗟，兢兢战战心乔怯。脸儿羞怎遮，怀儿愁怎卸，有甚话儿说。

六十五　红劝夫人

尊前敢掉巧舌头，有事当穷究。看了张生那清秀，本风流，胸中志气冲牛斗。与姐姐既有，望奶奶将就，结末了燕莺俦。

六十六　夫人允诺

养女从来气不长，恼得我魂飞荡。家丑不可外谈扬，这一场，吞声忍气难和他讲。沉吟了半晌，你说的言当，何必再商量。

通体以词纪言，以题纪事；通体遂有脉络，遂成穿插。其格颇为新奇。姚华《菉猗室曲话》曾引全词，谓〔小桃红〕亦南词。绝非。又谓其制题颇开《南西厢》之先。实则其全篇内四字题目，别有作用耳。夫同一崔张事迹，赵令畤先以十首〔蝶恋花〕词隰栝之，此继以百首〔小桃红〕曲隰栝之。虽二者之为词曲异，为十百异，所以隰栝之法异；而为联单调以演故事，固二者之所同也。且在词为大曲联套之绪余，在曲为杂剧省白之别调，亦足资词曲间之参互比较矣。

“摘翠”乃摘取精粹之意，“小春秋”犹谓小西厢也。宫天挺《范张鸡黍》剧内演王仲略云：“小生不曾读《春秋》，敢是《西厢记》。”此白若非臧懋循所增，则元人已以《西厢》为《春秋》矣。明单宇《菊坡丛话》云：“《西厢记》人称为《春秋》。或云曲只有春秋，而无冬夏，故名。”如张羽之序董《西厢》，其中称关汉卿续本即曰“关氏春秋”，可见《西厢》本有“春秋”之称。所谓“小春秋”者，其用意固甚明也。姚华论其文字，谓“用韵遣辞，可断为元曲”，大概可信。所惜者舍此以外，此体便别无他例足资参证耳。

八　异调间列演故事之小令　元钟嗣成《录鬼簿》曰：“王晔，字日华，杭州人。体丰肥而善滑稽，能词章乐府。临风对月之际，所制工巧。有与朱士凯题《双渐小青问答》，人多称赏。”此所谓《双渐小青问答》者，向不知为何体，及见《乐府群玉》，载《问答》全部，乃知亦散曲中小令之别体耳。《群玉》一书，通本皆选小令，无一套曲，是不独为元人选本中所绝无仅有，即有明一代，号为鼓吹风雅，冗编滥选，充实一时者，亦未见有独张小令之书也。夫《群玉》体例既彰明如此，今《问答》全部悉载其中，其为小令而非他体，应无疑矣。明钞本《群玉》卷二所载之最后一家即为《王日华乐府》，又小字注曰“钱塘南斋”，盖王氏号南斋也。其次一行题〔庆东原〕，小字注曰：“《风月所举问汝阳记》，自黄肇退状至议拟，凡计一十六首。”此所谓《风月所举问汝阳记》者，必为一杂剧名目。历考元明以来纪剧之书，皆无载此名者，可据以补前书之遗也。而兹十六首问答之辞，即檃栝剧中所有自退状至拟议之一段情节也。十六首之调名、题目与用韵，具录如下：

庆东原　黄肇退状天田　天香引　问苏卿庚亭　答真文

凤引雏　再问庚亭　答天田　凌波仙　驳天田　招天田

天香引　问冯魁江阳　凌波仙　答萧豪

天香引　问双渐江阳　凌波仙　答庚亭

天香引　问黄肇姑模　凌波仙　答家麻

天香引　问苏妈妈天田　凌波仙　答萧豪　议拟庚亭

据上所列，十六首既无尾声，又不同韵，则不得谓之套曲。既用〔庆东原〕〔天香引〕〔凤引雏〕〔凌波仙〕四调，则不得谓之同调重头。四调之于十六首，占数既不均匀，排列又甚错综，故此处谓之异调间列。十六首中，除一起一结外，余则七问七答而已，故又谓之问答体也。所谓“举问”者，即举发审问之意；“退状”者，即原告撤回诉状；“议拟”者，即判决也。“双渐小青”事，元曲中播咏甚盛，仅亚于崔张而已。王晔之文字亦不恶，兹摘录六首，以明其体制。

〔凤引雏〕再问　此调即〔殿前欢〕

小苏卿，言词道不实诚。江茶诗句相兼并，那件着情。休葫芦提面面应，相傒幸，端的接谁红定。休教勘问，便索招承。

又答

满怀冤，被冯魁掩扑了丽春园。江茶万引谁情愿，听妾明言。多情小解元，休埋怨，俺违不过亲娘面。一时间不是，误走上茶船。**中略**

〔天香引〕问冯魁

冯魁嗏你自寻思，这样娇姿，效了琴瑟。不用红娘，只留红定，便系红丝。量你啊是甚么风流浪子，怎消得多情的俊俏猱儿。供吐实词，说了缘由，辨个妍媸。

〔凌波仙〕答

黄金铸就劈闲刀，茶引糊成划怪锹，庐山凤髓三千号。倍酥油尽力搅，双通叔你自才学。我揣与娘通行钞，他接了咱传世宝，看谁能够凤友鸾交。**中略**

〔天香引〕问苏妈妈

苏婆婆常只是熬煎，临逼得孩儿，一迷地胡搧。使会虚脾，着些甜唾，引起顽涎。用力的从教气喘，着昏的一任头旋。只为贪钱，将个婵娟，卖上茶船。

〔凌波仙〕答

有钱问甚纸糊锹，没钞由他古定刀，是谁俊俏谁村拗。俺老人家不性索，冯员外将响钞递着。双生啊休干闹，黄肇啊且莫焦，价高的俺便成交。**下略**

异调间列之例，亦惟见有此组。其体既重在问答，可以谓之纪言者。前一种同调重头，则言语、动作兼纪者。观于此，演故事之不仅于剧曲，散曲中亦有之，更无疑矣。又寻常小令中如孙周卿〔蟾宫曲〕《题琵琶亭》云：

到浔阳夜泊星槎，送客江头，忽听琵琶。下马维舟，回灯借问，何处人家。妾本是京师馆娃，嫁商人沦落天涯。再转龙牙，细拨轻爬，声裂檀槽，月满芦花。

见乐天细问根芽，襟搭鲛绡，玉笋笼纱。家住长安，十三学乐，髻绾双鸦。今老却朝云暮霞，再休提秋月春花。自叹咱家，两鬓霜华，有锦难缠，泪湿琵琶。

言语、动作，亦复兼纪，亦可谓为演故事者。故散曲之演故事，实甚平常，且不仅以上所述两种体制而已，是亦不可不省耳。

九　南北分套

南北分套，本无此名，此特对下列一种南北合套而言，假设如此耳。兹分别论之。

甲　套曲普通情形　套曲之组成，普通有三种情形。

一，至少二首同宫调之曲牌相联，若宫调虽异，而管色相同者，亦可互借入套。但北曲中小令之专用牌调，详下文“用调”一章。及南曲中特殊数调，如仙吕中〔美中美〕〔油核桃〕之与〔醉罗歌〕〔醉花云〕，越调中〔下山虎〕〔五韵美〕之与〔包子令〕〔扑头钱〕等则虽宫调、管色俱同，亦不能联套也。最长之套，如元刘致上高监司〔正宫·端正好〕套，有三十四调之多。

二，有尾声，以示全套之乐已阕。

三，全套首尾一韵，此层最紧要。

乙 南北套之异同

四，北散套应发生在北剧套之前，二者无大区别，惟剧套体制较之散套，进而稍繁耳。南散套应发生于南剧套之后，因传奇出数较多，所谓排场，各种不一，其曲套情形，亦遂繁夥，而与散曲之套多异矣。

五，南套全部分为引子、过曲、尾声三部分，甚显著；北套于尾声以外，无可分划。又南有赚曲一种，以调节或联络前后调之板拍；北虽间亦有之，而不显著。

六，北套借宫之风极盛，有全套连尾不过五六调，而借他宫之调多至四五阕者；南套不然。间有如杨慎《陶情乐府》内〔正宫·锦缠道〕《春月怀萧楚云》套，全套除引子与尾外，只余三调，乃两借南吕，一借仙吕，借宫之多，正与北曲情形无异，但极少见。

七，北套尾声，繁简长短不一，每与他调混合为一体，如〔后庭花煞〕〔好观音煞〕等是。且其煞尾之部分，有非常之长，非一调所能尽，乃分若干段以尽之者，如〔十三煞〕〔十煞〕〔七煞〕等。无论剧套、散套中，皆数见不鲜者也。南尾声则极简单，句法平仄，虽随宫调而异，详沈璟《南曲谱》。但大抵十二板，故尾声又名〔十二时〕。又北尾声亦称煞、尾、煞尾、收尾、结音、庆余，南尾声亦称余音、余文、意不尽、情不断、十二拍尾。施绍莘《花影集》中，又有改称尾声为“凤毛儿”者。

八，南套联法未失传，变化更动，作者倘为知音，犹可自主；若北套中，首尾数曲，虽似一定，而中间各曲，则联法不详，作者惟有遵守前人程序而已。

丙　南曲情形

此就一般南套略述之。若剧套之排场配搭，具详近人许之衡《曲律易知》及王季烈《螾庐曲谈》等书内。

九，引子不论宫调，每牌亦不必全填，与过曲不同。唱时只点鼓板，不和弦管。散曲更可以不用引子，入手便填过曲。至于过曲之各调相联，或以其性质为准，如有赠板细唱者在前，无赠板粗唱者在后，乃最显著者；或以向来之习惯为准，在剧套中有排场关系，习惯尤多。

十，南套成因，各种不同。宫调之选定，悲喜刚柔，必按合文字内情，此通例也。此外有因题定套者，如咏八景则成八调之套，咏四时则成四调之套。有自南北合套中抽去北曲而成者，例如《南词韵选》所载〔中吕·泣颜回〕《薄幸忒情杂》一套，即是抽去北词者。有集同韵之小令数首而成者。例如《白雪斋集》合李日华、金銮、沈仕、张凤翼四人之〔玉芙蓉〕各一首，为《四时闺思》一套。此外特殊情形尚多，一时难以备举。

十　南北合套　元钟嗣成《录鬼簿》云："沈和字和甫，杭州人。能词翰，善谈谑。天性风流，兼明音律，以南北调合腔，自和甫始。"下略是南北合套由来甚早，有南曲未久之时，元人即创行之矣。盖北曲每套限一人唱，歌者久以为苦，南北声音又各有所偏，宜相调和，二者融合成套，则各救其弊，得中和之美矣。此种在剧曲与散曲中并行不废。《曲律易知》举合套式之七，又谓通行者只有四。殊不然。查《九宫大成谱》中，仙吕以下十一宫调，各举南北合套二式，末仙吕入双调一调内，所举尤多，凡十二套，合共三十四套。其他各选本中所列，出此三十四式之外者，粗粗计之，尚不下十余式。是自来合套，究有若干，虽未得其确数，必在五十以上，而必不止七与四之数，则可断言者也。

合套规律，要在南北两调之声音恰能衔接而和美。在知音者原不妨按律配合，多出新巧；若不知音者则惟有遵从前人常用之成式，不容妄事连缀，多出笑柄也。考以上所云数十式中，普通情形，固是一南一北，相间不乱，其开始或以南起，或以北起，皆可。但有少数亦不尽然者。大抵所用北调中，如有带过曲在，则虽将二曲相带过，亦只作一曲计算，南北合套中所有北曲，用三曲之相带过者，未见其例。实际上亦已成两北一南之偏势矣。此种于《大成谱》所载仙吕入双调之合套中最多。又如《雍熙乐府》所载〔越调·南绣停针北小桃红〕一套中，一北之后，继以二南，又继以三北。并非带过曲。《北曲拾遗》所载〔双调·北锦上花南销金帐〕一套中，一南之后，继以二北，又继以二南，又继以四北。于此可见合套之中，各调相连，只要音律和美谐应，亦不必守定一南一北相间之成例也。

十一　重头加尾声之套　用一调重头以成套，南曲中始有之。至简之北套，有仅一调一煞者，稍长则为一调、一幺篇、一煞。此一调一幺而加以一煞之局格，不啻即南套中重头加尾声之滥觞矣。套中重头，与小令中之重头不同。凡调之能为小令者，即无不可为小令重头；至于调之可以联套者，则不必其皆可重头加尾而成套也。观许氏《曲律易知》于“配搭”一节之类别诸调中，有“宜叠用”与“勿叠用”两种，可以知矣。盖“宜叠用”者，方可以屡用前腔，加尾成套；“勿叠用”者，必不能如是也。综许氏所列各宫调曲之宜叠用者，不过四十有六；仙吕五、羽调一、正宫三、大石一、中吕七、南吕五、黄钟二、越调四、商调四、双调九、仙吕入双调五。许氏又谓叠用至六枝成套，在前人所已用者，不过〔锁南枝〕〔香柳娘〕〔懒画眉〕〔桂枝香〕数调。此其所述，虽不无脱略，然大概要不过如是也。

重头成套，本以不加尾声为原则，详下文所以加尾声者，多因文意方面，必须有几句结束之语耳。其重头之数，为二，为四，为六，皆成双。间有如〔三仙桥〕，用者多作三枝，是特殊者也。

十二　寻常无尾声之套　套数在元人，轻易无无尾声者。其无尾声者，大抵有下列三种情形。甲，所用曲调有特别情形者不用尾。如无名氏《货郎担》杂剧，南吕一套〔一枝花〕后，用〔九转货郎儿〕，九转既完，乐遂阕，不用尾，因〔九转货郎儿〕为特制之曲也。乙，用带过曲作结者则省尾。如乔吉南吕《杂情》套，〔一枝花〕〔梁州〕之后，用〔骂玉郎感皇恩采茶歌〕之带过曲，则不用尾。张酷贫《汗衫记》剧，〔双调·新水令〕套之末，用〔雁儿落得胜令〕之带过曲，则亦不用尾。丙，所用之末调，可以代替尾声者，则不再用尾。如商调套曲以〔浪来里〕结，双调套曲以〔清江引〕结者，均不用尾。此例甚多。此外剧套中亦有无尾而不得其故者，如无名氏〔罟罟旦〕剧中有〔中吕·粉蝶儿〕套，以〔古竹马〕结，张国宝〔罗李郎〕剧中有〔双调·新水令〕套，以〔水仙子〕结等是。又有原文本属有尾，而传本脱误者，如《词林摘艳》所载白朴《箭射双雕》剧，〔中吕·粉蝶儿〕一套无尾，实则有尾而《摘艳》脱之耳。又《北词广正谱》双调载白氏〔乔木查〕套无尾，实亦有尾，而《谱》脱之也。

至于南曲寻常无尾者，在散曲中极少，有之则下列所谓“重头无尾”者也。

十三　重头无尾声之套　重头无尾声，惟南曲中有之。沈璟《南曲谱》曰：“一个牌名做二曲，或四曲、六曲、八曲，及两个牌名各止一二曲者，俱不用尾声。”此重头无尾声立说最早者也。沈氏所云种种，于《曲律易知》等书中得其例皆甚易。惟所谓“两个牌名各止一曲”者，既非重头，其形又酷似北曲之带过曲，其例颇不多见。如梁辰鱼《续江东白苎》内所载，中吕入双调〔摊破金字令〕与〔夜雨打梧桐〕《遇张一儿》、商调〔黄莺儿〕与〔簇御林〕《幽兰》等是也。

一牌做两曲、四曲等等，与两牌各做二曲以成一套者，固可无尾声；即三牌或四牌各做二曲、四曲不等以成一套者，亦可无尾声。此三牌四牌之前加用引子者亦有之，是皆在重头无尾声之列也。又两牌之重头有相间以列者，惟其每牌不止一首，而为重头，故亦可无尾声。其式如引：〔白练序〕〔醉太平〕〔白练序〕〔醉太平〕〔白练序〕〔醉太平〕。除引以外，两牌各重作三首，而相间以列，并无尾声，亦遂成套矣。

总之，既以一调或诸调重头以组套，则引与尾之有无，皆可任意焉；特尾声之无，益为注目耳。

作　法

散曲作法，较剧曲易，为其体段较简，作者直抒胸臆，无情节、排场、宾白、科介为累也。然惟其体段简短，无可衬搭躲闪，文字之工拙乃亦无从苟且。且曲体繁简，自小令以至传奇，虽种种殊，若其根本则端在散曲，是作法之根本，当亦端在散曲，学者未容忽略也。

曲之根本作法于何处见之？曰：见之于作成之后，确实是曲，而非词、非诗，且并非其他一切之长短句也。徐渭《南词叙录》谓："填词如作，唐诗，文既不可，俗又不可，自有一种妙处，要在人领解妙悟，未可言传。名士中有作者，为予诵之，予曰'齐梁长短句诗，非曲子'。何也？其词丽而晦。"徐氏此言，与李清照讥宋初人词为"句读不葺之诗"，张炎讥辛、刘豪气词为"长短句之诗"，固同一辙也。特谓作曲者误入"齐梁长短句"，乃就极疏者而言。若普通之误，大都误入两宋长短句者为多，即与诗余之词不能判别也。曲家第一若能尽脱词法，则所作虽不中亦不远矣。沈雄《柳塘词话》曰："前人有以词而作曲者，断不可以曲而作词。"其意若谓以曲作词断不可，以词作曲则并非不可，并非断不可也。殆亦知其一不知其二耳。彼元曲何以谓当行？盖奔腾驰骤，一毫不受词法之拘束也。昆腔以后之曲又何以弊？即曲体本应流动者，梁辰鱼辈复返之于凝静，而与词为邻也。兹欲明散曲之作法，第一步先严词曲之判，分形式与精神两方面略论之。

长短句由词变而为曲，其进化之处，端在长长短短，极尽长短变化之能。譬如一字之句，在词中除冷僻之调，〔十六字令〕

之起拍与〔哨遍〕之换头所有者外，其他不见也；在曲中则〔寨儿令〕〔山坡羊〕〔醉春风〕〔驻云飞〕〔月儿高〕等惯用之调中，固常见之也。二字之句，在词中短调，如〔河传〕所有，半阕之内，凡三四用之，且与三字句四字句相邻接，颇嫌破碎；在长调如〔锁窗寒〕〔暗香〕〔兰陵王〕〔沁园春〕等换头处所有者，又单独用之，二字之意，截然而止，复嫌板重。若在曲中，与五字句或七字句参互以见，则以上所述词中之两嫌，皆蠲免矣。又曲之长短，重在多用单数字之句，三言、五言、七言，至如〔喜春来〕七七七三五、〔塞鸿秋〕七七七七五五七、〔寄生草〕三三七七七七七、〔落梅风〕三三七七七等，通体且不用一双数字之句也。于许多单数字之句中，间插一二双数字之句，再益以对句、排句、叠句，则通首句调，陡觉起落振荡，抑扬顿挫，极尽摇曳生动之趣矣。更因衬字之办法，在词为偶见，在曲则为常有，于是本来双数字句，于必要时可以单之，本来单数字句，于必要时亦可以双之。要仍不失其本来之句法与音节，而行文之间，虚处既得转折贯串之施，实处又得提挈点醒之用。牌调谱式之限制，至是虽严而亦宽，拘束之中，旷然有伸缩回旋之余地。而作者乃有意无不达，而出语无不安矣。观于此，金元长短句之乐府，虽于平仄四声之外，又首创阴阳清浊，而为格律极严之韵文，但其句法之极尽长短变化之能，实迥非齐梁唐宋诸代长短句乐府所可拟。其极严之外，别有极宽之径，作者固未可因其格律之太严而拒之也。至于散曲之中，衬字虽不能多，要不可废，能应有尽有，既得句法中活泼流利之用，又无谱律上偭规越矩之嫌，最为合法。

曲调中之叶韵，较他种长短句为密。通体句句叶韵之调，不一而足。又其韵无不平上去三声互叶者，非若词中平韵则全调皆平，仄韵则全调皆仄，其有平仄互叶者，又必已换韵也。惟每一首曲或每一套曲之中，不能换韵，东同则东同到底，江阳则江阳到底。夫不换韵途径虽窄，而平上去互叶则开展实多。且所谓曲韵者，既不如诗之拘牵，又不如词之泛滥，悉摈古音，较谐俗口，而又无乖于音部。至于一韵到底，又自有其蓬勃充沛之善，不可以为难而废之也。惟北曲中有以入声作平上去三声之一法，窃以为不能通合于南北人之口。今后学者视为历史上过去之陈迹，不再沿袭，但仿照词法，凡入声韵单叶可也。

顾句法极尽长短变化之能一事，与韵脚平上去三声互叶一事，二者之于曲，果有何种利益与成效可言乎？曰：有之，则如此方得以接近语调，而便用语料也。孔颖达《诗正义》谓“风雅颂有一二字为句，及至八九字为句者，所以和以人声而无不协也”。足见人声实为长长短短之句，文章句法能极尽长短变化之能，自于人声无不协矣。人但知元曲之高，在不尚文言之藻彩，而重用白话，于方言俗语之中，多铸绘声绘影之新词，以形成其文章之妙；而不知果欲如此，必先有接近语调之曲调发生，然后调中方便于尽量采用语材。倘金元乐府仍旧承用南宋慢词之长短句法，整而不化，凝而不疏，静而不动者，则虽铸就甚多语料之新词在，亦格格不得入也。董《西厢》所用之调，名称与形式，指前后两叠而言。虽多因袭于词中之长调，但其各调之句法实变幻莫测，初非词调之本来，而后其文章乃能恣肆，此其证也。故南宋慢词之长短句法不近语调者，乃天生运用文言材料之长短句；金元曲调之长短句法接近语调者，乃天生运用语言材料之长短句。各具特性，未可苟同。作者若必欲抉破藩篱，易地而为之，亦何尝不能成篇，特终非其本色耳。要当各适其性，因利乘便，以发展其本体之所长。作曲者则必曲折尽情，委婉如话，斯判别于词，而得作曲之根本之法也。至于凡百韵语，一经平上去互叶，读之便觉低昂婉转，十分曲合语吻，亦即十分曲达语情，此亦为他种长短句所不可及，而独让之与金元之曲者。而且曲中亦非如此不足以逼真口气，成所谓“代言”之制；更非如此不能于一切语料作活泼之运用也。此实吾国韵文方法上之一大进展，曲家诚不可以不谨守之矣。词中短调，五七言为多，不如慢词之板重，晏叔原《小山词自叙》中有所谓“试读南部诸贤余绪，作五七字语”是也。故南唐北宋之小令，尚多用语体之可能，且有高绝者。至于慢词中用语体，若黄庭坚之一味俳俚，固毫无韵美之可言，即李清照之力主本色，所成就者亦只一人数词而已，他更无人矣。是非关作者之不努力，实因慢词之韵调音节，与语言不合，终难以白描为本色耳。顾黄、李犹皆北宋词家也，至于双白二窗，则更无主持本色之议论。而南宋诸家所撰词调，机局何似，能否融洽白话，固人所共悉，不待辨矣。故谓南宋慢词乃天生合用文言之长短句法，当不为过也。近人选白话词，亦每及长调之慢，然所得者多为浅近文言之作，非真正完全语体也。至若李渔之作，全以曲手为之，乃深中明词之极坏习气者，而近人每每爱其白话之工，真所谓盲人道黑白矣。

以上就形式方面言也。若曲之判别于词者，固不仅仅于句法韵脚中，材料之一则如话，一不如话也，同一话也，词与曲之所以说者，其途径与态度亦各异。曲以说得急切透辟、极情尽致为尚，不但不宽弛，不含蓄，且多冲口而出，若不能待者，用意则全然暴露于词面；用比兴者，并所比所兴，亦说明无隐。此其态度为迫切，为坦率，可谓恰与诗余相反也。惟唐五代北宋词之态度，犹多与曲相同者。如张耒之叙贺铸《东山词》有曰："是所谓满心而发，肆口而成，虽欲已言而不得者。"所谓"肆口而成""欲已不得"，曲正如此。为欲极情尽致之故，乃或将所写情致，引为自己所有，现身说法，如其人之口吻以描摹之；或明为他人之情致，则自己退居旁观地位，以唱叹出之，以调侃出之，此其途径为代言，为批评，亦皆诗余中所不有者也。作曲者既已运用句法韵脚，多采语料，倘又循是以得曲中说话之途径与态度，则所作者判别于词，而得曲之根本也必矣。

总之，词静而曲动，词敛而曲放，词纵而曲横，词深而曲广，词内旋而曲外旋，词阴柔而曲阳刚。词以婉约为主，别体则为豪放；曲以豪放为主，别体则为婉约。词尚意内言外，曲竟为言外而意亦外。词曲之精神如此，作曲者有以显其精神，斯为合法也。

为便于彼此比较，益为著明起见，尝就学作词曲之进程上，画分为四层步骤。初步妥溜，文理以外，句法、四声、叶韵，俱能妥帖顺溜之谓。词与曲虽各妥溜，其所妥溜，有所不同，而首先必求此妥溜则一也。次步在词为清新，在曲则为尖新。"新"亦二者之所同，惟词之托体于浑穆，"尖"非其所宜，曲之感人在敏锐，"尖"正得其所也。三步在词为沉郁，在曲为豪辣。沉郁者，情之所发，郁勃而不能尽忍，郁积而不能尽宣，语之所出，重不知其所负，深不知其所止，而词既已成矣。豪辣者，尖新而能入于大方，情之热烈，可以炙手，词之所鞭策，痕坼立见，而曲既已成矣。四步于词为可以入亦可以出者，有所为亦不必有所为者，其语触著多而做作少者，难以名之，权曰空灵；于曲则为灏烂，盖由险而趋平，由奇而入正，虚涵浑化，而超出于象外者，曲仅限于诗余与曲文，其他附属曲文之科介、宾白，皆不与焉。盖专为曲之基本说法，亦即可当散曲之作法观也。曲取“尖新”，见王骥德《曲律》。“豪辣”“灏烂”，皆贯云石《阳春白雪序》中语。

又为简易浅明计，尝就词曲之名称立说，以见其精神与作法。杂剧则其精神端在内容之杂；传奇则其精神端在情节之奇，或得奇之反义而为不奇；至于散曲，则径曰曲之精神在散，而曲之作法亦全在散也。盖上文所谓动也、放也、横也、广也、外旋也，皆适符放散之义。作者须放开眼取材，得元人之光怪陆离；撒开手下笔，得元人之奔放恣肆。若一狃于寻常词章之故态，或存雅俗之见，或悬纯驳之标，则是有所拘执而不能放也、散也，去作曲之法远矣。然则问散曲之作法如何者，可以一言以蔽之曰：散耳。

至于谐声协律，造句谋篇，种种琐屑之义，则有前人成说可稽。兹于元明两代，各举两家之说以取则焉。

甲　凤头、猪肚、豹尾说　陶宗仪《辍耕录》卷八有曰：“乔梦符吉，博学多能，以乐府称。尝云，‘作乐府亦有法，曰凤头、猪肚、豹尾六字是也。大概起要美丽，中要浩荡，结要响亮，尤贵在首尾贯穿，意思清新。苟能若是，斯可以言乐府矣’。

此所谓乐府，乃今乐府，如〔折桂令〕〔水仙子〕之类。”按此说非专限于曲中某一体言者，短之为一首小令，长之为一本杂剧，无不如此，殆为元曲中大小体制所同具之不二章法也。凤头美丽，所以擒控题旨，引人入胜；猪肚浩荡，所以发挥题蕴，极尽铺排；豹尾响亮，所以题外传神，机趣遥远。豹尾最紧要，必不可少；猪肚次之，每为一篇中便于逞才，发舒笔力之处，故作者亦必不肯忽；惟凤头一层，注意者较鲜耳。清刘熙载《艺概》曰：“一宫之内，无论牌名如何，其篇法不出始、中、终三停。始要含蓄有度，中要纵横尽变，终要优游不竭。”即剽乔氏之说也。

散曲之中，其于豹尾也，除文字机趣遥远之外，尤须四声紧严，一字不苟。一调之末句，与一套之尾声，其应紧严也同；尾声之末句，末句之末字，尤要之要焉。其于猪肚也，于文字极尽铺排之中，凡遇对句两句合璧对，三句鼎足对，四句联璧对，多句联珠对，隔句扇面对及短韵，一字句之叶韵、两字句之叶韵。务各还其程式，而对句尤紧要，盖曲之装点饱满，排奡驰骋，对句之为助实多也。至若凤头之美丽，则全属文字之事，其道不一，无待举矣。

乙　作词十法　元周德清《中原音韵》内，有所谓“作词起例”者，又题为“作词十法”。所谓“起例”，即十法之末一法也。此乃专就散曲言作法者，与燕南芝庵《唱论》之论唱法，同为元人曲论中，今日仅传之篇，殊可贵也。十法者：一知韵，二造语，三用事，四用字，五入声作平声，六阴阳，七务头，八对偶，九末句，十定格也。定格既为以上九法之起例，则十法者，实仅九法耳。周氏又总括九法为四事：第一知音，四、五、六、七、九法皆属之；第二造语，二、八两法属之；余为第三用事，第四用字。其原文简约，且有晦涩处，尝辑元以后诸家之说，为之疏证，并撷其要义，成条例十五则。兹录如后，以见其概焉。

一，散曲必经过文学艺术之陶冶，而后成立，要与俚歌有别。

二，曲为合乐之韵文，学作曲者应先明乐腔，再识乐谱，审音而作，以无伤于音律为原则。

三，北曲无入声，凡入声皆分作平上去三声读，凡在句中之入声字如须作平声者，应注意毋乱其全句平仄之本来规律。

四，元时北曲，只平声分阴阳，上去不分，入声作平俱属阳。

五，曲之文体，其构成也，用语言为主，用文言为辅。

六，曲中语言，以天下通语今所谓“国语”为主。

七，曲以语、意俱高为上，短篇之词简，则意尤欲至。

八，长篇要腰腹饱满，首尾相济，即乔氏“猪肚”之说。

九，曲语忌蛮狠、猥琐、险刻、卑污、油滑、生涩、庸腐。

十，曲之语句，要能读去看去人人都晓，唱时听去亦人人都晓，各方面均宜顾到，俱无所碍，方算合作。

十一，散曲务少用衬字。

十二，作曲宜留心每调务头所在。务头所在，皆音美之处，文字务宜谨慎，下笔能令声文并美最好；不能，亦要勿因文字之陋，而伤及声音之美。若不辨务头何在，则凡遇调中调尾，曲谱内注明平上去三声一定不可移易之处，无不恪遵而谨守之，则务头亦十九在其中矣。

十三，曲中遇句法成双之处，或数句句法相同者，皆宜作对偶。

十四，曲中末句最要紧，不但平仄不能苟且，意思亦宜精警，即乔氏“豹尾”之说。

十五，散曲内每首小令不能重韵。

就中如十一之论衬字，周氏原文本来主张绝对不用，即下文所引王骥德语亦如此，不但与一般元曲事实不符，且亦大背曲之体制，万不可从。故此处条文中易“不用”为“少用”。十五之不能重韵是普通情形，间亦有以重韵为美者，所谓文无定法，神而明之，存乎其人也。如元高克礼〔黄蔷薇带庆元贞〕《咏天宝遗事》有曰：“断送他潇潇鞍马出咸阳，只因你重重恩爱在昭阳，引惹得纷纷戈戟闹渔阳。”阳字韵一再叶之，正觉文字警策也。

丙　小令套数论　明王骥德《曲律》内，有小令、套数、章法、杂论各节，其中所论散曲作法，大抵为南曲而发，然北曲亦足资借镜也。兹摘录数条于后。

《曲律》曰：“作小令与五七言绝句同法，要酝藉，要无衬字，要言简而趣味无穷。昔人谓五言律诗如四十个贤人，著一个屠沽不得。小令亦须字字看得精细，著一戾句不得，著一草率字不得。弇州论词，所谓宛转绵丽，浅至儇俏，正作小令至语下略。”此一节中，于小令文字之所！尚与所忌，说来甚为明显，亦甚切实。就中“浅至”一层，尤为紧要。曲要深入而浅出，浅出之谓浅，深入之谓至，不然，则所有之蕴藉与绵丽，必皆失之沉晦或软弱，而所谓趣味者，属于词而不属于曲矣。

又曰：“套数之曲，元人谓之‘乐府’，按此语实误，已见上文论名称。与古之辞赋、今之时义，同一机轴。有起，有止，有开，有阖。须先定下间架，立下主意，排下曲调，然后遣句，然后成章。切忌凑插，切忌将就。务如常山之蛇，首尾相应；又如鲛人之锦，不著一丝纰颣。意新语俊，字响调圆，增减一调不得，颠倒一调不得，有规有矩，有色有声，众美具矣。而其妙处正不在声调之中，而在句字之外。又须烟波渺漫，姿态横逸，揽之不得，挹之不尽。摹欢则令人神荡，写怨则令人断肠，不在快人，而在动人。此所谓'风神'，所谓'标韵'，所谓'动吾天机'。不知所以然而然，方是神品，方是绝技。即求之古人，亦不易得。中略大略作长套曲，只是打成一片，将各调胪列，待他来凑我机轴；不可做了一调，又寻一调意思。"又曰："作曲犹造宫室者然。工师之作室也，必先定规式，自前门而厅、而堂、而楼，或三进、或五进、或七进，又自两厢而及轩寮，以至廪庾、庖湢、藩垣、苑榭之类，前后左右，高低远近，尺寸无不了然胸中，而后可施斤断。作曲者亦必先分段数，以何意起，何意接，何意作中段敷衍，何意作后段收煞，整整在目，而后可施结撰。此法从古之为文、为辞赋、为歌诗者皆然；于曲，则在剧戏，其事头原有步骤。作套数曲，遂绝不闻有知此窍者，只漫然随调，逐句凑拍掇拾为之，非不间得一二好语，颠倒零碎，终是不成格局下略。"此二节论套数须有机轴，有间架，有主意，不可节节增附，自属切实。至于姿态、风神、标韵之说，似较蹈虚，且谓"求之古人，亦不易得"，是其说在昔人制作之中，亦从未实现，几类空想矣。然所谓"机轴"等等，寻常各体文字，莫不皆然，何待为散曲特别言之？王氏之所以硁硁为言者，盖因前人所作套数，太为芜乱，太无章法，甚者且出乎常情之外，有不得不申此戒者耳。若论其言，则甚浅也。倘文章必欲成就曲之所以为曲者，则姿态等等，原不容缺；至于致之之道，要仍为先得上文之所谓根本作法，其他则与一般文字固无多异也。王氏说之前一段内，“不在快人，而在动人”二语殊支离。“快人”乃“动人”之一种，既“快人”矣，岂尚有未“动人”者乎？

丁　填词训　填词训者，吴人张旭初附刻于《吴骚合编》之卷端者也。《合编》内所有例言评与论，文字俱陋，而此数篇附刻者独较雅训。同时附刻者另有三篇，有人辑为一卷，总名之曰《衡曲麈谈》，今有董氏《读曲丛刊》本。所论句句中肯，且有条贯，兹节录之。曰：“且子亦知夫曲之道乎？心之精微，人不可知，灵窍隐深，忽忽欲动，名曰心曲。曲也者，达其心而为言者也。思致贵于绵渺，辞语贵于迫切。长门之咏，宜于官样而带岑寂；香闺之语，宜于暗藏而饶绮丽。倚门嚬笑之声，务求纤媚而顾盼生姿；学士骚人之赋，须期慷慨而啸歌不俗。故咏春花勿牵秋月，吟朝雨莫溷夜潮。瑶台玉砌，要知雪部之套词；芳草轻烟，总是郊原之泛句。又如命题杂咏，而直道本色，则何取乎寓言；触物兴怀，而杂景揣摹，则安在其即事。甚且士女之吻无辨，睽合之意多乖，文情断续而忽入俚言，笔致拗违而生吞成语，又曲之最病者也。乃若传奇之曲，与散套异。传奇有答白，可以转换，而清曲则一线到底。传奇有介头，可以变调，而清曲则一韵到底。人第知传奇中有嬉笑怒骂，而不知散曲中亦有离合悲欢。古伤逝惜别之词，一披咏之，愀然欲泪者，其情真也。故曲不贵摭实，而贵流丽；不贵尖酸，而贵博雅；不贵剽袭，而贵冶创；不贵熟烂，而贵新生；不贵文饰，而贵真率肖吻；不贵平敷，而贵选句走险。有作者起，必首肯吾言矣下略。”此一节中，“思致绵渺”“辞语迫切”两语，最得曲之大体。“迫切”两字，尤下得妙。以下谓必情切其人、景即于事，方不泛滥，陈义允当。至于口气之不明，头绪之杂乱，俚言成语之用不得宜，亦无一不深中自来散套之弊也。又所谓“流丽”者，上文“妥溜”之说有之；所谓“冶创”，所谓“新生”者，上文“尖新”之说有之；“不贵尖酸而贵博雅”者，上文所谓“尖新而能入大方”，乃臻于“豪辣”也；所谓“选句走险”者，亦上文“豪辣”之方也。

以上四说，甲、乙皆出元人，可作北曲之法观；丙、丁皆出明人，可作南曲之法观。然大义则无不通，初不因南北而有所歧异也。至于清人之论，鲜得明通。如冯班《钝吟文稿》云：“套数之体，当使西园公子、南国佳人，坐绮筵而听之。苟杂以鄙词，恐辱我象板鸾箫也。小令务在调笑陶写，施于斜行小字，嘌唱曼声，但得俊语相参，收拾出众，便为佳手。”此其所言局面之狭，望而知非真知曲境者。盖所见囿于昆腔以后之南曲，所论亦即以此为限，固无足怪。谢章铤曾讥冯氏论词，谓为“目未睹前辈典型”，实则冯氏于曲，亦何尝不如此。清人曲论，惟魏际瑞“南北曲校语”一节为新切可观，因非专为散曲立论者，兹不泛引。近人如吴瞿庵先生《顾曲麈谈》论清曲作法：第一少借宫，第二少重韵，第三少衬字；又谓词藻中能避去淫亵语最妙。则为上文所已及或未及者，并皆要义，不可忽略，附及于此。

内 容

如前节所论，词曲间精神之比较，为词敛而曲放，词深而曲广；若论二者之内容，当然为词纯而曲杂，词精而曲博矣。夫我国一切韵文之内容，其骏杂广大，殆无逾于曲者。剧曲不论，只就散曲以观，上而时会盛衰、政事兴废，咏史怀古之篇、歌功颂德之作，自来各体文字多有，曲亦为然，无待举也。至如元刘致上高监司〔端正好〕两套，一叙洪都某年大饥之状，赖有监司济恤以时，民得复安其居；一陈当时库藏积弊，吏役弄奸情状，并详举改革办法。直以套曲之体代说帖，代条陈，最为新异；其有关于一代政俗，亦最为显著。其他人情风俗、政教治迹，散见于各家散曲中者，亦多有之，不胜举也。下而里巷琐故、帏闼秘闻，其间形形式式，或议或叙，举无不可于此体中发挥之者。冠冕则极其冠冕，淫鄙则极其淫鄙，而都不失其为当行也。以言人物，则公卿士夫、骚人墨客，固足以写，贩贾走卒、娼女弄人，亦足以写；且在作者意中，初不以与公卿士夫、骚人墨客，有所岐视也。大而天日山河，细而米盐枣栗，美而名姝胜境，丑而恶疾畸形，殆无不足以写。而细者、丑者，初亦不与大者、美者，有所岐视也。要之，衡其作品之大多数量，虽为风云月露、游戏讥嘲，而意境所到，材料所收，固古今上下，文质雅俗，恢恢乎从不知有所限，从不辨孰者为可能，而孰者为不可能，孰者为能容，而孰者为不能容也。其涵盖之广，固诗文之所不及。而时代体裁，又恰与诗余为邻，由诗余继承而来者，相形之余，一宽一窄，乃益觉其各趋极端。暗中若有谁使为然者？世人但知词曲二事，向来并称，其间必相去不远，而不知细按之，由词递曲，其变迁之骤，趋向之反，实较其他任何两种文体为尤甚也。

何以言词曲之内容，各极其宽窄也？曰：约之可举四点。

一　词仅可以抒情写景，而不可以记事，曲则记叙、抒写皆可，作用极广也。夫情景之描摹，终限于自己心目中一时所及者而已，何如人事之变幻，古今远近，繁复无穷乎？寻常词中，不能叙事，斯所削之材料多矣。盖词之叙事者，辄觉义止于事，有伤浅直，虽特殊之工者，其言外之意，亦终不如融情化景者之厚也。词不但不能叙事，并议论亦不能多发，多发则易流于野放，而不见婉约沉郁之致。方之诗文，其所容者，自惭倡仄矣。惟曲不然，重头多首之小令，与一般之套曲中，固有演故事者，即寻常小令之中，亦有演故事者，已详上文“体段”一章中矣。据其所举之例以观，即可知题目而外，散曲并不须有科白如剧曲所有或诗文如秦观〔调笑〕、赵令畤〔蝶恋花〕等所有以为引带，但曲文本身，尽可纪言叙动，初无害于其文字之工也。盖曲之宗旨，原不必每篇一定具有何等大道理、大作用，即随便说几句话，叙一段事，亦自足成趣。惟其可深可浅，可浓可淡，可理想，可事实，而后所容者乃自广矣。

二　词仅宜于悲，而不宜于喜，曲则悲喜兼至，情致极放也。韵文之内容，莫大于抒情，顾词之为词，非意内而言外不为工，而欢乐之情，每每言外即无他意可属矣。朱彝尊作《紫云词序》有曰“‘欢愉之言难工，愁苦之言易好’，昌黎亦善言诗矣。至于词或不然，大都欢愉之辞，工者十九，而言愁苦者十一焉耳”云云，不知何所见而云然也？谢章铤《赌棋山庄词话》驳之已详。大概词中一为情意欣喜之篇、颂祷揄扬之作，辄觉不耐咀嚼与寻绎，勉强为之，不碍体韵即伤气格，此所以大雅之词集中必不多存寿词，不仅以其为酬应之作而少之也。至于曲则不然，得机趣者即为工。玩味曲者亦绝无待于咀嚼寻绎，机趣相投，一触而得，愁固随以蹙额颦眉，欢亦从而手舞足蹈。惟其言欢志喜，亦初无害于文字之工，庆祝颂赞乃亦成曲家可以有为之事，而曲之内容，又以宽矣。故陈所闻南北两《词纪》中，均特立“祝贺”一门，论者固未可执衡词之道以非之也。再元代曲家，志趣大抵乐天，视俗人之营营功利者固太陋，视彼为情志所缚，郁郁而不伸者亦觉太痴。故如屈大夫之为人，动遭调侃，而渊明归来嫌迟，希夷不醒为是，是若辈之人生志趣也。因而文字之中，虽极颓唐、极危苦之境，亦必以极放旷、极兴会之语出之，满纸豪情万丈，令人神旺，否则亦熙熙皞皞，生机无限，从无阴冷郁塞之象，令人望而气沮者。斯亦读元曲者之一快也。彼推崇词体者，犹可以藉源本风骚为辞；若推崇曲体者，则独不可以此为附会。盖曲之内容，实有一种绝对乐天之旨趣在其中也。

三　词仅可以雅而不可以俗，可以纯而不可以杂，曲则雅俗俱可，无所不容，意志极阔也。孙麟趾谓“牛鬼蛇神诗中不忌，词则大忌”，吾谓此在曲中，则大不忌。袁枚见人诗集中题目皆“雁字”“夹竹桃”之类，以为此种题目，大家集内非不可存，而“终不可开卷便见”，“此是文章局面”云云。夫文章之不讲局面者，殆莫过于曲矣。作者于其所作，初无所存心于抗今希古，与于著作之林，亦不专为文章而作文章，但取其能入乐传唱，遣兴一时，即已了事矣。兴之所至，随遇而可，雅固可，俗亦何不可？要局面何用？刘熙载《艺概》于《魏书·胡叟传》语“既善为兴雅之词，又工为鄙俗之句”，变换之以论曲曰：“其妙在借俗写雅，面子疑于放倒，骨子弥复认真。”余谓持刘氏之语以论曲，犹有遗憾，当复变换其言曰“面子确实放倒，骨子自然认真”，然后方妥也。盖面子之放倒，并非“疑于”，“疑于”是终未放倒也；骨子之“认真”，亦勿庸“弥复”，“弥复”有时即不免矜持，所认反觉太过而不真矣。曲惟动机方法与作用等，都纯任自然，故不问局面，雅俗并包，而内容遂尔阔大。天下事惟不讲局面者，其局面乃真大耳。词则不然，一切以雅为归，即不啻以雅为局面。借雅写俗之词有之，借俗写雅之词未闻。故曲系自然化，而词则雅化也。即以题目而论，词集中若有春景、夏景、闺情、送别等题，则鲜不为后来作家笑者，意此类字面，实浅俗不成题目，惟坊贾所编之《草堂诗余》内始用之；必也如南宋姜夔等于撰词之外，并刻意撰题，字斟句酌，成一种清腴峭拔之小品文字者方合。然而在曲则满眼所见者，不但春景、闺情等俱是题目，即如王大姐浴房中吃打、长毛小狗、右手三指、大桌上睡觉、穿破靴等，亦俱缀于调名之下为题，毫不为怪也。噫，有南宋词家于题目限得极严，择得极雅，做得极工，即有元时曲家之放得极宽，取得极俗，写得极粗。曲家岂皆未见宋词之所业耶？而乃一毫不受其影响，且若故意与之硁庭者，不亦异乎！观于此，曲能容俗，昔人薄之在此，而实则内容因此而阔，今人尚之，亦正在此也。

四　词仅宜于庄而不宜于谐，曲则庄谐杂出，态度极活也。合前两条之悲喜兼至与雅俗俱工，当然即得此一条之庄谐杂出，本无待言也。惟散曲之重俳体，出于异常，而非寻常，有不得不详细另举之者。曲家于俳体与非俳体，心目中毫无轩轾，且俳体之格势极多，制作不穷，几占全部著述之半。推其所以致此者，盖曲之初创，本属一种游戏文字，填实民间已传之音调，茶余酒后，以资笑乐者耳。初非同于庙堂之乐章，亦无所谓风诗之比兴也。及关、马、乔、张之辈继出，胡侍所谓皆终其身沉抑下僚、郁郁不得志者，激而愤世，放而玩世，乃利用此不关紧要之曲体，以供其喜笑怒骂，嘲讥戏谑，固无足怪，亦不足责矣。自后因音乐传播之广，作者兴起之杂，虽梨园行院，亦复有绿巾之词，其他可想矣。有才者始则激而为此，放而为此，不才者继乃惟此是好，惟此能仿，此风乃愈煽而愈张，文字乃有是而有不是矣。词之初兴，亦同是一种游戏小文，惟创导者之时会，承袭者之人才，有别于曲，遂终形成其端谨严密之体；就中情态之弛至〔调笑〕为已甚，若再进而嘲谑，则大非分矣。然因是而摈斥愈严，刊落愈多，以论内容之广，当然迥不如曲耳。散曲中俳体二十五种，附见于后。

综此四点，藉词为比较，然后散曲之内容，自然明白，且可知其所以包罗之广，涵孕之杂者，或关体裁上之解放，或关历史上之成因，初非偶然，亦非无故也。

敦煌曲起源

在文学史上，所谓最早之长短句词，若从中唐刘白诸作，提前到敦煌曲内初盛唐诸作，其说之可信与否，首当视长短句词之起源，究竟如何。尤其敦煌曲内之民间作品，质与量既如此，其渊源何自，当不能无明确之认识。三十年来，中日人士研究词之起源者，说既多矣！但尚停滞在相互牴牾之间，去协议之阶段甚远。敦煌曲刊布，亦既三十年，而诸家在此项研究中，从未引作例证。本文开始应用此宗新材料，以探讨词之起源，按之常情，应能解决前所不能决之疑问，为三十年来此项纷争，作一总结。乃以下所陈，于此一使命，究曾实践得几分，作者惭愧！限于学识，不敢自信，仍待读者高明之裁定耳。未详之处，见拙著《唐声诗考》第七章“与长短句曲子之关系”。

唐代燕乐，一面既承隋之所有，加以取舍，一面对于四方不断侵入之裔乐，复听其自由泛滥，无所成见。当时朝野所有乐曲之歌辞，自不能不分别求与此二者相应合。隋代清乐所用之歌辞，长短句原甚多；唐人赓其声，拟其辞者亦甚多。因被《乐府诗集》收入“清商曲辞”，而不入“近代曲辞”，于是后人乃概以齐梁乐府体之长短句目之，不信其同为“近代曲辞”，即不信其实际为唐燕乐曲子辞中长短句之前身。如《长乐佳》《懊侬歌》《华山畿》《读曲歌》《白石郎》《繁霜》《姑恩曲》《神女歌》《乌夜啼》《拔蒲歌》《寿阳乐》《月节折杨柳歌》《朝云引》等，皆长短句，隋唐无名氏之作居多，并非齐梁旧篇，必须认清。明董逢元于《唐词纪》外，曾选《词原》二卷，专录古乐府之为唐词所本者，惟仍泛及齐梁，遂觉其远而不切。殊不思隋之清商乐曲，传入唐代者，犹有六十三曲之多，载在史书，斑斑可考。其曲辞之为齐言者固多，而为杂言者，由上文所述以推之，亦必不少。其在初盛唐人之歌唱与写作中，岂有不起作用之理！幸而《隋书·音乐志》中，犹载有仁寿元年牛弘等所制“上寿歌辞”，三言四句，五言二句，各为对偶，而以七言一句承之，且叶平韵，逼近后世词体。隋唐《音乐志》中，载萧齐之“上寿曲辞”“食举乐辞”等，已多长短句，惟演进至隋而益成熟。张鷟《朝野佥载》内，所载隋唐歌词，尤多长短句者，亦可参证。《乐府诗集》“近代曲辞”中，犹保存隋炀帝与王胄所作之《纪辽东》四首，其分片、立格、叶韵、平仄，无一非后来长短句词之体，已确切无可否认。即隋贺若弼所制琴曲宫声十小调，在宋人拟辞，已完全为长短句词，见宋惠洪《冷斋夜话》。隋唐之始辞如何，不难想见，因琴曲从无用近体诗者。故王灼《碧鸡漫志》曰“盖隋以来，今之所谓曲子者渐兴”；张炎《词源》曰“粤自隋唐以来，声诗间为长短句”——皆无非凭事实以言耳，原不足异。

而后人论词之起源者，却不愿承认“上寿歌辞”及《纪辽东》等；但因其载在《隋书》与《乐府诗集》，亦不便以为伪，更无从证明其伪，于是熟视无睹，存而不论；或论而不切，轻轻撇开；如龙沐勋《论词体之演进》是其例。至其《中国韵文史》内，方变更态度，认《纪辽东》四辞为后来倚声填词之祖。或避实就虚，混淆同异。如詹锳《李白〈菩萨蛮〉〈忆秦娥〉词辨伪》(《真理杂志》一卷一期内）拘执后世所谓“词”之一名，指《纪辽东》虽载郭集，只是乐府，是隋唐杂曲，不属唐之燕乐，不是词。但于《纪辽东》之分片、立格、叶韵、平仄则不论，反指梁张率等《长相思》亦与《纪辽东》无别。究竟此二作，在分片、立格、叶韵、平仄上，有别无别，事实俱在，人所共睹，不容牵混。萧涤非《乐府填词与韦昭》(《国文月刊》十四期）于《纪辽东》之作，举为乐府中填词之例，仍视为乐府。其所谓“填词”，乃借用宋以后语，解释乐府中声同辞类之事实，标新立异而已，却亦不免似是而非，混淆同异之嫌矣。隋代既有如此之《纪辽东》等于前，故唐初即有长孙无忌之《新曲》，句法“七三、七三、七七、七七”，四平韵。王勃之《杂曲》，句法“四四、四四、四四、六六”，四平韵。阎朝隐之《采莲女》，句法“三三、七、五五、七七”，四平韵。种种杂言于后，一一皆作长、短句词之体，确切无可否认，亦诚何足异！《新唐书·礼乐志》谓长孙无忌制《倾杯》曲，魏徵制《乐社》乐曲，虞世南制《英雄乐》曲，皆曰“曲”或“乐曲”，其中亦可能有长短句体。

至于六言之辞，虽亦为齐言，但在后世人之眼光中，已不同于五七！言诗，而视作齐言与杂言二者居间之体。六言之为乐曲歌辞，早有于晋，不止于隋。晋陆机之《饮酒乐》辞，六言四句，与唐人之《回波乐》辞，实丝毫无异。料北齐阳俊之卖《阳五伴侣》，辞作六言亦不外此，不知是用清乐，抑胡乐。初唐许敬宗谓当时已习以六言《倾杯》入艳曲；见上文去蔽。《倾杯》与《回波乐》，本皆饮酒之乐也，其在一般社会中应用之广，可以想见。六言为由齐言过渡至杂言之桥梁，当时杂言歌曲之早已达成，当亦可以想见。近人郑宾于于《中国文学流变史》中，竭力寻迹初唐杂言歌辞，甚至将《回波乐》辞之六言强断为“二四”句法，于本调虽不合事实，却暗合当时六言之有转变作用。——此乃唐代曲辞，继承隋后，自始即齐言、杂言，二者并用，并不俟盛唐开、天间始如此，一也。唐圭璋《云谣集杂曲子校释》，曾谓“隋已有词之创作，更何疑于盛唐”，亦即此意。徐嘉瑞《词曲与交通》云：“词在初唐，已经怀孕，在晚唐就诞生了。”殊可寻味！自来文体之妊娠时间，无长至二百余年者，非于受胎经过不愿承认，即生辰八字不准耳。当改为“隋代已经怀孕，初盛唐间已经诞生”。上文曲调考证，论《云谣》十三调之前，曾引俞平伯语为注，只谓慢词孕育于唐，而未言其分娩于唐，亦同一成问题。

上节所云，乃属于国人自有之清乐范围也。至于清乐以外，则皆胡乐之世界。胡乐之盛，自南北朝以迄唐代益有加，至玄宗时而造极，达于饱和。当时之曲，兼有纯清乐者、纯胡乐者及清胡杂揉、中外调和者之三类。真所谓“声辞繁杂，不可胜纪”！《乐府诗集》论近代曲辞语。虽不如花蕊《宫词》“太常奏备三千曲”之夸，若总太常与教坊，双方所有之曲以计之，至少亦当有一千至二千之数。以如许多之曲调，欲分别满足齐杂言两类曲辞合乐之要求，在质量方面，自可以取之皆当，而用之不竭。其结果当可踌躇满志，各得其宜，毫无遗憾。至于以辞就声者，如先有合生初唐或拍弹盛唐，创种种新声，已流于人口，然后随其曲度，以为长短句辞，其事更轻而易举，其势亦顺乎自然。近人张长弓《中国文学史新编》四十四节，谓“词之起，是适应于乐曲的原故”，甚合。如此主浪之人极少！皆为朱熹等以实字填诗乐之泛声，遂成长短句之说所蔽耳。《事文类聚》续篇引《能改斋漫录》：“明皇尤溺于夷音，天下熏然成俗。于时才士，始依乐工拍担之声，被之以辞句之长短，各随曲度……”此节今传本《能改斋漫录》似无之。其说甚谛。“拍担”即“拍弹”。据《杜阳杂编》《卢氏杂说》等，此艺起晚唐，其实汉已有之。元稹《乐府古题》序中，谓操、引、讴、谣、歌、曲、词、调之八体，皆在音声者，“因声以度词，审调以节唱。句度长短之数，声韵平上之差，莫不由于准度。……备曲度者，总得谓之歌、曲、词、调。斯皆由乐以定辞，非选词以配乐”。此所言者，分明兼包齐言、杂言二体在内。原不自元氏当时始，历史上早已如此。顾辞循乐定，必在乐曲茂盛之期。元氏所言，无非基于开、天之事实，先朝盛况，恍在目前耳。当时歌辞为齐言、杂言，既皆先有丰富之乐曲在前，由声而定，则其与声乐配合之成绩，必可密切自然，毫无勉强，亦从可知。故终唐之世，歌五七言诗不绝，至五代十国，犹盛唱《杨柳枝》《浣溪沙》《百岁篇》之诸齐言而不废也；亦终唐之世，歌长短句调不绝，至五代十国，对于乐有偏好，风气转移，诗客不复顾忌，始公开为曲子作辞，而其事益盛也。——此乃唐代曲辞，因在胡乐极盛，乐曲空前富赡之环境中，得以齐杂并用，自始至终，毫不竭蹶，不仅限盛唐开、天之时而始然，二也。综上二节所言，可知唐代音乐与言文，各在极盛之时，势均力敌，难分强弱，难定主从。俞平伯于《诗的歌与诵》内，始谓“音乐占优势，则引诗与乐合，而诗体旁出；言文的特质占优势，则离去音乐，而诗体直下。唐以来千数百年诗体之演变，此一语足明其大凡”。对于唐代乐与诗各占优势，及齐言之诗，与杂言之调，同时合乐两层，俞氏此说，均未足解释。既又曰“诗乐各走各的路，却显出一代诗歌音乐的异样隆盛来。离之双美，合之不伤，唐人之谓也”，庶几近之。惟唐人专为合乐而作诗者甚多，合之甚为惬洽，岂但“不伤”而已哉！

证以敦煌曲：首推定格联章之《十二时》，杂言也，肇始于齐梁间之释宝志，贯澈至南宋，皆信而有征。其主曲与辅曲之间，俨然后世词调之分片、换头，而叶韵、平仄，并无别焉；较之牛弘之“上寿歌辞”、王胄之《纪辽东》，又早百余年。《五更转》，杂言也，则与《十二时》同时并用。其次《斗百草》《泛龙舟》之和声辞，皆已杂言，皆隋清商乐曲之遗。其次《苏莫遮》《献忠心》《婆罗门》《菩萨蛮》等，其创作时期，早可以在初唐，晚必不逾天宝——则皆显属于胡乐。岑参闻歌《凤归云》，详下文论体裁。杨玉环事用《内家娇》，详下文论时代（四）注。虽属“大胆怀疑”，亦复端绪自在。详下文论时代。敦煌诸调之本辞，属齐言声诗者，首章“撮要”内曾列十三调。其中六朝旧曲有《百岁篇》，隋旧曲有《斗百草》《泛龙舟》《水调词》，初唐有《乐世词》《剑器词》，盛唐有《何满子》《皇帝感》。其为齐言、杂言，始终并用，无所轩轾与主从，与上所言，宁有乖忤！

唐时印刷术既尚不普遍，天宝十三载，大乐署改乐曲名，欲传久远，只得将新曲名一本，立石刊于太常寺而已，见《唐会要》三三。五代王贞范亦将曲谱刊石以传，见《北梦琐言》。而燕乐发展之极，已蔚成千歌万舞，词山曲海，无限齐杂言之歌辞，连同工尺谱与舞谱，事实上均需要流传，其道如何？惟有皆凭口授与笔写耳。口授之专业，限于乐工歌伎，久之，自多讹误，或有意更改；笔写，事繁而物费，写不胜写，势必择要为之，其量乃狭。五七言之曲辞，既与文人之诗篇，结为一体，文人又擅长写字，在此项被选择中，齐言曲辞，自占优势。故唐代文人，皆集其所作之歌与诗而合写之，当时一部分之乐曲歌辞，即寓于其中，实显然之事实。于是纷纷以“歌诗”为集名，而不仅曰“诗”，其因虽多，此实其一。如“李太白诗歌”、“李长吉诗歌”、罗隐“歌诗集”；牛峤、吴融、唐英、刘言史、赵抟之集，皆曰“歌诗”等是。他如《唐才子传》称庄南杰“工乐府杂歌”；《闽川名士传》称周匡物“以歌诗著名”；《宣室志》称“贞元中，有李生者……为歌诗，人颇称之”；《抒情集》称李廷璧“歌篇靡丽”；《唐摭言》五，称“令狐文公镇三峰时，及秋赋，特置五场试：第一场杂文，第二场试歌篇”；又八，称汪遵“善为歌诗”；又九，称秦韬玉“工长短歌”；又十，称孙定“诗歌千余首”。齐己诗称“孙郎中有乐府歌集”等，均是一义，不胜枚举。至于为古乐府或歌行体者，则别曰“歌行”。如许浑、李雱、李沈之集名是，见《绍兴间秘书省续编到四库阙书目》，显与所谓“歌诗”者有异。唐人之诗与长短句，皆可以在所谓“乐府”或“曲子”中。至宋人始将诗与曲子对立。观各家转踏咏故事之作，每一故事之前为“诗曰”，其后为“曲子”，对比最为显著。宋人凭前代此类歌诗之写本，编纂唐诗总集，亦每每仍其名曰“歌诗”。其尤著者，为赵孟奎所编《分类唐歌诗》一百卷，三百五十三家，凡歌诗四万余首。其书虽已十九阙佚，而后来之《唐音统签》《全唐诗》等，仍其类也。夷考《全唐诗》内，有声诗，有长短句辞，有大曲歌辞，甚至有戏曲歌辞。其说另详。过去读唐诗者，向不从此方面注意，只知其为诗，而未觉其为歌，殊忽唐人命名“歌诗”之本旨矣。唐人普遍写诗之规模与成就，如上所言，已可得其大概；岂敦煌写曲，今日之所流传，寥寥五百至一千首而已者，所能比拟！

然而敦煌一隅之写曲，并非事实之全部也。当时各地所有乐工歌伎，于口授之不足，必亦普遍抄写曲辞。其所写者，必然（一）齐言、杂言不分；（二）正字、衬字与和声皆无别；（三）作者之姓名不备；（四）讹别衍脱百出——正如敦煌写曲所表现者是。与当时文人诗客，手自写校歌诗卷子之精审情形，自必恰恰相反。类似敦煌写卷之曲本，料当时必普遍天下，不限于西陲一隅独有之，此可以断言者。特敦煌气候，最适宜于保存古文书，而又值石室封藏计划之巧，故敦煌而外，尚未见他处有同样之发现，并非唐时他处从无此类曲本之流行也。

查《云谣集》写于朱梁末年，假设即公元九二二年，则十八年后，九四〇年，后蜀广政三年，《花间集》已编就。由此集以观，是文人诗客已起而代替乐工歌伎等人之所为，以向之专选歌诗、专写歌诗者，兼加诸杂言之曲辞矣。《花间集》亦此种表现之一而已，其前后必尚有同性质之若干选集在。其中除《尊前》外，尚及知名者，有《家宴》《遏云》《聚兰》《兰畹》《麟角》等，皆选而不传，并非无选；徒因不传，乃不及遍知其内容耳。此类若干似《云谣》之选本，在《云谣》前后，流布于当时者，料北宋诸家，如张先、柳永、贺铸辈，犹及见而用之。参看下文论修辞（乙）与柳永词之比较。故凡《花间》以外之词调，其名载于《教坊记》者，犹得见其辞于宋初诸家词集中。或保存旧曲，或已因旧曲而易新声，只存其名而已。料初唐无名氏之少数杂言曲辞，如《三台》《倾杯》等是，皆由六言酒辞变成以后之新体艳曲。及盛唐无名氏之大量杂言曲辞，至宋初，皆尚有写本流传。而惜乎当时无人为此辈先朝之无名作者，编一大规模之总集，有若《分类唐歌诗》一百卷者，《直斋书录》所列《万曲类编》十卷，或者近之，惜无考。《花庵词选》序称《复雅歌词》兼采唐宋，迄于宣和，凡四千三百余首，其中为今日未见之唐人曲辞，必亦不少耳。致后人不及见唐代早期之长短句歌辞，遂主观否认《纪辽东》《采莲女》诸杂言，忽视《三台》《倾杯》之艳曲，怀疑《教坊记》三百余名内七十余名之辞体与时代，而断定长短句词盛唐未尝有，或盛唐文人未尝采用其体，遂指张志和之《渔歌子》、刘与白之《忆江南》，为长短句词之创始，可谓蔽矣！今敦煌曲内，不少盛唐作品在，是否可信，不妨就此直接资料，严加考核，更毋庸再循旧途，暗中摸索也。

顾《花间》所选，虽以长短句为多，而选者仍以与自己先后同时同仕，声名显著者之作品为限。若世次稍远，或无名氏之作，便一概不收。只取其“迩来作者无愧前人”者；若前人中如“明皇朝则有李太白”辈之作，明明见及，亦皆不录，岂非蔽而又蔽欤！因此之故，在《云谣》发现以后，仍有人误会此事，假想为初则盛唐人所为，自后遂尔中断，直至温柳，始继其业。如唐氏《校释》于说明小令慢词悉起于盛唐后，复曰：“特是文人……不屑迁就胡夷里巷之杂曲，遂致不能继续发展。李白、韦应物……之伦……偶一染指，无意专攻。必待……温庭筠……大开风气……柳永更以……长调填词……重兴绝业，蔚为大观！”须知此种中断，事实上绝不可能！吾人不能凭李、韦之后，温、韦之前，长短句词无多流传，遂为臆测如此。只查盛唐以后，宫廷或民间，对于乐舞歌唱，是否曾经中断。倘乐舞歌唱一日不中断，则齐言杂言歌辞之写作，必亦一日不中断。上文已曰“选而不传，并非无选”；此又当续曰：“作而不选，并非无作。”夫已选者，尚且难传，何况未经结集，散在民间者乎！其不传更在意中。《云谣》从久已不传，至忽然而传，已足点醒吾人不少。若仍以古写本、刻本、选本之失传，遂认为盛唐以后之写作中断，以《尊前》《花间》《金奁》之幸传，遂认为晚唐以后之写作突兴，岂非执象太泥乎！温庭筠所用十余调，是否皆其自创，于另稿《唐词考略》内详之。近人张长弓《鼓子曲言》一曰：“四百五十年之俗曲历史，实耐人寻味。杂剧衰微，它抬起头来；传奇繁兴，它潜伏在民间生长；传奇衰微，它仍然方兴未艾，以至于今。文人雅曲虽盛衰迭变，而民间俗曲，却一脉传来。”明清间俗曲如此，唐代俗曲，亦大致如此，可参证。

为隋唐乐府歌辞之总集者，尚有郭茂倩之《乐府诗集》在。郭氏时代虽在南宋，要其尚及目睹唐人曲辞写本，则无待言。惟所见者已偏而不全，狭而不广。自其见者言之：唐人声诗之调名，载在《教坊记》及《唐会要》，而郭集一一以辞证实之者，竟达七十余调之多，厥功甚伟！但自其未见者言之，唐人长短句词之作，载在《尊前》《花间》《金奁》等书者，不下一百调，而郭集仅录《忆江南》《调笑》《潇湘神》《抛球乐》《三台》等数调而已，殊不可解。例如温庭筠之齐梁乐府，及五七言声诗，皆录矣，而长短句词之不同者十九调，则一调不载，岂于《尊前》《花间》《金奁》三集，郭氏皆未及见耶？似乎不然。后世推崇郭集之精审者，甚至认为隋唐长短句词凡在郭集之外者，皆不可信。如胡适《词的起源》，欲证明李白无《菩萨蛮》，曾云：“《乐府诗集》遍载李白的乐府歌辞，而独不收《忆秦娥》诸词，这是很强的证据。”准此以言：郭集既不载温氏长短句词，岂《花间》等集所载温词之十九调、六十余首，亦皆不可信耶？夫于小词为卓然大家如温氏之作，尚且完全失载，更何能望其载及如《云谣》等无名之作欤！且考郭集“近代曲辞”之前，叙唐代燕乐之历史，认为始于武德、贞观，盛于开元、天宝。……肃代以降，亦有因造；僖昭之乱，典章亡缺。其所存者，概可见矣。——其言甚确。但中间举燕乐之曾经著录者，则仅及当时太常供奉之十四调、二百二十二曲，及梨园别教院法曲十一曲、云韶乐二十曲而已；而于教坊所掌之大小三百二十四曲，则只字未及。虽其各卷曲前之叙论中，曾屡引《教坊记》，即《教坊记》诸曲名，亦颇赖其所录之辞，一一证实；但郭氏于唐代乐曲之实际部居，似尚欠明析，于长短句调之体认，必难免误解，且有所蔽。不然，其书之“近代曲辞”数卷中，所应收之长短句调，必不至于仅仅《忆江南》《调笑》等数调而已。造成此一重大缺陷，吾人再三寻绎，反复比勘，实无法为郭氏解释。

北宋沈括，世次神宗，后于柳永约五十年。殆因环境不同，际会有别，于唐人长短句辞之早期写本，竟未得见。沈氏所见者，仅贞元、元和间之物，遂认唐之长短句辞起于此时。又独见王涯之作，遂曰："唐人乃以词填入曲中，不复用和声。此格虽云自王涯始，然贞元、元和间为之者已多，亦有在涯之前者。"见《梦溪笔谈》五。乃王涯之作，今日偏一无所见。《宋史·艺文志》列王涯《翰林歌词》一卷，当时既传，不知选本或总集内，何以不见著录。而今所得见之《尊前》《花间》等，沈氏当时殆又不及见之。岂以《花间》刊本，最早在南宋高宗绍兴间，故北宋人未及见欤？不然，何以中唐之"皇甫先辈"，尚在《竹枝》《采莲子》诸调内，大用和声而不止，沈氏乌得谓"唐人乃……不复用和声"欤？以沈氏之博洽多辨，洞晓音律，尚且囿于见闻，有此错误，其他可想。然而沈氏《笔谈》六，曾谓及见唐贺怀智《琶琵谱》，认为调格与宋乐全异，唐人乐学精深，宋乐新声"皆无法度，乐工自不能言其义，如何得其声和"云云，是沈氏于唐宋两代之声乐情形，尚不失为知己知彼，并未全凭宋乐情形，以逆料唐乐，犹沈氏贤于南宋诸君之处也。沈氏以后，若蔡居厚、朱熹、胡仔，明胡震亨，清《词谱》及《全唐诗》之编者，乃至吴衡照、方成培、谢章铤、江顺诒，以迄近代况周仪、刘毓盘、胡适、王易、龙沐勋、胡云翼、俞平伯、范义田、萧涤非诸君子，及日人森槐南、铃木虎雄、青木正儿等，凡论词之起源，见诸述作者，无不落于沈氏填实和声，由诗变词之窠臼中，而不能拔。例如龙氏之言，一面已认为《云谣集》之写作时期，可能在开、天之间，一面仍信沈氏之说，齐言变为杂言，迟在贞元、元和之际，见龙氏《词体之演进》一文，载《词学季刊》创刊号。一若《云谣集》诸调，皆非长短句体者，殊不可通也。

后人述词之起源者，必谓词由诗乐填实和声而来，而于唐人诗乐之创始与转变，每每不顾事实，多所造作与想象，以便自申其说。其见于清人吴、谢、方、江，近人况、刘、胡、王等，日人森、铃、青诸家述作者，已一一辨正于拙著《唐声诗考》内，不复泛述。其中凡立说在敦煌曲流布之后者，乃觉有商讨必要。唐氏《校释》曰："若《天仙子》《破阵子》《浣溪沙》《抛球乐》《渔歌子》五调，则与后世几全相同，尤觉一脉相承，源流有自，并非因诗加泛声之后，而后始有词也。"其说甚当！凡得见敦煌写曲者，应皆与唐氏有此同感。乃王氏《敦煌曲子词集》之序文与叙录中，仍用填实和声始成长短句之说，以明敦煌曲之由来，岂别有故欤？

王集阴法鲁序，谓唐燕乐通常所用之乐曲，"多半较短"。欲被歌喉，"仓猝间"无适当歌词，乃采绝句相配合。后来"逐渐"发现以整齐之绝句，配合结构"参差"之曲谱，"难免扞格"，始照乐谱节拍，制长短句词。盛唐中唐之歌诗，乃"过渡"而已；词既产生，诗乃"逐渐退出音乐文学地位"云云。阴氏在《从敦煌壁画论唐代的音乐和舞蹈》一文内所述同。此其所言，去事实甚远。第一：《唐六典》十四，曾分开元间之乐曲为大曲、次曲、小曲三种。大小曲人所共悉，次曲情形不明，意必介于大小之间者。《教坊记》内，分“曲”与“大曲”，无次曲与小曲名。足见其所载曲名二百七十二内，必兼有次曲与小曲在内；二者数量之比例如何，并无可考，即无从判其全部之中，多半较短。且“较短”云云，亦无定准，谓次曲已不短，亦无不可。第二：唐有燕乐，承隋而来；而隋乐规模，已详《隋书·音乐志》。初唐之有乐有歌，固已绝非仓卒间事；盛唐乐歌，制度益备，更有何“仓猝间”可言？自初唐至盛唐，约一百年久，讵得谓之“仓猝”乎？俞平伯《诗的歌与诵》，调侃唐人云：“古人的皮气，觉得暂时戴着不合头寸的帽儿，或者干脆光了头，也就算了。于是有怪怪奇奇的乐，有方方正正的诗。……如此撇撇扭扭，有二百多年。”认唐人以律绝齐言入乐，为暂时不合，意同阴氏。夫唐人歌齐言之诗，既二百多年不辍，如上文言，只觉其自然而且愉快，乌得谓之暂时不合，或“撇撇扭扭”乎？盖亦臆说耳。第三：齐言、杂言，各配合其适宜之乐，已如上言，何至参差？安知其参差？更何来所谓“逐渐”之发现？开元间，太常法曲有五调歌辞七卷，皆用时人杂诗，乃沿贞观时之五卷而来，载在《旧唐书·音乐志》。参看下文论作者。而贞观之五卷，又沿隋大业时之八调而来，“其曲大抵以诗为本”，载在《隋书·音乐志》，均可以按也。更不知何从知其曾逐渐发现参差？第四：终唐之世，歌诗未尝废，亦未尝衰。虽以温庭筠为长短句小词之专门作家，其集中依然传有与裴諴等同作之《杨柳枝》十首，供酒筵竞唱打令之用；又有《达摩支曲》，入太簇商，乃七言十二句之诗也；《西州曲》，唱作清商乐之吴声，乃五言三十句之诗也；《堂堂曲》，入太簇商，乃七言八句之诗也；——皆当时歌诗之实例也。温氏虽经常创作小词，尚且不废歌诗如此，其他可想。上文举《尊前》《花间》之内容，既说明降至五代，齐言与杂言，依然同时并唱，则五代以前如何，益足证明。故终唐之世，歌诗又何尝有“退出音乐文学地位”之情事？北宋起，燕乐变化，不复如唐五代之歌诗，乃另一事，不能并论。

阴氏序中，又谓“真正原始之词，出于乐工伶人之手，惜文献无考，常引为憾；得敦煌写曲，而弥补此缺陷”云云，恐亦为事后牵合之谈而已，或受胡适《词的起源》一文之影响。其实乐工伶人，自有其乐与歌之专业，对于写作，偶然摹拟，当属可能；若其平时所歌之文辞，要仍以取给于里巷与文人两方面者居多，未必真能创造文体。人类既有历史、有文字、有音声，男女之间，即有所谓艳曲。清焦循《雕菰楼词话》云：“人禀阴阳之气以生。性情中所寓之柔气，有时感发，每不可遏，有词曲一途分泄之。”说虽可笑，事乃固然。有艳曲，所谓文人者，纵不必即为其创作或写作之主角，要必然染指于其间，特不具名，托之里巷间之无名氏而已。乐工伶人或掠归已有以为荣，在原作者之文人，亦窃喜其名义上有人顶替。至于吾人处在千百年后，第三者之立场，若认真断为乐工伶人能于创作文体，似可不必。详下文论作者。初唐既早以六言之《三台》《倾杯》等调为艳曲，当时典型之文人，如许敬宗者，即熟悉其事。张鷟在《游仙窟》内，所为艳诗艳曲数十首，而《全唐诗》则列其数十首以外之五绝一首而已。一般文人于此，必然有作，甚至颇多，《山堂肆考》商集十，载太宗尝戏作艳诗，虞世南曰：“圣作虽工，体制非雅。此文一行，恐致风靡。臣不敢奉诏。”彭氏采自何书，容检。韩愈《辞唱歌》诗："抑逼教唱歌，不解看艳词……乍可阻君意，艳歌难可为！"元稹诗序，谓"城南醉归，马上递唱艳曲，十余里不绝"。与白居易书，谓曾描写当时妇人怪艳装饰，因为艳诗百余首，今集中不载。蜀后主王衍曾集艳诗五卷、二百篇，曰《烟花集》，见《唐音癸签》三十一。——凡此皆反映当时文人唱艳歌、作艳词，乃属常态。徒因惜于礼教，不愿自承，不敢入集而已。例如《云谣集杂曲子》虽似为乐丁伶人歌唱之脚本，但即以《云谣集》三字之命名而论，已非文人不办，工伎习用而已。敦煌写曲五百余首中，至少有三十六首，乃出于文人。详下文论作者。更如唐歌女刘采春之唱《罗唝曲》，盛小丛之唱《长命女》与《突厥三台》，后之论诗歌者，竟以诸辞分属刘、盛，于是刘、盛乃以歌人兼为作者，亦明例也。

然此尚无关宏旨也，至王集叙录中，仍举朱熹填实泛声，诗变为词之说，并谓敦煌曲辞，较旧有辞调，"参差为尤甚，可为泛声说增例证不少"云云，实非敦煌诸曲之真起源、真面目也。王国维题《云谣集杂曲子》诗，已见上文曲调考证。既认由声诗《凤归云》变为长短句《凤归云》，端赖新安指朱熹。之妙悟，始得的解，王集此说，亦可能受王国维诗之影响。须知沈氏填实和声成词，与朱氏填实泛声成词之二说，即使成立，亦有限度，仅占长短句词调成因之什一而已，绝非全部或大部之事实。所谓字句"参差之尤甚"者，分明为衬字之现象，并非填实泛声以后之现象。参看下文论修辞。试看金元北曲诸作品之字句，若以较原调之谱式，大抵"参差尤甚"；衬字之外，更有衬句，其尤者且衬至数十句之多：岂北曲亦同唐词，多有和声、泛声，而有待填实欤？固知其必不然矣。敦煌曲辞，因被衬字、脱字、衍字、讹字四项所缠绕，真面每致模糊，而传本之断句者，又多不按原调句法，有时文理复乖，遂觉满眼荆棘，读之不成腔调。若因此而觉其“参差尤甚”，应另谋整理之方。本编上文于曲调考证、曲辞校订二端，及另编之《校录》一卷，其所以不惮辞费者，正求拨开云雾，显其本真，以减少读者种种误会，有若“参差尤甚”之说者耳。

上文认为唐人所用之曲辞写本，随同其有关之工尺谱与舞谱，普遍传播于民间。且三百年。此种事实与现象，在前人载籍之中，不能丝毫无述。以蒙所见，除《花间集》序外，尚有陈旸《乐书》一节，足为旁证。其他有关资料，深愧陋塞，尚无所获。《花间》序，近人已用以解释词之起源；至《乐书》所论，似尚未经称引。兹并铨叙如次——

《花间集》序曰——

……是以唱《云谣》则金母词清，挹霞醴则穆王心醉！……杨柳大堤之句，乐府相传；芙蓉曲渚之篇，豪家自制。莫不争高门下，三千玳瑁之簪；竞富尊前，数十珊瑚之树。则有绮筵公子、绣幌佳人，递叶叶之花笺，文抽丽锦；举纤纤之玉指，拍按香檀。不无清绝之辞，用助娇娆之态。自南朝之宫体，扇北里之倡风，何止言之不文，所谓“秀而不实”。有唐已降，率土之滨，家家之香径春风，宁寻越艳；处处之红楼夜月，自锁嫦娥。在明皇朝，则有李太白之应制《清平乐》调四首，近代温飞卿复有《金荃集》。迩来作者，无愧前人。………

由此可以认定六点:(一)乐府相传者，指太常供奉之官曲;(二)豪家自制者，已为接近民间之私人所制乐曲;(三)公子佳人所作所歌，即已为民间之曲;(四)民间曲内，南朝宫体之“文抽丽锦”者，固然有之，而为“北里倡风”之言而不文，秀而不实者，实居多数;(五)唐以来，民间歌曲盛极!既然家弦户唱，则写作自随之而并繁;如白居易等，皆有家伎若干人，经常歌舞，时有翻新。(六)李白有《清平乐》，确切可信，无从否认”而《清平乐》乃长短句，非《清平调》也。惟吕鹏《遏云集》所载四首，是否皆李白原作，乃另一问题。至于“言之不文”，当指合音律而文字不佳者;“秀而不实”，或指文字佳而不合音律者。其全集所选五百首，殆音辞并擅之作;而一般曲辞，如敦煌写卷所见，遂多在“言而不文”之列矣。至于“金母”“穆王”，“鸾歌”“凤律”，正所以示宫廷歌舞与宫体词章。近人有谓“唱《云谣》”即指唱《云谣集杂曲子》者，见篇末考屑。恐非;盖此乃“北里倡风”，彼则“南朝宫体”，未容相混耳。其特殊者，如《云谣集》内之《内家娇》等，当亦宫廷所唱。序中于齐言、杂言方面，似未道及，但于当时乐曲歌辞情形，从朝野、地域、文质、音辞，多方面分析批评，已可云了如指掌。若敦煌曲之产生与地位，及其得失，即于此序求之，实无不觉其精当。料在敦煌曲发现以前，凡读此序者，既无从循得作者之要旨，应不免漫无指归之感;千余年来，其所以不见有人致疑者，亦无非不求甚解，含糊混过耳。

北宋陈旸《乐书》一五七，论后世之音曲有三异。第二异之内容，似即指唐代民间流行长短句曲辞之情形;用以解释敦煌写曲，虽未必皆中，却为研讨上难得之资料，引如后。至于第一异，指六朝诗如何与音乐分为二途；第三异，指宋大曲全套中，前慢后促，如何不易配辞：皆略。

> ……尝推后世音曲之变，其异有三：……古者乐曲，辞句有常。或三言四言以制宜，或五言九言以投节。故含章缔思，彬彬可述。辞少声，则虚声以足曲；如相和歌中，有“促夷”“吾邪”之类，为不少矣。唐末俗乐，盛传民间。然篇无定句，句无定字，又间以优杂荒艳之文，闾巷谐隐之事，非如《莫愁》《子夜》，尚得论次者也。故自唐而后，止于五代，百民所记，但志其名，无复记辞；以其意褒言慢，无取苟耳。

陈氏评唐末俗乐之曲辞，乃“意褒言慢”。“意褒”之故，因包罗“优杂荒艳……闾巷谐隐”也；“言慢”之故，因“篇无定句，句无定字”也。疑其所指唐末俗乐之范围，不仅艳曲、著词、佛曲歌辞等而已，并变文、戏弄，各方面所表现之俗乐曲辞，亦均在内；而民间流行之粗俗曲辞，则尤其主要者也。惟如《尊前》《花间》诸集，陈氏似亦未及见，不然，又安得漫无抉择，概曰“篇无定句，句无定字”？此二语原为白居易述所创新乐府语，陈氏借用。陈氏时代，在哲宗、徽宗，较沈括稍后，其所著《乐书》，于历代乐曲探讨之广，或尤逾于沈氏所业。顾其论唐乐者如此，必因彼此所接触、所着重之资料，各有独到与偏向之处，然后所得之结果，始均异于常说。陈氏此论之依据，当为敦煌曲一类之粗俗写本，其曲辞之衬字、衬句，敦煌曲内亦有衬句，详下文论修辞。想必漫无限制，而内容则益诙诡荒艳，同时实乃复杂而丰富，有过于寻常者，然后乃使其兴“意褒”之感耳。

惟“百民所记”，仅及名而不及辞，未知何指。岂谓若《教坊记》《羯鼓录》《唐会要》等，皆只有曲名，而无辞式欤？若谓五代以前，民间之于俗乐，只记曲名，不记曲辞，则又何以解于敦煌曲辞四十余卷，五百余章之发现？“百民”之说，究不知所指也。再陈氏所以列此为后世音曲之一“异”者，应不仅与古乐府《莫愁》《子夜》比较为然，疑其与北宋当时之令词、慢词较，亦觉不同，始以而后为异。北宋长短句用衬字、衬句，固已极少，而内容之优杂荒艳，闾巷谐隐，当迥不及唐人乐曲之用于艳曲、著词、变文、戏弄者甚，此所以“异”欤？

敦煌曲内容

敦煌曲之内容如何？乃一重要问题。盖敦煌曲毕竟为长短句词或声诗，在时代与声乐方面，均去金元之南北曲甚远，而去五代两宋长短句词则为近；讵意一按其内容，举后世所谓词与曲之内涵，竟兼而有之，无所偏向，亦无所偏废也。自敦煌曲出现后，乃觉后世词与曲之此疆彼界，实在多事！其各执一端，犹斤斤以不相犯为能与确者，益徒见其隘耳！此说即从其修辞之风格方面求之，亦莫不然，初不限内容为然。自明以后，所谓词与曲者，已体制大备，而能事毕集。学者心目中，于诗、词、曲三事之概念，早已分别养成，期期以为不可混同。每认某也诗题，入词不可；某也曲题，入词亦不可。词题之分类，大致见于《草堂诗余》；如春夏秋冬四景、节序、天文、地理、人物、人事、饮馔、器用、花禽十二类，或时令、节序、怀古、人物、人事、杂咏六类。曲题之分类，大致见于丹丘《曲论》。丹丘所列乐府十五体内，若“裙裾脂粉”“草堂泉石”“华观伟丽”“风流儒雅”等，固为词之所同有；但若“豪放不羁”“摅忠诉志”“嘲讥戏谑”“俳优诡喻”等，已非后世一般词中所能容。至于道家唱“游览太虚”，儒家唱“性理衡门”，佛家唱“天堂地狱”等，则去《花间》《草堂》，以迄《词综》《词选》《宋词三百首》等事业，愈益荒远不可追！而不意敦煌曲早在丹丘以前约七百年，即已宏开境域，凡百涵容，无所不至。然后知凡有关词曲之重要理解与论断，昔之所凭依者，今已大抵动摇，在在非重新考量不可矣。

上文引龙沐勋《词体之演进》内论《云谣集》，犹曰：“三十首中，除怨征夫远去，独守空闺之作外，其他亦为一般儿女相思之词，无忧生念乱之情，亦无何等高尚思想。”龙氏于《中国韵文史》曰：“此类（指《凤归云》）作品，在全集中，所占成分最多。余或述男女思慕之情，或作一般娇艳之语，大率皆普遍情感，为当时民众所易了解之歌曲。”是仍以旧时观念，与词之普通内容，来衡度敦煌曲耳。唐圭璋《云谣集杂曲子校释》，则谓其间或有怀念征夫之词，有怨恨荡子之词，有描写怨情之词；与《花间》《尊前》之内容相较，亦无二致。须知《云谣》三十三首之选录，原适应一种较狭隘之标准，此集实不足以代表敦煌曲之全部也。王集叙录曰：“今兹所获，有边客游子之呻吟，忠臣义士之壮语，隐君子之怡情悦志，少年学子之热望与失望，以及佛子之赞颂，医生之歌诀，莫不入调。其言闺情与花柳者，尚不及半。”乃就其所总汇之一百六十一首而言，视野较广，庶几近之。兹将上述敦煌曲五百四十五首之内容，详为分析，列作以下之二十类。每类下注明辞之首数。虽因观点不同，入彼出此，各人所见，难于划一；但若执其大端，不事胶柱，则所见结果，当亦相去不远耳。

（一）疾苦五	（二）怨思三六	（三）别离三
（四）旅客十	（五）感慨六	（六）隐逸五
（七）爱情二三	（八）伎情一七	（九）闲情一五
（十）志愿二三	（十一）豪侠四	（十二）勇武五
（十三）颂扬二五	（十四）医三	（十五）道二
（十六）佛二九八	（十七）人生二一	（十八）劝学五
（十九）劝孝三四一	（二十）杂俎五	

第一类疾苦五首内，四首〔一二七〕至〔一三〇〕演孟姜女送寒衣故事，有“为吃他官家重衣粮”句；一首〔二一三〕极言兵役之苦，亦有“低头泪落悔吃粮”句。其痛苦之由来，明明皆为生活所迫，遂不觉激起反战反役之感。莫谓此类仅五首而已，为数不多，须知第二类怨思之三十六首，表面虽为闺情、闺怨、闺思……实际乃与上五首同一生活情况与政治背景。正如上文引《教坊记》内，含有反战争意义之曲名三十余，以证明《云谣》七曲之作辞时代者；作此三十六辞之真实动机，同在壮丁之被迫应役；有非龙氏所谓“怨征夫远去，独守空闺”，或“儿女相思”，或王氏所谓“闺情与花柳”者，所能了之。兹故以此怨思三十六首，续在疾苦五首之后，以示其内容实一贯。至第三别离，第四旅客，虽辞数不多，其所呻吟者，亦当时社会上一般之忧闷，《唐书·五行志》所谓“天宝后诗人，多为忧苦流寓之思”是也。以上四类，可作一组。——此其内容之特点一也。

兹所以有第八类伎情者，正欲使内容不同之“裙裾脂粉”“花柳风情”，不与征妇怨思相混。敦煌曲辞中，凡及“五陵年少”“公子王孙”者，可以概归伎情；凡及“征夫”“良人”“边庭”“寒衣”者，可以概归怨思。此种判别，似非迂拘，亦非苛刻。盖前者不过纨袴追欢，倡女卖笑；其曲之歌舞，亦供有闲者侑酒享乐而已。宋米芾评苏舜钦书曰：“如五陵少年，访云寻雨，骏马青衫，醉眠芳草，狂歌院落。”此数语可借作注解。赵尊岳跋《云谣集》，谓“或出于歌楼酒人之口吻”，亦正以此。与后者之遭遇困厄，郁结不伸，吟叹弄声，聊以写忧者，显然两事。此亦惟在敦煌曲之资料内，方较为明著；二者实已对立，不容不分。至于普通儿女之私，于上二类俱有未合者，则概入第七类之爱情。若第九闲情之内容，乃游春、消夏、泛舟、斗草、玩月、怀古等，故又别为一类。——此其内容之特点二也。

第十三歌功颂德之辞，乃当时政治上之直接产品。有来自国内与国外两种。国内臣民，于歌颂之中，每隐寓祈求和平、俾安生息之意，则与第一、二类，有消息相通之处。国外献忠之曲，有情辞恳切，出于至诚，不仅官样文章者。如上举武后以后，玄宗以前之《献忠心》二首〔〇七一〕〔〇七二〕，有“学唐化”与“生死大唐好”等语，真诚拥护“天可汗”，非中唐以后所能有。——此其内容之特点三也。

佛曲繁衍之社会背景，已如次章曲调考证所云矣。本节就一般内容与分量言之，佛曲歌辞在敦煌曲内，已逾全数之半，此事原无足异。因若《五更转》《十二时》等调，皆联章体，曲数遂多；仅“普劝四众依教修行”《十二时》一套，百三十四首，即又占其辞全数之半矣。尤不仅此也：劝孝之三十四首中，有二十二首实为佛门之代劝。儒家劝孝，向来呆呆板板，罕有用乐曲歌辞者。慨叹人生之廿一曲，亦带浓厚之出世思想，其发于一源，不言而喻。此乃佛教宣传之多种方式，八面网罗，使人不知不觉，入其彀中。诸曲歌唱之最终目的，并不仅在使听众能于了解生老病死遂止耳。郑振铎《俗文学史》谓女人百岁篇："其中充满了悲感的气氛，却不是什么宗教的劝道歌。"末语适得其反。果如郑氏看法，则在佛徒必幸其作曲之计得售矣！故此二类曲五十五首，亦当归入佛辞系统。至于正规佛辞之内容，不外两种：一乃敷衍太子成佛之经过，头绪简单；一乃普劝修行，须从四众种种不同之实际生活出发，非空洞激扬信念而已，故内容较为复杂。此中代表之作，自以〔五〇一〕以下百三十四首一套，规模特大，体段特长者为最。按其资料，除彼教普通之成说外，另有数点，为其他佛辞内所不常见者：曰表示工农劳苦，如〔五八九〕〔五九〇〕〔五九一〕等曲是。曰表示贫富悬殊，如〔五〇一〕〔六二七〕等。曰表示剥削侵害，如〔五六七〕〔五九五〕等。曰同情囚徒冤抑。如〔六二六〕等。凡此作用，都不外打动人心、皈依三宝而已，并非认识社会问题，真谋康济民物。然凡此种种，乃《尊前》《花间》之诸作者，所从不顾盼，绝无意趣者，佛曲诸辞能于有之，亦构成敦煌曲广大之一道耳。——此其内容之特点四也。

《皇帝感》十二首〔一四一〕至〔一五二〕集《孝经》，内容虽亦劝孝，却不带宗教色彩，而带政治色彩。劝学《五更转》内，一则曰"《孝经》一卷不曾寻"，再则曰"悔不《孝经》读一行”，显然为开元皇帝颁行自注《孝经》以后之反映，内容已转为劝学矣。又如发愤《十二时》〔四六七〕至〔四七八〕之内容，则以劝学为出发点，进而学优则仕，力求荣显，以快人生，于是与第十类之志愿相衔接。此类之所谓志愿者，有皇帝之志愿〔〇四六〕〔〇四七〕，有武夫之志愿〔〇九六〕等，有儒士之志愿〔〇九八〕〔〇九九〕，有聪明儿之志愿〔一〇八〕〔一〇九〕，有乐工之志愿〔一三四〕；大都不外安邦定国，功名富贵，虽皇帝亦不外此。一般秀才所尤望者，乃进士及第，早登龙门而已，宜乎龙氏曰：“无何高尚思想。”思想虽不高尚，而态度大都坦率可喜。详下文品藻。凡此自为一系统，当然在佛教文艺、出世思想之外；然亦在《尊前》《花间》，一味沉酣颓废者之外。——此其内容之特点五也。

虽然：此犹概括之说耳，若进而求之，便觉诸辞之中，正反映当时社会，有许多矛盾情绪在。例如感慨、志愿及隐逸三者，皆相去一间而已。感士不遇，积极便立志，消极便隐逸，《浣溪沙》〔〇六三〕云：“不是从前为钓者，盖缘时世掩良贤，所以将身岩薮下，不朝天。”《临江山》〔〇七六〕云：“如今时世已参差，不如归去，归去也！沉醉卧烟霞。”乃歌功颂德一派而外，对于当时政治显然不满之一种对立情绪。尤可喜者：厌弃贤良，时世参差，坦白说明，无所掩饰。自张志和有《渔父》词后，拟作多矣！惟敦煌曲独有此特殊风格，乃民间文艺之胜处。次若《定风波》二首，不仅问答，而且问难，其体裁已几乎专为矛盾而设。既于社会生活中，不分家国群我，不判真伪是非，而专一着眼于“聪明”或“偻㑩”，其为病态，已可想见。盖于不愿触犯现实，多所避忌之中，以求安身立命，自然趋于个人打算。所谓志愿，无非乘间抵隙，讨巧自私而已。故重武轻文〔〇九八〕，重文轻武〔〇九九〕，彼此虽异，只求一个“偻㑩”，则同耳。准是以言：《生查子》〔〇九六〕、《苏莫遮》〔一〇八〕，虽欲马上策官，若战为国，而《浣溪沙》〔〇五七〕则主张投枪弄笔，解甲披襕，恰恰相反；前者乃以“聪明儿”自命，后者亦仍托以“为君王”之辞：但二者终于是一尖锐之矛盾！

按在当时之正统文艺中，于此一问题之表示，原亦矛盾。如高适《塞下曲》曰：“万里不惜死，一朝得成功。……大笑向文士，一经何足穷！”旷放如李白，《少年行》亦曰：“衣冠半是征战士，穷儒浪作林泉民！”开元初，张宣明等，更援传统之精神，从个人主义出发，以尚武任侠、安边定国为劝，但曰：“昔闻班家子，笔砚忽然投。……卒使功名建，长封万里侯！”一若丈夫立身，国家用士，果然在此者。赖有王昌龄《塞下曲》曰：“五道分兵去，孤军百战场。功多翻下狱，士卒但心伤！”岑参《北庭贻宗学士道别》曰：“万事不可料，叹君在军中！读书破万卷，何事来从戎？……两度皆破胡，朝廷轻战功，十年只一命，万里如飘蓬！”方透露当时许多事实真相。然后知《浣溪沙》作者，必欲于张宣明“投笔从戎论”之反面立言，主张投枪弄笔，解甲披襕，实非无因。敦煌曲中，能于有此，与厌弃贤良、时事参差之呼声，实同一可贵！——此其内容之特点六也。

杂俎类五首，乃《浣溪沙》缘外客〔〇五九〕，《酒泉子》避乱〔〇七八〕，《望江南》娘子面〔〇八五〕，及《水调词》二首

〔一三五〕〔一三六〕。此二首内容甚晦，莫名究竟，颇似谜语。《鸡肋编》上载“妇”字谜曰：“左七右七，横山倒出。”《齐东野语》二十载“用”字谜曰：“重山复重山，重山向下悬。明月复明月，明月两相连。”此曰“为言无谷还逢谷，将作无山更有山”，亦似字谜。《野语》载墨斗谜云：“我有一张琴，丝弦长在腹。时时马上弹，弹尽天下曲。”盖曲指木之不直者。然则“郑郎子”〔一三四〕：“清丝弦，挥白玉……何时得对圣明主，一弦弹却天下曲？”或亦是墨斗谜之类，然后“一弦”二字，始有着落。俟考。又唐之女道士，有去内家宫伎不远者。许浑《赠萧炼师》诗序，谓萧于贞元初自梨园选为内伎，后闻神仙之事，乃一实例。参看下文考屑“炼玉烧金”条。又项斯《送宫人入道》诗，谓“步虚犹作按歌声”，亦嘲其人也。李洞《赠女炼师》，至有两脸酒醺、半胸酥嫩、携手随仙、银河渡鹊等语。如《内家娇》两首，前写其为女道士，“应奉君王”；后写为“风流第一佳人”，应降仙宫；却用一样笔调与口吻，内容人物初无二致，故兹以两首俱属伎情；若将前首改入第十五类之“道”，反觉不伦。

综观五百余辞内，国计民生所系，人情物理所宣，范围已不为不广：儒释道三教皆唱也；文臣、武将，边使、番酋，侠客、医师，工匠、商贾，乐人、伎女，征夫、怨妇……无不有辞也。除诡喻淫虐一端，视元曲犹逊外，其他皆无多让。此犹见于西陲一隅之所储者耳，当时天下四方之乐曲，倘合而观之，其所涵盖孕育者为如何，当不难由此度之。胡适《词选》序：“这个时代（唐五代）的词，有一个特征，就是这二百年的词，都是无题的，内容都很简单。不是相思，便是离别；不是绮语，便是醉歌；所以用不着标题底。也许别有寄托，但题面仍不出男女的艳歌，所以也不用特别标出题目。”其看法全非，估计全误。亦不仅胡氏一人为然，特举以为例而已。至于专为敦煌曲而发者，仍蹈此失，具详下文。若以后世之词业与之较，彼此直截然两事，无从并论。盖后世之词业中，声乐舞容，日就湮没，至于全绝！所能为者，惟文字而已。消长之间：声容既绌，文字乃伸；工伎既间，文人乃竞。顾词章之技术日益精巧，其作用反日益狭隘；作手既日益专擅，其内涵自日益单纯。唐代乐曲，则大不然：以声乐为主，又有舞容为之辅翼；流行使用，遍及于全社会之生活中。有井水处，先皆有声，饮其水者，遂皆有辞。万窍同号，各抒胸臆，汇而总之，乃蔚为大观！其内容之复杂丰富，当然与后世词业，判然异趣矣。《四库提要》论沈端节《克斋词》。曰：“考《花间》诸集，往往调即是题。……唐末五代诸词，例原如是；后人题咏渐繁，题与调两不相涉。”此以后世词之内容，与《花间》词之内容比较，“题咏渐繁”，遂属于后世；如以后世词之内容，与敦煌曲之内容比较，则“题咏”真正繁杂者，又将谁属乎？此敦煌曲发现以后，过去之论点必须变更者，又一显著之例也。惟吾人当敦煌曲发现以前，苟曾稍稍留心唐代乐曲流行之盛况者，亦何至为《尊前》《花间》《金奁》三集所囿，蹙其视野，而遽断三百年之唐词，为内容简单，仅仅无题之男女艳歌而已乎！唐代乐曲之盛况，早已喧腾载籍，初非敦煌文物比，近半世纪始发现，为一般人所不熟习也。

更就《尊前》《花间》诸辞之内容，以与敦煌曲之内容，略相比较，遂觉敦煌曲富于社会之实际性，而《尊前》《花间》则名副其实，为有闲阶级，于尊前花间，陶冶享乐之文艺而已。例如敦煌曲渔父词《浣溪沙》〔〇六三〕直言无隐曰：“盖缘时世掩良贤，所以将身岩薮下，不朝天。”而《尊前》之《渔父》，《花间》之《渔歌子》，均含浑飘忽，不涉人事，但谓风波自得，荣辱两忘而已。敦煌曲《临江山》直是始辞，因“时世参差”，临江兴慨，遂浩然思归；而《花间》之作，已因南唐改调为《临江仙》故，十九调弄女冠，作艳辞情曲矣。已见上文曲调考证。敦煌曲《酒泉子》咏马〔〇七九〕为武士述其战阵之马；而《花间》咏马毛熙震“接贤宾”则公子王孙游春之马也。敦煌曲内容涉及科举之辞四首〔〇四三〕〔〇五二〕〔〇九四〕〔一〇九〕，乃未及第之希望，或已落第之牢骚；《唐音癸签》二十六：“晚唐人集，多是未第前诗。其中非自叙无援之苦，即訾他人成事之由。……”敦煌曲中所见，仅自叙无援之苦而已。可以参看。而《花间》有五辞冯延巳、薛昭蕴之《喜迁莺》，和凝之《小重山》。则一律为及第以后祝贺之体。敦煌曲《赞普子》〔一三二〕犹咏调名本意；《花间》之《赞普子》，已完全为艳曲。——举其显者，以概其余，当为爱好敦煌曲者之所乐闻。其他与《尊前》《花间》及汉魏民间相和歌辞之比较，颇多涉及内容部分者，已附详于下文论修辞之比较表内，参互以观可也。

于此不得不附带查明敦煌曲之题目情形究竟如何。曰：五百四十五曲内，无题者竟占少数；且其题皆确见于原写卷，并非后人所拟加者；所统属之辞凡三百四十八首，约占全部五分之三。其中除《鱼歌子》“月”之内容不合外，傅惜华《敦煌唐人写本曲子记》一文内，《南歌子》残辞前，亦缀题为“月”，就其所存二十字验之，全述故事，并非咏月，与《渔歌子》之“月”正同。错误何在，俟考。余则并无文不对题之情形。即剔去一般人认为俚曲、俗曲、佛曲之定格联章二百六十二首外，尚有八十六首；纵再剔去《尊前》《花间》《全宋词》内从不经见之调，统辞七十首外，仍有六调、十六首，皆早在初唐、迟在晚唐之作品，而皆确凿有唐人手写之题目在，不容含混否认也。至于原本有题，被书手省略或遗忘者，由此以推，当必不少耳。王集上卷载伯三八三六之二残叶，于第二首以下之各辞，均标“又”，而注“同前”。王氏于叙录中曰：“疑此选本，当以事类标题，盖如《草堂诗余》；所谓‘同前’者，为同咏一事者也。”如王氏说，“同前”乃同前首之题耳，是则敦煌曲有题之别一证也。《校录》内另有说，可参看〔一二二〕后之校。凡题目在《校录》内，均于调名之后，另行著录，甚为明显。兹剔除其中之拟题及一二非题目者如〔〇七三〕“御制曲子”等。专剩原题，区分为四类，汇列如次——

（一）《凤归云》“闺怨”二首；〔〇〇一〕〔〇〇二〕

（二）“御制临钟乔”《内家娇》一首；〔〇二三〕

（三）《婆罗门》“咏月”四首；〔一〇四〕至〔一〇七〕

（四）《鱼歌子》“月”，及“上王次郎”，各一首；〔一一三〕〔一一四〕

（五）《南歌子》“奖美人”一首；〔一二〇〕

以上常见词调之辞十首。

（六）《皇帝感》“新集《孝经》十八章”，十二首；

〔一四一〕至〔一五二〕

（七）《悉昙颂》“俗流悉昙章”八首；〔一五三〕至〔一六〇〕

（八）《悉昙颂》“禅门悉谈章”八首；〔一六一〕至〔一六八〕

（九）《好住娘》“辞娘赞说言”十四首；〔一六九〕至〔一八二〕

（十）《散花乐》“散花莲乐散花梵”等七首；〔一八三〕至〔一八九〕

（十一）《归去来》“出家赞”六首；〔一九〇〕至〔一九五〕

（十二）《归去来》“归西方赞”十首；〔一九六〕至〔二〇五〕

（十三）失调名“太子赞”五首；〔二二三〕至〔二二七〕

以上罕见词调之辞七十首。

（十四）“太子”《五更转》五首；〔四一三〕至〔四一七〕

（十五）《五更转》“太子入山修道赞”十五首；〔四一八〕至〔四三二〕

（十六）《五更转》“南宗赞”五首；〔四三三〕至〔四三七〕

（十七）“南宗定邪正”《五更转》五首；〔四三八〕至〔四四二〕

（十八）“天下传孝”《十二时》十二首；〔四四三〕至〔四五四〕

（十九）“禅门”《十二时》十二首；〔四五五〕至〔四六六〕

（二〇）“禅门”《十二时》曲十首；〔四九一〕至〔五〇〇〕

（二十一）《十二时》“普劝四众，依教修行”一百三十四首；〔五〇一〕至〔六三四〕

（二十二）“法体”《十二时》十二首；〔六三五〕至〔六四六〕

（二十三）“缁门”《百岁篇》十首；〔六四七〕至〔六五六〕

（二十四）“丈夫”《百岁篇》十首；〔六五七〕至〔六六六〕

（二十五）“女人”《百岁篇》十首；〔六六七〕至〔六七六〕

（二十六）《十恩德》“第一怀躬守护恩”等十首；〔六七七〕至〔六八六〕，每首一题。

（二十七）失调名“十二月相思”十二首；〔六八七〕至〔六九八〕

以上定格联章之辞二百六十二首。

（二十八）“大唐五台曲子寄在《苏莫遮》”，或“五台山曲子”六首：〔一〇〇一〕至〔一〇〇六〕

以上大曲之辞六首。

北宋以来之人，对于唐代曲子词，除《尊前》《花间》《金奁》诸书所载外，别无接触，故自《花庵词选》起，创唐词无题，以调为题之说，原无足异。敦煌曲发现以后，情形大异，而学者仍用旧时之尺度，强使就范，遂多见其凿枘矣！兹举郑、郑、唐三家之说为例，以概其余。郑振铎于《敦煌的俗文学》内，论《云谣》诸辞曰——

> 凡最初的词，本都是没有题目的。因为词牌名便是题目，不必再另立什么他题。……这一个假定，证据很强。在这里，我们又得到了不少的这种证明。

于是解《凤归云》为征妇盼征夫之归；《长相思》为久客不归之思乡；《竹枝子》之辞须切“竹”字；并谓“其他亦有不切题的，那当然因为后来忘记了原意之故”。郑宾于《中国文学流变史》八，指《云谣》前八调、及罗书所载《鱼歌子》《长相思》《雀踏枝》三调曰——

> 其词意且又完全与唐季五代宋初的词意相同，所谓调即是题……所谓最初的词，尽都以词牌为其题意；不必在词牌以外，更起题目，所以也就莫有题目。这种论断，从上面所举的杂曲和小曲的例子看来，实觉帮助其理由的成立不少。虽然有如《鱼歌子》和《竹枝子》两词，完全失却渔父的生活，和竹枝的情致的词调者，则恐已非初时之创作，而为后来的模拟罢。

其后唐氏《云谣集杂曲子校释》，亦谓“此集《云谣集》无题，正是初期词体。《花间》无题，则仍保存初期体制也”。信如诸说，不但《云谣》之《鱼歌子》与《竹枝子》是后人之拟作，非初期之始词，并以上所举十六首，或七十首，或二百六十二首有题之曲，皆非初期之作矣，岂其然乎？

夫为初期之始辞，此二字见《碧鸡漫志》三。抑为后来之拟作，若全凭是否咏调名本意之一点以判之，其事亦太简单！今以此强求其合，势必捉襟见肘，穷于弥缝，“始”者“拟”之，“拟”者“始”之；同人、同时、同章、同套之作中，更难免此“始”而彼“拟”，前“始”而后“拟”，终至窒碍混乱不可通！实则在原始形式上，许多歌辞，仍然有题。因其事根本主声而不主文，其重要之表现不在此：有题可，无题亦可。一经文人录入选集，供花间尊前歌舞之用，或歌工录入脚本，供引吭趁拍备忘之需，对原本有题者，亦往往削去之，然后始成今日词人心目中所假想之“初期”体制与面目耳。歌工只用其辞，不揣其意，视题目为赘疣。故歌辞一入工伎所用之脚本，其原有之题目，愈难保存。无题说与脚本说，二者似属相通，可资研讨也。三家主张，正面虽难成立，犹无害也；却不可从旁面，又多附会。如唐氏为欲证实其《云谣》之辞皆“调与题合，古词、调即是题，题意与调名相合”之说，曾列举十三调之辞句，以解调名，结果乃一味牵强，全无是处。例如谓《喜秋天》有“芳林玉露催，花蕊金风触”之语，应合调名之意。实则二语仅示“秋”，未及“喜”。《羯鼓录》叙玄宗制《秋风高》曲，谓“每至秋空回彻，纤翳不起，即奏之，必远风徐来，庭叶随下”，庶几喜秋；至其调与喜秋天有无关系，却不可考。再《喜秋天》第一首，全为艳曲，更与调名无涉。他如《倾杯乐》，原为普通酒筵上劝酒之曲；《抛球乐》乃唐人酒令中之抛打曲；《鱼歌子》乃渔夫行乐之歌，均甚明显。唐氏谓最初当是咏夫妇倾杯之乐……咏娼妓抛球之乐……咏船上儿女之私情。认为由原词引申题意，亦与调名有密切之关系。不知此种“引申”，无非深文周纳而已。唐氏于《敦煌唐词校释》内，于《南歌子》“奖美人”校云：“所谓‘奖美人’，或系词题；《鱼歌子》亦有题作‘上王次郎’也。”“上王次郎”云云，是否为此辞之题，尚有问题，详下节论作者之末。是唐氏已自行修正其主张矣。

于此可知调与题合之说，乃有限度之事，未容一概拘执。明胡元瑞在《艺林伐山》内驳杨慎，早有“《菩萨蛮》称唐世诸词之祖，昔人著作最众，乃无一曲与词名相合，余可类推”云云。近人浦江清《词的讲解》，李白《菩萨蛮》篇，谓“词之近于原始者，内容往往与调名相应。……若此词之阔大高远，非‘南朝之宫体，北里之倡风’，不能代表早期的《菩萨蛮》也”。又谓“温飞卿词（指《菩萨蛮》）所写是闺情，而多言妆束，入之舞曲中，尚为近合”。意谓从内容与调名关系看，必然温作在前，“平林漠漠”在后，可谓戾矣！《菩萨蛮》固从无咏调名本意者，即《婆罗门》《苏莫遮》等调，虽推至最初最始之作，恐亦难得一首以调为题者，岂并否定诸调非唐曲，非初期之调耶？他如王建之《三台》，同为六言四句之调，而一曰“宫中”，一曰“江南”，非题而何？刘禹锡《忆江南》曰“和乐天春词”；韩翃《章台柳》曰“寄柳氏”此三字或后人所加。等，又非题而何？即易静《望江南》之曰“兵要”，详上文时代一节，考望江南之创调时期。《教坊记》内《谒金门》之曰“儒士”，《朝金阙》之曰“武士”，《婆罗门》之曰“望月”，《三台》之曰“上皇”，曰“庶人”，见

《续日本史》其始也，亦何一而非题？惟唐词之题，每每装在所用调名之上，此一特殊方法，与特殊形式，在有题无题之论点上，应予以明确之认识；不然，调名方面固存在问题，辞题方面亦存在问题。更可知胡适于《词选》序内，指唐迄五代二百年间之词，皆内容简单，无须标题之说，不仅绝非敦煌曲之情形，即于常见之《尊前》《花间》二集，并通不过！

惟就全部敦煌写曲检之，固多内容与调名绝对无关者，如上列（一）（三）（四）（五）等皆是。亦有内容与调名，显然一致，甚且其辞可能即为该调之始辞原唱者。前者足以表示初期乐调既成以后，歌辞随乐曲以发展，应用广泛，内容丰富；后者足以表示初期乐调创获之时，声缘事而发，辞又缘声而生，遂不离其事类。——两种情形，原同时并存，分头进展，而彼此无碍。郑樵《通志》“乐略”序曰：“使得其声，则义之同异，又不足道也！”正为前一类有题者而发也。明朱承爵《存余堂诗话》曰：“广古乐府命题，俱有主意。后之作者，直当因其事，用其题，始得。往往借名不求其原，则失之矣！”则又从后一类情形立论者也。俞平伯见《花间集》内《菩萨蛮》《酒泉子》二调，辞皆特多，而辞与调名实在无关，始分全集为“就题发挥”与“借题抒写”二体，自较平实，则于两面兼顾矣。兹再胪举敦煌曲内后一类之调与辞如次——

《天仙子》二首〔〇〇五〕〔〇〇六〕，各有“仙娥”“天仙”字样，已详上文曲调考证。

《拜新月》一首〔〇二五〕：“万家向月下，祝告深深跪。”

《西江月》三首〔〇五四〕：“今宵江月分明。”〔〇五五〕：

“团团明月照江楼。”〔〇五六〕：“楚歌哀怨出江心，正值月当南午。”

《献忠心》二首〔〇七一〕〔〇七二〕，已详上文曲调考证。

《临江山》一首〔〇七六〕：“岸阔临江底见沙。”

《感皇恩》四首〔〇八九〕以下，内容完全歌颂帝皇恩德。

《谒金门》一首〔〇九三〕：“得谒金门朝帝庭。”

《定风波》二首〔〇九八〕〔〇九九〕已详上文曲调考证。

《雀踏枝》一首〔一一五〕，全辞为鹊与思妇对话。

《别仙子》一首〔一一八〕：前片写“仙子”，后片写“别”。

《赞普子》一首三字指蕃将言；〔一三二〕起曰“本是蕃家将”云云。

《泛龙舟》一首〔一三三〕：“泛龙舟，游江乐！”

《散花乐》七首〔一八三〕至〔一八九〕，每首皆以“散花乐”为和声。

《归去来》十六首〔一九〇〕至〔二〇五〕，每首皆以“归去来”三字起。

《斗百草》四首〔一〇〇七〕至〔一〇一〇〕，四首皆有“喜去喜去觅草”句。

以上十五调，辞共四十七首，其内容与调名之符合，均甚确实，不稍勉强。凡定格联章之调名，其意义之表现虽多在定格，而不在内容，故上文未列，但如“普劝四众，依教修行”之《十二时》，则曾就子、丑、寅、卯……十二不同晷刻之光景，逐一加以描写，亦显然为咏调名本意，其辞又有十余首在。凡调名属一时借用，真正调名尚未详者，如《好住娘》《十恩德》等，均未列入。但如《归去来》，有后世词调为据，已确有其名，又自不同。然在名存辞存之五十六调中，此种情形，毕竟只有十五六调，约十分之三为然，并非无调不然。唐氏《校释》于《云谣》十三调，必求其调调皆然，不容有一例外，于是始窒碍难通耳。

敦煌曲体裁

体裁之说，重在提出唐代“音乐文艺”全面之问题。“音乐文艺”，指随音乐体用之发展而产生之文艺也。惟如舞蹈，亦广义的文艺也；兹所指者，乃专在配合乐曲之歌辞耳，不及其他。其有音乐而无歌辞者，如唐代之鼓吹是。柳宗元《铙歌鼓吹曲》序：“汉魏以来，代有铙歌鼓吹词，惟唐独无。有太常鼓吹，有戎乐，词独不列。”柳作有十二篇，亦终未用。史书所载，文宗朝，太常礼院适应奏凯献捷之用，定《破阵乐》等四曲歌奏时之仪注，其前虽有鼓吹，但四曲自合其乐，不合鼓吹之乐。是彼此仍属两事，非用四曲作鼓吹辞也。李白《鼓吹入朝曲》，五言十四句，乃睹当时群官，于鼓吹声中，趋跄入朝之仪容，而作诗咏之，并非入朝时，一面鼓吹，一面有人歌唱其辞也。《全唐诗》一，乐府杂曲内之鼓吹曲辞，列张籍、李贺诸作，皆对古乐府之拟作而已，并非当时鼓吹之歌辞。惟《乐府诗集》叙鼓吹曲辞，谓唐鼓吹中羽葆诸曲，备叙功业，又若指辞者。《唐音癸签》十二，亦谓羽葆部《基王业》至《服遐荒》诸曲具在，诋柳氏谓

“惟唐独无”，为急于自炫，姑为之说。按柳氏生在当时，列于通儒，既上表以闻如此，绝无将有作无之理。诸曲辞或出柳氏以后。俟考。其有文艺而无音乐，或原有而已亡，或欲有而未果，终于无声为之宣达者，如唐人所作齐梁体乐府，新乐府，及一般之徒诗是。在敦煌文物未经发现以前，普通人于唐代音乐文艺，仅知有温韦辈之小词而已，学者则更知有历朝之大乐，及所谓大曲、法曲。然以为大曲法曲之传辞甚少，未足观，大乐有辞无辞不可知：均不重视。此外尚有一端，隐隐约约，在人意中者，乃唐代之歌诗也。亦皆以为其事甚简，早成陈迹，恝然置之于似解非解之间，且千百年！——凡能综此数端之人，必谓唐人乐曲之能事，已尽在此，蔑以加矣。及敦煌文物发现以后，久之又久，学者始知唐代社会中，尚普遍有说唱变文之举，演述故事，体段甚长，传辞颇多，足资研讨。至近十年来，始又知唐人于酒筵行令时，更有所谓“著词”者，歌之、舞之，与后世令词之由来，关系殊切。至于歌舞曲以外之戏曲，则向认唐代既尚无真正戏剧可言，其于简单戏弄时，偶有歌曲，亦借用而已；较之大曲、法曲之辞，更不为人注意。且上列诸端，彼此之间，抑曾有何种关系，过去自亦不复顾及。于是治唐代音乐或各体文艺者，至多各就所业，空洞推许其如何昌盛，史所罕有；于其当时相互结合之全面情形为如何，迄今仍掩而未彰，蒙昧难举，毋乃憾事！其作一端之研究者，纵然深入，究因未详统属，未得依归，当亦有肢无体，见树遗林，不知其生命与活动之全。彼考古家于获得某一时代之若干彩陶碎片后，每就碎片形质，推算其器之整体为如何，希望将同体之碎片，拼合还原，或还原一部分；从不就逐片之所得为满足，认为已可判断某一时代之文化而无憾。即有目的并不在探讨古文化，而仅在欣赏古陶器者，亦从不以掌握若干碎片便满足耳。敦煌写曲，流布人间，虽已五十年久，其中究竟存在若干种体、若干种用，彼此关系与全面之情形如何，迄未查明；更未藉作津梁，以进于唐代音乐文艺全面之探讨。只因其文辞质朴，字体讹别，笼统目之为民间文艺而已；或据后世词与曲、雅与俗之成见，分为杂曲、俚曲、小曲三种；罗书之分体如此。或从其辞为杂言、齐言之一点出发，判作“曲子”与“词”二类。王集之分体如此。凡此皆未合于其当时之结体，亦即无从得其具体之要义，是仍有待于继续研讨耳。《敦煌曲校录》在罗、王有二君之外，别编制。惟普通杂曲中，犹未能将下文所订演故事问答体一类，特别提出。盖此一意识，尚须留在酝酿阶段，多经研计证实，然后始为表现耳。

所谓“唐代音乐文艺之全面”者，兹姑拟一表，示其简单轮廓，仍俟修订。表内凡字旁有点者，皆敦煌曲所曾涉及部分，兹择要说明如次：（甲）曲体中，杂曲、联章、大曲三类，敦煌曲皆备，已详上文之曲调考证。即变文一种，于《五更转》《十二时》《好住娘》亦有之，并见上文三调之说明中。变文之定义，迄未明朗。鄙意不妨专就文体言：凡演故事，由多种不同之辞体与说白，综合组成，以供讲唱者，皆可视为变文也。如此则“词文”“押座文”“缘起”“说言”等，乃变文在体与用方面之分别而已。若限题目内称“变”者，如目连变、降魔变等，方为变文，显失拘泥。讲经文内容如演故事，仍可就文体之变化一点言，属于变文；如不演故事，方有别立门类之必要。犹之敦煌曲，就乐曲体制言，只分杂曲、大曲两大类；所谓佛曲，不过内容不同，仍包在杂曲之内，不必将“佛曲”与“杂曲”并列。

类	项	细目
音乐	乐类	（一）雅乐（二）燕乐清乐、胡乐
	曲体	（一）普通杂曲（二）定格联章（三）大曲法曲（四）变文插曲
词章	齐言	（一）四言（二）五言（三）六言（四）七言
	杂言	（一）一般长短句（二）三三七言
伎艺	种类	（一）辞（二）歌（三）乐（四）舞雅舞、俗舞（五）令（六）讲（七）戏
	形式	（一）普通歌舞——歌、乐、舞室内室外及行动之间
		（二）大合乐——乐、歌、舞、戏
		（三）酒令——著词——令、乐、歌、舞
		（四）俗讲——联章讲唱、变文——讲、唱、读、吟、画展、乐等
		（五）百戏——戏、歌、乐散乐
		（六）戏弄——乐、歌、舞、演、白、歌舞类戏、科白类戏
		（七）祭享——乐雅乐、歌齐言、舞雅舞
		（八）挽歌——歌、乐
内容	朝廷	（一）武功（二）文治（三）礼祭、享、吉、凶、军、宾、嘉等、教儒、释、道、祆等
	民间	（一）职业（二）怨思（三）爱情（四）闲适等

（乙）五七言、三三七言及七言长篇等体，在变文中，非唱即吟，其辞宜皆为音乐文艺。但上述敦煌曲所以仅限于五百余首，而未兼及此数体之传辞者，因其均无调名，虽属吟唱，是否有一定之腔谱，尚不可知，故暂不泛及也。（丙）敦煌曲内，《感

皇恩》《献忠心》《望江南》等所咏，既用于番国之朝觐，或臣民之颂祝，当即上列宾礼、嘉礼之所属；至于内容为儒、释、道三教之宣扬，或各种职业者之自道，或男女间之怨思与爱慕等，亦均如上文论内容所指，且均显而易见。（丁）辞既附和声，其伎艺必涉歌；卷子中有《工尺谱》与《舞谱》，故涉乐与舞；《悉昙颂》〔一六一〕之辞前见讲白，故涉讲。（戊）酒令著词所用之曲调，上文舞容一得内，已举若干。若论其辞，必须有劝酒，或叙当筵戏玩如玩绣球、柳条等。之意，又确专为筵间歌唱而作者，方合。如白居易《莫走》辞，元稹《香球》辞，皇甫松《抛球乐》辞等是。上文检讨敦煌曲之内容，并无此类作品；而六调之舞谱，又经断定，并非酒筵著词之简谱；故在敦煌曲现有之范围内，可谓并无涉及酒令者。《抛球乐》虽是著词之用调，但从其二辞之内容以观，实难定为歌筵所用。《南歌子》在著词中，用声诗体；此所有者，为杂言体，亦难遽认为著词。（已）戏弄纯指唐代戏剧，全在百戏之外。唐剧本虽失传，但肯定其确有。歌舞类戏有歌曲，固无待言，即科白类戏内，亦每插歌曲。具详《唐戏弄》一书。

以上所述，为敦煌曲涉及唐代音乐文艺与否之明显部分；兹所亟当探讨者，乃其并不明显之部分，而恐有密切关系存于其间也。综合资料，约分两类：一曰演故事，一曰兼讲唱。兹次第详之。

敦煌曲中，内容演故事，结构又作问答体者，为数颇多。与上表内已列之俗讲、戏弄等，及唐人其他形式之游艺，如问头、平弄等，为上表所未列者，是否暗中有关，必须查明。唐圭璋《敦煌唐词校释》谓："初期词叙事自由。平民借调叙事，漫无范围，自由已极！不似后世词径之狭。”盖以后世哑词之文字标准量之，始仅仅有自由与路宽之感觉。若从“唐代音乐文艺全面”之尺度求之，则其中关系，绝不如此简单矣。曰“演故事”，而不曰“叙事”或“咏故事”者，为其涵义有别：叙述故事不包含代言体；既有代言，则难谓“叙事”。“咏故事”有咏叹事物之义，犹之曰“咏月”“咏史”，不必为敷陈首尾。曲辞小说曰“演故事”，非谓“扮演”或“表演”，乃谓“敷演”与“演进”也。五百余首内，演故事或兼问答体之曲，有下列七十四首——

（一）《凤归云》二首〔〇〇三〕〔〇〇四〕，叙锦衣公子慕其东邻，备申款曲；东邻所答者，乃缕陈家世，以明罗敷有夫，志不可夺。二辞毕，情节似已结束。此调虽原列四首，前此二首，已以“闺怨”为题，而所称“萍寄他邦”，“想君薄行”，及“远寄边隅”，“勇战单于”，与第四首之“娉得良人，为国远长征，争名定难，未有归程”，亦复相贯，或为四首联章，演一故事。近人王易《词曲史》，亦谓此四首演一故事，如古乐府《陌上桑》之类。情节则用《陌上桑》，而稍有变更耳。余已详上文论时代之末。

（二）《倾杯乐》一首〔〇二〇〕，从未嫁时，说到误嫁，乃至嫁后，亦分明叙事。是否一首便完，未详。

（三）《浣溪沙》一首〔〇五九〕，“结草城楼不忘恩，些些言语莫生嗔。……路上共君先下拜，如若伤蛇口含真”。有叙事，有代言，分明演故事。全辞料不止一首。末句解释，见下文考盾。

（四）《酒泉子》一首〔〇七八〕，“每见惶惶……”咏昭宗乾宁二年事。

原辞及说明，已详上文论时代。全辞当亦不止一首。

（五）《定风波》二首〔〇九八〕〔〇九九〕，问儒仕，与儒仕答，造意颇奇。惜钞写讹别太多，不能尽得原文之妙。

（六）《南歌子》二首〔一二一〕〔一二二〕，不仅一问一答，且咏故事：问者穷追，而答者婉陈，情事可按。此体至明，虽亦入小曲，详下文论修辞。但在明为剧曲发达之余波，自不足重视；若在唐代，剧曲尚未十分发达，其形式、地位，自觉有异。二辞当时可能入歌舞戏，入陆参军，入俗讲，佐以说白，或其他体辞，以供讲唱。

（七）《捣练子》四首〔一二七〕至〔一三〇〕，演孟姜女事。末首“君去前程但努力，不敢放慢向公婆”，已属代言。四首似亦未完。此在刘书二六录伯二八〇九号卷，原与《望江南》四首、《酒泉子》二首、《杨柳枝》一首，联为一篇。虽内容各别，断无相属之理，但各辞可能均原嵌于一种或数种之长篇内，并非单行之杂曲。且《望江南》《酒泉子》《杨柳枝》三调名旁，均注有“平”字，不同常态。此项“平”字，可能有四种解释：（甲）或指音调。日本所传声明，即梵呗唱导。分十二调，内有断金调、平调等。《大正新修大藏经》八十四卷八六五页《音曲秘要抄》内，述平调等甚详。罗、刘、许三家书，载《文殊问疾》第一卷，及《维摩诘所说经变文》内，均有注明“平”“侧”“断”之处，可能即指断金调与平调也。《望江南》等三名所注“平”字，或亦同此，指平调。向达《唐代俗讲考》内，曾主其说。（乙）或指叶韵，而于讲唱时有所别者。盖上一说之缺点，在变文所注“侧”字，于十二调名内无着。此说则谓“平”指平韵之辞，“侧”指仄韵之辞。孙楷第《近代戏曲原出宋傀儡戏影戏考》一文内，谓“侧指全用侧韵者……即唐人所谓‘侧吟’也”。验之变文“平”“侧”二字所指，果然。但“断”字何义？又无着落。如《文殊问疾》卷内，有注“断诗”者一，注“断”者八。《维摩诘所说经变文》内，有注“断”者一，皆平韵七律也，将何以解？至于《望江南》《杨柳枝》二调，诚平韵矣；《酒泉子》则一首之中，平仄兼叶，安用注一“平”字？故孙说亦难全信。（丙）或指歌唱时音曲高下之状。梁慧皎《高僧传》述转唱曰：“起掷荡举，平折放杀，游飞却转，反叠娇哢。”唐变文中之“平”“侧”“断”三字，均可于此寻得归宿。《望江南》等之“平”，或亦平折之类也。（丁）或指乐曲奏弄之一种方法。李贺《龝篥歌》序曰：“……花娘出幕，徘徊拜客。吾问所宜，称善平弄。于是以弊辞配声，与予为寿。”所谓“弊辞”，即指《龝篥歌》，乃五言、十六句、八平韵；传本作一章，实乃四章也。何谓平弄？向无说明。明唐顺之《荆川稗编》四二，谓为“席间裁为平调奏之”，恐未必然。因平调是宫调之一，宫调无称“弄”者。顾况《李供奉弹箜篌歌》：“弄调人间不识名，弹尽天下崛奇曲！”“弄”义与此正合，疑为当时管乐上流行之一种弄法，既可用于五言短章之辞，或亦可用于短调如《望江南》等。——以上四说，（丙）（丁）比较接近，可能性亦较大。究竟如何，仍俟知音者断之。参看第一章曲调考证内，“佛曲四调”节，论“五会念佛”。并参看后记“唐人平调歌”条。

（八）《好住娘》十四首〔一六九〕至〔一八二〕，叙儿别母，入山修道，因文曰“说言”，原成一卷，显属变文。参看上文曲调考证“好住娘”条。

（九）《散花乐》七首〔一八三〕至〔一八九〕，叙太子成佛故事。

（十）失调名三首〔二一一〕至〔二一三〕，前二首相连；故事内容必有一段为夫妻落难他乡。后一首乃一小兵在战场上之经历。

（十一）失调名五首〔二二三〕至〔二二七〕，亦叙太子成佛故事，辞未完，待补。

（十二）《五更转》五首〔四一三〕至〔四一七〕，叙太子成佛故事。

（十三）又十五首〔四一八〕至〔四三二〕，“太子入山修道赞”，叙太子成佛故事，后附曲调同而内容不同之辞九首；与（七）《捣练子》之在原卷中，有部分相似，亦有为变文之可能。参看上文曲调考证“五更转”条。

（十四）《十二时》十二首〔四七九〕至〔四九〇〕，叙太子成佛故事。

他如伯三八三六，据王集凡例附收藏记述，乃册页装之两散叶，并非卷子；此两叶属于同一书，而不相连。兹查两叶载辞八首，半全，半残。全四首概《南歌子》；残四首中，二首分明亦《南歌子》，内有半首，《校录》取作单片之《南歌子》〔一二五〕。余二首〔二一〇〕详曲调考证末，论戊调；及“心心心在阿谁边”，详考屑。虽难定，亦有为《南歌子》之可能。内容则除〔一二三〕一首不似外，余皆情词也；而〔一二一〕〔一二二〕〔一二四〕，且分明有情节。换言之：此书至少三页，殆全部用《南歌子》一调，以咏一恋爱故事；中间原插说白或致语，被书手芟削耳。似此情形，不得不令人忆及宋人之鼓子词，与此实无二致。然则此书何书？殆当时某种讲唱文之脚本欤？参看《校录》〔一二一〕〔一二五〕之校。佟晶心分唐俗讲为变文系统，与词话系统，已见第二章论《五更转》末。谓“这个系统，如诗话、词话、诸宫调，甚或与后来的南北曲，都不无关系”。但佟氏文内，并未举出唐代之实例，与唐代何种文艺有关。兹为之补曰：上项七首《南歌子》，即此一系统之实例；与当时各种体裁之歌舞戏均可能有关。

更有刘书《齖䶗新妇变文》，内容乃演故事者，其中插曲《十二时》十二首〔四六七〕至〔四七八〕虽另以发愤求学为题，与主题新妇齖䶗无干，详《校录》，并参看编首序文内说。但既插在变文以内，究与变文以外之普通联章有别。《雀踏枝》〔一一五〕，前片思妇怨鹊，后片鹊嘲思妇，亦略有问答之作用。王集上卷《南歌子》残辞：“获幸相邀命，攀连坐未间。卑微得接葑〔对〕尊颜……”亦分明演故事。——凡此更在七十四首以外，不可不举。所尤应注意者：此七十四首演故事之辞中，如（一）《凤归云》之次首，（二）《倾杯乐》，（三）《浣溪沙》，（七）《捣练子》之后二首，（六）《南歌子》二首，共七首，皆为代言，其另有托体、并非散词之可能性更大！王国维《宋元戏曲史》八曰——

> 独元杂剧于科白中叙事，而曲文全为代言。虽宋金时，或当已有代言体之戏曲，而就现存者言之，则断自元剧始，不可谓非戏曲上一大进步也！

不图以今日所存之古辞验之，竟将王氏所谓“一大进步”之事，提前五百年，于唐代曲文之中，早创此法。不知宋人何以寝之，反而至元又复古。唐氏《校释》论《云谣集》，曾阐此说：“诗有叙事一体，词亦有之。……此集《倾杯乐》……《凤归云遍》……皆于一调之中，自叙个人经历。与欧赵之联合十余首同调以叙一事者，亦有显著之关系。……《鹊踏枝》上叠人恨鹊语，下叠鹊答人语，可证。唐词有自序，亦有对话，开曲之先例。”

凡演故事与问答体者，在上述所拟唐代音乐文艺全面之表中，属于联章讲唱，或变文，乃至戏弄，均有可能。上列之十四条，除（七）（十三）两条颇类变文外，余皆因材料缺乏，是非尚无从判定，存疑待考而已。《教坊记》于《兰陵王》调名，列于杂曲中，而另叙《兰陵王》大面之为戏，语末曰：“亦入歌曲。”盖谓此调本为剧曲，亦人普通歌曲。可知普通歌曲或联合他种辞体，或表演故事，与戏弄结合，即成为变文之插曲，或戏弄之剧曲。上列七十四首，如放胆怀疑，谓之原卷子乃从变文或戏弄之脚本内摘录而来者，未尝不可也。向达《唐代俗讲考》：“禅门十二时之类的小曲，虽亦为僧人所唱，然疑非俗讲的本子。”按禅门十二时二套（〔四五五〕以下，及〔四九一〕以下），均不演故事，当然不会成为俗讲脚本。唐末演《樊哙排君难》戏，用鸿门故事；上列（五）《定风波》之内容，所用正同，亦不能必其绝无关系。《教坊记》谓《踏谣娘》一称《谈容娘》。唐常非月《咏谈容娘》：“歌要齐声和，情教细语传。”“细语传情”，乃分明有说白。唐吉师老有《看蜀女转昭君变》诗，分明谓变文须转；同“啭”，歌也，详上文曲调考证之《五更转》。又可能有化装与画展，故曰“看”。诗中谓“翠眉颦处楚边月，画卷开时塞外云”，分明有表情，有砌末，当场展览昭君画卷。画卷与眉黧，皆可看也。孙楷第《近代戏曲原出宋傀儡戏影戏考》因变文内有“上卷立铺毕，此入下卷”语，考订当时俗讲有图像设备甚详。唐悟本《禅师语录》：“请师看转大藏经。”亦是一例。故唐人此种变文表演，比诸今日之化装摊黄等，其场面之热闹，殆尤过之。顾《王昭君变文》之辞，即在刘书之中，无须远求。或已经省略，非原辞之全文。徒因辞内未标曲调名称，未证明其有一定之乐曲，始未收入敦煌曲耳。

唐代又盛行参军戏，概由参军、苍鹘二脚色，互相问答，以明情节。薛能之《吴姬》诗，谓“女儿弦管弄参军”，《云溪友议》谓刘采春弄“陆参军”，歌声彻云。此“弦管”与“歌声”，所用何调？所歌何辞？如何作问答？于上列之（六）《南歌子》内，或可见之。其辞可能即陆参军脚本中之曲辞也。盖问答体者，乃戏剧代言体之初步，殊不可忽。《唐摭言》十三云——

张处士祜，《忆柘枝》妓诗曰：“鸳鸯钿带抛何处？孔雀罗衫属阿谁？”白乐天讥为“问头”。祜矛盾之曰：“鄙薄问头之诮，所不敢逃。然明公亦有《目连变》。《长恨词》云‘上穷碧落下黄泉，两处茫茫皆不见’，岂非目连访母耶？”

孟棨《本事诗》七所载略同，惟“问头”作“款头诗”。“款头”意即“问头”。宋庄绰《鸡肋编》下：“前世谓‘阿堵’，犹今谚云‘兀底’‘宁馨’，犹恁地也。……而张渭诗云：‘家无阿堵物，门有宁馨儿。’与‘款头’无异矣！”殆指变文或参军戏文等，于开端作问答之部分，南宋杂剧中，应仍有之。《金瓶梅词话》五十一回，述薛、王二姑子讲唱佛曲，乃王问，用说，薛答，用唱，殆此法之遗。张祜诗二句，既均设问，必类当时歌艺场中之问头，故白氏始云云耳。如上文（六）《南歌子》二首之问答体，疑即去问头不远。清叶德辉再和观剧诗注指《摭言》“问头”：“疑亦是剧曲，然则唐时梨园即演此耶？”堪云卓识！近人知引《摭言》中所谓《目连变》，以考订敦煌变文体之时代；尚未见有引“问头”一辞，以考订敦煌曲内之问答诸辞者，爰为补充。《教坊记》内有《胡相问》一调名，其辞体如何，不难想象。宋元话本《花灯轿莲女成佛记》莲女问长老，并曰：“只还我问头来。”日本仓石武四郎《写在目连变文介绍之后》一文内，谓“问头”二字未详，疑是《莲花落》之类。查我国民歌《莲花落》内，并不作问答体。作问答体者，乃《小放牛》歌辞也。杨宪益《零墨新笺》谓：“古代人每好以问答的方式，传下他们关于宇宙和人生的知识。因为这样较便于记忆。为了更便于记忆，他们又采取歌谣的形式。在文化比较落后的地域，因了民众知识的简单，这种文学形式，被保留下来。于是我们今日，还有一凋一答的苗瑶歌曲，和《小放牛》一类的民歌。而《周书》太子晋篇，《楚辞》《天问》，则是这种文学形式的最初记载。”其说并可参考。此外尚有余义，见下文论修辞（乙），与柳永词之比较一节。

以上所述，乃演故事之一类，此当继述不演故事，而兼有讲唱之一类。此类今所见者，仅《十二时》“普劝四众、依教修行”一套，百三十四首。料同此特殊之体裁，在唐代必不止此一套作品，亦不止用此一调也。何以明其唱以外兼有讲？曰：曲长至于百三十余首，又无故事情节，倘无说白，以作调济，听者势将厌倦，精神上所能接受者，将有限矣。—— 一也。末首〔六三四〕曰：“敬疑此字待校。讲，日将西。”开讲何时虽未详，辍讲既至日之将西，料其经过之时间，必不短暂；倘无说白，以资间歇，在唱者又将何以堪？——二也。除末云“敬疑讲”外，开始时第四曲〔五〇四〕曰：“也知寺里讲筵开。”足证此套长曲，乃唱于寺内之讲筵间；本来有讲，遂兼用于此曲，亦顺乎自然耳。——三也。他如〔五〇九〕曰“大丈夫，自支料，不用教人再三道”；〔五一七〕曰“今日言，是衷恳”；〔五三一〕曰“善女善男听我说”；〔五四一〕曰“我此言，虽惨烈，一卷作“真实劝”。只要人闻心改彻”；〔五五四〕曰“利益言，须切记”；〔五六四〕曰“劝君取语早修行”；〔六〇四〕曰“听我今朝相劝语”；……在在透露语言讲说情形，自皆当场之所表，即插在歌唱之间者。——四也。此曲于伯二七一四卷后，有题记曰：“谨按大藏《华严经》六十五卷口诜。”“诜”，分明为“说”之讹。——五也。综此五证，可以断其必兼讲唱。参看后记“联章讲唱”条。

兹姑名此一体曰“联章讲唱”，或“不演故事之讲唱”，在唐代音乐文艺之全面中，一方有别于必演故事而不用同调联章之变文讲唱；一方又别于有唱无讲之普通联章，或简短不长之定格联章。此种特殊体裁，是否在晚唐五代始有，题记有时代，全文见《校录》。抑具更早之历史？俟考。惟既有此一体存在，乃觉唐代音乐文艺之内涵，益为错综复杂；并觉敦煌曲辞与当时所有除歌而外之其他伎艺——乐、舞、令、讲、戏等——可能已发生更多之联系，特为吾人所未察耳。

总之：唐人早已习用杂曲，或曲子，或小曲。配合说白或其他文体，作诸般之游艺。其发生、发展与消歇，须分体考查；如变文承六朝；合生起初唐；拍弹起盛唐等。至与他体间之关系影响等，则又俟作全面之综合研究。其成长大概在开、天之际，时社会久安，生活多暇，燕乐极盛，宗教自由。后来国力日削，民情不舒，于此等文艺，容有少数创获，大部分则保守未遑，承袭而已。宋人用《调笑》《拂霓裳》为转踏，用《蝶恋花》十二首，与元人用《小桃红》百首，咏“会真”事，又用《醋葫芦》十首咏《鸳鸯会》事，乃至后世宝卷、弹词、摊黄等艺，无一不肇端于唐代音乐文艺，此人所共晓者。但在此一类型之游艺中，演故事一层，乃属必然性；若离开故事，即无从着力，甚至不能成立。从技术难易上说：此类似尚属次一等工夫。若不演故事，但于空处盘旋，竭尽敷陈分析、浅喻近譬、激扬宣导之能事，而又真力弥漫，规模开展，如《十二时》之作“联章讲唱”者，实最不易！后世宝卷一类之讲唱，皆属唐代变文系统，唱辞长短无定型，并无曲调牌名，与此异。其唱辞用曲调者，如词话，则话多词少；其用唱辞较多者，如诸宫调，或南北套曲，则曲调甚多，或宫调甚多，则非一调之联章；其作一调联章者，如南曲套式所有，又每前用引子，后用尾声，并非单纯一调之联章；且其所有之联章，普通四首，多亦八首而已，更多则向以为唱者力有不胜，故不复用。——均与此异。凡以上所述诸体，大都赖演故事为内容，又根本与此不同。佟晶心《探论宝卷在俗文学上的地位》，曾分唐代俗讲为变文系统、话本系统及俗曲三类。谓变文乃韵文与散文相兼，话本乃曲调与散文相兼。不知如《齖齣新妇文》，分明为变文，而相兼者亦有《十二时》曲调在内。故话本系统所属，如佟氏文，有诗话、词话、诸宫调，甚至后来之南北曲等，在演故事之一特点看，均与变文系统无别。不如分唐代俗讲为二类：曰演故事讲唱，与不演故事讲唱。以“讲唱”与俗讲以外之“歌舞”或“戏弄”对立，清清楚楚！佟氏文内于俗曲类举例为《五更转》，但若谓《五更转》于唱以外尚有讲，所据何例未指明。话本系统在敦煌文件中又何所指，亦未详。作者尝曰：“众艺之源，备于唐代！”有事实在，并非夸大。每见伎艺在唐代已甚开展，而后世寂无继响，遂尔中辍，或竟夭折者，往往有之，如此种大规模之“联章讲唱”，即一例耳。凡此在敦煌宝藏未发现前，世人多不及料也。小之如用衬字一事，在唐曲中，已甚发展；至宋词，竟萎缩几至于无；必金元曲中，始再兴起，下文论修辞内详之。又如唐人戏弄，已发展到曲、白、舞、演，色色俱全，且集于主角之一身，并非歌者不演，演者不歌，或专门歌舞，并无演与白。不知何故，北宋戏弄中，竟不见有此等记载，迨元剧而始恢复。于是世之言戏剧史者，认此为元人之创获，当知其不尽然矣。

兹就体裁方面，再假定一件唐人之创举。唐以前有无，尚俟详考。北京图书馆钞本内，有伯四九九四号卷子，文字简单，照录如次——

曲录　　正月孟春犹寒。

诸杂记字录，为用后流传。

正月孟春犹寒；二月仲春渐暖；三月季春渐暄；

四月孟夏盛热；五月仲夏盛热；六月季夏极热；

七月孟秋已热；八月仲秋渐凉；九月季秋霜冷；

十月孟冬渐寒；十一月仲冬盛寒；十二月季冬盛寒。

四时：春、夏、秋、冬。八节：立春、春分、立夏、夏至、立秋、秋分、立冬、冬至。

三才：天、地、人。四渎：江、河、淮、济。五岳：东岳太山，西岳华山，南岳衡山，北岳恒山，中岳嵩高山。

原文止此，以下残缺，抑未写完，不可知。此件周一良《敦煌写本杂钞考》《燕京学报》三十五期未曾述及。所引日本那波利贞撰《唐钞本杂钞考》内，曾述及否，周氏未详。按此卷文字，明明为"杂记字录"，或杂钞，何以首行题曰"曲录"？问题之所当究者在此。按罗福苌译《巴黎图书馆敦煌书目》，载二六三三护卷《齖䶗新妇文》下，为"正月孟春犹寒"，应同此内容；而不称"曲录"，未知何故。倘谓原件文字本从次行"诸杂记"云云起，而首行之"曲录"云云，是衍文，可删，或"曲录"原是"杂录"之讹，根本便无问题。但敦煌卷子斯六二〇八，亦据北京图书馆钞本。所载之"十二月相思"，乃分十二月，作七言四句体之曲子十二首，其起句悉用上文"杂记字录"所列十二月之气候，彼此间之关系分明，详见《校录》〔六八七〕以下。是所谓"曲录"之问题，固确切存在，有待解答也。开元中，袁晖十二月"闺情"五律，首句但曰"三月春将尽""七月坐良宵"等，不如此辞首句，必依所定节序。

疑伯四九九四卷确系曲录，而与"杂记字录"相配合者；凡十二月气候、四时、八节、三才、四渎、五岳，原皆有曲辞之表示。其全部篇幅，必相当长，非《云谣集》之卷子，或斯六五三七专载大曲之卷子所能比。斯六二〇八之"十二月相思"

曲，原即此卷所谓“曲录”中之物，不知二者何以分离独立，又皆漫无痕迹遗留也。此一假想如成立，足以说明：唐代乐曲歌辞之应用，颇为现实，每每渗透一般社会中之日常生活；唱歌固可以消愁解闷，亦可以助识字，增常识。在一般通俗读物中，插入此类歌辞，其作用不啻插图画。歌辞在此种情形之下，由今以言，实为一种新作用，亦一种新体裁，后世之所无也。于此有两项旁证，可供参考者：上文论作者，曾谓罗氏《西陲秘籍丛残》所载，唐人各种书仪或程序，直类后世之“酬世锦囊”“尺牍大全”，其琐屑无聊处，颇为可笑，甚至有夫与妻书、妻与夫书等之程式；刘书内亦同样有之。在编者必适应社会之实际需要，而后始选材如此，正反映当时民间应用文字之水平，确不过尔尔。然则配合“杂记字录”以编歌辞，有助于记忆者，于事又何尝不可能？再观宋人所编《翰墨全书》中，有“排日词”之断句二百余条，原书丁集卷四。一年三百六十日，几乎逐日皆编有应合节序之词句，以供临文采撷。《截江网》内之寿词程式，原书卷四至卷六，载《全宋词》二九六。主题纤琐，亦有夫寿妻、侄寿叔等等，不亚于唐人之书仪程式也。宋时之长短句词，尚可歌唱，已有此完全主文而不主声之文字，滥供酬应；若唐人于“杂记字录”后面，配合歌辞，犹是主声而不主文者，借歌唱以助识字、记事，又乌足异乎！依此说，不免有遗憾，即“十二月相思”小曲，将成为填公式之滥套，而非活生生之情词矣。今观其辞，尚带有类乎哭泣之和声，虽残缺不堪，犹可看出其文字不尽为滥套。或编者采取当时流行之曲辞，只将首句改造，以适合“杂录”之需要，其余好处，仍然保存，亦属可能。

此外，尚有普通联章及俳谐二体，当于此详之。

敦煌曲内之联章，本不择调而施。如《五更转》《十二时》《百岁篇》《十恩德》等之限辞数或段数者，曰定格联章；如《散花乐》《好住娘》《悉昙颂》等，既限多篇，又皆有和声者，曰和声联章：各详上文。尚有不拘种种，只以辞意一首未尽，遂尔多篇相联者，因划为“普通联章”。上文所述，因演故事而成普通联章者，已有（一）（五）（六）（七）（十一），共五组十五首。兹尚有二十二组六十八首可以指出者——

（一）《云谣集》之《天仙子》二首〔〇〇六〕〔〇〇七〕，原作双叠一首，实单片二首之联章。因彼此叶韵固异，而前曰“无人共”，后又曰“无人语”，联章之迹显然。

（二）又《破阵子》二首〔〇一四〕〔〇一五〕，一曰“参差千里余……早晚三边无事了”，一曰“从军千里余……早晚王师归却还”，联章显然。

（三）又《浣溪沙》二首〔〇一六〕〔〇一七〕，一曰“偏引五陵思恳切，要君知”，一曰“但是五陵争忍得，不疏狂”，联章显然。余意亦相衔。

（四）又《柳青娘》二首〔〇一八〕〔〇一九〕，曰“淡红衫子”“肉红衫子”，同；曰“玉郎”，同；曰“何处去”，同；联章显然。余意亦贯。

（五）又《内家娇》二首〔〇二二〕〔〇二三〕，布局、修辞，皆同。内容则一写女道士，一写妓女。参看下文考盾“炼玉烧金”条。再次首虽另有别卷单行，缀“御制临钟乔”云云，仍无损于原作之为联章。

（六）又《喜秋天》二首〔〇三〇〕〔〇三一〕，各本作双叠一首；因叶韵异，而意又一贯，订为单片二首联章。

（七）又同调二首〔〇三二〕〔〇三三〕，各本亦作一首；因韵虽偶合，而按之调格，见上文曲调考证。须是两首；但意则一贯，当作联章。

（八）《虞美人》二首〔〇三四〕〔〇三五〕，王集列为一首，实乃二首联章。因叶韵既异，前结与后起，皆曰"金钗"云云，前起与后片次句，皆曰"海棠"云云，谓之二首，辞意一贯，则安；谓为一首之前后片，则太嫌重沓。且前称"美人"，乃叙事，后称"奴"，乃代言，亦难合为一首。

（九）《菩萨蛮》二首〔〇三八〕〔〇三九〕，同卷相续，结语皆曰"不曾"云云，内容分属春秋两季。

（十）又二首〔〇四二〕〔〇四三〕，同卷相续，从离乡求宦，说到暂隐江湖，不啻短短一篇自传，亦联章之作用也。

（十一）又二首〔〇四六〕〔〇四七〕，昭宗华州作，辞意一贯。

（十二）《西江月》三首〔〇五四〕至〔〇五六〕，内容同为女伴月夜泛舟。前后二首皆曰"女伴"云云，可验。因知辞中情事，乃写实，非虚构。

（十三）《浣溪沙》二首〔〇六一〕〔〇六二〕，同卷相续，后片起句皆曰"即问"云云，显然联章。

（十四）《献忠心》二首〔〇七一〕〔〇七二〕，已详上文论时代。

（十五）又二首〔〇七三〕〔〇七四〕，同卷相续，同内容，可能为联章。

（十六）《感皇恩》四首〔〇八九〕至〔〇九二〕，已详上文论时代。

（十七）《定风波》三首〔一〇〇〕至〔一〇二〕，内容叙三种伤寒，联章显然。

（十八）《婆罗门》四首〔一〇四〕至〔一〇七〕，已详上文论时代。

（十九）《苏莫遮》二首〔一〇八〕〔一〇九〕，起句均作“聪明儿”，前一首叙怀才，后一首叙不遇，联章显然。

（二十）《长相思》三首〔一一〇〕至〔一一二〕，首句皆曰“作客在江西”，联章显然。郑振铎《俗文学史》：“这三首，皆是衔接的，似更邻近于《五更转》一类的民歌。”殊不然，已详上文曲调考证。

（二十一）《皇帝感》十二首〔一四一〕至〔一五二〕，已详上文论时代。

（二十二）失调名九首〔二一四〕至〔二二二〕，内容一贯。

普通联章之认定，须详玩原辞内容，确属贯串者。若仅凭其前后相次，措辞仿佛有关，便为联系，则失却意义。如《乐世词》二首〔一三七〕〔一三八〕，一乃以雁设喻，别有寄慨；一乃别辞。彼此布景虽接近，而内容实异，可能从不同之来源，收集而得；在盛唐大曲中，原有此一法。二辞兹虽离开大曲，列入杂曲，却无从认为联章也。

于此当明了：辨别普通联章，正有一重要之作用在：设若有大曲之辞，潜杂于其间，因此辨别，乃得发现而提出。此在寻考大曲方面，为一必要而有效之措施，所不可忽者。上文曾谓大曲之形式，“第一”“第二”等标题，甚易湮没；湮没后，其辞便成普通联章。自当于现有之普通联章内，审慎检查一番，究竟有无其事。又按大曲之形成，首在配合大乐，用于宾嘉之宴享，乐遍多而歌篇少。少可至于一篇，如《破阵乐》等。联章内，凡态度比较严肃者，往往近是。在上列二十二组之原辞中，如（十四）《献忠心》二首，（十六）《感皇恩》四首，确合此项条件，可能为大曲。至（十八）《婆罗门》四首，情形亦同；惟《教坊记》不但已列其调于杂曲，且在大曲内又另列《霓裳》，似当别论。上文因五台山《苏莫遮》大曲之六首，曾推断张说之《苏摩遮》五首亦为大曲，与此正同例耳。循此途径，在全唐诗中，曾查出二十余套，可能皆为当时大曲之歌辞。详拙著《唐大曲第三考》。

俳谐体，在唐诗内，早已数见不鲜。《唐音癸签》二十九所谓“唐人杂体诗”，即指此也。如县名、州名、药名、古人名、四气、四色、字谜等之离合诗，皆是。敦煌五百余曲中，仅见有檃栝、嵌曲名、叠字三种。上文论内容，谓《水调词》二首〔一三五〕〔一三六〕，似谜语，若果然，则为第四种。嵌名与叠字，皆玩弄文字而已，已开后来词曲中主文而不主声之端，无甚价值。檃栝一体，应用入通俗讲唱中，对大众作启发教育，自可贵！

檃栝，指《皇帝感》十二首〔一四一〕至〔一五二〕之檃栝《孝经》。其曲调与时代，上文已有考订；而檃栝《孝经》文句之详，则见下文考屑内。向达《唐代俗讲考》论敦煌所出中晚唐之押座文，谓“押”字本有檃栝之意；所有之押座文，大都概括全经，引起下文云云。“押”字何以有檃栝之意，兹姑不论；兹所提出者，乃中晚唐押座文檃栝佛经之制，或始于盛唐“开元皇帝赞《金刚经》”。而此经之檃栝，应与《皇帝感》之檃栝《孝经》为同时，或较稍后。已详上文曲调考证。后世词曲之檃栝屈原《九歌》，或陶潜《归去来辞》等，当亦本于唐人。唐人长篇曲辞，除变文讲唱，联章讲唱外，当数此第三种以檃栝为内容之普通联章。所檃栝者之篇幅长，所用曲辞之联章遂亦不得不长；长则亦必不免用说白。此可就上文论“联章讲唱”者，推及之也。此套《皇帝感》，仅存十二首，全文必不止此。

嵌曲名，指失调名内之［二〇九］，残辞半首而已。李群玉《赠琵琶伎》诗曾集曲名，司空图《歌者》诗内曾隐曲名。此类之作甚多，唐人固习为之也。残辞曰——

……《羊子》遍野《巫山》。《醉胡子》楼头饮宴，《醉思乡》千日醺醺。《下水船》盏酌十分，令筹更打《江神》。

五句内共嵌曲调名六，兹略言其概参看下文修辞引明人小曲。——

（一）《羊子》——《教坊记》曲名内有《黄羊儿》，大曲名内有《羊头神》；足见因羊制曲，唐人已屡为之。《羊子》或即《黄羊儿》。敦煌北魏佛窟内，有黄羊壁画甚多。初盛唐文献内，每及黄羊。如张说史传及杜诗内，皆有之。此曲为盛唐以前之制无疑。

（二）《巫山》——《教坊记》曲名有《巫山女》及《巫山一段云》二名。前者不详，后者尚有唐昭宗及毛文锡等作。“羊子”句，在调内似应叶韵；“山”字非韵，原辞或有脱文。

（三）《醉胡子》——《教坊记》有《胡醉子》，其舞名《胡旋》及《胡腾》。陈旸《乐书》详其宋舞之装束。宋队舞中，有醉胡腾队。日本所传，或仍系唐之乐舞，曰《醉胡》《酒胡子》《醉公子》《胡饮酒》。正仓院藏《醉胡》袍。《古事类苑》有《胡饮酒》面具图，并谓源出散乐《苏中郎》。但《苏中郎》未必用胡乐，《踏谣娘》非胡人故事，其说未必确。

（四）《醉思乡》——名见《教坊记》，余无考。

（五）《下水船》——名见《教坊记》，乃因曲水泛觞而兴之调。与《回波乐》《上行杯》《劝金盏》等调，同一成因。“船”指酒盏言。

（六）《江神》——《教坊记》无此名。或即北宋晁补之《江神子》之所自出。先有《江神》大曲，后有《江神子》小曲也。惟“令筹更打《江神》”之“打”，据上文舞容一得，谓筵前小舞也。此处曰“打《江神》”，其实必为舞《江神子》，辞句因叶韵，故去“子”字。北宋所用，或即唐之旧曲耳。

叠字之俳体，有《菩萨蛮》“霏霏点点回塘雨”一首〔〇三六〕。王集所载残辞“心心心在阿谁边？天天天，因何用以偏”，亦有为叠字俳体之可能。详下文考盾。

兹就第二章曲调考证及本章内容、体裁各节所见，将敦煌曲之体裁、组织、作用等，括如上（右）表，以事结束，并为《校录》中所有之编制与分类作张本焉。

此表内，大抵借用后世所有名词，来指明唐代社会上“音乐文艺”与教育、宗教及习俗之关系，而完全以敦煌曲所曾有之资料为主，与上列“唐代‘音乐文艺’之全面”一表，不同在此。借用诸名词，有上文并未提及者；但所指则全是上文已述之事，

部门	类	项	体裁	组织	作用	技艺	备注
敦煌曲	杂曲（或称曲子）	只曲	小令	单遍	一般娱乐欣赏。	歌、舞、乐。	
			中调	双叠			
			长调	单双皆有			如望江南、南歌子等调。
				换头、两遍			
		联章	普通联章	同调重头	作问答，用于陆参军等，入剧场。	歌、乐、演。	如南歌子〔一二一〕等。
					演故事，入歌舞戏或变文。	歌、舞、乐。	如凤归云〔〇〇三〕等。
					作俳体檃栝，入歌场，用同社会教育。	歌、乐、讲。	如皇帝感。
			定格联章	单遍重头	或入道场、或入歌场。	有入变文讲唱者。	如十二时〔四六七〕以下。
				多遍重头	同上	歌、乐。	如五更转〔四一八〕等。
				辅曲长篇	普劝修行、入法会道场。	“联章讲唱”。	如十二时〔五〇一〕以下。
				两调兼带	献颂、酬应。	歌、乐。	如五更转兼十二时。
			和声联章	同调重头	全属佛赞。	歌、乐，间有讲白。	如悉昙颂。
		大曲	有和声	三遍	适应宾嘉宴享等。	乐、舞、歌。	如阿曹婆。
			有叠句	四遍			如斗百草、何满子。
			和声叠句皆无	六遍			如苏莫遮。

注：表内大曲之组织三项，上与体裁之三项不贯，下与备注三项相贯。

意义浅显，毋俟再作解释。

于此可以假设以开、天一段时间，及东西两京一类大都市之地点，想象一般社会人士所具之“音乐文艺”生活，或有如下述之情形者：群众集合娱乐之场所，有歌场、名见皇帝感〔一四一〕辞内。编首序文内引《酉阳杂俎》所谓“变场”，应属歌场系统。剧场与道场三种。道场本“庄严佛地”，岂可以云娱乐！但事实上唐代所谓法会道场，除少数严肃之善男女外，来集之众等仍抱有消遣目的；何况男女杂沓，每有相邀，俗讲和尚又肆意迎合低级趣味，详序文。则事更可想。道场中，因音乐讲唱表现之丰富，拥有听众之多，实足以与歌场、剧场鼎足而有余。至若《南部新书》所云：长安戏场多集于慈恩寺，小者在青龙寺，其次荐福永寿诸寺。为戏场寄托于寺院而已，与道场究为两事，并非和尚悉充俳优。和尚有充作俳优者，具详于序文。既曰“场”，必地方宽大，可以容众；所演节目宜有定。歌场伎艺，以歌舞为主，音乐随之；剧场或露天，或否，所演必兼百戏与戏弄，在普通歌舞以外。敦煌曲内，此项直接资料，可云毫无。但如七首《南歌子》之种种表现，或有非普通歌舞、变文讲唱，所能了事者，甚至涉及歌舞剧及参军戏等之范围。姑就最大可能，逞臆如此，以俟续考。唐代社会娱乐之记载，大都简略残阙；求如两宋情形，见于《梦华录》《梦粱录》者，已不可得。除上三种集众演奏外，在茶楼酒肆中，尚有职业女伎，如上文曲调考证，说明《长沙女引》一调之来历，曾引韦应物女沦落为《柘枝》舞伎事；中唐如此，盛唐可知。更有近乎散乐杂耍，于稠人广众间，随地表演者，如王建《观蛮伎》诗所云：“欲说昭君敛翠蛾，清声委曲怨于歌。谁家年少春风里？抛与金钱唱好多！”乃中唐初年事。所述昭君故事之讲唱情形，对于敦煌曲内许多“故事曲”之如何讲唱，实亦有一部分之暗示。至于豪门贵邸间，经常培养色艺俱精之女伎，以恣歌舞，既有上举岑参在玉门关盖庭伦幕中所历，一双美人表演《凤归云》之事实，则已甚著明，毋俟多证。他如《内家娇》之如何活跃于宫庭，《献忠心》之如何激昂于殿陛等，去一般社会情形较远，非此处所欲论矣。

最后于唐僧唱曲得酬一端，因资料见于敦煌卷子中，不能无述。北京图书馆藏成字九十六号《目连变文》背面，写法律德荣唱“紫罗鞋雨”，得布五百八十尺；支本分百五十尺，支定真、政会、图福盈各百五十尺，余二十尺。又僧政愿清唱“绯绫绵被”，得布一千五百二十尺，旧傺壹千尺；支图海明等十五人，各百五十尺。又金刚唱“扇”，得布五十五尺；支本分百五十尺，余九十五尺。又道成唱“白绫袜”，得布百七十尺；支本分及普列法各百五十尺，余百三十尺。又法律道英唱“白绫袜”，得布三百尺，又唱“黄尽坡”，得布五百尺；支本分及图道明等七人，各百五十尺。下阙。全文见《北平图书馆馆刊》五卷六号。兹当先就歌辞之体裁以言：根本上必须写卷中所谓“唱”与“清唱”三字，均确凿无讹，方能承认“紫罗鞋雨”“雨”，应是“两”之讹。等，确系所唱，而有以追求其为何种体裁。窃恐卷中“唱”字虽四见，“清唱”又一见，而实际并非其字与其事耳。谓并非其字其事，究系何字何事？一时既不能指，惟有姑就其字其事求之。按诸现有敦煌曲调与曲辞以观：“紫罗鞋两”“绯绫绵被”原作“绵绫”，应属讹倒。“扇”“白绫袜”“黄画帔”，“尽坡”应此之讹。既非曲调名，又不似曲辞之首句，只可认为曲题而已。顾鞋、被、扇、袜、帔，皆衣着用具也，如许咏物曲子，和尚何为而作？抑从何而得？以何种体裁出之？皆如《相观赞》之咏优昙华，为和声联章欤？略见上文曲调考证。抑如《婆罗门》之咏月，为普通联章欤？〔一〇四〕至〔一〇七〕。抑如《苏莫遮》之咏五台，为大曲欤？抑如《望江南》之咏月、咏柳，为只曲欤？鞋、被、扇、袜、帔等曲，由诸僧同场，以次歌唱欤？抑不同时地之所分唱欤？紫罗鞋两、绯绫绵被，似皆非禅房法体所宜服用，若皆入偈赞梵呗，又如何描写？惟《因话录》曾诋唐文溆僧"公为聚众谈说，假托经论，所言无非淫秽鄙亵之事！……愚夫冶妇，乐闻其说"。《通鉴》胡注指寺僧俗讲，"不能演空有之义，徒以悦俗，邀布施而已"。若就淫秽鄙亵、悦俗求施之范围以言：众法律僧唱诸咏物曲，博得缯布盈千累百，诚何足异！俗讲作用既如彼，又何别于"清唱"乎！据此题材与作用，以推想其乐曲歌辞之体制，和声联章与大曲皆不至采用，大概为只曲或普通联章耳。和声联章须同场僧俗齐和。

原卷此段文字中，最有意义者，厥为"清唱"二字。人知明季昆腔盛行以后，向多面发展，始有所谓"清唱"，以与有锣鼓之演唱对立。不图敦煌卷子中，早有此辞；即使其写卷时代，迟在宋初，亦不减其奇异，足以打破过去许多成见，何况未必迟至宋初乎！唐代"清唱"一辞，殆不限于道场或佛曲中应用；即上文所谓歌场、舞场，料亦有之。其含义可能有二：一与讲唱对立，示专唱不讲；一与歌舞或戏曲对立，示有声无容。前者人所共晓，后者因唐代舞曲发达，亦人人早具之观感，不俟说明；所余者，唐代戏弄详情，世人犹不了了，有此“清唱”一说，亦足以助阅者对唐代戏曲，建树正确之观念也。

惟其全部文字中，示人之疑实甚多，所谓唱曲受酬，朋分缯布，或未必有其事。如各节所纪缯布等之得数、支数、余数，并不符。当时对寺院布施，岂以缯布二物为限？落花法会中，乃“抽彻泉贝”，“掷钱如雨”，详编首序文。向达《唐代俗讲考》《燕北学报》十六期。校“覦”为“缯”，“图”为“徒”，字形文义，皆未必确。向氏谓“本分”为唱者本人所得，余为帮忙者分润，而二者“数目大概相同”。按之常情，其事劳逸难易有别，报酬岂容相同！——凡此种种，均不得解。向氏指此卷背所写，乃当时僧人“为人唱曲所得布施，同分配的账目”，或不尽然；须另有依据，以求真相。此项文字，发表已近廿年，海内不知已得解人否。向氏于《俗讲考》修正稿内，即不复用之，或别有所见。

唐艺综论

唐代“音乐文艺”研究发凡

一

唐代音乐颇盛，词章颇盛，伎艺颇盛。凡结合音乐之词章与伎艺，兹简称曰“音乐文艺”，订为此项研究之对象。

唐代音乐，应分雅乐与俗乐两部。俗乐包含朝野所有之燕乐。其小部分介乎雅、俗之间者，如琴曲，如雅乐之采用大曲、曲破等。宜划入俗乐范围。

词章凡结合音乐者，不外是歌辞，或称“曲辞”。而所谓“结合”之义则甚重要，乃词章之字句、平仄、叶韵、感情等，与音乐之抑扬、曲折、节拍、感情等，契合为一体，构成一曲调，共戴一名称。“歌唱”并非“吟哦”，“结合”不仅“配合”。若在词章吟哦之中间或后面，配合适宜之音乐，以相应和而已，是“配合”，非“结合”。

歌辞在形式上，显然有齐言与杂言之别。齐言指诗，而杂言指宋以后之所谓“词曲”。在唐，二者同称“歌辞”或“曲辞”。“辞”或作“词”。诗，同样可以充曲辞，且为量甚多。曲辞或曲子辞，并不以长短句为限。诗与词曲在形式与作用上分判而对立，乃宋以后之事，唐并不然。——此一概念必须确立。最显著者，如皮日休《论白居易荐徐凝屈张祜》，曰：“祜，元和中作宫体诗，词曲艳发。”

唐代伎艺，除音乐外，按诸理论，宜有歌舞、讲唱、戏剧、角觝、百戏，及杂伎、杂耍等。但今所流传之唐讲唱内，仅见变文；而所见变文之韵语中，迄今尚未发现有如上述之曲调名称，亦未见其句法组织中，有形成一定之格调者。作五绝、五律、七绝、七律诸诗体者除外。其与音乐之关系，是否有如上文所述之“结合”，尚不可知。拟俟他日另有发现后，再为研究。而百戏、杂伎等与音乐之关系，大都肤浅配音而已，白居易《立部伎》所谓“击鼓吹笙和杂戏”是。与上述之“结合”异，故亦不入研究。此外，在唐人社会生活中，尤其知识分子阶层，却广泛流行筵席间之酒令。其令之本身，固格律严密，技有专长，且凡有歌辞者，又皆入曲调，结合乐舞，谓非伎艺不可得，故属之此项研究范围。最显著者，如张鷟《游仙窟》内有舞“著词”一首，六言八句。

唐代歌辞，虽无唐人所编之专集或选集流传，而从盛唐至五代，竟有五百至一千首之多，存在于敦煌石室之卷子中。其来源有本属于西陲者，有传自京、洛各地者。内如《云谣集杂曲子》一卷之编订时代，远早于西蜀之编曲子词《花间集》。其曲调在表现初期形成之特征，文字多带民间真朴之风格；而内容广阔，体裁新异，尤非五代以后之曲辞所曾见。故敦煌曲之存在，乃此中一件突出之事实，应于研究专题内占一独立单位。

循上所引之端绪，初步拟定此项研究之编著计划如下——

《教坊记》整理——此书于研究唐代音乐、伎艺，颇开门径，不啻锁钥。整理之稿，名《教坊记笺订》。

盛唐太常寺、大乐署所掌乐曲曲名整理——指《唐会要》三三所载之曲名表。成稿后当附见于末一种“全面理论”内。

《羯鼓录》整理——稿名《羯鼓录笺订》。

《乐府杂录》整理——稿名《乐府杂录笺订》。

敦煌曲理论——曲内齐言杂言并见，稿名《敦煌曲初探》。

敦煌曲辞著录——稿名《敦煌曲校录》。

唐声诗理论——诗指齐言，稿名《唐声诗》。

声诗格调著录——稿名《声诗格调》。

声诗歌辞著录——稿名《声诗集》。以上三种，简称“声诗三稿”。

唐词理论——以杂言为限，稿名《唐词说》。

唐词格调著录——稿名《唐词格调》。

唐词著录总结——稿名《全隋唐五代词》。以上三种，简称“唐词三稿”。

唐大曲理论及著录——伎艺为歌舞类，稿名《唐大曲》。

唐变文理论——伎艺为讲唱类，稿名《唐讲唱》。

唐戏剧理论——伎艺为戏剧类，稿名《唐戏弄》。

唐著词理论——伎艺为酒令类，稿名《唐著词》。

唐代琴曲及雅乐理论——成稿后当附见于末一种“全面理论”之内。

唐代“音乐文艺”全面之理论——就上列十五稿所具种种结

论，再有所总结，并略补其所未备，稿名《唐代“音乐文艺”》。

《教坊记》今日之传本，虽残剩二千余字，但其时间代表初盛唐，其述伎艺兼及音乐、歌唱、舞蹈、戏剧、百戏。所见三百余曲名中，将杂曲与大曲分列。杂曲内包含歌曲、舞曲、戏曲、傀儡戏曲、鼓曲、琴曲等；大曲内亦包含舞曲、戏曲及与雅乐有关之部分。敦煌曲所有调名见于此书者，且达敦煌曲全部调名百分之六十五。若得此书之原著足本，加以阐明，于唐代“音乐文艺”之纲领便不难掌握，故指为全部研究之锁钥。

欲备陈乐、辞、伎三面之义，宜兼有理论、格调、词章等多面之事。理论为重，词章次之，格调其末。因于格调所能为者，比之清初《词律》《词谱》之业，今日虽已有进，仍不能摆脱从文字追求格律之一定局限，作用不大。若词章之著录，在新近发现之辞则注重订讹，在旧传之辞则注重定体，并求博采。隋唐词、声诗、大曲、著词之所有，虽皆旧辞，而订入新体，又另有其新意义存在，需要阐明。

二

此项研究中，较之过去同性质之研究，可认为惟一特点者，仅在“趋向全面”四字而已。例如从结合音乐一点出发，即较专门主文而不主声之研究为全面。郑樵《通志》“乐略”正声序论，曰：“古之诗曰‘歌行’，后之诗曰‘古’‘近’二体。歌行主声，二体主文。诗，为声也，不为文也。”于音乐外，兼重伎艺，即较过去专门词乐之研究为全面。上起隋代，下迄五代，即较偏信中唐以后始有长短句者为全面。确认齐言、杂言，在充歌辞上有同等地位，即较偏信词曲之限于长短句辞体者为全面。考订唐戏之种种，即较不承认唐代有真正戏剧者为全面。……因从多方趋向全面之故，自可得历史上更多之事实，互相印证，掌握真象，乃有以改正过去因偏向而形成之误解，并弥补其因偏向而遗留之缺陷。

此项研究可以预期之作用与成果，首为阐明我汉民族在其所有之文化中，已能创造以音乐为中心之各种综合艺术，次在此种综合之成功，究于何时堪称发达，其深广之度为如何，予后世之影响为如何。兹就初步已得之结论看：此项文化活动，实以唐代最为开展；且对发展之全部过程言：在唐，已经树立一显著之中坚地位；后此之宋词元曲固基于此，即宋戏元剧亦基于此，各种民间伎艺亦基于此。并可由此上溯汉魏六朝所有之此类综合艺术，而求其自汉以来，全部发展之确实经过。同时说明我民族于音乐、于歌舞、于讲唱、于戏剧等伎艺，均有其自发独立之创造能力与精神，初非事事因人而成，事事后人而有。设使类此之论证果确，对我国之文化史应不无贡献，于音乐史、文学史、艺术史、戏剧史等，自并有其重要之献替。

此种趋向全面之研究，只须稍稍深入，便可觉察上述所谓偏向之误解与缺陷者，自宋人起，即已不免，可举最显著之一例以明之：郭茂倩《乐府诗集》一书，正是纪录我国汉以来所谓结合音乐与伎艺之词章者，在与彼同性质之总集中，郭书价值特高。其内容分郊庙与燕射之歌辞，鼓吹与横吹之曲辞，相和歌辞，清商曲辞，舞曲、琴曲与杂曲之歌辞，近代曲辞，杂歌谣辞及新乐府辞，共十二类，亦正是趋向全面之表现。但试问：后周赵上交等三人所辑之《周优人曲辞》二卷，郭氏不应不睹，何以集内一首不录？即或谓此种曲辞中无五代以前人之作，已在其书原定之范围以外，但彼《旧唐书·李实传》内所载成辅端之戏辞，郭氏亦不应不睹，何以集内亦不录？向使郭氏重视唐五代社会之现实，集内更进一步，在原有之“舞曲歌辞”后，增辟“戏曲歌辞”一类，而举当时所得见之古戏辞以充实之者，自今人眼光中看来，将属何等可惊可喜之事！盖今人居千载之下，倘得读其先民于七八世纪、甚至更早时期所作之戏辞，从而推想当时之剧本为如何也，演出为如何也，在估计我民族文化发展之能力方面，将如何更加自信与自慰！尚何致使人误会我国无十三世纪以前之剧作家，又何至强指“人为戏”是从“物为戏”傀儡戏及影戏。蜕化而出，或误认元剧是直接受梵剧之影响而始有？——此郭氏之业，虽范围已比较宽阔，而终于未臻历史上此事已有发展之全面，遂尔遗误今人不浅也。郭集仅在五十六卷后，附见宋齐“散乐伎辞”三首而已。

郭氏所业未能全面之弊，犹不止此也：其书内虽专录结合音乐与伎艺之词章，但于孰是歌辞，孰非歌辞，尚多不辨，致误认王建咏《霓裳舞》之绝句为《霓裳舞》曲之歌辞，误认张祜咏“热戏”之绝句为“热戏乐”此三字本非曲调名。之歌辞。类此情形，不一而足，实予读者迷惑不甚。郭氏盖于“近代曲辞”内之唐代声诗一体，未经深切研讨，然后方有此失，乃其所业未曾顾到全面之一较大缺陷！郭氏于唐人词调，在“舞曲歌辞”“杂曲歌辞”及“近代曲辞”三门所收，总不过唐人词调全数之什一而已。虽重要若温庭筠词所用之诸短调，郭书亦概遗不载，诚所不解！是又其于杂言歌辞体认不全之一种病象也。

他如洪迈《万首唐人绝句》内，曾将玄宗时盖嘉运所进之大曲歌辞多套悉予分拆，以补充五、七绝之数；而于原大曲辞之组织如何，总数如何，不留丝毫纪载，以致今日无从稽考。是于唐人绝句之流传，洪氏虽为有造，若于唐代大曲之流传，洪氏直破坏耳！洪氏于唐代之种种文艺，只正视其一，而略不顾及其二。对于其原具音乐性者，削之使入徒诗、哑辞，废其主声之本，而专一主文，何其偏欤！王灼《碧鸡漫志》多考唐代杂言词调，于齐言之声诗，只于其书开端处有总述，并不具体，未与杂言词调作等量齐观。如唐人之歌诗本事或其资料，今日至少犹见百条以上，而王氏在数百年前只及十余条而已，何欤？虽曰书有体裁，不在铺叙，究觉唐人歌诗之业，并未能早数百年，就王氏之时即予考明；迟至今日，文献零落，条件已大不同，暗中摸索，所得益鲜，为失时矣！朱熹立说，谓就诗乐之泛声，填以实字，便是长短句，在朱氏并非全面核实以后之郑重肯定也。而后人见其说简，信为可以了事，争取作词体惟一之起源说，遂亦以偏概全，入歧不返。总之：赵宋于时间上踵接五代，宋人于先朝文献，濡染最多，宜得真传，以遗后世，庶几无病；而不图在诸贤所业之中，竟有适得其反者，岂非憾事！

近代学者涉猎此事，以王国维为早，取径亦较宽。王氏既成《宋元戏曲史》，同时并考唐宋大曲，又辑五代词二十余家，正以唐宋元三朝所有结合音乐之词章、伎艺为其研究之对象，初非局限于一时一事或一人一体而已。惟王氏于唐代声诗与戏弄二体，均未深讨，遂认音乐、词章、伎艺三事之结合，开始孕育变化于宋代，致构成许多误解。例如信唐人之歌诗不足与元人之唱南北曲并论，信戏曲之演故事，惟有套曲或大曲方为适合等，乃失却我国戏曲之真源。四十余年来，依倚王氏为说者，大抵回旋于类此之偏向中，其与历史事实多方乖忤，可概见矣。

三

虽然，如上所列之编著计划，不过对趋向全面，已有此意识与试探而已；不必一经计划，其事即果臻全面也。欲其果臻全面，除计划本身必须精确外，尤赖研究者之学与识有以举之。兹事虽小，却未见其易。先略言计划本身——

上文已云：唐代讲唱之确实看曲调、唱曲辞者，资料尚无所亲，有待于新发现。而以唐人音乐生活之活泼，与夫文艺应用之繁茂，谓除歌舞、讲唱、戏剧、酒令四端而外，唐人便不复有他种真正结合音乐与词章之伎艺存在，殊不敢信。罗庸、叶玉华既述唐代之著词，十余年来，似并无人注意。罗、叶二氏于此，果为从事有系统之研究而发现欤？抑于不经意中偶然得之？未详。安知他日不复有如二氏之收获于著词者，而别有所得欤？——此乃计划之果臻全面即为不易也。

余不学，固不知词章，不知伎艺，更不知音乐。故上述之研究对象，仅限于曾经结合音乐之词章与伎艺而已，若音乐本身，初未敢列，显然即其不全面之处——一也。海内外研究隋唐燕乐者已不乏人，今后愿其就结合词章与伎艺一点，对于唐代燕乐有更深切之体认。若余所为，因外行故，虽未涉音乐本身，但或可对内行所为，作一种旁面之赞助耳。

在余所为之实际工作中，因不学与无术故，只有向故纸堆中，寻摘有关资料，加以联系与推论而已。若离开书本，便一无所有。故面对敦煌曲之乐谱与舞谱等实物、实事，则一筹莫展，但拱手期待并世专家，有以早日启其秘奥，俾唐代乐舞之声容重现于今日，余以寄望殷切之人，幸得恭逢其盛，不胜鼓舞而已；其不容指余之研究为已达全面，自更无待言——二也。虽然，使余之纸上谈兵果能“谈言微中”，足以解纷一二者，于彼解决实际问题之盛业，或亦略得依附，从而参预荣宠。窃恐谈兵无益于疆场，徒乱彼秉符节者之主宰，则多一事诚不如少一事矣。

唐代音乐与伎艺，一部分来自西域，一部分曾流入东邦。西域来者，尚有其更西之远源，事颇荒渺，不易得其详确。彼东邦所受，有谓至今尚流传者，窃恐名称虽存，而实质早变：二者均待通晓有关外国之古今文字者，于各国之原记载中，有所征信，然后裁以炯识，庶得真诠。余于此中，每每妄参末议；因不通外文故，全无原记载或原资料为依据，则又何从云全面乎！——三也。余曾主“知己先于知彼”之说。彼与己，有先后则可，缺一则不可。愿海内硕学，于此留意致力，俾中外两方之基本资料，得有机缘相值一处，而互勘因果。凡如余之仅能钻研“国故”而已者，设若果有真实之收获，当可以与“知彼”者交易所有，融为定论，贡献国人。窃恐昌言“知己”，而余之所知于“己”者实际终于有限，或太琐屑，不得要领，斯为惭悚耳！

近日病考据之业者有二。一曰：为考据而考据，别无作用。在本研究中，倘果如上文所述，既足以阐扬我民族之文化特点，并于文化史、文学史等有所献替，应已不是无的放矢，未知事实上已可免此弊否。报纸载：挪威报纸评论我国古典歌舞剧，曾曰：“艺术是怎样能够把几千年、几千里，联结起来。”此语足为吾人研究古伎艺者说明意义。二曰：搬弄奇书秘本，考核异文，饾饤琐碎，无当于大体。余于所业，取材向极平凡，皆得诸眼前习见之典籍，从无奇书秘本，足资矜炫，此失或亦未犯。虽然，奇书秘本所在，有具极大之作用者！遑遑求之，惟恐不及，实未容一概抹杀。如清初犹传之足本《教坊记》，明代犹传之足本《醉乡日月》，原编之《乐府杂录》、陆羽之《教坊录》，近世被伦敦劫藏，内容犹未公表之敦煌卷子等，在在与本业有莫大关系，余皆不及寓目，尤为研究中之不能全面处——四也。此类文献，他日设有发现，无论多寡，必皆足以增益余业之所不逮，不胜其企望矣！

综上所述，可知此项研究之初步计划与个人尝试，诚然在此，若其真正之完成，则犹俟他日，并俟他人，未敢妄自期许。衰年力绌，不能为更有用之学，于此小图，犹恐难遂，用先就普通易得之资料，将理论部分粗粗成稿，以立端绪，然后再多面深入，逐步修订。兹值《教坊记笺订》初稿印行之始，爰发其凡，就正国人。嘤鸣已切，友声宜闻：或纠绳大体，证明其事果当为；或商榷条贯，俾入手便准，精力不至枉费；或扩展范围，建分工合作之约；或多方增益其所不能，使接近于全面之时期并不过远：皆愚所至幸至祝者耳！

一九五六年，丙申端阳，半塘草于成都

（原载《教坊记笺订》，中华书局1962年版）

关于唐曲子问题商榷

关于唐曲子问题，我认为应该依据历史肯定唐、五代三四二年间的歌辞乃曲子和大曲二体，否定北宋以来直到目前，有一种脱离历史、漠视文献的“唐词意识”，形成“唐词派”以赵宋词坛的词向上搞“兼并”，改历史，称“唐词”。关于这个问题我希望文学史家参加讨论，通过讨论，得出一定的认识，起三种作用：（一）为重写大文学史工作弄清源流；（二）为重编唐五代民间歌辞总集确定标准；（三）帮助澄清眼前文艺界的各种混乱。因此要简单表明六宗现实存在：（甲）敦煌写本内发现的三十八处标题“曲”或“曲子”的情况；（乙）唐五代文献内所见“词”字，包含“曲子词”在内，都是“辞”字的省体而已，不是指赵宋词业的“词”；（丙）唐人歌诗，是一代的正规文艺，不能歧视；（丁）宋词起源于唐曲子，唐曲子创始于隋燕乐，应分作两事，不能牵连为一；（戊）最早的杂言例证是隋曲《纪辽东》四首，也铁打不动；（己）初盛中唐二〇九年当中所有的杂言歌辞和名目，要有根可系，有家可归。

本文表明这六点现实，是基于历史主义兼爱国主义，努力说老实话，搞真的“思想交锋”。本文必有错误，但准备接受坦率的批评。在错误面前彼此不搞“温柔敦厚”。我对“思想交锋”认为是必要的、正确的。

“唐词意识”的流动，已有千年，从来文人、词人们的文艺观乐于感性地高踞民间文艺之上。“民间文艺是文艺之母”，乃一顶大帽子而已，实际如何做“之母”，无人心上圆满落实。“词曲”二字联名，唐朝已有，但其含义和元明迄今的人所喊的“词曲”不同。只要看“词为诗余、曲为词余”，两个传统口号，和清代词家设下的词的高境是“上不犯诗，下不犯曲”，就可了解。他们只管牢牢地守着在历史上已经打下的词对曲的领导地位，不能放弃。设若认定唐五代的歌辞是“唐曲子”，把唐宋元三代的歌辞变为“曲、词、曲”的历史程序，而戳穿“词词曲”的感性程序，“词”被上下两层的曲夹在当中，它显然将失却对曲的领导地位而换成一个被“之母”的地位形成祖孙易代了，词家是不甘的，心情将不舒畅。所以他们一定要扎下“唐词意识”，把唐五代曲子死死地套进词的彀中来，以巩固词的领导权，让词做长臂猿，自北宋向上伸，越过三四二年，一直伸进六朝乐府去抓源。这方面的代表说法，以王重民《敦煌曲子初集》叙例内所提“词为曲子的渊源所自”及“词高曲子卑”两句话为最坦白。他主编的《敦煌遗书总目索引》内，也以“词”代替“曲子”，垄断给国际看。但是敦煌写本内歌辞的主流属于民间，自有一代宗风，站在“唐词意识”圈套以外，体大用宏，坚实充沛！尤其是开、天盛世的绩业，那番蓬勃景象（如《教坊记》曲名、大曲名表所列等）岂是自来颤巍巍的体用纤弱的词所能吞并！请开始接触史料，试看这里的第一表：

《云谣集杂曲子》	曲子《浪濤沙》（苏2847）
曲子《宫怨春》	曲子“仕女鸾凰”
曲子《送征衣》	曲子“定乾坤”
曲子《临江仙》	曲子《菩萨蛮》
曲子《浣溪沙》（伯3821）	曲子《望江南》
曲子《浣溪沙》（伯4629）	曲子《望远行》
曲子名《浣溪沙》（伯3123）	曲子《鹊踏枝》
曲子一本“六问枕不平”	曲名《酒泉子》
曲名《红娘子》	曲子名《感皇恩》（伯3128）
曲子《谒金门》	曲子《感皇恩》（伯3821）
“伤蛇”曲子	曲子《喜秋天》
曲子“吐萌”	五台曲子《苏莫遮》
曲子《捣练子》（伯3319）	曲子《还京乐》
曲子名目《捣练子》（伯3718）	《婆罗门》曲子
曲子《长相思》	曲子名《木兰花》
御制曲子	曲子名一首“飞过尽”
曲子《生查子》	曲子“君臣道泰”
曲子一首寄在《定西番》	慢曲子
曲子《浪涛沙》	曲子工尺谱

这张表说明：曲、曲子、杂曲，是唐、五代民间书手所熟悉的制度，提笔就照写；写不出曲牌名也要把“曲子”二字写下，以便日后填补。其中所表，多数是一般杂言歌调，少数是五、六、七

言声诗；连我们现在考定为大曲辞的《苏莫遮》六首一套，当时民间书手不管，也写为“曲子”字样。敦煌卷子内没有旁的歌辞体名赶上“曲子”这样写得多的，是史料的普遍存在，并非偶然现象。今天我们能忍心害理漠视它们，凭主观把它们掩藏起来，或代为改装，一律写作“词”吗？这里的“曲子”不但名目和“词”不同，连性质上二者也迥别；曲子含义的主导部分是音乐性、艺术性、民间性、历史性，都较词所有为强；若改为“唐词”，只仅表示一端，词章性较曲子为强而已，远远赶不上“曲子”的内在条件丰富，一一吻合历史——这是敢于建议为“唐曲子”定案的最坚强的依据！王重民坚决不听阴法鲁同志在为他所作《敦煌曲子词集》内两次序言的忠告，于此集和《敦煌遗书总目索引》的索引内，彻底消灭大曲，对这三十八条仅作抽象写意，略事点缀而已。而他的本意，则落实在“唐词”上，争取举世读者，跟他一道走，相信敦煌歌辞都是“词”，是很难办到的。

“曲子”之名，既盛于唐、五代三百多年，不会不影响及于后世，故赵宋文人的歌辞虽概入“词”的系统，若口边称道，赵宋仍沿唐习用“曲子”二字，如晏殊和柳永对话中，流传“贤俊作曲子”“相公作曲子”的问话；熙宁间杨绘辑《京本时贤本事曲子前后集》；秦观咏十美人《调笑令》十首，皆以“曲子”二字联贯。王灼《碧鸡漫志》曰：“盖隋以来，今之所谓曲子者渐兴。”朱熹《语类》中，亦谓“长短句今曲子便是”，说明远届南宋口边仍用及此，也说明曲子暗中在领导着词。

一方面，唐代文献内，或敦煌写本内，见“词”字处太多了！但没有半个例外，所有“词”字，通通是“辞”的同音简笔字而已。有一类用在人事中，说明“辞别”“辞退”的；另一类用在大曲歌辞，声诗歌辞的；一类在酒令著词的；一类用在变文吟词的，都不能逃出此一原则。如敦煌写本内称“拜词娘”、《捣练子》称“个个推词”（《维摩碎金》），称“丈人百战宁词苦”（《李陵变文》），称“无词晓夜”（《佛说〈阿弥陀经〉讲经文》）：所见的“词”，都是“辞”的省文。到了《季布骂阵词文》内，且有“莫道词人唱不真”的说法了。但是为了对比求义，我们仍虚心、客观，不武断。兹特地也找一群用“词”字，与上举用“曲子”三十八条堪称旗鼓相当的实例，来给“唐词派”看看，但断定看了以后，仍得不到他们主观上想得到的结果，对本文的建议应该心服了。中唐诗人施肩吾《西山集》内，有一大群诗题的尾字都曰“词”：

杂古词　幼女词　买地词　湘竹词　乞巧词　不见来词　笑卿卿词　感遇词——以上八题皆五言四句。

效古词　望夫词　帝宫词　叹花词　杜鹃花词　晓光词　望晓词　听南僧说偈词　春日美新绿词　效古词　候仙词　修仙词　仙客归乡词　妓人残妆词　洗丹砂词　金吾词　少妇游春词　惜花词　抛缠头词　夜笛词　蜀茗词　日晚归山词　玩花词　收妆词　仙女词　仙翁词　桃源词　江南织绫词　少女词　冬词——以上三〇题皆七言四句。

这些五或七言四句诗题的称“词”，有些分明演刘阮入天台的故事，非声诗歌辞，即变文吟词，绝不是徒诗，更不是杂言，对“唐词派”的主张难作证明，毫无帮助。王重民自从抓到“曲子词”一名后，认为天衣无缝，恰到好处，用来名敦煌写本歌辞的总集，觉得再妙不过。从此大家都跟他用此名，以笼括全唐、五代三四二年间的杂言歌辞，认为没有问题，可以大大放心了。但在我看，恰恰相反。问题不但有，而且大！我们应向事情的全面动动脑筋：这一名目，始见于赵宋开国前的二十年而已，以前三二二年中从来没有。这不啻是云仍后裔手中缝制的一顶小帽子，若想用来戴在高曾祖辈的头上，而把他们头上原有的帽子一齐打掉不许戴，做得到吗？从全唐、五代三四二年看，那最后的二十年好比一只上百吨重大象摇摆着的一条细瘦的尾巴而已。假如这象的首、腹、牙、足全身都失却活动力了，而我们要专靠抓紧那条瘦弱的尾巴去拖动它的全身，即便拖动了，能于运行致远吗？一九五四年我在《敦煌曲初探》二一九页曾提过：有关曲子的事业原分辞、乐、舞、歌、演五端，即可分称“曲子词”“曲子谱”，“曲子舞”“曲子戏”等名目。我们何能就其中之一曰“曲子词”的，来扩充范围以统指全唐、五代的曲辞，都视同这逼近宋兴二十年前的歌辞呢？事实须知：如果有人驱初、盛、中唐所有曲子都归于这一很迟很迟才兴起的“曲子词”名下，势必视唐、五代在其前一阶段三二二年中的文化指标将过分低落，连一个歌辞的专名还未具备，岂不可叹！所谓“盛唐”势必成为一个虚名而已（范老《中国通史简编》，六五九页曾指另有一个“盛世”在五代，乃专为《花间集》内的杂言曲子而发）。连举世所谓“汉唐文化”的美称也将扫地了！那显然是绝不可能的！说明其人正大害“轻唐病”，简直入了膏肓！有眼不能赏鉴泰山，或所见泰山是倒三角形：山根仅一点，山巅反成一片，危乎其危地插在那里！那是神话，不仅迷信。

这里要说的第三句话是：唐人生活中普遍唱诗，声诗属于曲子项下，三四二贯彻到底。试看入晚唐不久的《尊前集》，全书仅二八九首辞，其中竟有齐言一三五首之多（此集内李煜等作乃明人所后补）；《花间》为五代末二十年的选本，五百首内也有一〇八首是齐言，其余就不必说了。而唐人唱齐言这件事，竟为近代人所看不起，认为五、七言绝句的曲调总是声多辞少，立足不稳，有待转移到杂言后，才有生命。他们多半误信了燕乐歌曲唱来仍是一字一声，和雅乐无别，未免杞人忧天！宋人昧于燕乐早起于隋，不知每调创始时是分别“乐始”和“乐成”两步，认真作整体熔铸，一劳永逸的（详下文）。宋人已疑唐代诗乐到唐末就弱点暴露，唱不起来，有赖于就泛声、虚声、衬声、缠声等所在添字，作枝枝节节地挽救了。他们从根昧于隋唐燕乐之始，曾有一番创制乐曲的规模；他们的想法离开下文所述“孔元精义”太远。这是由宋迄清有些人所患“轻唐病”内最沉重的一段病历！南宋朱熹对此事有点“不懂装懂”，不知怎么搞的：他是宋代的经学家，而对前代经学家孔颖达之说竟丝毫无动于衷，反大胆设想，把古乐上泛声的一套，移植向隋唐燕乐琵琶、五弦、羯鼓上来，觉得唐人所唱齐杂言曲子之乐，当时已凋敝，都快“崩”了！非改造不可，便就诗调的泛声上大做文章，使成为杂言调，认为这是一条起死回生之路；至于有了杂言调后，诗调本身活该死亡，有不足惜！敢问：朱熹所执这一套，是唐代音乐史上确曾落实的现实存在吗？近人对朱熹说的风靡百年未息，王国维于诗中美朱熹的泛声说为“妙悟新安迥出群”！直到一九六五年，范老的《中国通史简编》内，还在大起作用，表面是欣然探得杂言调的可靠来源了，实际是在摧毁唐人的声诗历史而削弱唐曲子固有的领域。因不顾历史，放纵主观，得失之间，一反掌耳，而史家不肯检点，莫如范史表现的憾深！范老坚持温庭筠作品内，有十四个杂言曲调，辞五十二首，是温创始的，数量较多，力量较大，故推温为长短句词的开山老祖。但我们耳边只听到空中“镗”的一声，有两种相异的意识在交锋了！这个曲调自来相传只有杂言调，没有齐言的，至迟在开、天间早已就唱开了，《教坊记》完全著录过，范说因此于一瞬之间而彻底垮台！无从收拾。“唐词派”对这种情况并非不知，但绝口不提，怎么了事呢！从知盛唐文化和唐人齐杂言同时合乐的历史是不可轻侮的！“唐词派”得就《教坊记》等书，虚心摸摸历史的底。臆说终于是臆说，迷信终于是迷信，于此请勿忘宋人中沈括的学说和见解。他这人独不害“轻唐病”，很健康！《梦溪笔谈》只说：“唐人乐学精深！宋乐新声多无法度，乐工自不能言乐史，如何得其声和？”他欣赏所见隋贺怀智的琵琶谱，谓其“调格与宋乐全异”。我感到我们应循沈括的路子，去体会下文所介绍孔颖达在制乐方面的成绩，庶不致有空虚之虑。“唐词派”以为如何？

第四句话简截说：赵宋词业的词，实“源于唐曲子”，只此五字真言于义已足，不需要第六个字。若探源于南北朝乐府和边声、裔乐的事该由唐曲子出面，不劳宋词烦心，宋词不能当长臂猿，已如上述。难道下面没有宋词，上面就不会有唐曲子；

或“词”是历代歌辞的通体，不是断代专属于赵宋的；或长短句就是词的化身，任何杂言所在，就是词的所在，则《诗经》《楚辞》里面早有杂言句，也早已算词，长臂猿的臂，一长至此吗？

唐初不但有文化，且大有真才，在音乐创制方面，做过大事，立过伟绩。隋、唐燕乐不始于唐，乃始于隋。跨隋与唐，有一位大儒孔颖达，身后曾官赠太常卿，说明他生前曾躬预隋、唐太常寺内创定乐制之业无疑。他在《毛诗正义》“诗大序”疏内，对乐曲制作情况曾说过三段话，兹简括为表解如下。中唐元稹在《乐府古题序》内，也曾谈到他当时乐曲的形成，其方向和程序，与孔说相符，因一并注入表内合看，总名它为“孔元精义”：

<table>
<tr><th></th><th colspan="3">乐　初</th><th colspan="2">乐　成</th></tr>
<tr><td rowspan="4">孔义</td><td rowspan="2">一</td><td>作乐之始：</td><td>乐寓人音；</td><td>乐曲既定，</td><td>谟摩旧法，声成文谓之音。</td></tr>
<tr><td>乐初之时：</td><td>依人音而制乐；乐本效人，非人效乐；人能成文，始入于乐。</td><td>制乐之后，</td><td>作诗须成乐之文。</td></tr>
<tr><td>二</td><td>乐之初也：</td><td>始于人心，出于口歌；逐诗为曲，仿诗为音。</td><td>其法既成，</td><td>其音可久。诗虽绝，乐常存！</td></tr>
<tr><td>三</td><td>初作乐者：</td><td>乐逐诗为曲，准诗而为声。</td><td>声既成形，</td><td>须依声而诗。</td></tr>
<tr><td>元义</td><td></td><td>审乐者：</td><td>采取其词，度为歌曲。选词以配乐，非由乐以定词。</td><td>备曲度者，</td><td>因声以度词，审调以节唱。由乐以定词，非选词以配乐。</td></tr>
</table>

孔氏对“乐初”和“乐成”两步，各有三种说法，表面不全同，但殊途同归，给读者的启示则丰富起来了。第三说尤妙！我们由孔义应体会到几点：（一）他说的是制燕乐的事，用以乐人的，非说制雅乐的事，用以乐神鬼的；（二）他提到的“人”，多半指民间，可贵！兼里巷、阡陌、边鄙及域外的人，不限于宫廷的乐工、歌伎等专业的人；（三）他所谓“乐”，是具体的，一个一个完整的曲调，包含正声及和声，从骨干到皮肉兼备的，并非仅得大体，而遗小节，更不会仅有小节，而无大体；（四）对于“乐成”，尤重于艺成（这里的“艺”，乃指兼有声、容、歌辞等全面的艺）。故他说：“其音可久，诗虽绝，乐常存！”对“乐成”的信心，说得这样大，他难道在搞形而上，无科学依据吗？孔氏及后来元稹等所见，和朱熹及“唐词派”所见，明分为两类，彼此恰恰相反：孔义认为乐是有恒久性的，不会初成时谨严，年代久了就走样、松散，甚至于声辞难应，要随时修修补补才用得。要认清这里的事实：只有乐谱的传不传，声的正不正，耳的爱不爱听，心的愿不愿相应。既成之乐不比房屋、器皿等等，它们自身不会起物质的变化，或腐朽，或崩溃，而不时要维持修补。除唐乐制度确有的和声外，那些泛、缠、虚、散、衬诸声，都是病患，都是宋人从主观安排出来的东西而已。孔说之前有沈约《宋书》已引其端绪，分“徒歌”和“被之弦管”两步；孔说之后，有元稹说，分“选词配乐”和“由乐定词”两步。到了赵宋，仍有黄休复说，分“因言而成调”和“因调以成言”二步；有郭茂倩分“因歌而造声”及“因声而作歌”两步。直到清顾炎武，还分“古人以乐从诗，今人以诗从乐”两步。——这里实际记下了我国历代音乐家创制乐曲的一个传统的科学规律在，它排除了宋儒和近人所相信的，杂言调是在泛、缠、虚、散、衬诸声之间修修补补，形成的一些唯心说法。

第五句话是：隋、唐燕乐长短句歌辞有最早的实例在，乃杨广及王胄所唱和的四首《纪辽东》。我在一九五四年，据《乐府诗集》等书曾一度举出，是颠扑不破的！上文曾引王灼说："盖隋以来，今之所谓'曲子'者渐兴"；张炎《词源》曰："粤自隋、唐以来，声诗间为长短句。"两条资料并可用以证明《纪辽东》为隋曲，当年也曾这样介绍过。迄今已二十七年之久，百家争鸣，没有一家曾提出过有力的异议。惟有阴法鲁同志于一九六四年在《关于词的起源问题》一文内，曾云：

> 郭茂倩又说"近代曲出于隋唐之世",《纪辽东》总算是最早的词了吧？其实不然。……这首自己吹嘘的诗（按指杨作《纪辽东》）未必是按乐曲填的唱词；即使入乐，也只是在庙堂上昙花一现，没有什么音乐价值，在社会上不发生影响。如果《纪辽东》已成为词调，在当时音乐昌盛的气氛中，词入应该接踵而起，而填长短句也会蔚为风气，为什么以后的词坛还是长期寂寥，后继无人？他们的作品都是受乐府影响的诗，至多算是庙堂乐章，不能称为词。

依愚见：阴氏这番话，完全立足不稳。首先，《纪辽东》四首之多，不是一首。四首的章、解全同，句法、韵格全同，平仄旋律全同，"依调填辞"的程度极高！这些不是为了歌唱，为了什么？其次，庙堂乐章即使不能称为词，若称为"词的源"，有何不可？黄河、长江的源，或远在冰山积雪，或凭暗泊高湖，都无不可。倘限死源的水文定要和流的水文完全一样，那只有就长江、黄河的上游各截一段，作为它们的中游之源，再就它们中游各截一段，作为它们的下游之源，庶几鸡蛋里不会有骨头，才没话说。自来穷江河湖海源流的人那有限得这样死的？由庙堂乐章来充当燕乐的源，已经很好了。试看《全宋词》内，“开宗明义”第一组作品，就是大官僚和岘作的“开宝元年南郊鼓吹歌曲三首”，调名〔导引〕〔六州〕〔十二时〕，认定它们已入赵宋词体的本身，有过于词源的地位，难道错了，必须删削吗？试看同书末册所载，还有无名氏作《奉礼歌》《合宫歌》《祔陵歌》《虞主歌》《虞神歌》……几十首之多，难道都不合为宋词，应该删削吗？其次，昙花如果开一朵算“一现”，则《纪辽东》四首，谓之“四现”也可；至少也得算“两现”，因君臣两家之作，未必限在一个场面中表现。说这些话并非无聊扯淡，而是为了要引起严重的下文。下文不得不就阴氏所说：“《纪辽东》没有什么音乐价值，在社会上不发生影响”云云，太违史实之处，痛切澄清一下，看看这朵昙花，在隋、唐两代社会上，实际究竟现过几多次。当英人复制他们所劫藏的敦煌写本为胶卷，对世界市场大做买卖，传到北京已多年后，阴氏才写此文的，应该有机会看到那斯5588号所载四十五首同调的一组歌辞。这一个大组辞的内容混杂得很：或宣传儒家的孝义、悌让，或宣传佛家的修善、息争。惟风格通俗，是一致的；甚至劝人戒赌，还能说在社会上不发生影响吗？而这四十五首的曲调，全同《纪辽东》，每首由七言加五言的四个小组，分上下片构成。第一首前面题目：“只为求因果诗。”兹各录一首如下：

《纪辽东》：辽东海北剪长鲸，风云万里清。方当销锋散牛马，旋师宴镐京！　　前歌后舞振军威，饮至解戎衣。判不徒行万里路，空道五原归。

《求因果》：日日捶钟吹法螺，修善意轻罗。一前一步踏莲窝，诸佛竞来过。　　此是上方行步处，识者皆来聚。下界凡夫得路么？修善最喽罗！

题虽曰“诗”，辞却曰“词中莫怪苦丁宁”“词中奉劝苦丁宁”，正合阴氏胃口。惟应注意：这里辞量四十五首之多，是敦煌歌辞自然的集中，竟然有这么多，事极少见。有它们在，再不能指为“昙花一现”了吧？韵脚虽有两句叶仄的，无伤大体。至于说杨、王虽已有《纪辽东》，而当时仍然“词坛寂寥，后继无人”，那是因为作家有作而未传，或传的若干杂言歌辞和阴氏的主观愿望不符，被阻挡了，阴氏看不入眼，不是没有。或“寂寥”，如唐末韩偓《海山记》内即载有《湖上曲》八首，王夫之《尚书音义》内，即将杨广《江南好》和李白《忆秦娥》《菩萨蛮》并列为“以言实永”，即按谱填辞；毛奇龄《词集》于小令、中调、长调之中，即析隋、唐一卷，曰“原调”。《图书集成》二七八《食货典·酒部》即曰：“《望江南》御制，《湖上酒》，炀帝作也。”宋《高僧传》论隋偈赞，曾提到“七五为章”，实际即指“求因果”，而不以它们为限。阴氏对这些资料如何不细查一番呢？他如隋贺若弼琴曲“宫声十小调”内有《越江吟》一调，宋苏易简所填已是杂言，其在隋时的原唱也是杂言可知。牛弘《上寿歌》，卢思道《后园宴》《听鸣蝉》，柳䛒《阳春歌》，王通《杏坛吟》……皆杂言曲子之源，凡此种种，阴氏不是见闻未及，而是为了完成

“一家言”，都“佯作不见，绝口不提”罢了。

第六句话是：设若否认“曲子”为唐代歌辞的正名，而强代以“词”，势必拜温庭筠为唐杂言歌辞的开山老祖；在这一条件下，初、盛、中唐共计二〇九年之久，此中所有无数杂言歌调及其作品，将置于何地呢？——成为一个无法安排的大问题！“唐词派”对此若不负责交代，谁该代劳交代？他们因此还陷于“只要《花间》，不要民间”的大嫌疑中，可能因为要推温庭筠当唐代“杂言歌辞之父”，同时便再难言“唐代民间文艺是唐代文艺之母”了。故范老《通史》（七〇八页）当中，面对那时已集中到五百首以上的敦煌民间歌辞，只虚晃一枪，略论一首残辞的半段而已，其余的力量只管用了去捧温登上“唐词苑”的正统宝座，而在自己书的“绪言”中，还发愿“本书肯定历史的主人是劳动人民”，请问：温庭筠是啥子劳动人民？这种漏馅的饺子下不了锅！范老于此乃不得不放弃原则，以自圆其说：历代歌辞皆民间一派，惟唐代歌辞有二源：一民间，二特殊文人。谁信他这种二源论？在王重民、饶宗颐等“唐词派”的敦煌学学者们对此，凭他们的老经验，替自己解围的唯一办法只有提倡幻想中的“大五代文化”，或“大晚唐文化”，以代替赫赫难掩的初、盛唐文化，把上述那二〇九年当中所有的敦煌杂言歌辞，毫无例外地把它们关进晚唐、五代的大栅栏，不许向栅拦外探头露脸。有些实在关不进去的，就一概绝口不提，和它们不沾边。如对初唐十二首一组依调填辞的杂言《行路难》，则几十年中视而不见；对盛唐三套“顿见”的《五更转》一共十五首，则不承认是高僧神会所作，而胡扯为他的第二、三代弟子作的；《云谣集》

里两首《内家娇》明明是天宝年间乐工描写杨太真的，也含糊指为唐末作品；在同一写本内，竟有前后文书，都看齐了，有所说明，惟对夹在当中的一首《定西番》曲子“绝口不提”。因为它实具有中唐作品的烙印，瞒不了人。这样搞，不符历史主义和爱国主义！至于苏联研究《双恩记》变文，因为唐人写本上有些字的写法，还传到赵宋，见于刘复、李家瑞编的《宋元以来俗字谱》中，便认那本《双恩记》是赵宋写本，而置原写本内有六七处“民”字缺末笔作“巳”避唐太宗讳的时代烙印于不顾。把初唐写本拉下四百年，变成两宋的写本。台湾省的敦煌学专家潘重规于此，又信孟西科夫说《双恩记》是赵宋写本，又信“民”字缺笔六七个，是“五代以前唐人写本”。晚唐人避中、晚唐帝讳，还觉该避的太多，忙不过来，哪能一直向上，连初唐的帝讳也逼宋人去避，岂不教人两难！若认唐写本内避“民”字讳的很平常，除《双恩记》外，还能在《敦煌变文集》内另举几个“民”字缺笔的例子出来作证吗？对他们这些作法我们固可不理，然而“唐词派”须知孟氏把《双恩记》打入宋抄本，对“唐词派”说来是有利的，因此篇变文的吟辞中，暗藏着两首杂言歌调在，若被掀出来，将变成初唐已有了“词”，温庭筠将从所谓“开山老祖”的宝座上给撵下来了，岂不麻烦！

敦煌写本传辞中最早的是隋代的一首《泛龙舟》惟非杂言，这里不论。这里先就初、盛、中唐二〇九年所有确系杂言的歌辞中，举其荦荦大者；请大家考虑考虑：照“唐词派”以温庭筠为开山老祖的办法下，该怎么处？初唐有《行路难》一组十二首传辞，和伯2506载《春光好》《临江仙》等辞一样，均见若干武周字。五台山大曲《苏莫遮》六首一组，也具初唐条件。《定风波》两组：一演儒士，一演伤寒，均不离盛唐背景。佛教“顿见境”《五更转》三组一五首，由三言七言构成，其中两组的作者，是天宝间高僧神会，《感皇恩》四首颂赞中强调农田丰收，和所唱玄宗时《千秋节》的要求吻合。《献忠心》四首，所表四裔归投的政治感情浓烈，和《感皇恩》四首无别。《云谣集》内两首《内家娇》明明是当时乐工写杨太真，以邀帝宠。九首《征妇怨》和其他《征妇怨》之作近四十首，都是开元末府兵制失败后的情况。五陵原上男女淫风，又是初、盛唐间北方社会特区的腐朽反映。《定西番》记下番、汉之间信使频繁，乃中唐初期的历史……至于五、六、七言声诗，原本端端正正同在“曲子”范围之内的，在早期阶段，有初唐民间诗人王梵志作《回波乐》辞，首数尚不详；有具中宗景龙四年题记的《三台》辞。有于哥舒翰取下吐蕃石堡城后之作的《破阵乐》辞；岑参曾为西川节度崔旰妾任氏封了冀国夫人而作的歌辞联章六首……凡此皆因具作者姓名，时代显然，而在王重民、饶宗颐两家“唐词派”所编总集内，皆畏若蛇蝎！对它们东逃西避，是深可叹惜的！因敦煌歌辞经过不断探索，将不断集中，不能估计在敦煌写本中，那二〇九年的杂言歌辞已收罗干净，再无可遇，“唐词派”不能放心，还会冤家路窄，教人不快的。要劝他们，何如及早撒手，回到两宋的历史本位上去，于前无争，于后无忤，大家早早完成精神解放呢！

本文要说的六句话已大致说完；只剩开端提到，把“曲子”定案为有唐一代的歌辞正名后，将起三种作用，那第三种作用是帮助澄清眼前文艺界的各种混乱倾向云云，究竟指的那些倾向算得混乱？将是争鸣的一个必然对象。这里得补充说明。据我所知：在唐圭璋同志将《全宋词》《全金元词》完成以后，既不失时，又对口径，有人钻空子，编《全唐五代词》，接着产生《全唐五代词选》，觉得是文艺界应有的努力，做到“花团锦簇”应有尽有，无以复加的一步才好。惟这种所谓努力，显然是属“唐词派”的，所得结果，不能反映唐曲子的优点，如齐言、杂言，单辞、联章，民间、宫廷，儒释道医，无所不包的宏伟局面，算把历史的特征出卖了！很遗憾。我故指为“混乱倾向”，不难理解，毋须多说。且因本文既未早布，有歌辞千首以上的《敦煌歌辞集》至今尚未交卷，对于这种倾向也无力劝阻。此其一。眼前出版界发行一种《词刊》，兼容古典词、曲、有曲牌定腔的歌辞，和近现代中外乐曲唱来比较自由的歌辞，故号称“《望江南·重庆》三叠章”、敦煌写本民间曲子问答体的《南歌子》和《鸭子、白鹅唱起了欢乐歌》《烟酒进行曲》等，同收于一个集子中，是历史上从所未有的。若单从所登古典方面的作品看，质素不够精确。如《望江南》末句作“天府足米粮”的，这“米”字不能读为平声“迷”，就通不过。所谓“三叠章”是怎么来的，也愧无所知。所引敦煌曲子的遭遇更不幸：把“红妆”一再讹成“红泣”，把“朱帘”一再改为“竹帘”；把风流公案的审和辩两方误会为“倡和”。敦煌写本曲子中有“六问枕不平”，六问六答，都是暧昧的、严酷的对抗，那里算得“倡和”？假如这算倡和，那法庭上原、被告彼此抗辩，争个你死我活，难道也算“倡和——对唱”吗？而该刊指明还向“国外发行”，读者当中固有点头的，可能也有摇头的。这是把古今两型的歌辞硬性搞成“五世同堂”之错，宜乎大解放！分成许多小家庭，彼此无所妨碍。诗、骚、乐府、曲子、词、曲、歌，七名七义，历史已配给七个阶段的时代，早已配了套，秩然有序，不宜人为地轻易乱套，自寻烦恼。宜照历史安排，现有的《词刊》宜改名《歌辞》，避开“词”“曲”等原始名称不犯。设若把词的窝子捅了，招牌混了，而词体本身目前的生命力还强，南京同志正整顿《词话丛编》，上海同志正筹备《词学季刊》的复刊，各方面正工作积极，没有退休嘛。——这一宗混乱的倾向是够大的，盱衡大局，应该帮助澄清一下——此其二。

读者们！修文学史和编唐代民间歌辞总集的工作都迫在眉睫，不容拖拉，因而本文不得不呼吁及时的争鸣。试看：金、元迄今八百年，对唐、宋、元三朝的歌辞都习惯为“词词曲”；而因敦煌文献确凿，不容漠视，被迫修正为“曲词曲”，于是“词源曲流”翻为“曲源词流”，民间文艺果然为“文艺之母”。而且从多方考证确系如此，是理性的，不是感性的。单单这一项变革就非常之大！足够全国文艺界作大规模争鸣，虽在《词学季刊》上面编两期专号都有资料，断不会无可商榷的。谨喧桴鼓，恭候高明！

一九八〇年五月在北京

（原载《文学遗产》1980年第2期）

坚决废除“唐词”名称

唐代歌辞名称，只有曰“曲”，或“曲子”，或“大曲”。所谓“唐词”是由宋人喊出来的。以后则习非成是，愈喊愈响，于今为烈。文学史大受其害。

喊“唐词”的错误，等于喊“明版《康熙字典》”！喊“唐词”等于强制执行“宋帽唐头”，或“宋履唐足”。如此乃数典忘祖，侮辱先民，罪莫大焉！

举民公认：“汉唐文化是我国文化史上的两座高峰。”如今凭什么硬把唐代拉下来，教老爷爷预循后代子孙的足迹，而要老人家跟着孩子们向前跑呢？通不通？合不合理呢？

于此举两件史实，请大家注意：（一）所谓“依调填词”的“词”，并非始于北宋。初唐李靖早有七百首格调一律的《兵要望江南》。所谓唐代的李卫公，是指初唐的李靖，不能胡扯为晚唐的李德裕（恐怕是《四库全书总目提要》先胡扯的）。（二）唐玄宗李隆基与其三大臣苏俯、许景先、贺知章唱和《春台望》之作，于句数、字数、平仄无不一律，为了什么？非为了歌唱而何？《春台望》之“望”，何别于词调内的《望江南》《望远行》《望月婆罗门》之“望”？他们君臣四人在盛唐时就“依调填词”了。假如算唐词开端的账，会轮到李白的《菩萨蛮》等吗？扬州师范学院毕业的王小盾博士对李靖的《兵要望江南》七百首有详考，我编的《敦煌歌辞总编》内，共收辞一千三百首，剔除那些宗教歌辞、内容讨厌的而外，出于民间歌唱的，还有六百多首，坚决抵制“唐词”名称不用。

我和夏老友谊很深，我拥护他获“一代词宗”的称号。但对夏老生前惯用“唐词”一名，期期以为不可。近来见有张璋和黄畬二君出版《全唐五代词》一书，难保不是受夏老影响。

（原载《词学》1988年第6辑）